강변부인

강변부인

김승옥 소설

문학동네

차례

보통 여자

거실 쪽에서 전화벨 소리가 울려왔다.

수정은 쓰던 것을 멈추고 만년필의 뒤끝으로 살며시 턱을 괴며 도어 밖으로 귀를 기울였다.

엄마한테서 온 전화겠지, 뭘. 그러면서도 그 여자는 전화벨 소리만큼이나 갑자기 요란하게 뛰기 시작한 가슴의 고동을 억제하기 힘들었다.

순이는 어디서 무엇을 하고 있는지 전화벨만 계속해서 요란하게 울고 있을 뿐 집 안은 조용했다. 전화가 오면 으레 순이가 일단 받아서 식구들에게 수화기를 건네곤 하는 것이다.

더 기다릴 수가 없어 수정이 의자에서 마악 몸을 일으키는데 그제야 화장실 문이 여닫히는 소리가 요란하게 나며 마루를 쿵쾅거리고 내닫는 순이의 발소리가 들렸다. 이어서,

"여보세요, 불광동입니다. ……아이, 난 또 누구라고. 기집애

야, 그렇게 깜짝 놀래주는 법이 어딨니, 화장실에서 일도 미처 못다 보고 나왔다 애…… 그러엄, 전화 걸어줄 애인이 너만 있는 줄 아니? 호호호호…… 어머, 어머, 기집애 너 쥐약 잡수셨구나……"

아침 설거지도 마쳤겠다, 주인 식구들도 없겠다, 한가해진 식모애들끼리의 전화 장난질인 모양이었다. 전화 받을 때의 순이는 신기하게도 사투리를 쓰지 않았다. 그 대신 수란이의 말투나 억양을 거의 틀림없이 흉내낼 줄 아는 것이었다.

"……글쎄에, 뭐 재미나는 얘기가 있어야지……"

더이상 귀를 기울이지 않고 수정은 창 밖으로 시선을 돌렸다. 블록담 너머로 보이는 맞은편 집의 초록빛 지붕 위에 참새 두 마리가 내려앉을 듯하다가 그대로 어디론가 날아가버리는 게 보였다.

오늘은 토요일이 아니고 토요일이 아니면 전화가 걸려올 리 없는 줄 알면서도 전화벨 소리에 가슴이 심하게 뛰었던 자신이 쑥스러워졌다.

"수정이한테 부탁이 하나 있는데……"

"무슨……"

"실은 말요…… 전화를 걸잖아요? 그래서 일단 수정이 음성을 듣고 나면 말이오…… 나도 모르게 그만 퇴근 후에 만나자는 말이 나와버리거든. 실은 그래서는 안 될 선약이 수두룩한데도 말이지……"

"그럼 오늘도?"

"아냐, 오늘은 그렇지 않아요."

"남자분이 약속을 어기면……"

"그러게 말야. 자칫하다간 주위에서 실없는 녀석으로 몰리겠어……"

"저 때문에 그러는 건……"

"그렇지만 집에만 박혀 있으면 답답해할 것 같고, 아니 이건 변명이고, 실은 음성을 듣고 나면 만나보고 싶어지거든."

"저, 집에만 있는 거, 답답하지 않아요. 약속이 있는 날은, 그럼…… 전화하지……"

마세요, 라는 말까지는 차마 잇지 못했다. 진심으로 하는 말인데도 이쪽이 노여워서 그렇게 말하는 것처럼 상대편에게 들릴 것 같아서였다.

"글쎄……"

명훈은 수정의 표정을 살피는 눈치였다.

"그 대신 토요일날만은 다른 약속을 하지 않기로 하시면……"

수정은 약간 과장해서 명랑한 음성으로 말했다.

"그럼 그렇게 합시다. 어휴, 땀뺐네. 사실은 말야, 이런 얘기를 하면 수정이가 무슨 오해를 할까봐서 은근히 걱정했지. 여자의 기분 같은 건 무시하고 자기 일에나 열심인 체하는 구두쇠로 보일까봐 말야, 하하하……"

"그렇지 않아요."

오히려 자기 일에 대하여 분명한 남자가 믿음직스러웠다.

맞선을 보고 나서 열흘쯤 후에 그런 대화가 있었고 그런 대화가 있은 지도 벌써 한 달가량 되었다. 그 한 달 동안 그러나 약속이 완전히 지켜진 건 아니었다. 둘만의 시간이라고 정한 토요일 오후와 일요일 말고도 명훈은 오늘은 약속이 없다면서 수정을 불러내거나 수정의 집으로 과자상자를 들고 찾아온 적이 각각 두 차례씩이나 되었다.

그런 약속 위반이 몇 차례 있었기 때문에 수정은 전화벨 소리만 나면 가슴이 몹시 뛰곤 하는데, 전화는 물론 대부분 어머니와 돈거래를 하고 있는 아주머니들이 어머니를 찾는 전화거나, 동생인 수란이를 그의 친구들이 불러내는 것이거나, 고3인 남동생 수강이한테 걸려오는 친구들의 장난전화 아니면 지금처럼 식모애들끼리의 장난전화인 것이었다. 수정에게도 이따금 전화가 오지 않는 건 아니지만 그것들의 대부분은 대학동창 아무개가 언제 미국에 가니 한번 모이자느니 아무개가 언제 약혼했단다는 식의 전화들이었다.

약혼이라면, 수정도 언젠가는 하게 될 것이다. 적어도 그 여자는 그걸 믿고 있었다.

명훈 쪽의 부모와 수정의 어머니끼리는 이미 내약이 되어 있는 것이지만 그러나 본인들의 의견을 존중하기 위해서 얼마 동안 교제기간을 준 후에 본인들의 의견을 듣고 나서 하자는 것이었다.

교제기간은 이제 겨우 한 달이 조금 넘었다. 그리고, 수년 동안씩 연애를 하는 남녀에 비하면 거의 만나지 않은 거나 다름없는 적은 횟수밖에 만나보지 못했지만 그것만으로써도 충분히 두 사람은 서로 좋아하는 사이가 되었던 것이다.

적어도 수정이 편에서는 명훈을 좋아하게 된 것이다. 명훈이 역시 그 여자를 좋아하고 있는 것이라는 근거가, 그 여자의 기준에 의하면 충분히 있었다.

그러나 명훈이로부터 언제 약혼하자는 확실한 말을 아직 듣지 않은 그 여자로서는 그가 좋아지면 좋아질수록, 그와의 결혼에 대하여 약간의 불안감이 없지 않은 것도 사실이었다. 가령 지금처럼, 그로부터 온 전화일 거라는 기대가 깨어졌을 때는 문득, 생전 처음 경험해보는 그러나 요 근래엔 제법 낮이 익어진 그 불안감이 수정의 신경을 건드려오는 것이었다.

전화로 들으면 내 음성이란 사람들이 나를 싫어하게 되는 그런 듣기 싫은 목소리가 아닐까? 그 여자는 엉뚱한 걱정이 문득 된다. 전화선을 거친 내 음성을 내 귀로 들어볼 수는 없을까? 수란이가 이따금 하듯 방송국 전화번호를 마지막 숫자 하나만 빼놓고 미리 다이얼을 돌려놓고 있다가 디스크자키의 신청을 받겠다는 말이 떨어지자마자 마지막 숫자까지 돌려서 음악 신청을 하면, 그렇게 하면 비록 또 한번 라디오를 거치는 것이긴 하지만 전화 속의 내 음성을 들을 수 있을지 몰라.

수정이가 좀 엉뚱하게도 자기의 음성에 신경을 쓰게 된 까닭은 명훈의 음성이 퍽 좋다고 느끼고 있기 때문이 아닐까? 사실 명훈의 음성을 그 여자는 좋아했다. 맞선을 보는 자리에서 처음 그의 음성을 듣던 순간부터였다.

물론, 어머니가 골라준 남자니까, 라는 안도감도 작용했겠지만 그러나 그의 음성이 아니었더라면 그 여자는 생전 처음 보는 남자를 그토록 불안감 없이 바라볼 수는 없었으리라. 그의 음성은 친근한 음성, 어쩐지 오래 전부터 그와 알고 있었던 듯한 착각을 일으키게 하는 음성이었다. 나중에 수란이가,

"언니, 형부 될 사람 목소리가 어쩜 김성원이 같지? 뵈기 싫어 죽겠어. 똑같은 목소리가 둘씩이나 있다는 건 기분 나쁘단 말야."

라고 했을 때야 그 여자는 명훈의 음성에서 친근감을 느낀 이유를 비로소 깨달았다. 과연 그의 음성은 라디오의 연속방송극에서 자주 듣던 음성과 거의 틀림없었다. 그리고 그 여자는 그 성우의 팬이었다. 그 음성의 열렬한 팬이라는 점에서는 한술 더 뜨는 수란이의 그 불평에 그러나 수정은 귀를 기울이려고도 하지 않았다. 좋은 게 좋은 것이다.

"기분 나쁘다니, 얼마나 좋니, 애! 김성원 목소리에 신성일이 얼굴에 아인슈타인 박사 같은 머리라면……"

"싫어, 싫어, 신성일인 싫어. 배우라면 장 폴 벨몽드나 스티브 맥퀸 같아야지."

"누가 배우 얘길 했니? 네 형부 얘기지."

"형부 좋아하네. 벌써 형부야? 으응, 벌써 그렇구 그렇게 됐군. 새침떼기 골루 간……"

"뭐라구? 기집애가 못 하는 말이 없어. 엄마한테 이른다."

"하여튼 단단히 이분의 일 했군, 흥."

수란의 말마따나 자기는 명훈한테 좋아졌다는 정도를 지나 반해버렸는지도 모른다고 생각하니, 사귀었던 시간의 아직 짧음과 함께 자기가 주책스러운 여자가 아닌가 하는 생각이 들어 자신도 얼굴이 붉어졌다.

보이프렌드쯤 사귀는 건 이미 흉이 될 수 없는 대학 시절에조차 남자라는 걸 가까이서 사귀어본 적이 없었기 때문일까? 그러나 역시 나의 남자를 가지고 싶다는 욕망이 무의식 속에서나마 잠재해 있다가 그럴 기회가 오니까 허겁지겁, 별로 따져보지도 않고 이 남자한테 반해버린 것일까? 먹을 것을 보자 침을 질질 흘리며 달려드는 굶주린 개. 나는 그렇게 주책스러운 여자인 것은 아닐까?

자기가 주책스러운 여자가 아닐까 하는 의심을 하고 보니 수정은 지금껏 자기가 쓰고 있던 것도 어쩌면 그 주책스러움의 한 실체인 것 같아 부끄러워졌다.

수정은 쓰던 것을 책상 위에서 집어들고, 마치 틀린 글자를 찾아내기 위해서 그러듯, 꼼꼼히 읽어보았다.

'목장우유를 팔팔 끓여서 거기에 커피를 세 스푼이나 넣고 휘휘 저어서 마셨습니다. 한 모금 마시고 나서야 설탕을 넣지 않은 줄 알고 이번에는 설탕을 열 스푼이나 넣어서 마셨습니다. 목장 우유를 끓여서 마셔보는 것도 거기에 커피를 넣어보는 것도 설탕을 열 스푼씩이나 넣어보기도 처음입니다. 처음인 것은 이것만이 아닙니다. 비타민을 한꺼번에 다섯 알이나 먹었습니다. 그리고……'

그리고 변소에 갔더니 노오란 오줌이 나와서 깜짝 놀라 어머니한테 그 얘기를 했더니 비타민을 먹어서일 거라고 하더군요, 라는 얘기는 쓸 수 없는 것이기 때문에, 자기가 처음 하는 일이라고 생각되는 일을 잇대어 쓰기 위해서 그리고, 라는 말까지만 써놓고 있는 중인데 전화벨 소리가 들려왔던 것이다.

이것은 명훈에게 쓰는 편지였다. 꼭 부치리라는 작정으로 쓰는 건 아니지만 그러나 명훈을 향하여 이런 글을 쓰고 있었던 것은 틀림없었다. 자신이 주책스러운 여자가 아닌가 하는 의심을 품고 다시 읽어보니 아무래도 자기는 이따위 시시한 얘기를 그에게 정말 부치기 위해서 쓰고 있었던 건 아니라는 생각이 들었다. 그이와 자주 만나 얘기하고 싶은 건 사실이다. 그러나 이따위 먹는 타령이나 써보냄으로써 나의 속을 들여다보이게 하고 싶은 건 아니다.

수정은 만년필로 종이 위에 천천히 ×자를 크게 그렸다.

"그래, 그럼 끊는다."

순이는 긴 잡담이 끝난 모양이다.

"순이야!"

수정은 짜증이라도 난 듯한 음성을 꾸며 불렀다.

"네에?"

말꼬리를 길게 끌어올리며 순이가 도어를 열고 고개를 들이밀었다.

"쓸데없는 전화를 그렇게 오래 쓰면 엄마한테 오는 중요한 전화는 어쩌라는 거니?"

"그만 끊자싸도 지집애가 노상 안 지껄이요!"

시무룩한 사투리에 수정은 피식 웃고 말았다.

"전화기 깨끗이 닦아둬. 화장실에서 나온 손으로 전화를 받으면 다음에 쓰는 사람은 어떻게 되지?"

"알았어유."

전화벨이 또 울려왔다. 잠시 후에,

"언니, 엄만데요. 언니 바꾸래요."

보이의 발짝 소리가 문 밖에서 멀어지기를 기다려 명훈은 문고리를 잠그고 돌아섰다.

"대낮에 이러는 법이 어딨어요?"

의자에 앉아 맞은편 벽에 걸린 액자 속의 풍경사진을 보고 있던 여자가 돌아서는 명훈에게 나무라듯 말했다. 그러나 명훈이 싱긋 웃으니까 따라서 웃음짓고 만다.

대낮에 이러는 게 처음이 아니다. 헤아려보기도 힘들 만큼 많은 횟수였던 건 아니지만 이미 이상하게 생각되지 않을 만큼 많왔다. 그리고 그때마다 여자는 으레 그래야 하는 것처럼 그 말을 했고 남자는 웃음으로써 그 말을 묵살했다.

명훈은 말없이 겉옷을 벗어 못에 걸고 나서 내의 차림으로 창가로 다가가 커튼을 치기 전에 잠깐 동안 창 밖을 내다보았다.

우중충하고 막 지은 건물들 너머로 서울역의 돔이 보였다. 그것들 위에 4월의 제법 다사로운 햇볕이 내리쬐고 있었다. 내려다보이는 골목 속에는 많은 사람들이 오가고 있었다. 설마 이 골목 안에 저 많은 사람들이 볼 만한 일은 없을 터이고 이 골목은 아마 남대문 쪽으로 빠지는 지름길인 모양이다.

등 너머에서 여자의 옷 벗는 소리가 들려왔다.

"커튼 쳐버리세요."

여자가 말했다. 명훈은 여자가 시키는 대로 했다.

"아직 돌아서지 마세요."

그러나 시키지 않더라도 그럴 작정이었다. 이것은 습관이다. 여자가 옷을 벗고 이불 속으로 알몸을 숨길 때까지는 등을 돌리고 있어야 한다. 이윽고 자기도 옷을 벗고 여자 곁에 눕는다.

여자의 잘 만져진 머리를 다치지 않도록 애쓰며 그 여자의 입에 입을 대면, 이 여관에 들어오기 전에 점심으로 먹었던 간짜장 냄새가 나겠지. 그 냄새 때문에 두 사람은 잠깐 소리내어 웃겠지. 그러나 곧……

그런데 이러한 나를 알면 수정이는 어떤 표정을 지을까? 그보다 헤어지자는 얘기를 하면 지금 저기 누워 있는 저 여자는 어떤

16

식으로 나올까?

　명훈이와, 지금 그의 등 너머에서 옷을 벗고 있는 여자가 사귄 지도 이젠 반년을 넘었다. 두 사람이 알게 된 것은 여자가 꾸민 제법 드라마틱한 계교에 의해서였다.

　명훈의 사무실 책상 위엔 교환을 거치지 않는 직통 전화기 한 대가 놓여 있다. 그런데 작년 10월 초순의 어느 날, 전화 한 통이 잘못 걸려온 적이 있었다.

　이웃에 있는 중국집에서 점심을 먹고 돌아와 담배 한 대를 빼 물며 마악 의자에 앉으려는데 전화가 사뭇 자지러지는 기세로 울었다. 받고 보니 애교가 가득한 여자의 음성이, 거기가 ××여 행사 아니냐고 물어왔다. 아니라고 했더니 이번엔 엉뚱한 전화 번호를 대면서, 그럼 그 번호가 아니냐는 것이었다. 잘못 거셨습 니다, 하고 명훈은 정중하게 대답해주고 수화기를 놓았다.

　전화를 끊고 나서 저렇게 애교덩어리의 목소리를 가진 여자의 직업은 뭘까? 아마 다방 레지 아니면 바걸? 여행사를 찾던 걸 보 면 아마 어느 사장님의 일본 출장 준비 때문에 바삐 돌아가는 비 서 아가씨? 그런 추측을 잠깐 해보고는 그걸로써 그 전화 건에 대한 건 잊어버렸다.

　그런데 다음날 거의 같은 시각에 그 음성의 전화가 또 걸려왔 다. 이번에도 여행사를 찾는 것이었다. 아니라고 대답했더니 애 교덩어리의 음성이 더욱 애교를 띠면서 자못 미안해 죽겠다는 투로 "어머, 어저께 잘못 걸린 데로군요?" 아마 그런 모양입니다고 명훈이 대답했더니, 미안합니다. 깍듯이 사과하고 여자는 전화를 끊었다. 그리고 다음날 또 전화가 걸려왔던 것이다.

그리고 이 두 사람 사이에 제법 통화가 길었다.

"묘한 일이군요. 어째 꼭 제 점심시간에만 댁의 전화를 받게 되는 걸까요?"

명훈이 약간 투덜대는 투로 말하자 여자는 호들갑을 떨며,

"아이, 그러세요? 정말 죄송합니다. 식사하시는 데 방해가 돼서……"

"아니, 식사는 벌써 했으니까 방해된 건 아닌데요, 앞으로의 일이 걱정되는군요."

"앞으로의 일이라니요?"

"댁의 전화가 잘못 걸려왔다는 걸 알려주려면, 자유로운 점심시간에도 밖에 나가 놀지 못하고 꼬박꼬박 사무실을 지키고 있어야 할 게 아닙니까?"

"호호호호……"

여자는 간드러지게 웃었다.

"웃어넘길 일이 아닙니다. 전화국에 얘기하든지 댁의 전화기를 뜯어고치든지 하여간 무슨 조치를 취해주셔야겠어요. 점심시간 즐기는 맛으로 직장에 다니는 놈이란 걸 아시면 함부로 웃지 못하실 텐데!"

"알겠습니다. 시키는 대로 전화국에 얘기하든지 전화기를 뜯

어고치든지 해서 다음부터는 방해되지 않도록 하겠어요. 그런데 선생님?"

"왜 그러십니까?"

"하나 여쭙고 싶은 게 있는데요."

"이 사무실엔 전화 받을 사람이 나밖에 없냐는 겁니까? 수두 룩하죠. 그렇지만 점심시간엔 텅 비고요, 전화기가 내 책상 위에 있으니까 사정 좀 봐주셔야겠어요."

"호호호…… 아니, 그게 아니구요, 아까 점심시간 즐기는 맛이라고 하셨는데요, 점심시간에 무얼 하시면서 즐기시죠? 저어, 저두 배우고 싶어서요."

"굉장히 한가하시군요? 급하게 여행사를 찾던 때는 언젠데. 대체 거기가 어딥니까?"

"아이, 화나셨군요? 저어, 그럼 내일 다시 걸겠어요."

여자는 실수를 하고 말았다. 내일 다시 걸겠다는 걸 보면 여자는 이쪽 전화번호를 알고 있는 것이다.

어떻게 내일도 꼭 잘못 걸리리라고 장담할 수 있단 말인가. 그런데도 자신만만한 음성으로 내일 또 걸겠다는 건, 여자가 처음부터 이 번호로 다이얼을 돌려놓고 나서 딴청을 부렸던 것임에 틀림없다고 명훈은 추측했다. 어쩌면 명훈의 책상에 수화기가 놓여 있다는 것까지도 알고 그런 것인지 모른다. 그리고 바로 명훈이에게 걸었던 것인지도 모른다. 그러나 왜? 얼굴은 못생겼는데 그러나 목소리에는 자신만만한 어떤 오피스걸의 심심풀이 장난전화질인가? 왜 하필 나를 택했을까? 누굴까?

문득 명훈은 한 여자가 눈앞에 떠올랐다. 중국집에서 자주 마주치는 여자. 거의 글래머 걸이라고 해도 과장된 표현이 아닐 만큼 보기 좋게 발달된 육체를 가진 여자, 얼굴 역시, "사진을 잘 받는 얼굴이란 아마 저런 얼굴을 두고 하는 말일 거야"라고 명훈의 과장이 다소 음탕스런 표정으로 말할 만큼 서구적이고 입체적이었다. 그리고, 그런 얼굴들은 흔히 징그러워 보이는 법인데도 그 여자는 차라리 귀하게 자라서 건방져진 듯한, 깔끔한 얼굴이었다.

명훈의 사무실이 있는 빌딩과 길 하나를 사이에 하고 마주 보고 있는 건물 안에 아마 그 여자의 직장이 있는 모양인지, 출근시간에나 또는 점심시간 또는 퇴근시간에 이따금 명훈은 그 여자가 그 건물 안으로 들고 나는 것을 보았다. 점심시간에 중국집 같은 데서 보게 되는 그 여자는 항상 직장동료인 듯한 여자 둘과 함께였다. 그 두 여자도 제법 미인 축에 속할 만큼 그럴듯하게 생긴 까닭에 그들 트리오는 이 근처 사무실들의 남성들 사이에서 심심찮은 화젯거리가 되어 있었다. 점심을 끝내면 으레 다방에 들르곤 하는 그 여자들을 뒤쫓아 다방으로 가서 차를 사겠다고 말을 붙이는 패들도 있는 모양이었다.

명훈 역시 그 여자에 대해서 관심이 없는 건 아니었다. 그러나 다른 사람들 이상으로 관심을 가져본 적은 없었다. 누군가가, 괜찮게 생겼는데 하면 그래 하고, 한코 꿰봤으면 하면 그래 하는 정도였고 그러고 나서 잊어버리곤 하는 정도의 관심이었다. 명훈에게는 관심을 가져줘야 할 여자가 따로 있었던 것이다.

ROTC 출신 장교로 군에 복무하고 있을 때 춘천에 외출 갔다가 우연히 사귄 국민학교 여선생이었는데, 만나던 날 바로 깊은 관계가 되어버렸고 그리고 제대할 때까지 때때로 '깊은 관계'를 계속해오다가 제대하면서 굿바이해버렸던 그 여자가 얼마 전에 서울로 전근을 해와서 명훈의 곁을 맴돌고 있었던 것이다. 문교부에 있는 가깝지도 않은 친척을 붙들고 서울로의 전근운동을 한 것도 오직 명훈을 잊을 수 없어서라고 매달려오는 그 여선생을 명훈은, 이미 그 여자에 대한 열정 같은 건 식어버렸지만 그러나 아직도 사랑하는 체하고는 있었다.

그 여선생님한테 열중해 있기 때문은 아니지만 그러나 하여간 관심을 가져줘야 할 여자는 그 여자 하나만으로서도 명훈에게는 충분했기 때문에 중국집에서 마주치게 되는 여자에 대하여 어떤 욕구 같은 건 없었다. 욕구가 없으면 관심이 일어나지도 않는 법이다.

그런데, 그 여자가 바로 장난전화를 걸어온 당사자가 아닌가 하는 생각이 문득 들었던 것이다. 따지고 보면 그런 추측을 해도 무방할 만한 근거란 아무것도 없었다. 그 여자가 전화를 걸어올 이유도 없거니와 가령 몇 번쯤 얘기를 나눠본 사이라고 할지라도 그렇게 애교를 피우며 장난을 걸어올, 그렇게 생겨먹은 여자가 아니었다.

틀림없이, 점심시간의 텅 빈 사무실을 지키기에 심심해진 어느 사무실의 막생겨먹은, 그러나 목소리는 예쁜 차 담당일 거야. 아차, 바로 이 빌딩의 교환수 계집애들의 장난이 아닐까?

그러나 어쩐지 그 여자일 거라는 생각이 한번 들고 나자 그 생각을 떨쳐버릴 수가 없었다. 정확히 말하자면, 그 여자였으면 하고 바라고 있는 자신을 곧 발견하였다. 그것도 그 여자에게 무의식적이나마 사랑 같은 걸 느꼈기 때문은 아니고 자기가 여선생님으로부터 도망치고 싶어하고 있기 때문에 그런 생각이 드는 것이라는 걸 깨달았다.

"미안해, 난 역시 당신을 버려야 할까봐."

그는, 지금쯤 분필 가루 묻은 손을 씻고 도시락을 펴고 있을 여선생님을 향하여 소리내어 중얼거렸다. 그러면서 전화의 주인공이 누군지 어떻게 해서라도 밝혀내야겠다고 작정했다. 그 여자든 아니든 상관없이 말이다.

다음날, 전화는 걸려오지 않았다. 여자도 자기의 실수를 깨달은 모양이라고 명훈은 생각했다. 그렇지 않으면, 정말 그 여자의 전화기로 ××여행사 전화번호를 돌리면 가끔 이쪽으로 잘못 걸리는 것인가?

그날은 끝내 걸려오지 않은 그 전화를 받기 위해서 전화통에 신경을 쓰고 앉아 있으면서 명훈은 문득 이런 일—서울 사회에서 일어날 수 있는 사소한 드라마에 자기가 열중해왔었다는 걸 깨달았다. 그리고 그것이 뜻밖이라는 느낌은 아니고 오히려 자기는 의식적으로 시작했던 것이 이젠 습관이 되어버린 것이라고 생각했다.

사실 그에게는 흔히들 얘기하는 '남아다운 야심' 같은 건 없었다. 그가 이른바 일류라는 경기고등학교와 서울대학교 상과대학 출신이라는 점을 고려한다면 더구나 그렇다. 아니 그런 출신이기 때문에 그런 야심이 없는 것인지도 모른다. 일찍이 한 번도 '남아다운 야심'을 가져본 적이 없는 건 아니었다. 그러나 자기 나름으로 제법 철이 들었다고 생각했을 때 가령 다음과 같은 그의 형의 말은 굉장히 충격적인 것이었다.

"야망? 국가의 권력을 쥐고 흔들고 싶고 삼군을 호령하고 싶고 역사의 물줄기를 바꾸어 흐르게 하고 싶단 말이지? 농담하지 마. 우리 같은 전형적인 서울내기는 그런 거 할 수도 없지만 그럴 필요도 없어. 그런 건 촌놈들한테나 맡겨둬. 염치불구, 뻔뻔스럽게 들이미는 배짱, 그 오기만만, 치기만만, 쥐뿔만하게 아는 걸 가지고 저만 옳다고 들이대는 촌놈들이나 할 일이야. 그런 놈들 아니면 할 수도 없는 일이구. 너 눈여겨봤는지 모르지만, 신문에 이름깨나 오르내리는 치들, 시골 출신 아닌 거 봤니? 정치가니 무슨 장군이니 하다못해 무슨 작가니 하는 치들까지 말야. 그리구 너 그렇게 이름깨나 난 듯한 녀석들 쳐놓고 실속 있는 녀석들 봤니? 모두 헛것들이야. 너 골목길을 가다가도 괜찮게 생긴 집이라고 생각되는 집을 보면 한번 대문 앞에 다가가보렴. 문패도 없어요. 문패가 있더라도 어디서 한번 들어보지도 못한 이름이구 말야. 진짜는 바로 그런 사람들이란 걸 너 알아야 한다. 괜히 덤벙대고 날뛰다가 당하는 법두 없구…… 사실 사는 재미로야 우리나라에선 서울만큼 재미나게 살 만한 데가 어디 있니? 하지만 서울 사람 아니면 서울에서 사는 재미를 모르거든. 얼핏 보면 촌놈들이 온통 서울을 차지하고 설치는 것 같지만 따지고 보면 제 이름 석자나 날려보려고, 그게 아니면 일확천금할 백일몽이나 꾸며 고향 선배니 뭐니 찾아다니느라고 알짜 재미는 도무지 모르고 지내거든. 헛거야. 너 엉뚱한 꿈은 아예 꾸지도 말고 좀더 구체적이고 현실적으로 살아갈 생각을 해. 위대하다면 차라리 그 편이 위대한 거야."

형이 신문기자, 그것도 꽤 유능하다는 평판의 신문기자인 만큼 무식한 장사치의 개똥철학이라고 흘려들어버릴 수만은 없었다. 그리고 사실, 자기가 알고 있는 자기로서는, 수십 년 동안 한 가지 일을 하다보니 마침내 그 방면의 권위자가 되어 있더라는 식이 아니고서, 얼렁뚱땅 뭐가 되거나 큰 재산을 모으거나 할 수는 없다고 판단하고 있었다. 뿐만 아니라, 해가 갈수록 형의 얘기가 거의 틀림없는 진실이라는 생각이 굳어져갔다.

가령 대학 시절, 여대생들과의 그룹 미팅 같은 데서도, 예쁜 여학생을 두고 아옹다옹 싸움을 벌이는 것은 대개 시골 출신들이지만 그러나 정작 차지하게 되는 것은 처음엔 한 발짝 뒤로 물러서 팔짱을 끼고 있던 서울내기들이었다. 성적도 시골 출신들은 변덕이 심하지만 서울내기들은 비교적 꾸준해서, 졸업 무렵

24

은행에서 오는 추천의뢰 같은 데 뽑히는 건 역시 서울내기들 쪽이었다. 데모를 한다고 해도 서울내기들은 데모 자체와 그 속에 참가하고 있는 자기 개인과는 구별해서 의식하고 있기 때문에 오히려 데모의 마지막까지 참가할 수 있지만 시골 출신들은 자기 자신이 데모라도 되는 듯 턱없이 날뛰다가 당하고 말거나 아니면 서울에선 등을 대어 믿을 만한 데가 없으니 미리부터 겁을 집어먹고 꽁무니를 빼어버리는, 비겁한 일을 하고 말거나 하는 것이다.

그리고 밖에서 이미 만들어진 후에 자기에게는 우연히 들이닥치는 드라마를 그 자체로 포용하여 그것을 즐길 수 있는 것도 역시 서울내기 쪽이야. 촌놈들은 자기가 처음부터 관계하지 않았거나 자기 자신이 꾸며낸 드라마가 아니면 도통 믿으려 들지도 않고 받아들여 즐길 생각은 더구나 하지 않지. 가령 전화장난을 걸어오는 여자 같은 것 말야.

그러나 이따위로 하루 종일 일이 손에 잡히지 않고 전화통에만 신경이 쓰여서야! 그는 차라리 그 여자에게서 다시는 전화가 걸려오지 않음으로써 그 일은 그걸로 잊어버렸으면 좋겠다고 생각했다.

그러나 다음날 점심시간에 전화는 걸려왔다.

첫마디가,

"어제 전화 기다리셨죠?"

"……"

명훈은 어처구니가 없어 잠자코 있었다. 그러자 여자는 좀 당황한 듯,

"여보세요, 거기 삼덕물산 윤명훈씨 아니세요?"

여자는 명훈의 이름까지도 알고 있는 것이었다.

"맞습니다. 내가 무얼로 점심시간을 즐기는지 알고 싶어서 전화하셨습니까?"

여자는 잠시 소리내어 웃더니,

"네, 알고 싶어요. 저두 좀⋯⋯"

"그보다도 전화니까 얼굴이 보이지 않는다고 함부로 말씀하셔선 안 됩니다. 댁이 누군지 내가 모르고 있는 줄로 아시는 모양인데."

"네? 절 아신다구요? 호홋."

"중국집에서 가끔 뵙는 분. 오늘은 까만 원피스를 입으셨더군요, 맞죠?"

"⋯⋯"

여자는 말이 없었다. 여자의 침묵을 어떻게 해석해야 할까 하고 명훈은 생각하고 있었다. 엉뚱한 여자를 대는 바람에 김이 새버렸다는 뜻일까? 어떻든 상관없다.

"왜요? 기가 막히십니까?"

"⋯⋯아아, 제가 그 까만 원피스의 여자라면 얼마나 좋을까요! 안녕히 계세요. 다신 전화하지 않을게요."

여자는 어딘지 들뜬 음성으로 말하고 전화를 끊었다. 명훈은

역시 아니었구나, 하는 생각과 그 여자가 틀림없다는 정반대의
생각을 동시에 했다.

　그날 오후, 명훈은 퇴근하자마자 자기네 사무실이 들어 있는
건물의 입구에서 마치 누구와 약속을 해놓고 기다리고 있는 것처
럼 어정대며 길 건너편 건물의 입구를 눈여겨보고 있었다. 그 여
자가 나타나기를 기다려 그 여자와 어떻게 해서든지 시선을 부딪
쳐볼 작정이었다. 만일 전화를 걸었던 여자가 그 여자라면, 시선
이 부딪쳤을 때 어떤 형태로든지 그 여자의 얼굴에는 변화가 일
어날 것이다. 아무리 강심장인 여자라 할지라도 말이다. 그런데
아무 변화도 생기지 않는다면? 그럼 그 여자가 아닌 거지 뭘.

　물론 명훈은 딱 그 여자라고 믿을 수는 없었다. 구태여 그 여
자이기를 바라는 것도 아니었다. 어차피 장난전화였을 테니까
그게 누구든 명훈으로서는 상관하고 싶지 않았다. 더구나 여자
가 앞으로는 전화하지 않겠다고 했으니까 그 전화장난질도 이젠
끝나버린 것이다.

　그런데 바로 그 끝나버린 전화장난질이란 사실이 어쩐지 명훈
을 집적거리는 것이었다. 뭔가 재미난 일이 있을 수 있었는데 하
는 아쉬움 비슷한 느낌이 그의 호기심을 건드렸다는 건 사실이겠
지만 그러나 스스로는, 이미 끝나버린 거니까 오히려 이젠 과연
그 여자였던가 아닌가를 확인해봐도 좋은 거야, 어차피 나 자신
에게는 누구였어도 상관없으니까 말야, 라고 생각하는 것이었다.

그가 기다린 지 거의 한 시간이나 지나서야 그 여자는 동료 여자 둘과 어울려 밖으로 나왔다. 그리고 명훈이 있는 쪽은 보지도 않고 동료들과 조선호텔 쪽으로 멀어져갔다. 그리고 이내 그 여자와 명훈의 사이를 달리는 차량행렬이 가로막아버렸다.

　명훈은 차도를 사이에 두고 그 여자와 나란히 걸을 수 있기 위해서 좀 바쁜 걸음으로 그 여자가 사라져간 방향으로 걷기 시작했다. 잠시 후에 그 여자 일행이 이쪽으로 통하는 지하도의 저쪽 입구 속으로 들어서는 것이 보였다. 명훈은 문득 쑥스러운 생각이 들어 잠깐 망설였으나, 그러자 어쩐지 그 여자가 아니었을 거라는 생각이 팽배해지는 바람에 용기를 내어 지하도의 이쪽 입구로 들어섰다.

　아마 지하도의 복판쯤에서 그 여자 곁을 지나치게 되겠지. 과연 명훈이 계단을 다 내려갔을 때 그 여자 일행은 저쪽의 계단을 다 내려와 거의 명훈을 정면으로 향하고 걸어오고 있는 중이었다. 그리고 명훈이 계단을 다 내려서서 마악 한 발짝 떼는 것과 그 여자가 명훈의 얼굴에 시선을 준 채 주춤 걸음을 멈춘 것이 거의 동시였다. 이 여자였구나! 명훈은 어쩐지 기뻤다. 걸음을 멈춘 것은 잠깐뿐이었으나 그러나 이미 얼굴에서 당황한 기색을 감추지 못한 여자의 곁을 명훈은 시치미 떼고 지나쳤다. 여자가 조금 전에 내려왔던 계단에 발을 올려놓으면서 명훈이 잠깐 돌아봤을 때 여자는 명훈이가 내려왔던 계단을 올라가면서 명훈을 돌아보고 있다가 명훈과 시선이 부딪치자 얼른 고개를 돌려버렸다.

재미있군, 무척 재미있어, 하고 명훈은 입 속에서 중얼거렸다.

이렇게 재미난 일을 생각해낸 그 여자에게 감사하고 싶은 마음조차 들었다.

차마 그러리라고는 기대하지도 않았는데 다음날도 전화가 걸려왔다. 여자는 아예 솔직하게 나왔다.

"나쁘게 생각지 말아주세요. 나쁜 뜻에서 그런 전화를 했던 건 아니었어요."

"천만에요. 오히려 고맙게 생각하고 있습니다. 그런데 말이죠, 다른 남자들한테도 그런 전화를 거신 일이 있는지…… 이거 뭐, 너무 실례되는 질문인 줄은 압니다만 정말 알구 싶어서 묻는 건데요……"

"글쎄요, 절 그런 여자로 생각하셨대두 할말은 없는데요, 없어요. 정말예요. 믿어주시면 감사하겠어요."

"그런데 왜 하필 저한테…… 제 이름은 어떻게 아셨습니까?"

"어머, 왜 몰라요? 아이, 그럼 제가 정말 실수를 했을까요? 절 정말 모르세요?"

"예?"

명훈은 어리둥절했다. 내가 언제 자기와 말 한마디 나눠봤단 말인가? 물론 전화로는 말을 주고받았다. 그러나 그건 어디까지나 알지 못하는 여자가 잘못 건 전화에 불과했던 게 아닌가! 그걸 가지고 하는 얘기는 아니리라. 그럼 요 근처 사내라면 으레 자기를 알고 있어야 한다는 말인가? 건방지다. 그러나 여자는 뜻밖의 사실을 깨우쳐주었다.

"오옴머, 정말 절 모르셨군요. 전 알고도 모르는 체하시는 것 같아서 그만…… 저, 명훈씨와 덕수국민학교 동창예요. 학예회 때 같이 춤추다가 애들한테서 놀림받던……"

"오오!"

"이름은 기억 안 나시죠?"

"저어……"

명훈은 결국 그 여자의 이름이 기억나지 않았기 때문에 선웃음으로 때웠다.

"제 전화번호는……"

하고, 여자는 자기 직장의 전화번호를 명훈에게 알려주고 나서 그리고 마지막으로 말했다.

"가끔 전화해주세요. 이웃에 살면서 그렇게 모른 체하시는 건 너무하세요. 그리고 제 이름이 무언가는 기억해내실 때까지 가르쳐드리지 않겠어요. 기억해내신 뒤엔 가르쳐드릴 필요도 없겠지만요. 이름쯤 기억해내주시는 성의는 받고 싶군요, 호호호……"

전화로서는 마지막 말이었지만 그러나 그것이 두 사람 관계의 시작이었다. 어느덧 두 사람은 점심시간을 여관에서 즐기는 관계가 되었고, 그런 관계가 반년 넘도록 계속 되어온 터였다.

그 동안 명훈은 그 여자와의 관계에 대하여 자신이 생각해도 이상할 정도로 부담감을 가져보지 못했다.

가령 춘천에서 사귀었다가 서울까지 추격해온 여선생님한테
는 느꼈던 그런 부담감 말이었다. 그 여선생은 결국 거의 발작적
인 결심으로 해군장교 한 사람을 따라 진해로 내려가버림으로써
명훈을 해방시켜주었지만 그러기까지 명훈이 그 여선생에 대하
여 느꼈던 부담감 또는 죄의식은 가히 질식할 만한 것이었다. 그
러한 느낌이 국민학교 동창인 이 여자에 대하여는 없는 것이었
다. 이 여자를 사랑하기 때문에 그리고 그 사랑을 끝까지 유지시
켜 좋은 결실을 맺을 수 있다는 자신이 있기 때문이 결코 아니라
그 여자가 처음 접근해왔을 때의 그 약간은 드라마틱한 경위, 그
리고 길 하나를 사이에 두고 매일 함께 있다는 데서 오는 뭐랄
까, 신뢰감은 그러나 뭐니 뭐니 해도 역시 이 여자 역시 서울내
기로서 어차피 큰 야심 같은 건 외면해버리고 서울 사회가 줄 수
있는 사소하지만 구체적이고 현실적인 재미를 적당히 즐기기로
한, 말하자면 명훈 자신과 같은 종류의 인간이리라는 안도감 때
문이었을 것이다.

아닌게 아니라 여자는 여태까지 뭐 덩치 큰 요구를 해온 적이
없었다.

말하자면 명훈과의 결혼을 희망한다는 식의 얘기는 입 밖에
내놓은 적이 없었다. 마치 명훈과 함께 가끔 극장엘 갈 수 있고
등산을 할 수 있고 여관에 갈 수 있는 것만으로서 만족하고 있
다는 것 같았다. 스물여덟 살이 되도록 시집을 못 가고 직업여성
으로 있어야 하는 자기 처지로서는 동갑짜리 남자에게 그 이상

의 요구를 할 자격도 없다는 것 같았다. 어쩌면 자기를 아내로 데려가줄 남자는 언제라도 있다는 자신이 만만하기 때문인지도 몰랐다.

어떻든 그래 보이는 그 여자가 명훈에게는 무척 편했다. 결혼을 해야 한다면, 이 여자와 해버릴까? 그런 생각이 들기도 했다. 때로는 둘은 이미 결혼을 한 부부라는 착각에 빠질 때도 있었다.

그런데 최근 수정이와 맞선을 보고 난 후로 그는 드디어 이 여자와도 헤어져야 할 때가 온 것인가 하는 일종의 탄식에 가까운 느낌이, 그건 당연하잖은가 하는 느낌과 더불어 들곤 하는 것이었다. 그런 느낌이 들 때면 으레 몇 가지의 의구심이 슬그머니 고개를 들어올리곤 했다. 정말 이 여자는 나와 결혼하겠다는 생각 없이 나와의 관계를 받아들이고 있었을까? 헤어지자는 얘기를 꺼내도 이 여자에게는 별다른 충격이 될 수 없는 얘기일 수 있을 것인가? 그보다도 수정이란 여자한테는 내가 이 여자를 버리고까지 결혼해줘야 할 만한 가치가 있는 것일까? 아니 그보다도, 나는 아직까지 몇 번 만났을 뿐인 수정이의 어떤 점에 끌려서 이 여자와는 헤어지겠다는 생각을 가볍게라도 하고 있는 것일까?

아냐, 내가 수정이와 결혼하리라는 건 불을 보듯 환한 일이지. 요컨대 나는 이른바 자유연애에서 원인이야 어쨌든 모두 실패했어. 이번 이 여자와의 관계까지 실패한다면 완전무결하게 실패한 거지. 키스 정도로 헤어진 여자, 돈을 주고 산 직업적인 여자들을 제외하고도 정말 결혼의 가능성까지 생각해봤던 모두 여섯 명의 여자들과의 연애가 실패한 거야. 원인이야 어떻든 말야. 아냐, 원인들은 무엇이었을까? 아냐, 요컨대 실패한 거야. 그걸로 충분해. 그리고 또 충분한 것은 어떻든 난 재미있게 지낼 수 있었다는 거야. 자유연애의 실속은 차지한 거지. 그러기 때문에 나는 오히려 저 봉건적인 결혼관습을 기꺼이 받아들이려고 하는 거지. 맞선을 보고 양쪽 부모들끼리의 내약을 뻔히 알고도 그것에 반발하지 않고 모른 체하고 있고……

　그래, 난 수정이와 결혼할 거야. 결혼이란 차라리 중매쟁이가 소개한 한 번도 보지 못한 여자와 해야 하는 게 더 재미있는 게 아닐까? 부모들끼리 이미 내약이 되어 있는 처녀와 맞선을 보고 얼마 동안 교제를 하고 약혼식을 올리고 이윽고 결혼식을 올리고. 적어도 그런 과정 속에는 어설픈 야심 따위가 끼어들어 사람을 망쳐놓는 일은 없을 거야. 그렇다고 운명의 장난에 고스란히 목을 달아야 한다는 것도 아니지. 정은 어차피 누구와도 들게 마련이고 형틀처럼 미리미리 준비돼 있는 형식들이 그 정의 무산(霧散)을 방지해준다면, 운명이란 오히려 선택해야 할 당위일 수도 있는 거지. 그래, 내가 수정이와 결혼하려는 건 여자를 사랑하기 때문이지. 왜 사랑하냐고? 그 여자는 복 많은 여자, 나의 운명으로서 내가 모르는 곳에서 대기하고 있던 여자니까.

　그러나 수정과 결혼하기 전에 먼저 치러야 할 것은 국민학교 동창생과의 헤어짐이었다.

어떻게 얘기를 꺼낼까? 언제 꺼내야 좋을까? 이 여자는 어떤 식으로 나올까? 그런 생각을 하면서 명훈은 벌써 알몸이 되어 이불 속에 들어가 있는 여자의 곁으로 다가가 몸을 눕혔다.

"무슨 걱정 있어요?"

여자가 명훈의 어깨를 끌어안으며 물었다.

"응."

"무슨 걱정?"

"굉장히 큰 걱정. 다음에 얘기할게."

말하면서 그는 여자의 입술에 입술을 댔다. 역시 점심으로 먹은 간짜장 냄새가 났다. 그러나 웃고 싶지는 않았다. 어쩐지 이 여자가 그리고 자기도 불쌍한 느낌이 들었다.

수정이 냉면 한 그릇을 국물까지 말끔히 비우는 것을 보고, 수정의 어머니 김씨는 눈을 동그랗게 떠 보이며,

"시집도 안 간 젊은애가 그게 뭐니…… 임신한 여자처럼. 남보기 창피하구나."

말하면서 주위를 살피는 시늉을 했다.

식당인지 서울역 대합실인지 분간하기 힘들 만큼 붐비는 이 시간의 명동 한일관에서 곁엣사람이 냉면을 국물까지 깨끗이 마셔버렸는지 어쨌는지 그런 데 관심을 가질 만큼 한가한 사람은 있을 턱이 없지만 김씨는 짐짓 창피 살까 두렵다는 표정을 지어 딸에 대한 애정을 표시하는 것이었다.

"아이, 엄마는! 누가 보기나 하나요. 되려 엄마 말소리 땜에 망신 사겠어요."

"정말 그렇기두 하겠다. 한데 너 웬일이냐, 한 그릇을 다 비우게? 점심 사줄 테니 나오라구 안 했다면 울 뻔했겠구나."

"엄마두 다 비우구선!"

"나야, 어디 너희들 양하구 같니!"

"아이 참, 엄마두! 언제는 적게 먹는다구 야단치시구선……"

"그야 잘 먹으면 좋기만 하겠니. 하지만 너, 요즘 가만히 보니까 너무 먹어제끼는 거 같아. 그러다가 배탈이라도 나면 어떡하니?"

수정은 문득 어머니의 은근한 말투가 의심스러워졌다. 얼핏 들으면 배탈날까봐 걱정해주시는 것처럼 들리지만 그러나 어딘지 표정 속에 수정으로부터 뭔가 알아내고 싶어하는 것이 있음을 드러내고 계시는 것이었다.

그렇다면, 냉면 사줄 테니 순이한테 집 단단히 보라고 이르고 밖으로 나오라고 하신 것도 오늘 나에게서 듣고 싶으신 게 있어서였던 것일까? 그리고 냉면을 사준 것도 일부러?

"엄마!"

수정은 뽀로통해서 나직이 그러나 쏘듯이 불렀다.

"왜애?"

"엄마, 날 의심하고 계시죠? 그렇죠? 아까 하신 말씀 농담이 아니시죠?"

"의심이라니? 내 무슨 말이 농담이 아니란 말이냐?"

김씨는 시치미를 뗐다.

"엄마 나빠. 그런 의심을 하시다니. 절 그렇게 못 믿으셨어요?"

수정은 쏟아지려는 눈물을 억누르기 위해서 얼른 자리에서 일어나 통로를 빠른 걸음으로 걸어나갔다. 그리고 현관에 있는 '숙녀용' 안으로 황급히 들어가서 핸드백에서 손수건을 꺼내 눈을 막았다.

황급한 걸음으로 뒤쫓아온 김씨는 수정의 어깨를 얼른 감싸고 꼭 껴안으며 말했다.

"애, 수정아, 엄마가 잘못했다. 내가 주책이 없어 괜한 걱정을 해본 거지. 너도 의심해선 안 될 애고, 네 신랑 될 사람도 의심해선 안 되는 건데 그만 내가……"

"밥 좀 많이 먹는다구…… 흑흑…… 밥 좀 많이 먹는다구……"

간신히 악물고 있던 입이 말 몇 마디를 내놓자마자 그만 크게 벌어지며 으아앙 울음보가 터졌다.

어떤 까닭인지 최근에 부쩍 식욕이 좋아져서 음식을 많이 먹는 건 사실이다. 그러나 그런 사소한 사실 하나만으로써, 혹시 임신한 게 아닌가고 어마어마한 의심을 하시다니, 엄마는 너무하시다.

맞선을 본 후 겨우 대여섯 번밖에 만나지 않은 남자와 잠자리를 같이할 그따위 좋지 않은 계집애로 엄마는 나를 알고 계셨단 말인가?

"애, 창피하게스리 변소에서 이게 뭐니? 어서 눈물 닦고, 화장 고치고 밖으로 나가자, 응? 엄마가 그만 망령이 들었었나보다. 널 의심해서 그런 건 아냐. 엄마가 밖으로만 나돌아다니다보면 별의별 사람, 별의별 얘기를 다 듣게 되는구나. 그러니까 자연히 망령된 생각도 문득문득 드는 거 아니겠니? 자아, 어서 눈물 닦고……"

"그렇지만 어쩌면 그런 나쁜 생각을……"

수정은 아직도 흐느끼면서 김씨를 나무랐다.

"그래, 그래. 엄마가 잘못했다. 자아, 어서. 엄마가 사과하는 뜻으로 좋은 데 데리고 갈게 응? 자아, 이젠 그만!"

엄마가 약간 무거운 음성으로 "자. 그만!" 하면 뭐든지 그만 해야 했다. 어렸을 때부터 받은 훈련이다. 수정은 울음을 그쳤다. 김씨가 내미는 화장지를 받아서 조심조심 코를 풀었다.

거울 앞으로 가서 보니 눈 근처는 엉망이었다. 가뜩이나 서툰 화장이 눈물 때문에 얼룩져서 뭐랄까 아편쟁이 할멈 같았다.

"콤팩트 안 가지고 왔니?"

"있어요."

"분만 대강 바르고 나가자. 어차피 미장원에 들를 셈이었으니까."

아닌게 아니라 김씨는 오늘 수정을 미장원에 데리고 갈 계획이었다. 명훈의 부모들과의 내약대로 된다면 여름이 되기 전에 약혼식을 하고 초가을쯤엔 결혼식을 올려야 한다. 그 이전에 모든 결혼 준비를 해둬야 하는 건 물론인데 가령 마사지 같은 것도 그중의 하나인 것이다.

재벌의 따님이라고 일 주일에 한 번씩 마사지를 하게 해줄 수는 없지만 정을 흠뻑 들여 기른 첫딸이니만큼 더구나 남편도 없이 혼자서 출가시키는 딸이니만큼, 결혼식이 있을 때까지 보름만에 한 번씩이라도 꼬박꼬박 하도록 해주고 싶은 게 김씨의 심정이었다.

그러나 너무 바쁜 몸이어서 수정을 미장원에 데리고 가는 일을 내일 내일로 미루다가 오늘은 용단을 내린 것이었다. 김씨는 바쁜 몸이었다. 둘째딸 수란의 표현을 빌리면 '하는 것 없이 바쁜 몸'이었다. 그러나 줄 때는 앉아서 주지만 받을 때는 서서 받는 세상이다. 아니, 줄 때는 앉아서 주지만 받을 때는 멱살을 잡고 강탈하다시피 받아내야 하는 세상이다. 빚 준 돈 말이다.

육 년 전, 뇌일혈로 죽은 남편이 아내와 자식들을 위하여 남겨놓고 간 것이라곤 후암동의 집 한 채뿐이었다. 대지주였고 약간은 친일파였다는 수정의 할아버지가 당신이 활약하시던 무렵으로서는 가장 하이칼라하게 지었다는 집이었다. 물론 현대건축에 비하면 불편한 점이 많지만 그래도 고풍한 맵시라든지 삼백 평이나 되는 정원에 가득 들어서 있는 정원수라든지는 요즘의 타일 바른 삼사십 평짜리 건물이 따라갈 수 없는 멋을 지닌 집이었다. 월급 이외의 돈이라곤 한푼 들여올 줄 모르는 판사님이었던 남편이 죽고 나자 김씨는 비록 남편과 시아버지에 대하여 죄송스러운 마음은 컸으나 그렇게 큰 집을 자기 능력으로서는 더이상 유지할 수 없어서, 아니 자라나는 자식들을 위하여 팔았다. 꽤 많은 돈을 받을 수 있었는데 지금 살고 있는 불광동의 문화주택을 하나 마련하고는 나머지 돈을 모두 남들에게 내놓고 거기서 들어오는 이자로 사는 것이었다.

백화점에 점포라도 하나 사서 해보라느니, 땅장사 또는 집장사를 해보라느니, 다방을 해보라느니, 심지어 여관을 해보라느니 하고 조언을 해주는 사람들이 많았지만, 그럭저럭 세상물정을 꽤 알게 된 지금이라면 몰라도 남편을 여의고 애를 셋씩이나 떠맡아 당황해 있던 당시로서는 오직 현금밖에 믿을 게 없어 보였었다.

이제 돈놀이에는 이력이 생겨서, 밖에서들은 김씨를 '차돌이'라는 별명으로 부를 정도까지 되었다. 돈놀이란 얼핏 생각해보면 큰 가죽가방이나 하나 들고, 월말쯤 슬슬 이자나 거두러 다니면 되는 편한 일 같지만, 어림없는 생각이다. 가령 돈을 갖다쓴 사람이 술집 작부에서 출발하여 지금은 다방의 주인마담쯤으로 출세한 여자라면, 그런데 만일 김씨 쪽에서 그 여자의 전력을 알고 자신도 모르게 조금이라도 깔보는 태도를 보이면, 그 마담께서는 돈을 창고로 하나 가득 쌓아두고도 얼마 되지 않는 이자를 질질 끌어 김씨를 골탕먹이는 것이다. 요컨대 밸을 가진 사람이 할 일이 못 된다.

사실 집 밖으로 나와서의 김씨는 지난 오륙 년 사이에 무척 변했다. 싸움이 시작되면 상대편의 머리칼쯤 쥐어흔드는 건 예사가 되었다. 욕설도 골고루 배웠다. 함경도 욕, 평안도 욕, 경기도 욕은 너무 둔해서 상대편이 들어도 화를 내지 않으니 아예 관두고, 전라도 욕, 경상도 욕……

　김씨는 문득문득, 이토록 변해버린 자신에 대하여 몹시 실망하곤 한다. 그리고 실망하면 할수록 자식들에게 쏠리는 애착은 컸다. 자신의 미덕, 좋은 성품 그리고 좋은 능력 등을 알아주는 건 이젠 자식들뿐이다. 기왕에 남들과는 악착스레 물고뜯는 관계가 돼버렸다고 할지라도 자식들과의 관계만이라도 아름답게 아름답게 유지하고 싶다.

　그러기 때문에 김씨는 자식들에게 대하여 감추는 것이 많았다. 밖에서 얘기를 들려줄 때도 자식들에게 나쁜 영향을 줄 염려가 있다고 생각되는 얘기는 하지 않았고 가령 누군가와 한바탕 싸워서 머리가 헝클어지면 반드시 미장원에 들렀다가 집으로 가는 것이었다. 심지어, 상스러운 말투로 걸려온 전화를 자식들이 받게 되어 어머니가 상대하는 사람들이란 저따위들인가 하는 생각을 하게 될까봐 김씨는 전화 받는 일까지도 식모인 순이에게만 맡기고 있는 것이었다.

　순이야말로 김씨의 손발이었다. 김씨의 악랄한 면, 천박한 면의 자식이라고나 할까. 사실 어느 자식도 순이만큼 김씨의 아픈 데를 알고 있는 자식은 없었다. 그만큼 김씨에 대하여 알뜰하기도 했다.

차라리 자식들한테도 순이한테 하듯 그렇게 모든 것을 털어놓고 지내왔더라면 더 좋지 않았을까 하는 생각을 김씨는 가끔 해본다. 어머니를 통해서 세상의 악랄함, 천박함을 익히게 해주는 게 자식들을 위해서도 더 나은 게 아닐까? 언젠가는 그애들도 때가 묻을 것이다. 여간해선 때묻지 않은 상태로 살아가기 어려운 세상이다. 그렇다면 미리미리 익혀주는 게 낫지 않을까? 그러나 곧 김씨는 고개를 젓는다. 그런 생각을 하는 것 자체가 벌써 자신이 때묻었기 때문이다.

때라면 적어도 딸자식인 경우엔 덜 묻으면 덜 묻을수록 좋다. 여자에게서 깨끗한 것, 아름다운 것, 질서를 지키려는 본능, 조화를 유지하려는 욕망을 빼버린다면 도대체 무엇이 남을 것인가. 그런 것이 닳아져버린 여자를 어느 남자가 사랑해줄 것인가? 남자에게서 사랑받을 수 없는 여자보다 더 비참한 것은 없다. 가령 남자란 사랑하지 않는 여자를 위해서는 한푼도 쓰려 하지 않는다. 제 몸을 아끼고 여자를 돌보는 데 등한해버린다.

그러다보면 그 여자는 목구멍으로 밥조차 넘길 수 없는 처지가 돼버리기도 하는 것이다. 말하자면 소박하게 밥 문제만 두고 생각해보더라도, 남자에게서 사랑받지 못하는 여자의 신세란 이런 것이다. 적어도 김씨는 그런 생각을 하며 자식들을 아름답게 깨끗하게 키우려는 결심을 새삼스럽게 다지곤 한다. 그리고 여태까지는 잘해왔다고 스스로 자신하는 것이다.

김씨는 물론 수정이 임신 같은 걸 했을 리가 없다고 믿고 있다. 도대체 남자와 만난 게 몇 차례 되지 않는다.

그나마도 언제 어디서 만나서 무얼 했는가가 빤하다. 하기야 수정의 입을 통해서 아는 것이지만 수정의 입을 통한 것이기 때문에 의심할 여지가 없다.

그렇다고 명훈이를 뭐 이상한 녀석으로 보고 있다는 것도 결코 아니다.

오히려 기분대로 말하라면, 명훈이가 수정이를 가끔 조용한 교외로 데리고 놀러 가서 키스쯤은 해줬으면 싶었다. 그만큼 명훈이 믿음직스러운 것이다. 김씨의 기분에서는 사실, 명훈은 이미 자기의 사위였다. 그런 기분을 스스로 기꺼이 받아들이고 있었다.

불안한 게 있다면 오히려 명훈이가 수정에게 키스 비슷한 것도 하지 않는다는 것이다. 두 사람이 그러지 않는다는 건 확신할 수 있었다. 물론 맞선을 본 지 이제 겨우 한 달 반이다. 벌써부터 손을 잡고 입을 맞추고 한다는 것도 이상할지 모른다. 그러나 만약 정말 사랑해지지가 않아서 아직까지 그런 일이 없다면?

물론 교제기간을 준 것은 키스나 하라고 준 것이 아니다. 사랑할 수 있는 사람인지 아닌지 피차 관찰하라고 준 것이다. 관찰 결과 가장 이상적인 것은 물론 두 사람이 서로 좋아하게 되어 결혼으로 골인하는 경우다. 그 다음으로 이상적인 것은 두 사람이 서로 싫다고 판단하여 그만둬버리는 것이다. 가장 나쁜 것은 한

쪽은 좋아졌는데 한쪽은 싫어지는 경우다. 그중에서도 더욱 나쁜 것은 여자는 남자를 좋아하게 됐는데 남자는 여자가 싫은 경우다. 그런 경우엔 대개 여자는 이미 바칠 것은 다 바치고 일은 일대로 안 되기 때문이다.

김씨는 자기의 딸이 바로 그 가장 나쁜 경우에 있는 건 아닐까 하는 의심이 이따금 드는 것이었다.

아마 처음으로 딸을 시집보내게 된 어머니라면 누구나 겪는, 지나친 긴장에서 오는 피해망상 때문에 그런 의심이 드는 것인지도 모른다.

또는 수정이가 여러 가지 증세로 미루어봐서, 명훈한테 반해 있다는 것을 알고 있기 때문인지도 모른다. 수정은 반해 있는데 명훈은 정말 좋아하는지 않는지 알 수 없다. 사정이 이렇게 되면 어떻든 불안해지는 것이 오히려 당연한 일이었다.

그러나 그보다도 김씨가 불안해하는 것은 자기가 딸을 길러온 방법이 틀린 것은 아닐까 하는 의심이 가끔 들기 때문이다.

아무리 몇 번 만나지 않은 사이라 하지만, 맞선을 보고 교제하는 남녀의 사이란 가령 친구의 소개로 우연히 알게 된 남녀의 사이와는 다르다. 남자가 결혼만 약속하면 여간내기 아니고서는 모든 걸 곧 허락할 수 있는 사이인 것이다.

남자 역시 별다른 죄의식 없이 그걸 요구할 수 있는 것이다. 명훈이가 한 번쯤 키스를 요구해오지 않았을 리가 없다. 그렇다면? 너무 순진하고 너무 깔끔하게만 자라난 수정은 그러한 행위에 엄청난 수치감 또는 죄의식을 느끼고 피해버렸을지도 모른다. 만일 그랬다면? 그런 일이 만날 때마다 반복되었다면? 그러한 수정을 명훈은 물론 좋게 생각할 수도 있다. 수정이 그러기 때문에 수정을 더욱 사랑하게 될 수도 있을 것이다.

그러나 만일, 두 사람이 만나봐야 그만 정도의 쾌락조차 가질 수 없느냐고 남자가 토라진 것이라면? 아니 정말 아주 토라져버려서 그걸로 그만이라면 차라리 다행이다. 그러나 만일, 토라진 남자의 비위를 맞추기 위해서, 오직 그러기 위해서, 수치감이나 죄의식은 그대로 있음에도 불구하고, 순진하게도 그만 더 엄청난 것까지 스스로 달려가 허락해버리는 결과가 되었다면?

아름답고 깨끗하게 자란 여자일수록 그럴 수 있는 가능성이 많은 건 아닌가? 나는 딸에게 지나치게 세상에서 통용되는 계산을 가르치지 못한 건 아닐까?……

말하자면 이런 식의 생각이 김씨로 하여금 수정이 요즘 부쩍 식욕이 좋아진 하찮은 사실까지도 슬그머니 근심하게 하는 것이었다.

근심을 하고 보면 별의별 근심이 다 생긴다. 김씨는, 명훈이 직장일을 핑계로 수정과 토요일, 일요일에만 만나는 것조차도 근심이었다. 그건 그야말로 수정을 떼어버리기 위한 핑계일지도 몰라, 하는 방정맞은 생각조차도 드는 것이었다.

그래서 오늘은, 바쁜 중에도 용단을 내어 두 가지 계획을 세운 것이었다.

수정의 마사지를 시작하는 것, 그리고 명훈을 불러내어 셋이서 저녁을 먹으면서 수정과 명훈의 관계가 어느 정도인지 관찰해보는 것.

"엄마가 좋은 데 데리고 가주겠다구 했지? 좋은 데가 어디게?"

김씨는 마사지를 해받느라고 거의 가슴까지 드러내고 누워 있는 수정에게 말했다. 미용사로부터 마사지 중에는 입을 열거나 표정을 짓지 말라고 주의를 받고 있는 수정에게서 대답이 나올 리 없다. 퍼뜩, 그 좋은 데가 어디라는 게 짐작되어 벌써 가슴이 뛰기 시작한 수정이지만……

"엄마가 거세요."

"그러는 법이 어딨니? 주책없게스리. 네가 걸어."

"아이 참, 사무실룬 전화하지 않기로 했단 말예요."

"그래, 그래. 하지만 오늘은 경우가 달라요. 엄마가 시켜서 거는 거라구 말하면 될 거 아니니? 내가 시키는 대로만 해."

"저, 전화번호를 몰라요."

"저런! 거짓말을 다 하구……"

"아아이 참!"

수정은 울고 싶을 정도로 입장이 딱했다. 모르는 체하고 그저 엄마 뒤만 졸졸 따라가면 명훈과 만나게 되는 줄 알았는데 그게 아니다. 엄마는 막상 명훈의 회사가 들어 있는 빌딩의 지하다방까지 와서는 수정에게 전화를 떠맡기는 것이었다.

물론 경우로 따지면 마땅히 수정이 전화를 걸어, 어머니도 함께 오셨으니 잠깐만 내려오셨다 가시라고 해야 한다.

딸을 못 팔아먹어 안달이 난 노파처럼 어머니가 전화를 하고 어쩌고 해서는 안 된다.

그러나 두 사람 사이의 약속은 어떻게 되는 것인가? 토요일이 아닌 날엔 결코 사무실로 전화하지 않기로 한 약속 말이다.

그 약속이야말로 수정과 명훈이 알게 된 후 처음으로 해본 약속이었다. 앞으로는 무슨 약속을 얼마나 많이 하게 될는지 알 수 없으나 그러나 어쨌든 그것은 두 사람 사이의 최초의 약속이었다. 적어도 수정에게는 무척 중대하게 여겨지는 약속이었다.

그런데 그 최초의 약속부터 내 쪽에서 지키지 못했다면 명훈은 나를 얼마나 경멸할 것인가? 뿐만 아니라 어머니를 핑계로 내세우고 사무실까지 찾아온, 엉큼하고 뻔뻔스러운 여자. 명훈은 그렇게 생각할 것만 같았다.

"우리 그냥 돌아가요, 엄마. 모레가 토요일인데 뭘 그러세요. 모레 저녁 사주세요, 네?"

"모레는 모레구…… 어떻든 전화를 걸어라. 책임은 내가 질 테니까."

"책임은 또 무슨 책임이우? 창피해서 그러는 거죠."

"창피하다니? 뭐가 창피하니."

"그렇잖아요? 마치 참을 수 없이 자기가 보고 싶어서 엄마를 앞장세우고 찾아온 것처럼……"

"그거야 사실 아니니? 호호호."

"난 정말 갈래요."

수정은 자리에서 발딱 일어섰다.

"온, 계집애두…… 그 전화번호나 이리 다우. 여보세요!"

김씨는 레지를 불렀다. 레지에게 전화 심부름을 시킬 모양이었다.

"엄마, 그건 안 돼요."

"뭐가 또 안 된다는 거니?"

"……"

"너더러 전화하라는 거 아니다. 레지한테 부탁……"

"제가 걸고 오겠어요."

수정은 마침내 마음을 도사려먹고 전화기가 있는 카운터를 향하여 걸어갔다. 무슨 여왕과 공주님이라고 다방에 도사리고 앉아서 레지를 시켜 하인 부르듯 오라 가라 한다는 건 명훈의 인격과 자존심을 위해서 할 수 없는 짓이라고 수정은 생각한 것이었다. 명훈의 자존심을 상하게 해주느니보다, 차라리 자기의 자존심을 꺾는 것이 더 마음 편할 것 같았다. 그러는 것이 아마 사랑의 에티켓이리라.

수정은 핸드백에서 명훈의 전화번호가 적혀 있는 수첩을 꺼냈다. 자기 집 전화번호보다 더 똑똑히 외우고 있는 번호지만 어쩐지 떨리기 시작한 가슴을 진정시키기 위해선 그런 시늉이라도 해야 했다.

신호 가는 소리가 나고 이어서,

"여보세요."

하는 명훈의 음성이 수화기를 통하여 들리자 수정은 가슴이 더욱 떨려서 겨우,

"여보세요?"

한마디 하고 나서 더 말을 잇지 못했다.

"여보세요? 여기 삼덕물산입니다."

"저어……"

"여보세요?"

"저어…… 윤명훈씨……"

"네, 접니다. 아 종숙이? 왜 또?"

"……"

종숙이? 누굴까? 수정은 이젠 정말 입이 얼어붙는 걸 느꼈다. 다방 안에서 들려오던 소음이 그 여자의 귓전에서 아득히 멀어져 갔다. 종숙이란, 그 이름으로 미루어봐서 여자라는 것, 명훈과 아마 자주 전화를 주고받는 사이라는 것, 자기가 알지 못하는 사실을 명훈은 가지고 있다는 것, 그리고 그것은 아마도 자기를 비참하게 할 수 있는 능력을 가진 사실일 거라는 것, 역시 전화해서는 안 되는 것이었다는 것, 어머니가 원망스럽다는 것, 그러나 원망해야 할 까닭은 없다는 것, 명훈도 자기의 실수를 깨달았는지 지금은 '여보세요?' 소리만 되풀이하고 있다는 것, 무어라고 대답을 하든지 전화를 끊든지 해야겠다는 것, 지금 전화를 끊으

면 전화를 걸었던 사람이 누구라는 걸 명훈은 알 까닭이 없다는 것. 따라서 수정은 명훈의 실수를 모르고 있는 걸로 된다는 것…… 그러한 생각들이 한꺼번에 들끓으며 그 여자의 머릿속을 뒤죽박죽으로 만들었다.

"여보세요? 이거 전화가 이상한데……"

명훈의 투덜대는 음성을 들으며 수정은 수화기를 놓고 돌아섰다. 그리고 애써 명랑한 얼굴을 꾸미며 어머니에게 갔다.

"전화 됐니?"

"자리에 안 계신대요."

"정말?"

김씨는 의심스럽다는 얼굴로 수정을 건너다보았다.

"언제 들어온다니?"

"그건 안 물어봤어요."

"그럼 다시 한번 전화해서……"

"아이 엄만, 없으니까 없다는 거 아니겠어요."

"글쎄 다시 한번 해서, 몇시에 들어오시냐구 물어보구 그 시간에 불광동 집에서 전화할 테니 꼭 좀 기다려달란다구 부탁해라."

"바쁜 모양인데……"

"몇번이지? 내가 하마."

김씨는 답답해서 수정과는 더 얘기 못 하겠다는 듯 자리에서 일어서며 손을 내밀었다.

"아아이 참."

수정은 가슴의 밑바닥에서 울컥 치밀어오는 신경질을 삭이느라고 안간힘을 썼다. 다방만 아니라면 엄마가 무얼 안다구, 무얼 안다구 하면서 울고 싶었다. 그러나 엄밀히 따져보면 자기 역시 무얼 안단 말인가? "아 종숙이? 왜 또?" 그 말만 가지고는 사실 아무것도 알 수가 없다. 수정은 될 대로 되라는 기분으로 명훈의 전화번호를 어머니에게 대주어버렸다.

"술술 외고 있구나."

수정을 놀리고 나서 김씨는 카운터 쪽으로 갔다. 한쪽 좌석에서 한 떼의 젊은 여자들이 명랑하게 지껄이고 있는 게 수정의 눈을 끌었다. 아마 이 근처 사무실에 근무하는 여자들인 모양이었다. 그들의 밝은 표정이 수정에게는 어쩐지 어떤 긍지와 자신에 찬 오만한 걸로 보였다. 그들의 밝은 표정을 보고 있으려니 수정은 자신이 점점 위축되어가는 것을 느꼈다. 마치 어떤 경쟁에서 낙오된 것 같았다. 취직 같은 건 나도 하려면 얼마든지 할 수 있었다. 그 여자는 슬슬 덤벼드는 열등감을 떨쳐버리기 위해서 그렇게 생각했다. 사실 하려고만 했다면 지난 2월에 졸업하자마자 수정은 취직할 수도 있었다. 아버지의 친구들 중에는 그럴듯한 위치에 있는 사람들이 많았다. 그중 몇 사람이 고맙게도 수정이 금년에 졸업한다는 걸 기억해두었다가 서로 취직시켜주겠다고 나선 것이었다. 그분들로서는 물론 가장을 잃은 수정의 가정에 조금이라도 도움이 되어주겠다는 뜻에서였는데, 그러나 수정의 어머니는 수정이까지 벌지 않아도 될 만큼 아직은 넉넉하니까,

라는 이유로 그 도움들을 사양했다. 김씨의 생각으로는 여자란 직장생활을 하면 아무래도 거세지고 여자다운 맛이 달라져버려서 앞으로 결혼생활에 좋지 않은 영향을 끼치게 된다는 것이었다. 일부에서는 맞벌이할 수 있는 여자를 아내나 며느리로 맞으려는 풍조가 높아가고 있지만 그건 가난한 생활에서 조금이라도 벗어나보려는 최후의 발악에 불과할 뿐, 결코 맞벌이 부부 자체가 이상적인 부부형태인 건 아니다. 집안살림만 해도 여자에게는 중노동인 것이다.

만일 아내가 맞벌이할 수 있는 여자이기를 바라는 그러한 남자라면 나는 아예 딸을 주지 않겠다.

한편, 수정 자신의 생각은, 취직문제를 놓고 볼 때, 김씨의 생각과는 다른 것이었다. 한마디로 말해서 자기 능력에 자신이 없었다. 영문학과를 나왔다고 하지만 학교 시절에 아주 우수한 성적은 아니었다. 물론 간단한 회화나 타이프라이터 정도는 말하고 두드리고 할 수 있지만 자기의 변변찮은 실력 정도로써 들어가서 일할 수 있는, 사회란 그렇게 어수룩한 데가 아닐 거라는 생각이었다.

나중에야, 자기보다 더 형편없는 친구들도 잘도 취직해서 다닌다는 걸 알았지만 그리고 그들이 첫 월급으로 자기네 어머니한테 옷감을 사드렸다느니 갈비를 사드렸다느니 하는 얘기를 들을 땐 참을 수 없이 부럽기도 했지만, 수정은 그 친구들에겐 회화나 타이프라이터가 아닌 다른 실력이 있었던 모양이라고 생각하는 것이었다. 한마디로 말해서 수정은, 자기가 취직을 할 필요가 없어서 안 하기도 했지만 할 능력이 모자라서 할 수도 없었다고 생각했다.

언젠가 그 여자는 문득, 나는 어느 남자의 첩이나 될 팔자가 아닐까? 하는 생각을 한 적이 있다. 본처와 첩이 무엇이 어떻게 다른 것인지 명확히 알고서 하는 생각이 아니라 그저 막연히, 첩이란 아무 능력도 없으면서 남자의 사랑을 받을 수 있는 여자라는 것이 그 여자의 생각이었기 때문이다.

지금, 다방에 앉아서, 명랑한 표정으로 얘기의 꽃을 피우고 있는 직장여성들을 바라보고 있으려니 수정은 새삼스럽게 그 생각이 난다. 저 여자들은 본처가 될 팔자, 난 첩이 될 팔자…… 명훈을 매일 차지하고 있는 건 저 여자들, 난 정해진 날짜에만 잠깐 만나고…… 종숙이란 여자도 아마 저런 여자들 중의 하나가 아닐까 하는 생각조차 문득 든다. 그렇다고 뭐 질투심이 일어나는 건 아니고 자신이 자꾸만 초라하게 움츠러들 뿐이다.

수정은 지금 자기의 얼굴이 어떤 꼴을 하고 있는지 몹시 궁금했다. 아마 추악하리라. 찌그러지고 녹이 벌겋게 슨 깡통처럼. 그러나 슬그머니 핸드백을 열고 꺼내보는 거울 속에는, 얼마 전에 마사지를 해받고 전문적인 미용사의 손에 의해 곱게 다듬어진, 자신도 깜짝 놀랄 만큼 예쁜 얼굴이 눈썹을 약간 모으고 있었다.

"겁쟁이, 뭐가 무서워서 말도 못 붙이고 돌아왔니?"

김씨가 싱글벙글 미소를 참지 못하는 표정으로 돌아왔다.

"어떻게 됐어요?"

수정은 얼결에 아무 뜻 없는 질문을 했다.

"어떻게 되긴? 너야말로 어떻게 된 거 아니냐? 전화를 걸어서 본인이 나왔으면 말을 해야지."

"……"

수정은 김씨의 표정을 살폈다. 아마 종숙이란 여자 건에 대해서는 아직 아무것도 모르고 계시는 모양이다. 그것에 대해서 모르고 계시다고 생각하니 뭔가 억울하기도 하고 반대로 안심이 되기도 했다.

명훈씨는 나한테 설명해야 해. 그 여자가 누구인지 말야. 어머니한테가 아니라 바로 나한테 해야 하는 거야. 나는 명훈씨로부터 그 여자에 대한 설명을 들어야 할 권리가 있어. 난 그이를 사랑하니까. 수정은 그런 생각으로써 자신을 무장하며 명훈이 나타나기를 기다렸다.

얼마 후 명훈이 점잖은 걸음으로 나타나 김씨에게 공손히 절하고 나서 미소를 띠고 말했다.

"웬일이십니까?"

수정에게는 친근한 미소로 인사를 대신했다. 미소하는 명훈의 얼굴에서 수정은 그 여자와 관계된 어떤 표정을 찾으려고 했으나 찾은 것은 다만 수정이 너무 예뻐서 눈이 부시다는 듯한 표정뿐이었다. 수정은 물끄러미 명훈을 올려다봤을 뿐이다.

명훈은 어느 자리에 앉을지 몰라 잠시 망설이는 것 같았다. 김씨와 수정이 마주 보게 되어 있는 자리를 각각 한쪽씩 차지하고 있었기 때문이다.

"이건 내 자리 같은데?"

명훈은 수정이 앉아 있는 의자를 가리키며 말했다. 안자리로 들어가라는 뜻이었다. 그래야 수정과 나란히 앉게 되는 것이다. 수정은 마지못한 듯 자리를 옮겨앉았다. 김씨는 만족스러운 모양이었다.

"무슨 일이 있었습니까?"

수정의 표정이 굳어 있는 걸 그제야 발견했다는 듯 명훈이 김씨를 향하여 물었다.

"글쎄, 쟤 성미두 참. 자네하구 약속한 날짜두 아닌데 전화를 걸랬다구 날 저렇게 원망하지 않나!"

"오, 그래서 그러는군요? 그거야……"

"그게 아니에요."

수정은 눈을 내리뜬 채 나직이 말했다.

"그럼?"

명훈이 다정하게 물었다.

수정은 잠시 입을 달싹거렸다. 물어볼까 말까. 안 돼, 우리끼리만 있을 때 물어야 해. 아냐, 물어선 안 돼. 자기 입으로 먼저 말해야지.

"벌써 부부싸움이냐?"

54

김씨는 자기야말로 벌써부터 장모 행세를 해도 좋은 그럴 단계가 아직은 아닌 줄 뻔히 알면서도 그런 농담이라도 하지 않고서는 안 될 만큼 수정의 왜 그런지 꼿꼿한 표정에 마음이 걸렸다. 수정이 올해 스물세 살이니까 이십이 년 동안이나 이애를 길렀지만, 지금 명훈한테 대하고 있는 그런 표정을 수정에게서 일찍이 한 번도 본 바 없었던 것 같다.

　약속 위반을 하게 되어 상심한다고 해도 이건 지나치다. 두 애들 사이에 정말 무슨 결정적인 다툼이라도 있었던 게 아닐까? 아까 수정이가 '토요일이 아니니까'라는 핑계를 대긴 했지만 기어이 명훈에게 전화하려 하지 않았던 것도 어쩌면 명훈과의 약속을 고지식하게도 지키기 위해서가 결코 아니라 실은 만날 수 없는 두 사람만의 사정이 있었기 때문이 아닐까?

　가령 지난번 만났을 때 다투었다면 그 이유는 무엇이었을까? 지난번엔 어디서 무얼 했다더라? 으응, 극장시간이 너무 급박해서 저녁을 먹지 않고 그 대신 만두를 사가지고 극장엘 들어갔다지. "글쎄, 그런 데서 그걸 자꾸 먹으라지 않아요, 배가 고파서 비틀거리는 것보다는 남 보기에 덜 창피하다구요." "먹지 그랬니?" "엄마두!" "남자는 그래야 한다. 그렇게 소탈해야!" "엄마두 차암! 쩝쩝거리면서 그이가 만두를 먹고 있는 동안에 난 영화를 보기는커녕 쥐구멍만 있으면 들어가고 싶었다우. 옆엣사람들이 자꾸 돌아보지 뭐예요." "그래서 너 명훈이가 싫어졌다는 얘기냐?" "아이, 누가 싫어졌댔어요." "하하하하, 너두 단단히 반했구나." "어머 어머, 날 놀리시구, 히잉, 나 울래요." 이것은 그 날 집에 들어와서 수정이가 그날 명훈과 있었던 일을 보고하는 자리에서 모녀간에 오고간 대화의 일부다. 그리고 어쨌다더라? 그래, 극장을 나와서 스카이웨이를 드라이브할 작정으로 택시를 잡으려는데 바로 자기네 코앞에 멎는 빈 차조차 번번이 한 발짝 간격으로 다른 패들한테 뺏길 만큼 "무능한 건지 양보심이 강한 건지 그이를 알 수 없었어요." "그건 곤란하구나, 얘. 양보심이 강한 게 바로 무능한 거란다, 남자들 세계에서는 말야." 어쨌든 스카이웨이 드라이브는 성공리에 완수했단다. 팔각정에서 콜라를 한 병씩 마셨고…… 그리고 그 차로 집까지 바래다줘서 왔다.

그런데 어디서 무슨 일로 다투었을까? 키스 거절? 어디서? 스카이웨이? 하지만 나도 여학교 동창들과 한 번 가봤지만 그놈의 길은 남산 길과 달라서 걸어서 다닐 수도 없게 해놓고 차도 팔각정에서나 내렸다가 다시 그 차를 타고 내려가도록 해놓았으니 그런 곳에서 키스는커녕 손목 한번 잡아보자는 남자도 있을 수가 없다. 무슨 일로 다투었을까? 얘기를 들어보면, 수정은 그날 저녁을 꼬박 굶은 모양인데 여자의 저녁에 대해서 신경을 써주지 않은 명훈이가 야속했을까? 그러나 그 점에 대해서는 수정이의 언급이 없었으니 아마 명훈이가 극장에서 나와서 저녁을 먹자고 했지만 수정이가 괜찮다고 거절했을지도 모른다. 수정이의 배는 이상해서 어렸을 때부터 조금만 좋은 일이 있거나 나쁜 일이 있으면 몇 끼를 굶어도 고픈 줄을 모른다.

그럼? 이것도 아니고 저것도 아니면 혹시 명훈에게 다른 여자, 가령 수정과 맞선을 보기 전부터 사귀고 있는 여자나, 아니 지금은 헤어졌지만 그전에 사귀던 여자가 있어서 그 점에 대하여 수정이가 알게 돼서……

그럴지도 모른다고 생각하니 김씨의 얼굴은 자신도 모르게 굳어졌다. 그리고 굳어진 시선으로, 이러지 말아야 한다는 걸 알면서도 어쩔 수 없이 명훈의 얼굴을 살펴봤다. 왜 여태까지 나는 명훈이가 그럴 수 있다는 생각을 못 했을까?

명훈은 김씨의 그 굳어진 시선을 재빨리 알아차렸다.

그는 수정이 왜 지금 이렇게 야릇한 표정으로 자기를 빤히 보고 있는지, 그 이유를 잘 짐작하고 있었다. 전화에 대고 "아 종숙이? 왜 또?" 하고 말하고 나자마자, 아차 실수했구나 하고 생각했지만 물론 그때까지도 상대가 수정이라고는 미처 생각해보지 못했다. 토요일이 아니더라도 수정에게서 전화가 걸려올지 모른다는 걸 한 번도 생각해보지 않았던 건 아니지만 어쩐지 그에게서 수정의 존재란, 전연 걱정이 안 된다고 할까, 탁 믿어버렸다고 할까, 요컨대 자기를 궁지로 몰아넣을 여자가 아니었다. 그런 만큼, 나중에 걸려온 김씨의 전화에 의해서 조금 전에 말없이 전화를 끊었던 여자가 수정이었다는 걸 알게 되자 그의 당황감은 컸다. 당황감이 너무 크면 그러는 것인지 그는 천장을 보며 피시시 웃었다. 우습게 탄로나는군.

그는 수정의 모녀가 기다리고 있는 다방에 내려올 때도, 이 돌발적인 사고에 대해 생각해보기 위하여 엘리베이터를 이용하지 않고 육층이나 되는 계단을 터벅터벅 걸어내려왔다.

올 것이 왔다. 그 동안 뭐 자기의 여자에 관한 전력을 수정이 알았을 때 어떤 사태가 일어날는지, 하는 따위의 걱정은 유달리 깊이 생각해보지 않았는데도 그는 그런 느낌이 들었다.

그는 많이 만나본 것은 아니지만 그 나름으로는 수정이 어떤 여자인가를 알고 있었다. 적어도 남자의 한마디의 실수에서 수백 마디로 설명해도 못다 할 어떤 사실을 추리해낼 만큼은 영리한 여자라는 걸 알고 있었다. 아니 도대체 여자란 족속은 남자의 그런 실수에는 민감하도록 태어났다는 걸, 명훈은 과거의 여자 경험에서 터득하고 있었다. 뿐만 아니라 이런 경우엔, 그럴듯한 변명을 만들어 그것을 여자의 귀에 쑤셔넣으면 어쨌든 여자가 그것을 받아들여준다는 것도 그는 배웠다. 완전히 수긍이 가지 않더라도 여자란 남자의 변명으로써 자기의 분노와 불안을 달래는 것이다. 변명조차 하지 않는 남자야말로 여자들 입장에서는 더욱 화가 나고 저주하고 싶어지는 존재인 것이다.

계단을 내려오면서 명훈은 수정에게 들려줄 변명을 궁리해 봤다.

종숙이란 여자는 그의 국민학교 동창생, 바로 길 하나를 둔 저쪽 빌딩에서 일하고 있는 여자, 명훈에게서 오직 명훈 자체만을 요구할 뿐 그 외는 아무것도 아직까지 요구해온 일이 없는, 점심시간에 여관으로 동행해주는, 그 여자였다.

무어라고 변명한다? 내가 한 실수가 뭐였지? "종숙이? 왜 또?"였지, 반말이었겠다. 누이동생? 아이쿠, 이런 대가리라니. 상대는 수정이야. 우리 어머니가 좋아하는 음식이 갈비찜이라는 것까지 알고 있는데 누이동생이 없다는 걸 몰라! "종숙이? 왜 또?" 반말이었겠다. 식모? 그렇다면 "종숙이? 왜 전화했어?"여 야지. 뿐만 아니라, 후환을 남기는 변명이다. 사환? 이건 괜찮군. 은행에 심부름 보냈는데 무슨 일이 있으면 전화하라고 했기 때 문에 마침 전화를 기다리고 있던 중이었다……

사실 그는 변명을 꾸미는 건 전혀 힘들지 않았다. 어떤 변명이 건 들려주기만 하면 된다. 여자는 어떤 변명이건 납득할 준비를 하고 있는 것이니까. 더구나 수정이 같은 여자는, 그 여자를 바 보라고 얕잡아봐서가 아니라 지금 두 사람의 관계는 교제의 초 기여서, 비록 그 여자가 남자의 변명이 듣고 싶어 금방 숨이 넘 어갈 지경이라도 남자가 먼저 변명을 시작하지 않으면 결코 먼 저 묻지는 않는다.

수정은 결코 먼저 묻지는 않을 것이다, 고 그는 생각했다. 자 존심이 강한 여자다. 나의 실수 건에 대해서 자기 어머니에게도 물론 한마디 하지 않았을 것이다. 시치미를 뚝 떼고 앉아 있다 가, 역시 시치밀 떼고, 반갑고 동시에 부끄러운 체 미소 띠며 의 자에서 일어나 나를 맞을 것이다.

물론 언젠가는 물어올 것이다. 그것도 아마 지나가는 말처럼 슬그머니. 그 여자가 그러리라는 건 불을 보듯 환한 일이다. 그러나, 그렇다고 해서 그 여자가 물어올 때까지 변명을 보류해두어야 할 것인가? 그건 좀 부자연스럽지 않을까? 그렇다면, 먼저 시작해? 오늘중으로? 아니 수정의 어머니도 함께 있는 자리에서? 그러나 그것은 더욱 부자연스럽지 않을까?

결국 그는, 에라 닥쳐서 보자, 는 배짱으로 다방을 들어섰다. 그런데 뜻밖에도 수정은 표정으로써 명훈에게 뭔가 따지고 있는 것이었다. 변명할 준비는 해두라는 은근한 암시도 아니고 이건 아예 따질 게 있는데 마침 잘 만났다는 표정이었다.

명훈은 완전히 당황해버렸다. 자기가 알고 있는 수정은 이럴 수 있는 여자가 아니었다. 불덩어리가 있더라도 그것이 안으로 안으로만 타들어갈 여자이지 이렇게 노골적으로 표시하는 그런 여자가 아니었다.

모녀 사이에 무슨 얘기가 있었구나 하고 명훈은 생각했다. 이것 역시 그의 예상 밖이지만 예상 밖인 건 수정의 감정 표시 이상의 것이 있을 수 없었다. 아냐, 이건 심상치 않은 사태다. 전화의 실수 건 따위가 아냐. 어디서 무슨 얘기를 들은 거야. 틀림없어. 그렇지 않고서야 모녀가 이렇게 사무실로 들이닥칠 수가 없어.

물론 김씨는 전화에서 말하기를, 마침 요 근처를 지나다가 전화하는 건데, 저녁에 별 약속 없으면 저녁이라도 함께 하자고 했다. 퇴근시간이 아직 멀었을 테니 지금 정 바쁘면 내려올 것두 없구 이따가 몇시에 어디서 만나기루 약속이나 해놓고 그 동안 우린 우리 볼일 보겠다, 고 능청까지 떨었구나.

그런 생각들이 그의 머릿속을 헝클어놓기 시작했기 때문에 뾰족한 대책은 서지 않은 채 표정만 굳어지려는 판에 마침 김씨가 살 길을 가르쳐주었다. 토요일이 아닌데, 전화도 아니고 직접 찾아옴으로써 약속을 어기는 게 되었다고. 그것 때문에 수정이 지금 저렇게 엄마한테 토라져 있는 거라구.

명훈은 일단 안도했다. 그렇다고 완전히 마음을 놓을 수는 없었다.

그 약속을 여태껏 수정이 잘 지켜준 건 모르는 바 아니지만 그러나 그 약속에 대하여 수정이 얼마만큼 큰 노력을 바쳐왔는가를 모르고 있는 그로서는 김씨의 그런 말도 사태를 원만히 수습하려는 어른들 특유의 능글맞은 포석쯤으로밖에 들리지 않는 것이 사실이었다.

그러나 어쨌든 이젠 이 자리를 궁색하게 만들지 않을 수 있다는 자신은 섰다. 피차 이 자리에서는 본론 — 만일 명훈의 짐작이 틀림없다면 — 에 대한 얘기를 꺼내지 않기로 한다. 아마 저녁식사 때는 얘기가 나오겠지. 그러나 그때까지는 아직 시간이 있다. 어떤 여자와의 관계에 대하여 무슨 얘기를 듣고 왔는지 모르지만 변명이나 해명이란 그 하는 방식은 뻔한 것이다. 뿐만 아니다. '가장 좋은 방어수단은 공격.' 물론 공격이라는 어마어마한 말을 이 존경할 만한 모녀에게 쓸 수는 없지만 가령 이런 정도의 말만 해도 모녀는 자기들의 화기(火器)에서 탄창을 빼버릴 게다. "아, 그 여자 말씀이시군요. 대학 때 그룹 미팅에서 알게 되

어 몇 번 만났죠. 하지만 그 정도의 과거까지도 용서하시지 않으
신다면 전…… 정말 억울하다고 생각합니다. 수정씨는 이해할
수 있겠죠. 우리가 이조시대를 살고 있는 것도 아닌데…… 수정
씨도 대학 시절에 그룹 미팅 같은 데서 알게 된 남자와 다방에서
차 한잔쯤은 나누지 않았을까요……" 아냐, 마지막 말은 안 하
는 게 유리해. '지나친 공격은 아군의 전력 소모의 원인이 될 수
도 있다.'

그러고 있을 때 김씨가 "벌써" 부부싸움이냐" 하는 말과 잠시
후에 문득 굳어진 시선을 명훈에게 보냈던 것이다.

명훈은 김씨의 시선을 슬그머니 피해 수정을 보았다. 수정은
이제 고개를 약간 숙이고 마치 구두코에 흙이 묻었나 묻지 않았
나 검사해보는 시늉을 하고 있었다. 이 여자는 지금 기다리고 있
구나, 내 변명을, 하고 그는 생각했다. 그러면서, 오늘은 유난히
예쁜 것 같다고 생각했다. 화장이 짙어졌다는 걸 비로소 발견했
다. 옆으로 보는 수정의 목덜미의 그 매끄러워 보이는 청결한 피
부에 그의 의식은 잠깐 흡수되어버렸다. 문득 안타까움 같은 느
낌이 그를 습격했다. 이 여자를 놓쳐선 안 돼, 하고 그의 내부의
어디선가 급박한 말투의 속삭임이 들려왔다.

"그앤 성미가 나빠서 가끔 그래요. 너무 비위 맞춰주면 더한다
구……"

어느새 풀어진 표정의 김씨가 말했다.

수정은 여전히 같은 표정, 같은 자세로 앉아 있었다.

"며칠 전에 아버님을 만나셨다구요?"

명훈이 말했다.

"참 그래. 미도파 앞에서…… 차 대접이라도 하려구 그랬지만 바쁘신 것 같아서 그만 몇 말씀 나누지 못하고 헤어졌어. 흥 안 보시던가? 내 옷차림이 흉했을 텐데?"

"오히려 아버님께서 미안해하시더군요. 동행이 있어서 그만 실례를 하셨다구요. 참 아버님이 그러셔서 한바탕 웃었죠."

"뭐라고 하셨는데?"

"하하, 이거 뭐 일러바치기두 뭐하구……"

"궁금하군 그래."

"저어, 아버님께서요, 장, 장모님께서 너무 미인이셔서 동행하던 친구가 어떻게 오해할까봐 혼나셨다구요, 하하하……"

"호호호호……"

수정은 어머니와 명훈이 사이에 오고가는 얘기가 도무지 시답잖게 들렸다. 그 여자의 기분은 순간순간마다, 스스로 의식할 수 없을 만큼 변덕을 부리고 있었다. 이제는 자기의 그 변덕 심한 기분을 걷잡을 수 없어서 어서 이 자리를 뜨고 싶었다.

그러나 막상 어머니와 명훈이 이따가 여섯시 반에 이 다방에서 다시 만나기로 약속하고 자리에서 일어서자고 했을 때 수정은 자신도 모르게 명훈을 향하여 말했다.

"여기서 기다릴게요."

그 말을 하는 순간의 수정의 변덕스런 기분은 '태연'이라는 점을 가리키고 있었던 것이다.

"여기서? 아직도 두 시간 반이나 남았는데 어떻게 여기서 기다리니?"

"엄만 볼일 보러 가세요. 저 혼자 여기 있을래요. 아니, 엄만 이따가도 오지 마세요."

이건 또 무슨 변덕이람. 김씨는 너무 어이가 없어 물끄러미 수정을 내려다보았다. 수정은 죄지은 사람처럼 귓바퀴까지 빨개진 얼굴을 푹 숙이고 앉아서, 자기가 금방 한 말을 후회라도 하는지 아랫입술을 잘근잘근 씹고 있었다.

앞으로 두 시간 반이나 남은 명훈의 퇴근을 이 다방에서 혼자 남아 기다릴 테니 엄마는 볼일 보러 가시고 그리고 다시 오실 필요도 없다고? 결국 명훈과 수정, 저희들 둘만의 시간을 갖고 싶으니 엄마는 자리 좀 사양해주십사는 얘긴데, 그러는 수정의 저의를 김씨는 헤아리기 어려웠다.

우리 둘만의 재미난 시간을 단 몇 분이라도 어머니에 의하여 훼방당하고 싶지 않다는, 그렇게 뻔뻔스러울 정도로 대담하고 노골적인 뜻에서 수정이 그런 요구를 한 것은 물론 아니리라. 아마도 김씨가 들어서는 안 되는, 저희들끼리 해야 할 담판이라도 있는 까닭이겠지.

그러면 그 담판거리란 건 뭐냐고 묻기라도 하듯, 김씨는 곁에 잠자코 서 있는 명훈을 돌아봤다.

명훈은 '소생 역시 알 턱이 있사옵니까. 하오나 하여간 죄송하

오이다' 하는 표정으로 싱긋 웃으며,

"전에는 이런, 이렇게 개었다 흐렸다 한 일이 없었는데요."
우물쭈물 말했다.

혼자 남아서 명훈 자기를 기다리겠다는 수정의 말에 대하여
명훈은 그 나름의 짐작이 없는 건 아니었다.

수정은 자기 혼자만 나의 해명을 들을 작정인 거야. 그 해명이
란 물론, 종숙이란 여자 또는, 내 짐작이 틀림없다면, 나와 과거
에 관계가 있었던 어떤 여자 ― 그게 누군지는 수정과 그의 어머
니가 말을 꺼내기 전에는 나로서는 알 수 없다 ― 에 대한 해명을
말함이다. 사무실 근처까지 나를 찾아올 때는 물론 모녀가 함께
나로부터 해명을 듣자고 온 것인데 막상 와놓고 보니 수정은 생
각이 달라진 거야. 이런 문제란, 본인들끼리만 얘기해보면 별게
아닐 수도 있고 또는, 굉장히 심각하다고 해도 본인들만 알고 입
을 다물기로 하고 부모들께는 다른 적당한 핑계를 대어 교제를
끊을 수도 있는 법인데, 처음부터 어머니 같은 존재가 끼어들고
보면 결과는 본인들이 바라는 바와 같게 되지 않을 확률이 많은
것이다.

연인과의 사이에 생긴 문제에 임하는 이만 정도의 계산이야
철든 계집애라면 누구나 하는 것이다. 수정의 경우는 오히려 철
이 좀 덜 들었다고나 할까, 적어도 여기까지 자기 어머니를 방패
삼아 나왔지 않은가 말이다. 물론 때늦게나마 깨달아서, 어머니
는 우리끼리만의 자리에서 물러서 계십시오, 한 건 다행이지만

말야.

"정말 엄마만 가라는 거냐? 이따가두 오지 말구?"

"……"

"하지만 애, 모처럼 엄마가 너희들한테 저녁 한턱 내겠다는데 네 맘대루 날 쫓는 법이 어딨니?"

"미안해요, 엄마."

"미안이구 쌀눈이구, 난 네 말 안 듣겠다. 윤서방마저 날 쫓고 싶다면 그땐 이 늙은 몸을 한탄하면서 퇴장해주겠다만서두……"

농담하며 김씨는 웃음 띤 얼굴로 명훈을 돌아봤다. 안경 속에서 한 눈을 찡긋해 보이기까지 하며.

"가시긴 어딜 가신다구 그러세요? 전 장, 장모님이 사주시는 저녁을 얼마나 먹고 싶어했다구요."

명훈도 능청을 떨었다.

어머니와 명훈 사이에 오가는 말을 듣고 있으려니 수정은 문득 어렸을 때 생각이 난다.

낮잠을 자다가 깨보니 식구들이 바나나를 먹고 있다. 수정의 몫으로 남겨두었던 것이라고 하며 어머니가 주시는 바나나를 보니 아무래도 자기들은 실컷 많이 먹고 수정에게만 조금 남겨놓은 것 같은 의심이 든다. 그런 의심 때문에 수정은 약이 오르고 서러워져서 바나나를 내동댕이치며 앙앙 울어댄다. 투정부려보는 것인데 그런 속을 아는지 모르는지, "언니는 바나나가 싫은 모양이구나. 수란이 너나 더 먹어"고 말씀하시며 수정이가 내

66

던진 바나나를 동생 수란이에게 준다. 수란이는 멋모르고 좋아라 하며 받아서 먹으려 한다. 그때의 미움이라니! 약을 올려주는 엄마는 말할 것 없고 수란이마저 미워 죽겠다.

지금이 바로 그렇다. 어렸을 때와 약간 다른 것은, 그때는 엄마도 수란이도 다 미웠지만 지금 미운 사람은 엄마는 아니고 명훈 하나만이라는 것이다. 엄마에 대해서는 가엾으시다는 느낌이었다.

엄마야 왜 내가 혼자 남아 있겠다는 것인지 모르시니까, 내가 엉뚱한 일로 토라져서 이러는 줄로 오해하시고 나를 달래시기 위해 농담을 해보시기도 하는 것이지만, 명훈은 십중팔구 내가 왜 이러는지 짐작을 하고 있을 텐데도 능청맞게 "장모님이 사주시는 저녁을 얼마나 먹고 싶었다구요" 하는 따위의 버릇없는 농담을 지껄여대고 있다고 생각하니 수정은 기분대로 한다면 가슴을 쿵쿵 두드리거나 머리칼을 쥐어뜯으며 울고 싶었다.

그런 기분을 억지로 참고 수정은,

"아아이, 엄마두! 다 생각이 있으니까 먼저 들어가시라는 거아네요!"

"그래 그래, 지금 물러간다. 눈치를 보니 윤서방도 내가 달갑지 않은 모양이구……"

"무슨 말씀이십니까! 농담이 아니구 정말……"

"호호호…… 알았어요, 알았어. 자, 저앤 혼자 있게 버려두고 우린 그만 가보자구."

김씨는 출구를 향하여 앞장섰다. 그러나 명훈은 자못 걱정된다는 얼굴로,

"정말 두 시간 반씩이나 기다릴 수 있겠어?"

다정하게 수정을 향해 말했다.

"제 걱정은 마시구 일 마치시구 오세요."

수정은 쌀쌀하게 말했다.

"어머닐 그냥 저렇게 보내도…… 섭섭해하실 텐데?"

지금 어머니가 문제예요? 하는 말이 목구멍까지 치밀었으나 수정은 꿀꺽 삼켜버리고 잠자코 있었다.

"그럼, 나 될 수 있는 대로 빨리 끝내고 올 테니까 꼼짝 말고 여기 있어요."

말하고 나서 돌아서는 명훈에게 수정은,

"저어……"

"왜?"

수정은 잠깐 망설이다가,

"저어…… 제가 왜 어머닐 보냈는지 그 이유, 아세요?"

"글쎄."

명훈은 짐짓 고개를 갸웃거렸다. 그리고 빙긋 웃으며 말했다.

"그건 모르지만 어쨌든 놀랐어. 수정이한테 이런 쌀쌀한 면이 있다니…… 뭔가 다시 생각해봐야 할 것 같애."

"정말 모르세요?"

"뭘? 수정이 이렇게 저기압인 이유 말인가? 글쎄, 이유가

있으니까 이러실 텐데…… 이유는 나 때문일까?"

"생각해보시면 아실 거예요. 이따가 다시 오실 때까진 생각해가지구 오세요. 이건…… 제…… 부탁예요."

말하고 나서 수정은 고개를 숙였다. 갑자기 모멸감 같은 느낌이 엄습해와서 눈물이 피잉 돌았다.

"오케이. 잘 생각해가지고 올게요."

명훈은, 일부러 분명한, 쾌활한 음성으로 말하고 나서 돌아서 가려다가 다시 돌아서서 나직이,

"두 시간씩이나 한 자리를 지키고 있으려면 레지들한테 눈총깨나 받을 거야. 하지만 한번 버티어봐요. 이것도 사회생활 공부다 하구 말야. 못살게 굴거든 삼십 분 만에 한 잔씩 차를 시켜요. 찻값은 염려 말구. 내 말 알았어요?"

수정은 알았다는 뜻으로 잠자코 있었다.

명훈은 빙긋 한 번 웃고 나서, 출구 쪽에서 이쪽을 보며 기다리고 있는 김씨를 향하여 걸어갔다.

밖으로 나오자 김씨는 잠깐 망설이다가, 아무래도 이것만은 알고 가야겠다는 표정으로 명훈에게 말했다.

"수정이가 왜 저러지? 무슨 일이 있었나?"

"사실은 저두 잘 모르겠어요. 오히려 제가 여쭤보고 싶었었는데요……"

"그래? 여기 올 때까지두 별루 이상하지 않았었는데…… 쟤가 워낙 신경이 예민한 애여서…… 하지만 그다지 변덕스런 성

미는 아닌데, 이상하지?"

"나중에 제가 알아봐가지고 알려드리겠습니다. 너무 걱정……"

"아냐, 뭐 그럴 거까지는 없구. 사무실이 이 건물인가?"

"네, 저어기 저 육층입니다. 그런데 정말 그냥 가시겠습니까?"

"글쎄 말야. 오늘은 꼭 함께 저녁이라두 할려구 그랬는데……
쟤가 전에 없던 성미를 부리는 바람에 그만……"

"이따가 오시죠 뭐. 좀 있으면 풀리겠죠. 사실은 제가 진작 한
번 모시려고 했더랬습니다만……"

"그러지 말구, 퇴근하구 그애 데리구 집으루 오지 그래. 나 먼
저 들어가서 저녁준비 해놓을게, 응?"

"그러지 마시구 오늘은 제가 모실 테니까……"

"아냐, 내 생각이 좋을 것 같은데……"

"그럼 그렇게 하겠습니다."

"그리구 혹시 밖에서 오래 있게 되겠으면 집으로 전활 줘요.
기다리지 않게, 응?"

"알겠습니다."

"자, 어서 들어가 일 보시라구."

"차 잡으시는 데까지만……"

"아냐, 나 여기, 잠깐 들러갈 데가 있어서. 참!"

김씨는 핸드백을 열고 돈을 꺼냈다.

"그거 뭐 하실려구요?"

"이거어……"

"에에이, 저한테 있어요. 그럼 안녕히 가세요."

명훈은 절을 하랴, 돈을 받지 않기 위해 뒷걸음질치랴, 바빴다.

그러는 명훈이가 아직도 소년 같아 보여서 김씨는 귀엽기도 하고 동시에 어쩐지 위태로워 보이기도 했다.

수정에게는 좀더 나이 많은 남자가 필요했던 게 아닐까, 하고 김씨는 잠깐 생각해본다. 그러나 곧, 명훈과 수정의 나이 차이가 오 년이고 그리고 그것이야말로 자기가 가장 이상적으로 생각해온 나이차이라고 새삼스럽게 확인해보며 김씨는 자신을 안심시킨다.

한편 수정은, 어머니와 명훈씨가 다방을 나가고 나자 그제야 변덕스런 기분에서 빠져나와 이제까지의 자기 자신을 제법 냉철하게 바라볼 수 있는 상태가 되었다. 그런 상태가 되고 보니 제일 먼저 어머니께 진심으로 미안한 느낌이 들었다.

영문도 모르고 어리둥절해 계시는 걸 마치 쫓아내듯 가시게 했으니…… 도대체 명훈이란 사람이 뭔데, 그 사람이 나와 무슨 관계에 있다고 어머니를 섭섭하게 하면서까지 나는 그 사람한테 집착하고 있었을까? 약혼자도 아니고, 남편은 더욱 아니고 아니 설령 남편이라고 하더라도 그래 나를 낳아주고 길러주고 나를 위해서 고생하고 계시고 나한테서 진심으로 나의 행복 이외의 것은 바라는 게 없는 어머니보다 더 나에게 중요한 존재란 말인가?

결코 아니다. 그런데 왜 나는 아직 확실하지도 않은 의심, 그 남자에 대한 의심 하나만 가지고도 그렇듯 미칠 것 같은 기분,

어머니의 섭섭해하실 마음을 살펴드리는 여유마저 잃어버릴 만큼 혼란된 기분에 휩싸였을까?

물론 나는 그를 좋아한다. 좋아하기 때문에 혹시 그에게 나 아닌 다른 여자가 있을지도 모른다는 의심에 대한 분명한 대답을 그에게서 기대해보는 것이다.

그런데 기대를 했으면 했지, 왜 그렇게 미리부터 안절부절못했는가 말이다. 보다 더 침착하게, 보다 냉정하게 적당한 기회를 봐서 그 의심을 풀어보려고 할 수도 있지 않았을까.

그렇지만 난 참을 수 없었어. 그런 의심을 마음 한구석에 숨겨둔 채로는 명훈씨와 마주 앉아서 천연스럽게 딴 얘기를 할 재주가 나한테는 없어. 그렇구말구. 내가 이렇게 지리한 시간을 견디며 기다리고 있는 것도 명훈씨에게 괜한 트집을 잡고 강짜를 부리고 싶어서가 아니라, 명훈씨를 앞으로도 계속해서 떳떳이 만날 수 있기 위해서 내 마음속의 의심을 떨쳐버리려고 그러는 거야.

그래, 명훈씨는 한마디 솔직한 말만 나한테 들려주면 돼. 그 종숙이란 여자가 누군지 말야. 설령 그 여자가 나보다 먼저 명훈씨와 사귄 애인이라고 해도 상관없어. 명훈씨가 그렇다는 것만 분명히 솔직하게 말해주면 우리는 아무도 더럽혀지지 않을 수 있는 거야. 그러나 만일 명훈씨가 조금이라도 속인다면? 그렇게 되면 우리는 모두 그 속임수 속에서 스스로는 그렇지 않다고 생각하며 더럽게 죄스런 생활을 하게 될 거야.

그런 생각을 하고 보니 수정은 이따가 명훈을 좀더 떳떳한 태도로 맞을 수 있을 것 같았다. 무조건 그를 힐책하는 태도나 원 망하는 표정으로 대할 까닭이 없다. 진심으로 의논하는 기분으로 대해서 자기가 먼저 묻기로 한다.

일곱시가 거의 다 됐을 때 명훈이 상의를 벗은 와이셔츠 차림으로 나타났다.

"지루했지? 올라가지."

"올라가다니요?"

"사무실에. 다 퇴근하고 나밖에 없어. 사무실에서 내려다보면 전망이 괜찮아요. 얘기하기두 조용해서 좋구……"

수정은 명훈의 뒤를 따라 다방을 나섰다.

오후 일곱시가 가까운 이 거리는 퇴근하는 월급쟁이들로 붐빈다. 명훈의 직장이 들어 있는 빌딩에서도 회사원 차림의 남녀들이 쏟아져나오고 있었다.

명훈의 뒤를 따라가면서 수정은 길가에 열지어 서 있는 빌딩들을 새삼스러운 눈으로 올려다보았다. 서울을 서울답게 하기 위해서만 괜히 서 있는 걸로 평소엔 느끼고 있던 그 빌딩들이 그러나 사실은 이 많은, 움직이고 생각하고 말하고 하는 멀쩡한 사람들을 하루 종일 뱃속에 넣고 있었다고 생각하니 어쩐지 그 빌딩들이 살아 있는, 뭐랄까 커다란 고래의 무리 같았다.

이 많은 사람들은 저 속에서 도대체 무슨 일을 했을까? 극장이라면 영화 구경을 했을 게고 학교라면 강의를 들었을 게고 병원이라면 의사로서 치료를 해주거나 치료를 받거나 했을 게고 백화점이라면 물건을 사고팔고 했을 게고 음식점이라면 음식을 먹고 나오는 길이라고 할 수나 있지만 정체불명의 이 건물들 속에서 사람들이 한 일이란 건 무엇일까? 수정의 얕은 견식으로써는 이해할 수가 없었다. 그리고, 자기로서는 짐작도 되지 않는 일을 이 사람들은 몸소 하루 종일 하고 나오는 것이라고 생각하니, 거리를 메우며 오가는 그 사람들이, 그 피곤해 뵈는 모습들이 마치 외국인이나, 수정 자기와는 종류가 다른 동물들 같아 무척 서먹서먹하게 느껴지고 어쩌면 우러러보이기조차 했다.

만일 저 사람들이 인간이라면 나는 개나 돼지일 거야. 만일 나도 인간이라면 저 사람들은 나보다 더 인간다운 인간, 정말 현대인이고 난 몇천만 년 전의 원시인에 불과할 거야. 그만큼 수정은 자신이 쓸모 없어 보였다.

그런 느낌이 들고 보니, 건물의 현관 속으로 한 걸음 앞장서 들어가고 있는, 자기 집 대문을 들어서듯 자연스럽고 당당한 태도로 들어서고 있는 윤명훈이조차 수정에게는 함부로 넘볼 수 없는, 자기 같은 것은 비교할 수도 없을 만큼 존경할 만한 존재 같았다.

물론 이제까지는 명훈을 얕잡아보고 있었다는 얘기는 아니다. 그러나 지금처럼, 명훈이 다른 세계의 사람 같아 보인 적은 없었다.

다른 세계 사람 같다고 생각하니, 그 사람의 머릿속이나 마음

속에서 일어나고 있는 모든 것들도 수정 자기의 그것들과는 전연 다를 것 같았다.

정말 저이는 지금 내 마음속에서 끓고 있는 문제에 대해서는 짐작조차 못 하고 있는가봐. 저이 같은 사람의 머리나 마음으로서는 그럴 수밖에 없는 것인지도 몰라. 그렇게 생각하는 수정의 '마음속에서 끓고 있는 문제'란 물론 명훈에게 다른 여자가 있느냐 없느냐 하는 문제를 말함이다.

수정은 뜨거운 죽처럼 부글부글 끓고 있는 자기 마음조차 이젠 몹시 옹색해 보이고 무의미해 보였다. 적어도 이 거리에서는.

방금 다방을 나올 때만 하더라도 자기의 그 의심에 대한 명훈의 명확한 해답을 들어야 할 대의명분이 뚜렷이 섰고 그래서 '조용하게 얘기할 수 있다'는 명훈의 사무실에 가면, 우물쭈물하는 법 없이 차분한 태도로 그 문제에 대한 얘기를 꺼낼 작정이었지만, 지금 수정은 '아무런 쓸모도 없으면서 그따위 문제에나 골몰해 있는 걸 보니 한낱 동물이나 원시인에 지나지 않군' 하고 누군가가 곁에서 핀잔이라도 주고 있는 것 같은 자조감에 사로잡혀 명훈에게 감히 그런 시시한 얘기를 꺼내지 못하고 말 것 같았다.

그렇다고 해서 그 문제가 수정 자신에게도 시시해 보인다는 건 아니다. 그 문제에 대한 지금 수정의 기분은, 다른 여자가 있으려면 있으라지 하는 식으로 도대체 그런 문제 자체가 너무 커서 역겹고 귀찮고, 뿐만 아니라 명훈이란 사람도 자기와 아무런 관계 없는 사람으로 생각 들어, 지금 여기서 발길을 돌리면 되는 거야, 하는 생각이 자꾸 드는 것이었다.

돌아서자, 돌아서자, 지금 돌아서야 할 텐데……

그러나 한 걸음 앞장서 가고 있는 명훈을 어떻게 불러 작별인사를 해야 좋을지 얼른 생각이 나지 않아서 수정은 주춤주춤 따라가고 있었다.

저 계단을 오르기 전에 붙들고 작별인사를 해야지. 아니 이대로 돌아서서 가버려도 되잖아? 하지만 그건 교양 없는 여자 같아 보여서 싫어. 그러니까 저 계단까지만 따라가서…… 그러나 명훈은 계단 쪽으로 가지 않고, 이제 막 한 떼의 사람들을 토해 내놓은 엘리베이터를 향해서 갑자기 빠른 걸음으로 달려가서 열려 있는 엘리베이터 도어를 붙잡다시피 하고 돌아보며 수정에게 미소 띤 얼굴로 어서 오라고 손짓했다.

그 다급한 듯한 명훈의 손짓에 수정은, 작별해야지 하는 좀전의 결심도 그만 까먹고 얼결에 하이힐을 똑딱거리며 뛰어가, 명훈이 가볍게 떠미는 대로 엘리베이터 속으로 들어가버렸다. 이어서 명훈이 들어오고 엘리베이터 도어가 닫히고 있는 걸 보았을 때에야 겨우 수정은 자기가 결심을 순간적으로 까먹었다는 사실을 깨달았다. 좀 어이가 없었다.

어떻게 할까? 라고 묻기라도 하듯 수정은 곁에 서 있는 명훈을 말끔히 올려다보았다. 어떡하긴 뭐, 하는 듯 명훈은 수정에게 다정한 미소를 보냈다. 그리고,

"우리 사무실은 육층이야."

하고 말했다.

명훈의 사무실이 이 건물의 육층이라는 건 언젠가 명훈이 가르쳐줘서 수정은 알고 있다. 그런데 자기 입으로 가르쳐준 적이 있다는 사실을 잊어버린 것일까? 그런 기억력마저 없는, 그렇게 건망증이 심한 사람일까? 하고 수정은 다시 한번 명훈을 돌아봤다.

수정은 건망증이 심한 사람을 싫어한다. 학교 때의 친구들 중엔 으레 건망증 심한 계집애들이 몇 명씩 있게 마련인데 어저께 한 얘기를 오늘 또 하고 심지어는 "글쎄 얘, 아무개가 어쩌구 어쨌대지 뭐니!" 호들갑을 떨며 알려주는 뉴스라는 게 사실은 점심시간에 식당에서 바로 수정이가 들려준 얘기를 다시 되돌려주는 것이다.

머릿속이 어떻게 되어먹었으면 저럴 수 있을까 하고 생각하지만, 요컨대 건망증 심한 사람이란 어쩐지 무식해 보이고 불결해 보이고 야만스러워 보이는 것이다. 자기가 그런 말을 한 적이 있다는 걸 알면서도 상대방이 잊어버렸을까봐 또 한번 하는 것이라면, 그것 역시 뻔뻔스럽고 괘씸한 수작이다. 이쪽을 뭐 돌대가리로 아는 건가!

어떻든, 수정은 명훈이 건망증이 심한 게 아닌가고 생각하니 기분 나쁘다. 한편, 건망증이 저렇게 심하니까 역시 전화에서 저지른 자기의 실수도 의식하지 못하고 있는 게 아닐까 하는 생각도 든다.

삼층에서 엘리베이터가 멎고 도어가 열렸다. 푸른색의 낡은 유니폼을 입고 머리에 수건을 쓴 청소부 아주머니 두 사람이 걸레와 바께쓰를 들고 엘리베이터 안으로 들어섰다. 도어가 다시 닫히기 시작했다.

그 순간 수정은 여기서 내리자, 저 문이 닫히기 전에, 하고 충동적으로 생각했지만, 사실은 한 발짝도 움직이지 못했다. 청소부 아주머니들에게 공간을 내주기 위해서인 듯, 명훈이 한 손을 들어 슬쩍 수정의 팔꿈치를 쥐며 곁으로 바싹 붙어섰기 때문이다.

수정은 자기의 팔꿈치를 가볍게 끌어쥐고 있는 명훈의 손을 의식하자 전신이 꼿꼿하게 긴장되기 시작했다.

명훈이 수정의 팔꿈치를 이런 식으로 잡아보는 것은 이번이 처음은 아니다. 사람 많은 거리를 걸을 때나, 음식점이나 극장 문을 들어설 때 또는 나올 때, 차도를 횡단할 때 종종 수정의 팔은 명훈의 손에 쥐어지곤 하였다.

그러나 그때는 아주 자연스럽고 잠깐 동안만 잡히는 것이기 때문에 때로는 명훈의 손이 이미 떨어진 후에야 수정은 명훈이 자기의 팔을 쥐었다는 사실을 깨닫곤 하는 것이었다. 그럴 때마다 수정은 얼굴이 화끈거릴 만큼 부끄러움을 느끼곤 하지만 그러나 으레 곧 신경을 써야 할 다른 일이 생기곤 하여 그 부끄러운 순간이 자연스럽게 지나가버리곤 하였다.

그런데 지금은 다르다. 하기야 명훈은 꽤 자연스러운 태도로 수정의 팔을 쥐기는 했다. 그러나 그 잡고 있는 시간이, 그리고 잡혀 있다는 수정의 의식이 그전의 것들과는 아주 다른 것이었다. 수정의 팔을 쥐고 있다는 사실에 대한 명훈의 의식 역시 그전과는 다르다고 수정은 생각했다. 그전의 것들이 거의 무의식적인 행동이었다면 지금의 이것은 완전히 의식적인 또는 고의적인 행동이다. 마치 팔의 탄력을 즐기고 있기라도 한 듯 명훈의 손가락들은 눈에 띄지 않게 그러나 쉴새없이 꼬물대고 있는 게 아닌가.

수정은 청소부 아주머니들의 눈에 뜨이지 않기 위해서인 것처럼 슬그머니 팔을 빼내려고 해봤다. 그러나 명훈의 손가락은 오히려 조금 전보다 좀더 강하게 수정의 팔을 움켜잡고 놓지 않았다. 잠깐 망설이다가 다시 한번 시도해보았으나 헛수고였다.

수정은 명훈의 얼굴을 올려다보았다. 담담한 표정으로 숫자판을 보고 있다가 수정의 시선을 느끼고 돌아보는 명훈의 얼굴에서 수정은 아무것도 읽어낼 수가 없었다.

얼른 외면하고, 수정은 자기 역시 담담하려고 애썼다. 그러나 모든 신경은 지금 명훈의 손이 붙잡고 있는 팔꿈치로 모여들고 피조차 그 부근에서만 소용돌이처럼 빙빙 돌고 있을 뿐인 것 같다. 그 부분을 제외한 몸의 나머지 부분은 모든 감각을 잃어버리고 마치 없는 것 같았다.

갑자기 심한 경련이 그 여자의 몸을 흔들어대기 시작했다. 그 경련은 팔꿈치 부근에서 시작했는데 금방 온몸으로, 머리끝에서 발끝까지 번져나갔다. 그 여자의 몸이 긴장을 더이상 이겨내지 못한 것이었다. 자신도 모르게 느닷없이 습격한 그 경련을 수정은 막아낼 재주가 없었다. 몹시 추울 때, 아무리 이를 악물고 의지를 발동해도 몸은 저절로 덜덜 떨리듯이 그 여자의 몸은 마구 떨리고 있는 것이었다. 이게 뭐지? 이게 뭐지? 이래선 안 되는데, 하고 생각하지만 그런 생각과는 관계없이 온 근육은 사정없이 파들거리고 있었다. 청소부 아주머니들이 놀란 표정으로 수정을 보고 있었다. 명훈 역시, 눈을 크게 뜨고 수정을 보다가 재빨리 어깨를 감싸듯 끌어쥐며,

"왜 이러지?"

하고 말했다.

경련은 꽤 오랫동안 계속되다가 사라졌다. 경련하는 동안에도 그랬지만 경련이 사라지고 나니까 더욱 수정은 몸을 지탱하고 서 있기가 힘들었다. 기운이란 기운은 경련을 따라서 모두 빠져나가버린 것처럼 맥이 없었다.

축 늘어지며 주저앉아버리려는 수정을 황급히 부축하며 명훈은 문득 입가에 떠오르는 미소를 참을 수가 없었다.

역시 순수한 처녀로군, 하고 그는 새삼스러운 생각을 했다.

수정의 몸이 느닷없이 떨리기 시작했을 때 명훈은 얼핏 엘리베이터 멀미를 하는 건가고 생각했으나 그러나 곧 진상을 짐작할 수 있었다. 수정이 자기의 팔꿈치를 잡고 있는 나의 손을 그토록 강하게 의식하고 있었던가 생각하니 그만 정도의 접촉에 그토록 민감한 그만큼 순결무구한 육체를 가진 그 여자가 무한

히 소중하게 생각되었다.

몇 시간 전 다방에서 그 여자의 청결하고 매끄러워 보이는 목덜미를 보았을 때도 이 여자를 놓치고 싶지 않다고 생각했지만 그러나 지금처럼 수정의 거의 완전한 처녀를 그 목덜미에서 보았기 때문이 아니었다.

목덜미에서 그가 본 것은 오히려 지저분한 욕망이었다. 그것이 왜 지저분한가 하면 가령 이런 생각이 잠깐이나마 그를 지배하지 않았다고 할 수 없기 때문이다. 즉 '아무리 교양으로 누르고 있고 또 지금은 너 자신은 모르고 있지만 너의 그 육감적인 목덜미는 너의 마음과는 관계없이 제멋대로의 일을 할 수 있는 육체를 가지고 있다고 남자에게 보여주고 있는 거야.'

그런 생각은 아마도 남편이 될 남자가 아내가 되어줄 여자를 상대로 해서 할 수 있는 생각은 아닐 것이다. 그런 생각이란 아마도, 사내가 먹이가 되어줄 여자를 상대하고서나 할 수 있는 생각이다. 그런 생각 속에는 미래가 있을 수 없다. 그 목덜미가 암시하고 있는 여자의 다감한 육체를 소유할 수 있을 때까지의, 진심이 아닌, 계략적인 아첨과 약속이 있을 뿐이다. 과거에 그가 여러 여자들에게 대해서 그랬던 것처럼.

그러나 지금, 경련을 통해서 본 그 여자의 때묻지 않은, 아직 아무도 손을 대지 않고 잘 포장된 채로인 상자처럼 신비스러운 처녀성은 명훈으로 하여금 그런 지저분한 욕망을 허락하지 않는 것이다.

뭐랄까, 아무런 발자국 하나 없이 깨끗하고 소담하게 쌓여 있는 눈길을 대했을 때처럼, 여기에 어떤 식으로 발자국을 남기는 게 가장 좋을까를 명훈은 곰곰 생각하는 것이다. 과거의 여자들 중에도 처녀가 없었던 건 아니다. 그러나 너무 멋대로, 지저분하게 그 위를 걸었던 것이다. 발자국으로 여러 가지 아름다운 무늬를 만들어볼 수도 있었는데, 발자국이 나는 사실 자체에 들떠서 너무 생각 없이 밟아댔던 것이다. 그러다가 보니, 자기가 봐도 자기 발자국의 그 무질서함, 그 무의미함에 싫증이 나버려서 여자를 버리곤 했던 것이다.

숫자판의 6에 불이 켜지며 엘리베이터 도어가 가벼운 소리를 내고 열렸다. 명훈은 아직도 몸을 제대로 가누지 못하고 약간 비틀거리고 있는 수정을 부축해서 복도로 나갔다.

복도는 텅 비어 있었다. 어느 사무실에선가 전화벨이 계속 울려대다가 그쳤다. 수정은 굉장한 추태를 들킨 것만 같아 부끄러워, 달아오른 얼굴을 한 손으로 감싸고 명훈이 이끄는 대로 비틀비틀 걸어갔다.

명훈의 사무실은 그다지 넓지 않았다. 그리고 약간 지저분하기조차 했다. 그것은 언젠가 수정이 상상해보았던 명훈의 사무실과는 거의 반대였다.

"속이 몹시 불편한 모양이군."

지금 명훈은 마치 중환자를 모시고 가듯 수정을 부축하고 사무실의 한구석에 칸막이로 가려져 있는 응접세트를 향해 가고 있다.

"어지러워?"

"……"

그렇다는 듯 수정은 잠자코 명훈의 팔이 자기의 등을 감싸고 있는 것도 모른 체하며 명훈이 안내하는 대로 사무실의 좁은 통로를 약간 비틀거리며 가고 있으나 사실은 이젠 아무렇지도 않다. 명훈이 환자 취급을 해주고 있으니 환자인 체하고 있는 것뿐인데 그러는 것이 우선 수정에게는 편리하기 때문이다. 마치 죽어가는 짐승처럼 푸들푸들 온몸을 떨어댔으니 그 꼴이 옆에서 보기에 얼마나 추악했을까, 생각하면 수정은 몹시 창피스러웠다. 그 창피함을 가리는 데는 명훈이 그렇게 취급해주는 대로 갑자기 무슨 병에라도 걸린 체하고 있는 게 편리한 것이다.

그 경련, 엘리베이터 안에서 그 여자의 몸을 그토록 오랫동안 그토록 마구 흔들어대던 그 경련의 정체에 대해서 수정은 자기 나름의 짐작을 하고 있었다. 그 여자의 짐작에 의하면 그 경련이야말로 소문으로만 알고 그러나 믿지는 않고 있던 전기, 남자라는 플러스와 여자라는 마이너스가 부딪쳤을 때 그 사이에서 생기는 전기라는 것이다. 중학교 때 말괄량이 친구들끼리 하는 얘기를 수정은 엿들은 적이 있다.

"찌릿찌릿하대, 얘."

"쥐가 나나? 찌릿찌릿하게?"

"전기가 올라서 그렇지 뭐, 호호호……"

"전기?"

"그러엄. 남자는 플러스, 여자는 마이너스…… 그러니까 플러스하구 마이너스하구 닿으면 전기가 찌릿찌릿 안 생기겠니! 호호호……"

"호호호, 거짓말 마 애. 난 매일 버스 속에서 사내애들하고 부딪쳐도 전기는커녕……"

"애, 애, 남자라고 모두 플러스인 줄 아니? 그건 오해다. 너 천생연분이란 말 알지? 남자와 여자는 말야, 원래는 한 덩어리였는데 말야, 세상에 태어날 때 반으로 갈라져서 말야, 하나는 남자가 되구우, 또하나는 여자가 되거든. 그러니까 말야, 남자는 자기의 반쪽인 여자를 찾으려 하구, 여자는 자기의 반쪽인 남자를 찾으려 하거든. 그래야만 둘이 뭉쳐서 완전한 한 사람이 되는 거거든. 그런 사이의 남자와 여자를 가리켜서 왈 천생연분이라구 하는 건데 말야, 그런 천생연분끼리 만났을 때만 전기가 생기는 거란 말야. 내 말 알겠니?"

"응응, 알 것두 같다. 오오, 나의 반쪽이여, 지금 어디서 여드름을 짜고 계시나이까, 호호호……"

자기 몫의 반쪽인 남자가 세상 어디엔가 있다는 것, 그리고 그 남자를 만나면 전기가 통한다는 것, 그것들은 상식으로서는 믿기어지지 않는 일이지만 그러나 어쩐지 그랬으면 하고 바라게 되는 일들이다.

자라나면서 그러한 소망을 뭐 알뜰히 마음에 간직하고 있었던 건 아닌데도, 수정은 조금 전 엘리베이터 안에서의 경험이 어쩐지 예사로운 걸로 생각되지 않았다.

그렇다고는 하지만, 푸들거리며 떨어댄 것은 어쨌든 추태임에 틀림없다. 천생배필임을 알려주는 신호가, 그것은 지극히 아름답고 부드러워야 할 것인데, 왜 그다지 추하고 요란스럽단 말인가.

"자, 여기 좀 앉아, 편히. 마음 푹 놓구……"

명훈은 수정을 소파에 누르듯 앉히며 말했다. 수정은 아직도 한 손으로 얼굴을 감싼 채, 아마 남자 냄새인 듯 다소 역겨운 냄새가 나는 소파에 털썩 앉았다.

"몹시 아픈가부지? 어디가 어떻게 아파? 어지러워?"

수정은 잠자코 있었다.

"메스꺼워?"

"……"

"말을 해야 약을 지어올 게 아냐!"

말하면서 명훈은 수정의 얼굴을 가리고 있는 손을 잡아 끌어내리려 했다. 수정은 고개를 옆으로 돌려 소파 등에 처박으며 한편 명훈의 손아귀에 잡힌 손을 살그머니 빼내려 했다. 명훈은 잠깐 동안 수정의 손가락들을 힘주어 붙잡고 있다가 슬그머니 놓아주었다.

명훈은, 환자 취급을 이젠 그만 해줄까 하고 생각했으나, 아니 무척 재미있군, 좀더 계속하자고 고쳐 생각했다.

사실 명훈은 지금 수정이 아픈 체하고 있는 게 귀여워 죽겠다. 미소가 참을 수 없이 입술을 비집고 나온다.

처음엔 창피해하고 있을 수정의 마음을 모른 체하기 위해서 수정을 환자로 몰아세웠던 것이지만, 이젠, 괜찮다고 하며 명훈의 팔에서 몸을 빼내리라고 생각되는데도 계속해서 아픈 체하고 있는 수정의 그 순진한 고집을 명훈은 즐기고 싶어진 것이었다. 한편, 이런 느낌도 없지 않았다. 즉 종숙이란 여자에 대하여 캐물어보려던 수정의 그 단단한 결심이, 두 시간 반의 고독과 그리고 그 경련 사건으로 말미암아 이렇게, 아픈 체하며 침묵을 지키는 형식으로 변한 것일지도 모른다는.

그래서 명훈은 적어도 오늘은 어쩌면 수정을 속여야 하는 고역을 치르지 않아도 될 것 같다는, 마음 가벼워지는 예감에 사로잡히기도 하는 것이었다.

명훈은 제법 당황한 말투로,

"이거 안 되겠는데…… 그러지 말구 병원으로 가자구 응?" 문득 생각난 듯 사무실의 저편 구석으로 우당탕 달려가며 옷걸이에서 저고리를 떼어 걸치며 다시 수정 앞으로 돌아와,

"자, 억지로 기운 좀 내봐요. 걸을 순 있겠지? 앰뷸런스를 부를까?"

그제야 수정은 얼굴을 가리고 있던 손을 슬그머니 내리며 명훈의 얼굴을 물끄러미 올려다보았다.

이건 무슨 표정일까. 그런 생각을 하는 머리보다 더 먼저, 명훈의 모든 감각은 수정이 이쪽으로 얼굴을 돌리는 순간 아플 만큼 저려왔다. 일찍이 어떠한 여자로부터도 이처럼 유혹적인 표정을 받아본 적이 없었다. 정말 없었다. 자신도 모르는 사이에 이제까지의 장난스런 기분은 사라져버리고 말할 수 없이 뻐근한 충동이 그의 모든 감각기관들을 채우기 시작했다. 그 충동에 재촉을 받은 듯 그의 두 손은 불쑥 앞으로 내밀어졌다. 그리고 깨달았을 때는 이미 그의 두 손바닥은 수정의 뺨을 감싸고 있었다. 명훈은 빠르지도 그렇다고 느리지도 않은 속도로 그의 얼굴을 수정의 얼굴로 가져갔다.

수정은 다가오는 명훈의 얼굴을 물끄러미 보고 있었다. 여러 가지 생각이 거의 한꺼번에 그 여자의 가슴을 때리며 지나갔다. 나한테 키스하려는 거야. 내가 그걸 원했던가? 지금이 그래도 좋을 때일까? 이 사람은 왜 지금 키스를 하려는 것일까?

갑자기 얼굴 전체에 남자의 뜨거운 숨결이 덮쳐오는 것을 느끼고 수정은 반사적으로 눈을 감으며 고개를 돌려버렸다.

명훈의 입술은 여자의 뺨을 미끄러져 목덜미를 물었다.

"싫어요, 그러지 마세요."

수정은 눈을 감은 채 나직이 말했다.

내가 착각했던 것일까, 하고 명훈은 좀전의 수정의 표정에 대해서 생각해보았다. 역시 이 여자한테는 키스마저도 삼가야 하는 것일까? 결혼식이 끝날 때까지 아껴둬야 하는 것일까? 그러나, 이 여자와 맞선을 볼 때로부터 바로 조금 전까지는 그럴 자신이 있었다. 아니 어떻게 그 동안은 그럴 수 있었을까? 다른 여자와의 관계가 있었기 때문일까? 아니 여자의 육체가 남자에게 줄 수 있는 그 촉감에 그 한계까지 익숙해 있기 때문이었겠지. 사실 지금 이 여자와 키스를 한다고 해도 이 여자의 입이 다른 여자들은 도저히 내게 줄 수 없었던 촉감을 주리라고는 결코 기대할 수 없다. 그렇다면 난 무얼 기대하며 이 여자에게 키스하려는 것일까? 그렇다, 난 이 여자에게, 바로 이 여자이기 때문에 키스하고 싶은 것이다. 입에 아니라 이 여자에게, 촉감에 아니라 이 여자와의 관계에 키스하고 싶은 것이다. 그렇다, 그렇다면 나는 키스하고 싶은 욕망을 가둬둘 수도 있는 것이다. 이 여자와의 관계는 여태까지도 잘돼왔으니까. 입술을 떼자.

그러나 그건 어디까지나 그의 머릿속에서 맴도는 생각일 뿐, 그의 감각은 수정의 몸에서 풍겨나오는, 처녀 특유의 체취에 혼란되어 있었다.

수정은 목덜미에 닿아 있는 명훈의 입술과 숨결 때문에 발끝까지 번지는 간지러운 느낌을 더이상 참고 있을 수 없었다. 그래서 명훈을 떠밀듯 하며 명훈의 품에서 몸을 빼내고 일어섰다. 명훈은, 수정의 예상과는 다르게 순순히 팔을 풀었다.

수정은 블라인드가 내려져 있는 창가로 다가가 섰다. 지금 그 여자는 아무것도 생각할 수 없었다. 머릿속이 텅 비어버렸다. 간지러운 감각만이 아직도 목덜미에 남아 있었다.

갑자기 수정은 때늦게도 이제야 가슴이 요란하게 뛰기 시작했다. 그 여자의 심장은 이제야, 하마터면 생전 처음 키스란 걸 할 뻔했다는 것을 깨달은 것 같았다. 그리고 그렇게 중요한 순간에 어쩌면 나는 딴눈을 팔고 있었을까라고도 하는 듯, 지각한 사람이 항상 더 호들갑스런 식으로 극악스럽게 뛰고 있었다.

심장의 뜀이 빨라질수록 수정은 어쩐지 억울하다는 느낌과 패배감에 빠져들어갔다. 뜨겁게 달아오른 뺨을 손바닥으로 감쌌다. 자신도 알 수 없는 눈물이 주르륵 뺨으로 굴러떨어졌다.

문득 그 여자는 어떤 계시처럼 떠오르는 생각에 몸이 떨렸다. 그러기 위해서 날 여기 데리고 온 거야. 종숙이란 여자가 누군가를 설명해주기 위해서가 아니라 키스로써 내 질문을 막기 위해서 날 여기 데리고 온 거야. 수정은 목구멍을 치받고 올라오는 분노의 울음을 애써 삼키며 휙 몸을 돌이켰다. 언제 거기 와 있었던지 명훈의 가슴이 돌아서는 수정의 얼굴을 맞받았다.

"화났어?"

명훈이 수정의 어깨를 눌러잡으며 부드럽게 말했다.

수정은 난폭하게 명훈의 팔을 뿌리치고 뛰듯이 응접용 탁자로 다가가 핸드백을 집어들었다.

"아니, 정말 화난 거야?"

명훈은 당황해서 급히 뒤쫓아와 핸드백을 쥐고 있는 수정의 손을 움켜잡았다.

"정말…… 그렇게…… 나쁜 사람……인 줄 몰랐어요."

보통 여자 89

띄엄띄엄 그러나 분명한 말씨로 수정이 말했다.

"미안해, 내가 정말 잘못했어. 진심으로 사과할게."

"뭘 잘못하신 줄이나 알구 하시는 말씀예요?"

"키스……"

"엉터리!"

수정은 명훈의 팔을 뿌리쳐버리고 입구를 향하여 달려갔다.

좁은 통로를 허둥지둥 달려가고 있는 수정의 뒷모습을, 명훈은 낭패감에 사로잡혀 우두커니 바라보고 있었다. 도대체 나더러 어쩌란 말이냐 하는 비명이 입 속에서 맴돌았다. 수정이 왜 그러는지 짐작이 안 되는 바 아니다. 키스하려고 했다는 것만 가지고는 저럴 리가 없다. 아마 종숙이란 여자에 대한 나의 해명이 듣고 싶은 모양인데, 그래, 그 여자란 다름아닌 바로 이 회사의 사환이며 여차여차한 사정 때문에 전화에서 불쑥 그런 말이 나왔던 것이라고 내가 거짓말로 해명하면 그래도 수정이 넌 곧이 듣지 않을 재주가 있단 말이냐. 널 속이지 않기 위해서 구태여 내가 너의 의심을 모르는 체하고 있다는 것을, 나의 흥정을 왜 모른단 말이냐? 사실대로 털어놓으면 될 게 아니냐고?

천만에. 죽어도 그러지는 못하겠다. 사실대로의 고백을 듣고도 너와 나 사이에 아무런 이상이 생기지 않는다는 보장만 있으면 물론 고백해주겠다. 그러나 그런 보장이란 결코 없다.

그런데도 자기의 의심을 고집하는 수정이가 명훈은 괘씸한 생각조차 든다. 문득, 입구를 향하여 달려가고 있는 수정이가 다만 하나의 여자, 이름도 성격도 도무지 중요하게 여겨지지 않는, 흔하디흔한 여자들 중의 하나에 불과하다는 생각이 든다. 도망하겠다는 거냐? 나로부터 도망하겠다는 거냐? 명훈은 한 마리 맹수처럼 수정을 향하여 돌진했다. 도어의 손잡이에 막 손을 대고 있는 수정을, 그 여자의 어깨를 명훈은 휙 잡아 돌려세웠다.

"도대체 왜 그러는 거야?"

명훈이 소리쳤다.

뜻밖의 기세에 수정은 얼이 빠지는 모양이었다.

"나하구 얘기 좀 하자구. 도대체 왜 그러는 거야?"

명훈은 수정의 한쪽 팔을 잡고 소파 쪽으로 끌고 가려 했다.

"노, 놓으세요. 놓으세요. 놓으세요."

수정은 공포에 싸여, 명훈에게 잡히지 않은 자유로운 손으로 책상 모서리를 움켜쥐고 버티며 울먹이었다.

이 순간의 수정은 순수한 공포에 사로잡혀 있었다.

명훈의 난폭한 손이 그 여자의 가냘픈 어깨를 왈칵 잡아 돌려세우고 꽥 소리치는 순간, 수정은 이만저만 놀라지 않았다. 자신의 감정에만 온통 빠져 있어서 명훈이 뒤쫓아온 줄을 모르고 있었기 때문이기도 하지만 그보다도, 태어나서 여태까지 이토록 가까이서, 난폭한 손길에 움켜잡히기조차 하며 이토록 큰 고함소리를 들어본 적이 없었기 때문이다.

"도대체 왜 그러는 거야?"

하는 명훈의 고함은 수정에게는 어떤 뜻을 가진 말이 아니라 그냥 어느 사나운 짐승의 발악적인 포효 같았다. 명훈의 얼굴도 콧등에 주름을 잡고 날카로운 송곳니를 드러내고 있는 맹수의 얼굴 같아 보였다.

놀람 다음에는 공포가 밀어닥쳤다. 이제부터 명훈이 어떻게 하리라는 것을 알기 때문에 생기는 공포가 아니라 자기가 세상에 어떤 형체로서 존재한다는 것마저도 무서워지는 순수한 공포였다.

"놓으세요, 놓으세요……"

책상 모서리를 한 손으로 끌어쥐고 버티며 울먹이고 있는 수정의 지금 정신상태는 거의 온전하지 못했다. 눈은 크게 뜨고 있으나 눈동자는 확대된 채 고정되어 있고 그 눈동자를 통해서는 아무런 사물도 그 여자의 의식 속으로 들어갈 수 없었다. 뿌옇고 누런 어둠만이 겨우 흘러들어가고 있을 뿐이었다.

수정의 그러한 눈, 그 공포, 거기서 나오는 굉장한 반항, 여자의 힘이라고는 할 수 없는, 소름이 끼칠 만큼 억센 반항의 힘을 명훈은 문득 깨달았다.

그 역시 거의 무의식적으로 난폭하게 날뛰고 있었으나 의외로 강한 수정의 반항에 부딪치고 그리고 겉보기에도 제정신이 아닌 수정의 표정을 보자 갑자기 맥이 빠지면서 겁이 났다.

"엄마아, 아이, 엄마아!"

수정은 헛소리처럼 울음 섞인 소리를 내고 있었다.

명훈은 초조해졌다. 철없는 어린애를 잘못 건드려 큰 상처를 입혔을 때와 같은 느낌이었다. 푸른색이 돌 만큼 변해버린 얼굴색, 빛을 잃고 움직일 줄 모르는 눈동자, 곧 거품이라도 뿜어낼 것처럼 벌려진 입. 그런 것들로 이뤄져 있는 지금 수정의 얼굴은 명훈에게 공포를 안겨주었다.

사실, 명훈이 여자를 이처럼 난폭하게 다뤄보기는 처음이었다. 특히 여자의 육체를 소유하려고 할 때는 절대로 폭력을 삼갔다. 폭력을 썼다고 하면 그건 여자가 결과적으로 동의한 폭력, 가령 이불 속까지는 순순히 함께 들어갔으나 마지막 한 장의 옷을 벗어야 할 순간에 여자가 으레 마주치는 우왕좌왕으로부터 여자를 빼내기 위해서 약간의 폭력을 썼다는 경력밖엔 가지고 있지 않았다. 여자의 옷을 벗길 수 있는 건 아첨과 약속, 환상의 제시, 관능의 자각을 유도하는 것, 그리고 그것들을 효과적으로 살려주는 분위기이지 결코 사내의 억센 손이 아니라는 걸 명훈은 알고 있었다. 아니 그보다 먼저, 그 동안 명훈이 상대했던 여자들은 대부분 명훈이 그처럼 세심한 주의와 계산을 베풀 여지도 없던, 다시 말하면 스스로 모든 것을 갖춰놓고 남자의 손이 다가와서 자물쇠를 열어주기만을 기다리던 여자들이었기 때문에 명훈으로서는 엄청나게도 여자에게 폭력을 쓴다는 건 생각조차 못 해본 일이었다. 아니 폭력을 쓰면서까지 소유하고 싶었던 여자가 없었던 것인지도 모른다.

어쨌거나 폭력을 쓴 건 지금 수정한테가 처음이었다. 그나마 정확히 말하자면, 반드시 수정의 육체를 소유하겠다는 의도가 확실히 있기 때문은 아니고, 짐작이나 할 수 있을 뿐 뚜렷이는 알 수 없는 이유 때문에 자기로부터 영원히 떠나버리려는 그 여자의 태도에 발작적으로 분노를 느끼고, 그 분노는 곧 어떤 형태로든지 저 여자를 나한테 붙들어매둬야 한다는 충동이 되어 폭력을 쓰게 된 것이다. 그런데 지나쳤던 것일까, 수정의 반응이 상상 밖으로 참담하다. 아니 처음부터, 자기가 그 여자에게 폭력을 쓰고 있다는 것을 깨달은 순간부터 그는 절망하고 있었다. 폭력에 의해서 여자로부터 얻어낼 수 있는 것은 오직 미움뿐이라는 것을 그는 직감하고 절망하고 있었다. 그 절망감 때문에 더 난폭하게 굴었던 것인지도 모른다. 그리고 어떤 식의 끝장이든 폭력에 의한 끝장을 봐야겠다는 충동에 몰두해 있었던 것인지도 모른다. 그러나 거의 정신착란 증세를 보이고 있는 수정을 발견하고 보니 끝장에 대한 집념이고 뭐고 어떤 범죄적 공포와 함께 끝없는 절망감만이 그를 휩싸는 것이다.

그는 자신도 모르는 사이에 수정을 와락 껴안았다. 그리고 수정의 몸을 흔들어대며 떨리는 목소리로 빌듯이 중얼거렸다.

"잘못했어, 내가 정말 잘못했어. 정신차려 응? 정신 좀 차려, 제발……"

"엄마, 엄마……"

"정신 좀 차려요, 응? 집에 보내줄게. 나쁜 짓 하려던 게 아냐. 수정이가 나갈 때까지 난 여기 가만히 있을게. 자, 이거 봐. 자, 거 봐. 자, 자……"

그러면서 명훈은 수정을 껴안고 있던 손을 풀고 수정을 응시한 채 천천히 뒷걸음질쳤다. 몸은 뒤로 물러나고 있지만 모든 신경은, 수정이 금방 심장마비라도 일으켜 쓰러질까봐 수정에게 쏠리고 있었다.

수정은 뿌옇고 누런 어둠이 느릿느릿 개기 시작하는 것을 보았다. 그러나 몸은 마냥 떨리고 있었다. 문득 반짝하며 시야가 트였다. 서너 발짝 저쪽에서 금방이라도 달겨들 듯한 자세로 이쪽을 노려보고 있는 명훈의 모습이 보였다. 그 모습은 마치 달리고 있던 사람이 갑작스런 어떤 광선에 쏘여 달리던 자세로 돌이 되어버린 것처럼 살벌해 보였다. 이제라도 어떤 신호만 울리면 다시 돌진을 시작할 듯이 그 모습은 긴박한 침묵을 뿜어내고 있었다. 그렇게 느끼는 수정은 새삼스러운 공포로,

"어마마!"

비명을 지르며 도어를 열고 복도로 달려나갔다.

어느 사무실에선가 잘 차려입은 중년 사내 두 명이 복도로 나서다가, 약간 흐트러진 모습으로 달려오는 수정을 보고 주춤했다. 수정이 그들의 앞을 지나칠 때 한 사내가 도와주겠다는 듯한 손을 내밀었다. 수정은 그 손을 휙 피하며 빠르게 계단을 향해 달려갔다.

"여보시오!"

한 사내가 수정의 등뒤에 대고 불렀으나 수정은 이미 계단을 뛰어내리고 있었다.

"어떤 녀석일까?"

한 사내가 복도의 안쪽을 돌아보며 싱글거렸다.

"호텔로 갈 것이지 원 사무실에서……"

다른 사내가 중얼거렸다.

명훈은 수정이 달려나가버리고 나자, 이제까지 있었던 일이 무슨 꿈속에서나 있었던 것처럼 아련하게, 아니 처음부터 이 사무실 안에 있었던 건 자기 혼자뿐이었던 것처럼 느껴지며 허탈 상태에 빠져 가까이 있는 의자를 끌어당겨 털썩 앉았다.

그런 상태로 수정이 무사히 갈 수 있을는지 무척 걱정이 되지 않는 바 아니지만 몸을 꼼짝하기가 싫었다. 하루의 피곤이 한꺼번에 몰려드는 것 같았다. 담배를 꺼내물었으나 라이터에는 가스가 떨어져 있었다. 불똥만 몇 번 틸 뿐 불은 켜지지 않았다. 그는 라이터를 사무실 바닥에 내던졌다. 갑자기 치밀어오르는 짜증을 참을 수 없었던 것이다. 무엇보다도 자기 자신에 대한 짜증이었다. 과거에 다른 여자들한테 쓰던 반만이라도 그 동안 수정에게 신경을 썼더라면 오늘 이런 사태는 벌어지지 않았을 텐데. 왜 나는 그 여자에게 등한했던가? 왜 마음을 놓고 있었던가? 왜 그렇게 탁 믿어버리고 있었던 것일까?

아니, 지금부터라도 신경을 써줘야지. 적어도, 지금 당장 그 여자를 뒤쫓아가서 집에까지는 무사히 돌아갈 수 있도록 돌봐줘야 할 게 아닌가. 왜 이렇게 멍하니 앉아만 있느냐! 정말 피곤하다는 거냐? 핑계겠지. 지금쯤 아래층에 도착했겠지? 아니, 허둥대다가 계단에서 넘어지지나 않았을까? 남자와 한바탕 승강이를 벌이고 반 미친 상태가 되어 집으로 돌아가는 여자의 외로운 뒷모습…… 말할 수 없이 찡한 느낌이 그의 가슴을 쑤셔댔다. 그러나 그는 여전히 무력하게 의자에 앉아 있었다.

수정은 쫓기듯 또는 약속시간에 늦어진 사람처럼 총총걸음으로 인파 속을 걸어가고 있었다. 낯익은 — 그런 느낌인 — 거리로 돌아오니 그 여자는 다소 냉정을 되찾을 수 있었다. 빌딩 안에서 있었던 모든 일이 하나의 악몽 같았다. 그러나, 모든 일이 악몽에 불과하더라도 단 하나의 절실한 감정, 그것은 명훈에 대한 증오였다.

왜 한때나마 그런 사람을 보고 싶어 안타까워했을까? 왜 그런 사람을 어머니는 나와 맺어주려고 했을까? 자신도 밉고 어머니도 원망스럽다.

수정은 자기가 속해 있던 세계 전체가 자기를 속였다는 느낌에 떨고 있었다. 그 여자의 기분, 그 여자의 꿈, 그 여자의 육체, 그 여자의 운명, 요컨대 그 여자에게 속해 있는 모든 것은 내팽개쳐져 실은 아무의 보호도 받고 있지 않다는 것을 그 여자는 비로소 깨달았다. 그 동안은 그나마 어머니라도 자기를 보호해주는 사람인 줄 알았다. 그런데 오늘 보니 아니다.

소리나 꽥 지르고 뻔뻔스럽고 진심은 감춰두고 거짓만 내보이며 그리고 여자를 폭력으로 지배하려는 사내한테 나를 떠맡겨버리려 한 것이다. 일부러 그런 사내를 고르려고 해도 힘들 것이다. 그만큼 어머니는 내 운명에 무책임한 것이다. 이젠 내가 귀찮아진 게 틀림없어. 아무한테나 줘서 처치해버리려는 생각밖에 없는 거야.

수정은 끝없이 비참한 느낌에 빠져들어갔다. 자기를 보호해주고 있는 건 자기 자신밖에 없다. 그런데 자기란 여자는 얼마나 무력한가! 자기의 힘만으로써는 도저히 이 세상에서 자기의 존재를 떠받치고 있을 수 없을 것 같다.

끽끽 하는 날카로운 금속 소리에 정신을 차리고 돌아보니 백화점 쇼윈도에 셔터가 내려지고 있었다. 불 꺼진 쇼윈도가 거울 역할을 하여 수정은 자기의 모습을 보았다. 몇 시간 전까지는 아무렇지도 않던 얼굴이, 특히 눈언저리가 퉁퉁 부어 있었다. 소름이 끼쳤다. 죽어버리겠다는 생각을 하자마자 벌써부터 자기의 육체는 흉측한 모습으로 식어가고 있는 것만 같아 수정은 하마터면 비명을 지를 뻔했다. 황급히 쇼윈도 앞을 떠났다. 어디로 갈까? 가고 싶은 곳이 아무 데도 없었다. 이대로 스르르 없어져버렸으면 좋겠다는, 불가능한 소원만이 가슴을 채우고 있었다.

"애들이 안 올 테면 전화라두 좀 해줄 것이지."

수정의 어머니 김씨는 중얼거리며 시계를 본다. 이미 아홉시다. 안 오는 게 틀림없다.

명훈에게 오늘 저녁은 집에 와서 하라고 했지만 갑자기 많은 것을 준비할 수 없어서 남대문시장에 들러 불고깃감 고기 좀 하고 믿을 만한 단골 양키 물건 장수에게서 양주 한 병을 사가지고 집으로 돌아왔다. 채소 종류는 동네 시장에서도 좋은 걸 구할 수 있고 요리는 애들이 집에 도착한 후 중국집에서 몇 가지 시킬 작정이었다. 명훈에게 처음으로 대접하는 저녁이라고 생각하면 약간 소홀한 느낌도 없지 않으나 아직은 지나친 사위 대접은 서로가 거북할 뿐이리라. 아직은 형식상 우연히 집에 놀러 온 수정의 보이프렌드 정도로 대접하는 게 서로 떳떳하겠지. 혹시 수정의 아버지가 살아 계셔서 사위 될 사람을 마주하고 앉아 술잔이라도 권하며 부엌을 향해서 "여보, 음식 좀 맛있게 차려요" 어쩌구나 해준다면 그야 마음놓고 사위 대접을 해줄 수도 있겠지. 그러나 혼자 사는 처지에는 괜히 제풀에 가릴 것이 많아진다.

어쨌거나 그런 대로 성의는 다해서 준비해두고 기다리는데 애들이 오지 않는 것이다. 식모 순이도 이젠 기다림을 단념한 듯 마음놓고 텔레비전에 넋을 빼고 있다. 영화 구경 하나 하고 들어오겠다고 전화했다던 수란이도 아직 들어오지 않고……

그애도 연애를 하는 건가, 고 김씨는 수정의 동생 수란에 대해서 잠깐 생각해본다. 뭐 그럴 수도 있겠지. 다만 큰 실수만 해주지 않는다면 단속하고 싶은 생각은 없다. 수정을 키울 때에 비하면 수란에 대해서는 아무래도 마음이 덜 쓰이고, 그런데 그러는 엄마가 오히려 짐스럽지 않아서 좋은 듯한 얼굴을 하고 있는 수란을 때때로 발견하면, 수란에 대해서 별로 미안한 느낌이 없다. 특히 남자친구를 사귀는 문제라면 좀 내버려두고 싶다. 성격상 언니에 비하면 남자관계에 있어서 덜 위험한 게 수란이다. 결코 경박하지 않으면서 활발하다. 그편이 오히려 믿음직스럽다. 수정이도 경박이란 말과는 인연이 멀지만 지나치게 의심할 줄 모르는 성격에서 가끔 경솔한 일을 저지를 때가 있다. 뭐라도 한번 믿으면 그만이다.

그때 전화벨이 울렸다.

김씨는 수화기를 들었다. 명훈이었다.

"아니, 왜 오질 않구?"

"죄송합니다. 못 가게 되면 전화라두 드린다던 게, 일이 좀 생겨서요. 그래서 이렇게 가지 못하구 연락두 늦었습니다. 기다리셨을 텐데 정말 죄송합니다. 뭐 많이 차리셨어요?"

제법 아양까지 곁들인 명훈의 음성은 쾌활했다.

김씨는, 아까 낮에 헤어질 무렵, 수정의 그 심상찮아 뵈던 표정이 떠올라서 지금 명훈이 말한 '일이 좀 생겨서' 라는 것도 수정의 그 표정과 관계가 되는 것이려니 짐작했다. 그래서, 무슨 일이 어떻게 됐다는 것인가, 몹시 궁금했으나 명훈한테는 그런 걸 추궁하여 물어볼 수 있는 처지가 아직 아니란 걸 깨닫고,

"그래, 저녁들은 했나?"

"네, 아직……"

"여태껏 저녁두 안 했어? 지금이 몇신데……"

"저어, 그럼 수정씨, 아직 집에 도착하지 않았군요?"

"집에? 그럼 지금 수정이랑 함께 있는 게 아니구?"

"네, 한 시간가량 됐는데요, 헤어진 게……"

"그럼 곧 들어오겠지. 버스를 기다리다보면 시내에서 집까지 오는 데 보통 한 시간씩은 걸리니까……"

말은 편하게 하고 있지만 속은 슬그머니 편찮아진다. 결국 애들이 티격태격한 거로군. 왜 그랬을까? 아니, 이유야 무엇이든 간에, 사귄 지 얼마나 되었다고 벌써 싸움질들일까? 끝까지 그애들과 함께 있을 것을. 수정이가 가란다고 먼저 집으로 온 내가 잘못이지. 분명히 심상찮은 일이 있을 것 같은 예감이 들었으면서도 어정어정 먼저 집으로 와버린 내가 잘못이야. 그건 그렇다 치고, 싸움을 얼마나 크게 했으면, 명훈이는 수정이를 바래다주지도 않았담! 하기야 바래다주겠다는 명훈이를 수정이가 매몰차게 뿌리쳐버렸을지도 모르지. 그래서 약이 오른 명훈이는 수정이를 저 혼자 가도록 내버려뒀고, 그러나 한참 있다가 생각해보니 수정이가 무사히 집에 도착했는지 은근히 걱정도 되고 또 나한테 미안하기도 해서 이렇게 쾌활한 체하는 음성으로 전화를 걸어준 것이겠지.

"지금, 집인가?"

"아니, 공중전홥니다."

"별일 없으면 여기 왔다 가지 않겠나? 아직 저녁두 안 한 모양인데 차려놓은 거니 와서 좀 들구…… 수정이두 곧 들어올 텐데……"

"그렇잖아두 지금 놀러 가두 괜찮을지 여쭤보려던 참이었습니다. 그럼 지금 가겠습니다."

"그래, 택시 타구 오라구. 누구 골목 밖까지 내보낼게."

"그러실 건 없습니다. 그럼 전화 끊습니다."

수화기를 놓고 명훈은 공중전화부스를 나왔다.

"지금 놀러 가려던 참이었습니다"고 한 건 자신도 모르게 얼결에 나와버린 말이었다. 전연 그럴 계획이었던 게 아니다.

그가 전화를 건 이유는 첫째는 김씨와 했던 약속─집에 저녁 먹으러 갈 수 없을 경우엔 전화로 못 간다는 걸 알리겠다는 약속을 지키기 위해서였고, 둘째는 전화에 수정을 좀 바꾸게 하여(그는 수정이가 지금쯤 집에 도착했으리라고 생각하고 있었다) 사무실에서 있었던 일에 대하여 공식적인 사과를 하고 내일 만날 약속을 받으려던 것이었다.

물론 오늘 그런 상태로 헤어진 수정이가 내일 순순히 만나주리라고는 얼른 기대하지 않는다. 그러나, 내일 ×시 ××에서 기다릴게, 하는 말을 하고 전화를 끊으면, 수정은 아마 밤새도록 생각할 것이다. 나가야 할까? 말까?

그렇게 생각하는 그것이 중요한 것이다. 나오고 안 나오고는 문제가 아니다. 나오면, 오늘 있었던 일은 없었던 것처럼 되는 거고 만일 안 나온다고 해도, 지금 어디선가 자기를 기다리다가 지쳐서 돌아가는 남자가 있다는 일종의 초조한 느낌에 사로잡히기는 할 것이다.

여자에게 일방적인 약속을 던져놓고 여자로 하여금 호기심과 초조감에 들떠서 이쪽에 대한 관심을 유지시켜 어느 때 가서는 약속을 지키게 하는 건 놈팡이들이 여자를 낚을 때 흔히 쓰는 수법이지만 이번 경우, 수정에 대해서는 그런 유치한 방법이 오히려 몇백 마디의 변명이나 사과보다 효과가 있을 것 같다고 명훈은 생각한 것이었다.

이제부터는 그 여자를 유혹해야 한다고 그는 판단했다. 말하자면 생판 모르던 여자와 연애를 시작하려는 기분과 각오와 계획으로써 수정을 끌어당기지 않으면 안 된다. 왜냐하면 그 동안 그가 알고 있던, 이쪽에서는 아무런 노력도 하지 않았는데도 쉽게 이쪽을 사랑해주던 수정은 오늘 떠나버린 것이기에……

그런 심산으로 전화를 걸었던 것인데 수정은 아직 들어오지 않았다는 것이고 좀 왔다 가라는 김씨의 말을 듣고 보니 그는 순간적으로 어떤 기대에 휩싸였다. 수정보다 내가 먼저 그 여자의 집에 도착해 있다면? 수정의 입장에서 보면, 세상에서 가장 안심할 수 있는 장소─자기의 집에서 나를 발견하면 기분이 좀 달라지지 않을까? 속으로야 어떻든 겉으로는, 나를 자기 집에 찾아온 손님으로서 의례적인 태도로 대해줄 것이고 그러느라면 차츰 분위기가 가정적으로 무르익어, 사무실에서 있었던 일은 하나의 악몽처럼 스러져버릴 수 있지 않을까? 내가 그 집에서 나올 때쯤엔 그 동안과 같은 관계로 돌아갈 수 있지 않을까? 생판 모르는 처녀를 유혹하여 날 사랑하게 만들듯, 그런 기분과 각오로 수정을 대해야겠다고 결심했지만, 그것을 성공시키려면 말처럼 어디 쉬운 노릇인가! 이만저만 신경과 시간을 쓰지 않으면 안되는 고역이다. 그것보다는 역시 할 수만 있다면, 오늘 있었던 일은 없는 걸로 하고 그전의 관계를 되살리는 것이 가장 현명한 일이다. 말하자면 이런 계산이 순간적으로 그의 머리를 두드리고 지나가는 바람에 얼결에, "그렇지 않아도 지금 놀러 가려던 참이었습니다" 하는 소리를 지껄였던 것이다.

그러나 공중전화부스를 나와서, 꽃을 사가지고 갈 작정으로 명동 입구를 향하여 가고 있는 동안, 명훈은 자기의 그 순간적인 계산 속에 틀림이 있다는 걸 깨달았다.

문제는 내가 수정에게 키스를 하려고 했다거나 그 여자를 억지로 소파 쪽으로 끌고 가려고 했다는 게 아니다. 나에게 다른 여자가 있는지 없는지, 수정과 그리고 그 여자의 어머니는 확인하려 했던 게 아닌가!

명훈은 아직도, 수정과 김씨가 전에 없이 오늘 자기를 찾아온 것은 어디선가 자기의 여자관계에 대한 소문을 듣고 저녁 사준다는 핑계로 그 소문에 대한 자기의 해명을 듣고 싶어서가 아닌가 하는 의심을 버릴 수 없었다.

그게 아니라면 적어도 이것만은 분명하다. 즉 수정은 명훈 자기가 전화에서 한 실수—"종숙이? 왜 또?"—를 통해서 본능적으로, 자기의 여자관계에 대한 비밀을 냄새맡고 그것을 확인해보고 싶어했다가 그것이 불가능해지자 자기를 증오하며 도망갔다.

그렇다. 문제는 수정, 그리고 어쩌면 그 여자의 어머니의 나에 대한 의심이지 키스 따위가 결코 아니다.

이렇게, 자기의 저 순간적인 계산 속에서의 틀림을 발견하고 보니 명훈은 수정의 집을 찾아가는 일이 꺼림칙해졌다. 수정의 고문은 끝나고 이번엔 그 어머니가 고문할 차례인가?

꽃을 사들고 보니 꺼림칙한 생각은 더 심해졌다. 제기랄, 자기네들이 뭔데 날 추궁해. 여자가 수정이 저뿐인가 뭐.

그는 문득 종숙이 생각났다. 자기와 별의별 짓을 다 해주면서도 여태껏 자기에게 부담이 되는 요구 같은 건 한마디도 하지 않았던 여자. 제기랄 꽃을 산 김에 그 여자한테나 갈까.

그러고 보니 아직까지 꽃 한 송이 그 여자한테 사줘본 적이 없다. 집이 서대문 로터리 부근이렷다! 그렇지, 택시를 타고 가다가 보자. 내키면 서대문에서 내려버리고, 수정이와 반드시 결혼해야겠다는 결심이 새로워지면 그대로 불광동으로 차를 달리게 하고……

그 시간, 수정은 종로의 어느 약방 안에 앉아 있었다.

"네 말만 듣고는 뭐가 뭔지 통 모르겠다, 얘. 그러니까 그 남자한테 애인이 따로 있다는 건 네 추측이란 말이지? 전화에서 그만 그 남자가 실수를 해서 알았다, 아니 안 게 아니구…… 하여간 알았다는 거란 말이지? 같이 가는 걸 본 것도 아니구? 그러니까 그것만 가지고 어디 남잘 의심할 수야 있니? 혹시 딴 여자일 수두 있지. 말하자면, 마침 그때 그 명훈이란 남자가 무슨 일 관계로 전화를 기다리고 있는데 네가 전화를 했다면 그럴 수두 있지. 하기야 네가 나한테 말을 다 못 해서 그렇지, 넌 너대로 그만한 근거가 있으니까 그러겠지…… 정말 여자의 추측이란 무서운 거더라. 아냐, 추측이고 뭐고, 요즘 남자들은 정말 믿을 게 못돼. 난 울 엄마가 늘상 하시는 말씀이 무슨 뜻인가 했더니 이젠 좀 알 것 같애. 남자란 모두 도둑놈이란 말 말야. 아냐, 남자들 탓할 것 뭐 있니! 여자들이 죽어야 돼. 여자들이 너무 많아서 천해지니까 남자들이 바람을 피우고 지랄들이란 말야. 그저 여자들이 싸악 죽어야지 그렇지 않으면 남자들 바람을 무슨 수로 막니? 일일이 따라다닐 수두 없구. 너, 요즘 젊은 계집애들, 우리 학교 다닐 때하고 영 다르다. 술 담배 하는 것 보통으로 알구, 남자라면 장가간 사람이건 아니건 가리지 않구 쫓아다녀요. 얌전히 학교만 다닐 때는 몰랐는데 사회에 나와서 보니 정말 무서운 세상이야……"

지금 수정을 상대해서 겁을 주고 있는 건 이 약방의 주인 여자로서 수정의 고등학교 이 년 선배다. 여학교 때, 학생과외활동의 가사반에서 언니 동생으로 남달리 친해진 사이인데 여학교 졸업 후엔, 어느 약대로 진학했다는 것만 알았을 뿐, 우연히 오늘 처음 만나는 것이다.

이 약방으로 들어오기 전에, 수정은 다른 약방엘 한 군데 들렀었다. 거기서는 하얀 가운을 입은 젊은 남자 약제사가, 수면제를 찾는 수정에게 수상쩍은 눈초리로 이것저것 귀찮게 물었다. 무엇에 쓰려느냐, 함부로 못 팔도록 돼 있다, 의사의 진단서가 있어야 한다, 특별히 봐줘서 팔긴 하겠는데 두 알 이상은 곤란하다, 원칙은 주소 성명을 여기 적어둬야 하는데, 약 좀 사는 데 웬 수속이 이렇게 까다롭냐고 하시겠지만 아시다시피 이 약을 과용하면 좋지 않기 때문이다, 등등 지나치게 친절한 설명을 하면서 호기심 어린 눈초리로 수정의 전신을 훑어보곤 했다. 그런 눈초리와 그런 설명과 물음을 두 번 다시 견딜 수 있는, 그런 침착한 상태에 있지 않은 수정은, 그 젊은 남자 약제사가 싸주는 푸른 알약 두 개를 받아들고 그 약방에서 나온 후로는 수없이 많은 약방 앞을 그냥 지나쳐버렸다.

내 힘만으로는 이 세상에서 버티어나갈 수가 없다는 생각과 수면제를 많이 먹으면 죽는다더라는 믿어지지도 믿지 아니할 수도 없는 지식만이 그 여자의 머릿속을 뜨겁게 채우고 있었다.

죽으려는 데 대한 냉철한 계산이 있는 것도 아니었다. 죽음으로써 거두고 싶은 어떤 효과를 생각하는 것도 아니었다. 무엇엔가 반항하는 거라는 생각은 조금도 하지 않았다. 물론 이 세상의 모든 것이 어머니마저도 자기를 배신한 것 같고 무의미해 보이지만 그 무엇보다도 무의미해 보이는 건 자기 자신의 존재였다.

없어져야 해. 나 같은 건 없어져버려야 해.

그런 생각만 되씹으며 걷고 있던 수정은 수면제 두 알을 손에 쥔 이후로는 이상하게도 조금씩 안정을 되찾기 시작했다. 비록 두 알의 수면제에 불과하지만 그것의 효과에 대하여 아무것도 알지 못하고 있는 수정은 그것을 가짐으로써 자기는 벌써 삶의 세계에서 떠나온 것처럼 느껴졌다. 죽음과 삶의 중간 세계, 그런 곳에 자기는 와 있는 느낌이었다. 그러자 조금 대담해졌다.

한 군데 더 들러보기로 하자고 생각하고 주위를 둘러보니, 자기가 와 있는 곳은 종로거리며 자기 바로 앞에 약방이 있다는 것을 그 여자는 알았다. 마침 약방 주인은 여자란 것도 알았다.

여자끼리니까 귀찮은 질문을 하지 않겠지 하는 생각조차 하며 약방 안으로 들어서고 보니 뜻밖에도 고등학교 선배였던 것이다.

선배 장경숙 언닌 걸 알고 처음엔 무척 당황했으나 그쪽에서는 수정이가 일부러 찾아준 걸로 알고 깜짝 놀라 반갑게 대해 주니까 수정 역시 그토록 반가울 수가 없었다. 정말 눈물이 나왔다.

웬일이냐 응? 내가 여기 있는지 알았으면 진작 놀러 오지 않구, 등등의 말을 듣다보니 수정은 그만, 언니한테 의논할 게 있어서 왔다고 생각지도 않던 말을 꺼냈고, 명훈에 대한 애기를 하고 말았다.

평소의 그 여자로서는 세상의 어느 누구한테라도 명훈에 대한 그런 애기를 꺼내지 않았을 것이다. 그러나 지금 수정의 정신상태에서는, 삶이 가장 의미 있어 보이던 시절에 친했던 사람을 만나서 자기의 고통을 애기하지 않았다면 오히려 이상했을 것이다.

"너 말야, 나한테 맡겨줄래?"

경숙은 좋은 생각이라도 있는 듯 눈을 지그시 뜨며 말했다.

"뭘 맡겨달라는 거유?"

"넌 지금 그 남자한테 딴 여자가 있는지 없는지 확실히 모르는 거지? 만일 있다면 어떡할래?"

"언니, 그 문젠 이젠……"

"아니다, 알 건 알구 넘어가야 한다. 괜히 네가 의심을 했다면 그건 네가 잘못이잖니? 하여간 말야, 며칠만 기다려줘. 내가 책임지고 알아봐줄게."

경숙은 자신 있게 말했다.

고등학교 때와는 무척 변한, 호들갑스러워지고 어딘가 천해 보이기조차 한 경숙이 수정은 어쩐지 조금씩 무서워지기 시작했다.

나만의 문제에 지나치게 강력한 태도로 간섭해오는 제3자란 일단 무서워지는 법이다. 더구나 평소에 경멸하고 있던 세계에 속하는 사람이 의외로 강력한 힘으로써 나를 쥐고 흔들면 그 공포는 더 크다. 지금 수정의 입장이 그러하다.

경숙이가, 마치 친동생이, 아니 바로 자기 자신이 당한 일처럼 흥분하여 욕설을 퍼부어주는 것까지는 괜찮았으나 그러나, "며칠만 기다려다오. 명훈에게 딴 여자가 있는지 책임지고 알아봐줄게" 하며 수정과 명훈 사이의 문제에 적극적으로 간섭하겠다는 태도로 나오는 것은, 수정에게는 달갑지 않다는 정도가 아니라 무서워지는 일이었다.

더구나, 그런 태도로 나오는 경숙 언니가 옛날 여학교 시절처럼 지금도 야무지고 단정하고 말수가 적으면서도 세심하게 친절한, 정말 저절로 존경하고 싶어지는 언니답다면 모르지만, 지금 겉보기처럼 세심하게 친절하다는 점만을 제외하고는 옛날과는 거의 정반대의 여자로 변해버렸다면, 정말 바탕까지 그렇게 변해버린 여자라면 행여나 이 문제에 관심이라도 가질까 걱정이다.

이러한 수정의 기분 속에는, 가뜩이나 추잡하게 끝났다고 생각하고 있는 명훈과의 관계가 경숙 언니 같은 존재 — 지금 문득 발견한 것처럼 쓸모 없이 수다스럽고 천박한 여자인 게 사실이라면 — 가 끼어듦으로써 더욱 추한 꼴을 드러내게 되지 않을까 하는 불길한 예감이 깃들어 있는 것이었다.

수정은 명훈과의 얘기를 괜히 했다고 슬그머니 후회했다.

"이젠 다 지나가버린 일인걸요, 뭐. 정말 끝난 거예요. 언니까지 신경쓸 거 없어요."

수정은 담담한 표정을 꾸미려 애쓰며 경숙에게 말했다.

"넌 분하지도 않니? 너 말은 태평스럽게 하지만 속은 그게 아니지? 분하지? 억울하구…… 그치?"

"……"

"당해보지 않은 사람은 지금 네 기분 이해 못 할 거야. 창피스러워서 이런 얘기 하고 싶지 않았지만 말야……"

경숙은 노파처럼 한숨을 길게 쉬고 나서 신세타령을 시작했다.

"아까 너도 얘기했지만 여자의 추측이란 무서운 거야. 뭐 어디라구 특별히 달라진 건 없는데두, 얼핏 느껴지는 게 있지 않겠니! 그렇다구 무턱대고 '당신 바람났수?' 하고 물어볼 수 없는 노릇이고 말야……"

"언니 지금 하는 얘기, 누구 얘기유?"

"우리집 아빠가 글쎄 바람을 피웠지 않니!"

"어머, 결혼했수!"

"그럼, 너 몰랐니?"

"아아이, 미안해요. 알았더라면 결혼식에 갔을걸. 언제 했수?"

"벌써 삼 년째야. 학교 다닐 때 했지 뭐야."

"그래요? 뭘 하시는 분인데?"

"응, 그냥 공무원……"

"애 있어요?"

"글쎄, 그게 아직……"

결혼하고 일 년 후에 아이를 가졌었는데 그 무렵 남편이 바람 피우는 것을 알고 충격이 너무 커 그만 유산되고 말았다. 그후로 건강이 나빠졌기 때문에 건강이 회복될 때까지 피임을 하고 있다. 그런데 회복되어야 할 건강이란 육체적이라기보다는 정신적인 것이다. 남편에 대한 믿음과 존경이 마음에 돌아오기 전에는 애를 가지고 싶지 않다……

바람피운다는 것이 어떻게 함을 뜻하는 것인지, 유산이라는 게 어떻게 됨을 말함인지, 피임이란 게 어떻게 하는 것인지 수정은 분명히 모른다. 그런데도 경숙이가 하고 있는 얘기를 전체적으로 공감할 수 있을 것 같다. 아마 그럴 수 있을 것이다. 아니 그래야만 당연하다. 남편을 향한 믿음과 존경 없이 어떻게 아이를 가질 수 있단 말인가?

"언니도 불행하군요!"

수정은 눈물을 글썽이며 말했다.

"언니도라니, 그럼 너도 불행하단 얘기니?"

"……"

"넌, 아직 불행한 게 아냐. 결혼한 사이가 아니잖아. 넌 차라리 잘된 건지도 몰라. 결혼 전에, 이런 기회에 남자를 단단히 혼내서 버릇을 고쳐놓는 거야. 그래서 제대로 되면 결혼해주고 안 되면 관둬버리는 거지 뭐. 그렇잖니? 너, 막상 결혼하구 난 다음에 그런 일이 있다구 생각해봐. 정말이지 이럴 수도 저럴 수도 없는 일이야. 아무튼 아무 소리 말고 내가 시키는 대로 해봐. 이 방면엔, 창피한 얘기지만 내가 너보다는 경험이 많으니까."

"아이, 난 결정했어요."

"헤어지기로 말이지? 글쎄, 정말 그렇게 결정한 거라면 나두 더 할 말이 없지만 말야, 그래두, 너, 억울한 거 없니? 억울한 건 정말 없어?"

"억울한 거라니요?"

"육체관계 말야."

"오옴머, 언니두!"

수정은 기가 막혔다.

"괜찮아, 사랑하는 사람들 사이에서는 으레 그렇구 그런 거 아니니? 솔직히 말해봐. 너하구 나 사이에 못 할 말이 어디 있니. 이젠 어린애들두 아닌데…… 그렇잖니? 어느 정도로 깊은 관계였는지 알아야만 나두 좀더 충실한 어드바이스를 해줄 것 같애. 얘기해봐."

그렇게 말하고 있는 경숙의 표정은, 말과는 달리, 어떤 야릇한 호기심에 잡혀 있다는 것을 감추지 못하고 있었다. 수정은 그런 얼굴이 싫어서 슬그머니 외면하며 잠자코 있었다.

그러자 경숙은 수정이 그 육체관계를 긍정한 걸로 알고,

"그렇다면 그냥 물러나서는 안 돼. 내 것이 안 될 바엔 따끔한 맛이라도 보여줘야 해. 알겠니, 내 말? 결혼한 남편이 바람피우는 것하고 네 경우는 또 다르다. 너 그걸 알아야 한다. 남편이 바람피우는 건 일시적인 거지만 말야, 그리고 순전히 육체적으로 바람피우는 거지만 말야, 네 경운 달라. 남편은 결국엔 부인한테 돌아오게 마련이지만 말야. 네 경우엔 이번에 헤어지면 영영 남이 돼버리는 거란 말야. 행여나 하고 있어도 소용없단 말야. 농락당하고 채이는 게 된단 말야. 그래두 억울하고 분하지 않니?"

"……싫어져서 관두는 건데 뭘 그래요?"

"싫어? 그이가? 정말?"

"그렇대두요."

"그럼 왜 그렇게 울상을 하고 날 찾아왔지? 괴로웠으니까 그

랬을 거 아냐? 하여간 말야, 중이 제 머리 못 깎는다고 이런 일은 누가 도와줘야지 네 힘만으로는 해결 못 한다. 내가 도와줄게. 내가 그런 고통을 겪은 것만도 억울하고 분한데 너까지 그렇다는 건 정말 참을 수 없어. 그 남자 직장이 어디랬지?"

"인제 그 얘기 그만 해요. 자꾸 그러면 난 갈래요."

"에이유, 너 철이 아직 덜 들었구나. 남자란 게 그렇게 호락호락한 게 아니라구 글쎄. 밑져봐야 본전 아니니? 내가 알아봐줄게. 직장만 가르쳐주라구……"

"언닌 무슨 수로 알아본다고 그러세요?"

"글쎄, 그 방면엔 귀신이 다 됐다니까. 여기 가만히 앉아서두 다 알아보는 재주가 있어요. 너하구 너의 그이한테는 조금도 피해가 가지 않도록 알아봐줄 테니까, 어서 직장만 대라구."

수정의 마음 밑바닥에서 일종의 호기심이 고개를 들었다. 어차피 죽어버리려고 했다. 그 동안 명훈을 진심으로 사랑해버렸던 일이 사실 약간 억울하고 분하기도 하다. 지금 심정으로는 그에게 다른 애인이 있든지 말든지 상관없으나 솔직히 말해서 그것을 확인해보고 싶기는 하다. 확인해보고 싶었기 때문에 명훈에게 오늘 그런 태도를 보였던 게 아니냐.

"소공동에 있어요. 한풍빌딩 육층에 있어요. 삼덕물산이라구 무역회사예요."

"잠깐!"

경숙인 신이 난 듯 허둥대며 메모지와 볼펜을 집어들고 수정

에게 다시 한번 말하게 하였다. 수정의 집 전화번호까지 받아적고 나서,

"넌 앞으로 내가 시키는 대로만 해. 집에 쭉 있는 거지? 직장에 다니는 거 아니지?"

"응."

"이삼 일만 기다려봐. 늦어도 일 주일 안으로는 알아낼 거야. 매일 전화할게. 너도 해줘. 참 심심하면 약방으로 나와, 응?"

"……"

"그런 거 알아보려면 비용도 꽤 들지만 말야, 그건 내게 맡겨. 정말 남의 일 같지 않다, 정말이야."

수정은 고개를 번쩍 들었다.

"그럼 언니, 그 뭐 사건탐정이라는 거한테 부탁하려는 거유?"

"그래, 흥신소라구 있어. 너두 알구 있구나?"

"텔레비전 드라마에서 봤어요. 언니, 정말 그런 게 있수?"

"그럼. 하여간 넌 잠자코 있어. 어머나, 벌써 열시 반이다, 애. 집에 가봐."

"언니, 저어……"

"아무 소리 말구 오늘은 그냥 가봐요. 내게 맡기구. 너한테 해롭게는 안 할 테니. 그리고 참, 너 손에 있는 거 이리 내봐. 무슨 약이지?"

수정은 깜짝 깨닫고 그때까지도 손에 움켜쥐고 있던 수면제 봉지를 얼른 뒤로 감추었다.

"아무것두 아네요."

그러자 경숙은 사뭇 존엄한 얼굴로,

"죽는 게 다는 아니다, 너. 그건 이리 내."

손을 내밀었다.

아, 처음부터 알고 있었구나. 수정은 콧날이 시큰해졌다. 수다스럽고 천박한 여자로 변해버렸다고 생각한 경숙 언니에게 역시 예전의 그 야무지고 세심한 면이 남아 있었구나 하고 생각하니 수정은 고마운 느낌이 들었다. 그리고 잠시나마 경숙에게 실망했던 자기 자신을 나무라고 싶었다.

수정은 경숙의 손이 다가와 자기의 손에서 수면제 두 알이 든 약봉지를 빼앗아가는 것을 내버려두었다.

벽시계가 열한시를 알리자, 수정의 어머니 김씨는 참고 있던 불안과 초조를 드러내고 말았다.

"얘가 어떻게 된 건 아닐까?"

"글쎄요."

김씨와 마주 보고 앉아 있는 명훈은 갈데없는 죄인이 되고 말았다.

명훈은 결국 수정의 집으로 온 것이다. 잠깐 종숙을 만나 꽃을 전해줌으로써 그 여자에게 뜻밖의 기쁨을 안겨주고, 수정의 집에는 빈손으로 올 작정으로 서대문에서 택시를 내리려 했으나, 운전사는 종숙의 집으로 들어가는 골목 앞에서는 차를 세울 수 없고 차를 세우려면 독립문 쪽으로 조금 더 가서 있는 주차장에 서라야만 된다는 바람에, 명훈은 이것도 운명이다 싶어 그냥 불광동으로 오고 말았다.

명훈의 예상과는 달리, 김씨는 명훈에게 아무것도 묻지 않았다. 피곤할 텐데 누워 있으라느니, 이것 좀 먹어보라느니, 대접이 황송할 지경일 뿐이었다. 사위 노릇이란 참 좋구나 하는, 오늘 저녁의 처지로서는 퍽 어울리지 않는 만족감까지 느끼고 있었다.

그런데 수정이 전화 연락 한 번 없이 이 시간까지 돌아오지 않고 있으니 명훈의 입장은 이만저만 거북한 게 아니다. 수정의 신변이 걱정되는 걸 지나쳐 이젠 원망스럽기조차 하다. 더구나 "곧 돌아오겠지 뭘" 하며 오히려 명훈을 위로하는 체하고 있던 김씨가 드디어 노골적으로 안절부절못하기 시작한 걸 대하고 있으려니 이 집안이 자기를 가둬놓고 있는 감옥 같은 느낌조차 든다.

"어디서 헤어졌나?"

"사무실에서 헤어졌는데요."

"크게 싸웠댔나?"

"글쎄요, 그저 말다툼 좀 한 건데……"

"차에 친 건 아닐까?"

"저어, 제가 나가서 찾아보겠습니다."

"아니, 이 시간에 어딜 가서 그애를 찾는단 말인가?"

"사무실 근처 파출소에라도 들러봐야죠. 만일 사고라면……"

"가려면 같이 가자구."

김씨는 외출할 채비를 하기 위해서 일어선다.

"저 혼자 가보겠습니다. 그냥 댁에 계세요. 그 동안에라도 혹시 무슨 연락이 오면⋯⋯"

바로 그때 초인종이 울렸다.

"언닌가봐요."

식모 순이가 반색을 하며 발딱 일어나 밖으로 달려나갔다.

"이년이 어딜 싸댕기다가 애간장을 녹이는 거야."

김씨는 명훈을 잠시나마 원망하고 있던 게 내심 미안해서 울화통이 터지며 생전 처음 수정을 향한 욕설을 입에 담았다.

명훈은 긴 한숨이 나올 만큼 안심이 되며 한편 자기를 골탕먹인 수정이와 방금 교양머리없는 욕설을 중얼거린 김씨가 한꺼번에 싫어지는 것이었다.

"그럼 전 가겠습니다. 시간이 너무 늦어서⋯⋯"

"그러게 말야. 너무 늦어서 붙잡을 수도 없구, 어떻게 하나? 저애가 좀 일찍 왔더라면⋯⋯"

"그럼⋯⋯"

명훈은 마루로 나왔다. 그리고 현관문을 들어서는 수정과 시선이 마주쳤다.

"어머!"

명훈을 보는 순간, 수정은 거의 반사적으로 몸을 움츠렸다. 자기 집 마루에서 명훈을 다시 보게 되리라고는 전연 생각해보지도 않은 일이었다.

수정은 굉장히 복잡한 느낌에 사로잡혔다. 더 도망갈 수 없는 막다른 골목에서 추적해온 사람과 마주 서게 된 듯 당황하고 절망했으며 똑같은 순간에, 이상하게도, 일종의 반가움이 그 여자의 가슴속을 뛰어다니고 있었다.

오늘 자기가 만나고 온 명훈 — 자기를 난폭하게 끌어당기고 소리치던 명훈은 사실은 명훈의 가면을 쓴 다른 사람이며 진짜 명훈은 집에서 자기를 기다리고 있었던 것만 같은 착각이 드는 것이었다.

그러나 곧, 그 사람이 즉 이 사람이며, 그가 지금 집에 와 있는 까닭은 아마도 자기의 추태를 거짓말로 변명하기 위해서일 거라는 현실적인 판단이 서자 수정은 그 동안 희미해져가고 있던 명훈에의 미움이 새삼 되살아났다. 그래서,

"어딜 갔댔어?"

하고 은근한 음성으로 묻는 명훈에게,

"울 엄마한테 무슨 말씀 어떻게 하셨어요?"

쌀쌀하게 말했다.

뜻밖으로 강경한 수정의 언동에 기분이 상한 듯, 명훈은 시큰 둥한 표정을 지으며 아무 말이 없었고 그 대신 명훈의 택시비를 챙기느라고 몇 발짝 늦게 마루로 나서던 김씨가,

"무슨 말을 어떻게 하다니? 남자분한테 그게 무슨 말버릇이냐!"

나지막하지만 호된 음성으로 나무랐다. 이어서,

"아아니, 전화는 두구 보라고 집에 있는 거니? 늦으면 늦는다고 한마디 해주면 걱정이나 안 할 게 아니냐. 명훈이가 지금 널 찾아나서려구 했구나. 그래야 옳은 거니? 한 번도 이런 일이 없던 애가 오늘은 정말 이상하구나, 응?"

수정은 아직도 현관에 선 자세로 어머니의 꾸지람을 고스란히 당하고 있었다.

"어머니께서, 말씀을 안 하셨지만 무척 걱정했어요. 잘못했다구 어서 말씀드리세요."

명훈은 장난기 있는 음성으로 말했다. 수정은, 어쩌면 이미 이 세상에서 없어져버렸을지도 모르고 그렇지 않다고 하더라도 적어도 죽음과 삶의 중간지대에서 허둥거리고 있던, 그리고 아직도 죽음에 대한 유혹이 없어지지 아니한 자기 자신에 생각이 미치자 지금 손발이 맞아서 나무라면 달래고 하고 있는 어머니와 명훈한테 왈칵 신경질이 발작했다. 울음이 터질 것도 같다. 입술을 지그시 물며 억지로 참고 눈물 그득한 눈을 흘끗 들어 보니 맨 먼저 눈에 뜨이는 건, 명훈을 바래주러 나와 있는 동생들 수란이와 수강이었다.

어머니의 등 너머에 서 있던 수란이가 수정이와 눈길이 마주치자 혀를 쏙 내밀며 용용 죽겠지 하는 표정을 해 보였다. 그 장난스런 표정에 그만 수정은, 신경질도 순간적으로 잊어버리고 하마터면 쿡 웃음을 터뜨릴 뻔했다. 내가 죽어버리면 이애들이 가장 슬퍼하겠구나 하고 문득 생각했다.

"그럼 전 이만 물러가겠습니다. 잘들 있어요."

명훈이 김씨와 수정의 동생들에게 작별인사를 하고 구두를 신었다.

내키지 않았으나 어머니의 독촉에 못 이겨 수정은 맨 앞장서 골목 밖까지 명훈을 바래다주러 나왔다. 시내 쪽으로 달리는 빈 택시는 많았다.

김씨는 슬그머니 수정의 곁으로 다가가 오백원짜리 두 장을 쥐여주며,

"택시비 하라구 해라."

"싫어요. 엄마가 주세요."

"얘가!"

할 수 없이 수정은 돈을 받아들었다.

"그럼 우린 들어갈게. 언제 또 오겠나?"

"앞으론 자주 놀러오겠습니다."

"그래 좀 자주 들러요. 전화두 좀 주구. 바쁘겠지만……"

"그럼 안녕히 주무세요. 잘 있어요."

"안녕히 가세요."

"안녕히 가세요."

"빠이 빠이, 형부. 흐흐흣."

어머니와 수란이 수강이 순이는 들어가버리고 수정과 명훈만 남았다.

"밤경치가 그만이군."

명훈은 갑자기 할말이 생각나지 않아서 엉뚱한 밤풍경 칭찬을 꺼냈다. 사실 포장된 넓은 길 양쪽 가에 줄지어 선 키 큰 가로등들은 다른 변두리에서는 볼 수 없는 풍경이었다. 한적한 변두리 길에서 보는 희부연 가로등들의 열지어 떠 있는 불빛은 어딘가 여유 있어 보이고 낭만적이기도 했다.

이런 분위기의 길이라면 마침 잘됐다고 생각하며 명훈은,

"좀 걸을까? 얘기나 하면서……"

수정을 돌아보았다.

수정은 무표정한 태도로 손을 내밀었다.

"이거 받으세요."

"뭔데?"

다가가서 받아보니 돈이었다.

"어머니가 차비 하시래요. 안녕히 가세요."

수정은 기계적으로 말하고 나자마자 홱 돌아서서 골목을 향해 빠르게 걷기 시작했다.

"이거 봐, 수정이."

그러나 한 번 이상 더 부르지는 않았다. 모욕감이 치밀었기 때문이다.

통금시간이 얼마 남지 않아서 은근히 초조해지는 이 시간이다. 그리고 별로 와보지 않은 낯 모를 곳이기 때문에 집으로부터 굉장히 먼 곳에 와 있는 듯 은근히 안타깝도록 외롭기도 하다.

그런데 수정이 내팽개치듯 "안녕히 가세요" 한마디 하고 집으로 가버리니 명훈은 패거리에서 따돌림을 당한 어린애처럼 분하게 슬퍼지기조차 하는 모욕감을 느낀다. 거기에 돈이다.

"이거 누굴 거지로 알았나……"

소리내어 중얼거리며 바라보니 수정은 골목 안의 꺾어진 곳을 돌아가고 있는 중이었다.

그는 여기 올 때 했던 결심—수정과 연애를 시작해야겠다는 것, 그리고 우선 그 여자가 지켜주든지 말든지 만날 장소와 시간에 대한 일방적인 약속을 던져야겠다는 것 등을 회상하며 수정이 이미 모습을 감춰버린 텅 빈 골목 안을 우두커니 바라보고 있었다.

"건방진 것!"

자신도 모르게 그런 악담이 입 밖으로 새어나왔다.

정말이지 그 여자가 이토록 건방질 만큼 쌀쌀한 성격일 줄은 몰랐다. 전연 뜻밖이다. 자존심이 강한 성격이라는 건 알았지만 그의 여자에 대한 경험에 의하면 수정 정도의 자존심은 차라리 미덕이었다. 정말 무지해서 자존심이 강한 여자들도 있다. 자기를 놀리는 줄 모르고 히히대다가 진짜 칭찬을 할 때는 화를 발칵 내는 묘하게 무식한 자존심의 소유자들이 많다. 그런 여자들에 비하면 수정의 자존심이란 무척 엘리건트하다고나 할까, 적당히 밑바탕에 깔려 있어서 그 여자의 존재를 탄탄하게 받쳐주는 기둥 역할을 하고 있는 것이라 생각했다. 터무니없이 불쑥불쑥 고개를 내밀어 상대편을 당황하게 해놓고 당황해하는 상대를 바라보며 으쓱대는 바보들과는 좀 다르다고 생각했다.

지금도 뭐 그렇지 않다는 건 아니다. 오히려 함부로 자존심을 과시 않는 그 여자가 그토록 쌀쌀맞게, 아니 거의 이쪽을 멸시하는 태도로 나왔다는 데서 그는 자기가 그 여자에게 도대체 지금 어떻게 인식되어 있는가를 짐작하고 있는 것이다. 이거야말로 남이다. 남 중에서도 경멸할 만한 남이다. 저 여자에 있어서의 나는.

그는 손에 들려 있는 돈을 내려다보았다. 박박 찢어버리고 싶은 충동을 느꼈으나 돈을 얼른 호주머니에 처박아버림으로써 그 충동을 달랬다.

그는 마침 달려오는 빈 택시를 세웠다.

"어디까지 가십니까?"

운전사가 물었다.

"청파동인데."

"안 되겠는데요. 시간이 없어서요. 차고가 돈암동입니다."

"그럼 서대문에서 내려주시오."

"타세요."

명훈은 종숙을 생각했다. 너무 늦었기 때문에 물론 그 여자의 집을 방문할 수는 없다. 그러나 그 여자의 집 근처 여관에서 하룻밤을 지내는 것도 나쁜 기분은 아닐 것 같다. 그리고 내일 아침 일찍 그 여자를 불러내어 이른 아침의 한적한 거리를 산책하고 어디서 간단한 아침식사를 나누고 그리고 나란히 회사 앞까지 걸어가서 각각 자기 회사로 갈라진다.

그 여자와 나라면 근사한 아이디어가 곧잘 떠오른단 말야, 하고 명훈은 택시 안에서 생각했다. 자기의 안에 깊이 들어와 있지도 않은 그 여자와는 함께하고 싶은 재미있는 일이 무궁무진할 것 같다. 그런데 수정을 생각하면 그 여자를 다뤄야 할 좋은 방법은 조금도 생각나지 않고 그 여자에게 쩔쩔매고 있었던 자신만이 보여진다.

오늘은 어쨌든 이걸로써 수정에 대한 일은 잊어버리기로 하자. 명훈은 눈을 감고 몸을 비스듬히 뉘었다.

서대문에서 차를 내린 명훈은, 아직도 집으로 돌아갈 수 있는 시간과 차편이 있는 걸 알고, 그냥 집으로 갈까 하고 생각했으나 조금 전 택시 안에서 세웠던 내일 아침 종숙과의 데이트 계획이 무척 맘에 들었기 때문에 종숙의 집 근처에 있는 여관에 방을 잡았다.

손발을 씻기 위해 윗옷을 벗고 팔뚝시계를 풀면서 보니 통금시간은 아직도 이십 분이나 남았다. 이삼 분 만의 거리 저쪽에 종숙이가 있다고 생각하니 그는 문득 흥분했다. 얼마 전 수정으로부터 받은 냉대가 그 흥분을 돋우었다. 급히 윗옷을 걸치고 사환에게 밖에 좀 다녀온다고 이르고 그는 종숙의 집을 향해 갔다.

개천을 복개한 도로로 빠지는 골목 입구에 종숙의 집인 낡은 한옥이 엎드려 있는 것이다. 이 집 앞까지 두어 번 종숙을 바래다준 적이 있다.

창이 골목에 면한 문간방이 종숙의 방이란 걸 명훈은 생각해
내고 뛰는 가슴이 더욱 뛰었다. 지금 그 창에 불이 밝다. 종숙은
있을 것이다. 내일 아침까지 기다릴 것 없이 지금 불러낼까? 창
문을 똑똑 두드리면 되겠지.

그때 골목 안을 급히 달려오는 발짝 소리가 났다. 국민학생인
듯한 사내애 하나가 약봉지 같은 걸 들고 달려와 명훈이 그 앞에
서 서성대고 있는 종숙의 집 대문을 찌꿍 열고 들어갔다. 들어가
면서 의심스럽다는 눈으로 명훈을 흘끔거렸다.

명훈은 그애가 종숙의 식구일 거라는 짐작이 들자, 때늦게 당
황한 걸음으로, 우연히 그 집 앞을 지나치던 사람인 체했다.

종숙의 집 식구들과 얼굴을 익히는 것은 싫었다. 결혼할 사이
라면 익혀둘수록 좋겠지. 수정의 식구들에 대해서 그러하듯 말
이다. 그러나 종숙과는 본인들끼리 알다가 본인들끼리 모르는
사이가 돼버릴 사이다. 그 집 식구들과 얼굴을 익혀둠으로써 나
중에 괜히 입장 곤란한 경우를 당하지 않도록 하는 게 현명하다.

여관으로 돌아가기 위해서 걸음을 옮기기 시작한 그의 등뒤에
서 창문 열리는 소리가 드르륵 났다. 꼬마는 들어가서, 도둑놈이
우리집을 노리고 있더라는 보고라도 했겠지. 지금 창문을 열고
내 뒷모습을 노려보고 있는 사람은 누굴까? 종숙일까?

"여보세요."

명훈을 부르는 여자의 목소리가 들렸다. 역시 종숙이었다.

126

그는 걸음을 멈추고 슬그머니 돌아섰다. 불빛을 등진 종숙의 실루엣이 철망을 잡고 이쪽을 눈여겨보고 있었다. 그 옆에 꼬마의 실루엣도 보였다.

어두운 골목 속에 서 있는 명훈의 모습이 종숙에게는 뚜렷이 보이지 않는 모양이었다. 똑똑히 보기 위해서인 듯 고개를 앞으로 기웃거리고 있었다.

"지나가던 사람입니다. 도둑놈은 아녜요."

명훈은 그쪽이 알아들을 만큼 크게 말했다.

"어머나!"

종숙이 발하는 탄성이 들리고 실루엣이 창 저쪽으로 빠르게 사라졌다. 꼬마의 실루엣만이 남아서 창 안쪽과 이쪽을 번갈아 보고 있었다.

잠시 후, 바바리코트를 걸친 종숙이 머리를 매만지며 급한 걸음으로 대문을 나와 명훈 쪽으로 다가왔다. 그 걸음이 어쩐지 약간 비틀거려 보였다.

"어디 아파? 잠이 들었었나?"

다가오고 있는 종숙에게 명훈이 말했다.

그 말엔 대답 없이 종숙은 다가오자마자 대뜸 명훈의 팔을 껴안고 얼굴을 명훈의 어깨에 대며,

"웬일이세요? 이렇게 늦게?"

기쁨에 겨워 떨리고 가쁜 숨결을 토했다.

"놀랐지?"

"그럼요. 그치만 기뻐, 정말."

"뭐 하고 있었어?"

"누워 있었어요. 아니 당신 생각을 하고 있었어요, 쭈욱. 정말
예요."

"꼬마는 누구지?"

"막내동생예요. 그애가 와서 수상한 남자가 기웃거린다구 해
서, 호호호. 설마 당신인 줄은 몰랐어요."

종숙의 입에서 거침없이 나오는 당신이란 말을 연거푸 두 번
씩이나 듣고 보니 명훈은 얼떨떨한 기분이었다. 결코 나쁜 기분
은 아니지만, 생각보다는 꽤 깊은 관계였던가, 이 여자와……
하는 생각이 들어 뭔가 불안한 예감이 스며드는 것이었다.

"진짜 절 만나러 오신 거예요, 아니면 우연히 우리집 앞을 지
나치던 길이었어요?"

명훈이 이렇게 자기를 찾아와준 것이 너무나 꿈같다는 듯 종
숙은 한껏 눈을 빛내며 물었다.

"진짜 찾아온 거야."

"그럼 왜 부르지 않고 그냥 돌아가시려고 그랬어요?"

"글쎄."

"헤어지면 그리웁고 만나보면 시들하곤가요? 후훗."

"사실은 꼬마 때문이야. 밤늦게 대문 앞에서 기웃거리고 있는
건 도둑밖에 더 있겠어? 오해받기 싫어서 잠깐 지나치던 사람
흉내를 냈지."

"도둑인 건 사실이죠."

"내가?"

"도둑? 내가?"

"처녀 도둑, 후후훗."

말하면서 종숙은 대담한 자세로 명훈의 가슴을 힘껏 껴안았다. 단추를 잠그지 않은 바바리코트의 앞깃이 벌어지면서 네글리제만의 풍만한 가슴이 명훈의 가슴에 부딪쳤다.

명훈은 이젠 익숙해진 그 여자의 젖가슴의 탄력에 별다른 감흥을 느끼지 못하며 여자가 말한 '처녀 도둑'이라는 말만이 귀에 거슬렸다.

어째 올가미를 씌우는 수작인 것 같았다.

이 여자가 역시, 그 동안 그런 내색을 내보인 적은 없었지만, 다른 여자들과 마찬가지로 육체관계에 대한 책임을 남자에게만 돌리며 자신은 피해자라고 생각하고 있었던 게로구나, 생각하니 섬뜩한 느낌이 들었다.

자기와 만났을 때는 이미 종숙은 육체적으로 처녀가 아니었다고 명훈은 알고 있다. 명훈과 첫 관계를 가질 때 그 여자는 비록 처녀인 체 앓는 소리를 냈지만 여자 경험이 적지 않은 명훈으로서는 그 시늉을 물론 곧이듣지 않았다. 기대한 게 아니기 때문에 처녀가 아니라고 해서 기분 나빠한 건 아니고, 어쨌든 한 남자와의 첫 교섭인데 여자 편에서는 그런 시늉이라도 해주는 게 예의일 것이라고 생각하여 오히려 귀엽게 생각했었다.

그런데 지금 와서, 첫 교섭 때 앓는 소리 몇 번 냈다는 것만으로써 자기는 순결한 처녀였다고 우겨대고 이쪽을 처녀 도둑놈으로 몰아세운다면 곤란한 얘기가 아닐 수 없다. 명훈은 감겨드는 종숙이 어쩐지 두려워졌다.

"누가 보면 어쩔려구……"

말하면서 그는 자기 가슴을 껴안고 있는 종숙의 팔을 슬그머니 끌어내렸다.

"보면 어때요?"

종숙은 더욱 힘주어 껴안으며 도리질했다.

"오늘은 좀 이상한데?"

명훈은 팔 끌어내리는 걸 단념하고 그 대신 여자가 알아먹을 만큼 냉정한 음성으로 말했다.

"이상하긴 당신이 먼저죠. 그렇잖아요? 집으로 다 찾아주고. 이상한 분한테는 이상하게 대해줄 수밖에요."

종숙은 와이셔츠 위로 명훈의 가슴을 거의 아플 만큼 깨물었다.

사실 평소에도 소극적이었던 건 아니지만 이렇게 노골적인 애무를 해올 만큼은 아니었다. 집으로 찾아온 사실에 대하여 이 여자는 지나치게 깊은 의미를 주고 있는 게 아닐까? 가령 자기와의 결혼을 결심했다는 걸로……

"이렇게 반가워해줄 줄 알았더라면 좀더 일찍 올걸 그랬군."

"그래도 오늘인 게 너무너무 좋아요."

"무슨 뜻이지?"

"……"

여자는 잠깐 고개를 들어 명훈의 눈에 자기의 시선을 부딪쳤다. 그리고 방금까지의 기뻐 날뛰듯 하던 태도와는 달리 제법 무슨 은근한 사연이라도 있는 듯한 표정으로 조용히 얼굴을 남자의 가슴에 기댔다. 그리고,

"다음에 말할게요."

명훈은 의아한 느낌이었다. 오늘이 혹시 이 여자의 무슨 기념일 같은 건 아닌지, 재빨리 머릿속에서 찾아봤다. 짚이는 건 없었다.

"오늘이 무슨 날인가?"

"무슨 날?"

여자는 알아맞혀보라는 듯 물어왔다.

"가령…… 우리가 알게 된 지 몇 개월 기념일이라든지……"

여자는 도리질했다.

"아니면 종숙이 생일?"

역시 도리질하며,

"지금 몇시 됐어요?"

명훈은 팔뚝시계를 보고 나서,

"열두시 좀 넘었군."

"네에?"

여자는 깜짝 놀라 몸을 떼고,

"어떻게 돌아가죠?"

명훈이 돌아갈 수 없음을 걱정했다.

"종숙이 집에서 자고 가지 뭘."

"……"

종숙은 명훈의 농담을 곧이듣고 그래도 좋을지 어떨지에 대하여 생각하는 표정이었다.

"걱정 마. 사실은 여관을 정해왔어. 바로 요 앞에……"

"어쩜! 하지만 저…… 저, 나가서 잘 수가 없어요."

종숙은 명훈이 찾아온 이유를 자기와 함께 밤을 지내기 위해서인 걸로 착각했다. 명훈은 시치미를 떼고,

"왜?"

"집에다 외박하는 핑계를 대기에는 시간이 너무 늦었어요."

"그렇군."

"아이, 어쩜 좋아요, 정말 미안해요. 저두 그러구 싶지만……"

"할 수 없지 뭐. 딴 여자나 데리고 자는 수밖에."

"뭐라구요!"

종숙은 어이가 없어지는 모양이었다.

"하하하…… 그럼 어떻게 해?"

"농담도…… 오늘만은…… 싫어요."

종숙은 완전히 화난 표정으로 돌아서더니 담벼락에 이마를 댔다. 그리고 금세 쿨적이기 시작했다.

"농담인 줄 알면서 뭘 그래. 사실은 말야, 내일 아침에 종숙이를 깜짝 놀라게 해줄 계획이었어. 요 근처 여관에서 자고 아침

일찍 종숙이를 찾아가서 아침 산책을 즐길 계획이었지. 그런데 당장 만나고 싶어서 참지 못하고 온 거야. 뭐 종숙이하고 꼭 함께 자구 싶어서 온 게 아니니까 너무……"

"나빠요, 나빠요."

종숙은 홱 몸을 돌이켜 명훈의 가슴에 고개를 처박았다.

"자, 그만 들어가봐요. 여관 문 잠가버리면 정말 잘 데가 없어져."

"저어…… 같이 갈까요?"

"아냐, 낼 아침에 만나."

"함께 있고 싶어요."

"낼 아침에……"

"함께 가요, 까짓거. 낼 아침에 적당히 변명하죠 뭐. 동생한테 대문 잠그라구 하구 올게요."

"아냐, 그럴 필요 없어. 역시 내일 아침에 만나는 게 좋겠어."

"……"

"……"

두 사람은 헤어지는 '로미오'와 '줄리엣'처럼 두 손을 마주 잡은 채 잠시 동안 말이 없었다. 갑자기 종숙은 고개를 떨구었다. 그리고,

"저 잘못을 저질렀는데…… 용서하시겠어요?"

"용서라니? 갑자기……"

"……"

"무슨 잘못을 저질렀는데?"

"얘기하려구 하지 않았지만……"

"뭔데?"

"오늘 수술받았어요."

"수술?"

명훈은 가슴이 철렁했다. 수술이라니? 인공유산을 말함인가? 임신은 언제 하고 있었던가? 오늘 낮에도 그짓을 했는데……

"용서해주세요, 허락도 없이 제 맘대로……"

"용서구 뭐구, 임신했더랬어?"

종숙은 고개를 끄덕였다.

"왜 안 알렸지?"

"……"

여자는 죽을 죄를 지었다는 듯 고개를 숙인 채 잠자코 있었다.

지금 명훈은 임신을 알리지도 않고 뿐만 아니라 이쪽 모르게 처리해버린 그 여자가 무척 고맙다는 느낌이었으나 그렇다고 노골적으로 안심하는 표정을 짓는 건 뭣한 것 같아 제법 아기 아버지로서의 권리를 주장하는 시늉을 하고 있는 것이다.

"보기보다 나쁘군."

"절 때려주세요…… 때려주세요……"

종숙은 두 손으로 얼굴을 감싸며 울기 시작했다.

명훈은 이 여자가 연극을 하고 있는 것이라고 생각했다. 아이를 지워버린 점에 대하여 처음부터 죄의식 같은 건 있었을 리 없

134

다. 그런데도 한 생명을 죽였고 더구나 그 생명에 대하여 얼마간의 의무와 동시에 권리를 갖고 있는 명훈 자기에게 의논 한마디 없이 그랬다는 점에 대하여 새삼스럽게 깊은 죄의식을 갖고 있는 듯 말하며 눈물조차 보이는 이 소행은 분명히 어떤 의미의 올가미를 명훈 자기에게 씌우는 수작이다.

여자의 울음이 진실의 울음일 수도 있다고는 그는 생각조차 하지 않았다. 그러나 어쨌든 그도 종숙이 하고 있는 연극에 맞춰 적당히 연주하고 있었다.

"알리기라두 할 것이지……"

"죄송해요. 용서해주세요."

"난 그런 것두 모르고……"

"모르셨는데도 이렇게 와주셔서 뭔가 운명적인 거 같아 기뻤어요. 정말예요."

"도대체, 몇개월 됐대?"

"이 개월."

"언제 했어? 낮에도 같이 있었잖아?"

"퇴근하구요."

사무실에서 수정이와 승강일 하고 있던 시간에 종숙은 수술대 위에 누워 있었던 것이라고 생각하니 명훈은 어쩐지 가슴이 서늘해졌다.

"몹시 아팠지! 수술."

"네."

"지금두?"

"조금……"

아까 이 여자가 대문에서 나올 때 걸음이 비틀거려 보이던 이유를 이제야 그는 알았다.

"어떡하지? 몸조리를 잘 해야 할 텐데. 어서 들어가 누워 있지 그래? 방은 따뜻해?"

"……경험이 많군요?"

여자는 묘한 눈으로 명훈을 올려다봤다.

경험이 많기는 너도 마찬가지겠지, 하고 명훈은 생각했다. 그렇지 않고서야 남자에게 알리지도 않고 그토록 대담스럽게 일을 처리해버릴 수 있단 말인가? 그러나 그런 무자비한 말을 지금은 해선 안 될 때라고 그는 생각했다.

"농담하고 있을 때가 아냐. 어서 들어가 누워 있어요."

"싫어요, 당신 옆에 있을래요."

종숙은 다시 명훈의 팔에 매달렸다.

"그럼 좋을 대로 해. 아무 데나 빨랑 가자구."

"문 잠그라구 하구 오겠어요."

"응."

종숙이 자기 집으로 향하자, 명훈은 거의 견딜 수 없이 가슴이 답답해옴을 느꼈다. 종숙이 세 번씩이나 발음한 '당신'이라는 말이 쇠사슬처럼 그를 옭아맴을 느꼈다. 그 쇠사슬을 끊어버리려면 상당한 결심과 계산과 노력이 필요한 것을 직감하고 있었다.

밤이 깊도록 수정은 잠들지 못하고 있었다. 오늘 겪었던 일들이 하나하나 생생하게 눈앞에 어른거렸다. 그런데 지금 자리에 누워 있는 그 여자의 의식을 가장 아프게 자극하고 있는 것은 명훈과의 사이에 벌어졌던 일도 아니고, 약방에서 경숙 언니를 만났던 일도 아니고, 이상하게도 명훈 사무실 근처의 다방 안에서 맛보았던 그리고 퇴근시간의 빌딩가를 보며 느꼈던 그리고 명훈의 사무실을 뛰쳐나온 직후에 빠져들었던 저 소외감이었다. 명훈의 사무실을 뛰쳐나왔을 때 느꼈던 소외감에 대해서는 그래도 그 이유를 알 수 있는데 아무래도 알 수 없는 것은 다방과 빌딩 밑에서 느꼈던 소외감의 정체에 대해서였다.

자기는 빌딩 안에서 유니폼을 입고 일하는 직업여성이 되기를 유난히 소원해본 적이 없다. 막연하나마 자기의 인생설계를 말하라면, 그건 어머니가 골라주는 남자와 결혼하여 현숙한 가정주부로서 살아가겠다는 것이었다. 연애의 유혹이 없었던 건 아니지만 남편에게 떳떳하기 위해서 매정하게 그 유혹들을 뿌리쳤다. 남편 될 사람을 고른다는 미명 아래 이 남자 저 남자를 사귀는 친구들을 보면 그 친구들이 정작 남편을 만났을 때는 도대체 얼마나 많은 남자들을 거친 후일까, 그러고도 어떻게 뻔뻔스럽게 남편과 살 수 있을까, 깔끔하기 짝이 없는 수정으로서는 이해할 수 없었다.

그러한 그 여자지만 남편으로 결정된 사람과의 약혼기간 중에는 키스 정도는 용서받는 것이라는 것쯤은 알고 있었다. 그 여자가 애독하는 여성잡지들 덕분에 말이다. 그러기 때문에 자기는 명훈이 자기에게 키스하고 싶어했다는 것에 대해서는 반감을 갖고 있지 않다. 물론 약혼식을 해준 후에라야 그 여자는 그것을 허락해주겠지만.

생각이 옆길로 나갈 뻔했지만, 요컨대 자기는 왜 그런 소외감을 견딜 수 없을 만큼 아프게 느꼈을까? 자기 남편을 찾기 위해 이 남자 저 남자를 마구 사귀던 친구들이, 적어도 그런 친구들과 같은 종류의 여자들이 남편을 찾기 위해서 저 빌딩들 속으로까지 뛰어들어가 있는 거라고 생각되기 때문일까? 그런 여자들 틈에 자기가 사랑하는 명훈이 끼어 있는 것이라고 생각되기 때문일까? 그런 친구들한테 명훈씨를 빼앗길지도 모른다는 아니 벌써 빼앗기고 있다는 느낌 때문일까?

수정은 그 소외감을 떨쳐버리려는 듯 눈을 질끈 감았다. 앞으로 어떻게 될까? 하고 생각하는 그 여자는 명훈에게 딴 여자가 있는지 알아봐주겠다던 경숙 언니의 약속이 새삼스럽게 떠올랐다. 그까짓 거야 아무려나 이젠 끝장이라고 생각했지만 지금 수정은 어쩐지 그 약속의 결과나 보고 거취를 결정해야겠다고 생각했다.

다음날 수정은 늦잠을 잤다.
"언니, 그만 일어나세요."

하는 식모 순이의 소리에 깜짝 놀라 눈을 떠보니 창 밖은 환한 대낮이었다.

"지금 몇시쯤 됐니?"

"점심 먹을 때란 말예요."

"점심, 벌써?"

"열두시가 다 됐는디요."

"왜 안 깨웠어?"

"엄마가 깨우지 말고 내버려두라구 그러셨어요. 그치만 너무하세요. 열두시까지 자다니…… 전화가 몇 번씩이나 걸려왔는디."

"전화? 나한테?"

수정은 가슴이 두근거렸다. 전화벨 소리만 들리면 행여나 명훈에게서 온 게 아닌지 기대하던 지난 몇 주일 동안의 버릇이 되살아난 것이다. 그러나 곧 어제의 사건과 함께 명훈에 대한 자신의 감정이 어제 이전과 같을 수 없다는 점이 생각나자 수정은 쓸쓸해졌다.

순이가 드르륵 열어놓는 창을 통하여 불어와 수정의 볼과 목덜미를 간질이는 4월 하순의 훈훈한 바람은 수정을 더욱 쓸쓸한 느낌 속으로 밀어붙였다.

"어떤 여잔데요, 언니 선배라구……"

"선배? 아아……"

경숙 언니였구나.

명훈이가 아니었다는 게 안심되기도 하면서 실망되기도 했다.

"거짓말 좀 보태서 열 번도 더 했을 거예요. 무슨 여자가 그렇게 극성맞지요? 빨리 가서 언니를 깨우라고 안 그래요. 죽었는지 살았는지 보고 오라고 나한테 막 화를 내지 않아요, 글쎄. 지가 날 언제 봤다구."

그러는데 전화벨 소리가 들려왔다.

"틀림없이 그 여잘 거예요."

말하고 나서 달려나간 순이로부터, 잠시 후에,

"언니, 전화 받아요."

역시 경숙 언니였다.

"팔자 한번 부럽구나. 열두시까지 늦잠을 자구⋯⋯"

"처음예요. 그런데⋯⋯"

"잠 못 이루는 밤이셨군, 호호호⋯⋯ 그럴 만두 하지. 그렇지만, 애, 잠을 못 자면 얼굴이 까칠해지구 얼굴이 까칠해지면 미워지구 미워지면 너만 손해란다. 이럴 때일수록 더 잘 먹구 더 잘 자서 예뻐져야 해. 여자한테는 뭐니뭐니해두 예쁜 게 가장 큰 무기란 말야. 바람난 남편을 항복시키려면 맨 먼저 화장부터 하는 법이거든, 호호호⋯⋯ 경험에서 나온 말이니까 허투루 듣지 말아야 한다. 그건 그렇구, 드디어 출발했다."

"출발했다니요?"

"흥신소 사람 말야. 재수만 좋으면 오늘 밤에라두 보고거리가 있을 거래."

"⋯⋯"

수정은 당황했다. 문득 언젠가 텔레비전 드라마에서 본, 미행하고 미행당하는 검은 안경 쓴 사내들이 떠오르며 무섬증이 들었다. 어떤 범죄의 공모자로 끌려들어간 듯 공포로 마음이 떨렸다.

"얘, 얘, 여보세요, 여보세요."

전화가 끊긴 줄 알고 경숙은 수정을 불러댔다.

"여보세요."

떨리는 마음을 억누르며 수정은 가까스로 소리를 내어 응답했다.

"전화가 끊어진 줄 알았다, 얘. 너 지금 고민하구 있구나. 그렇지? 사랑하는 그이가 흉측한 사내들의 미행을 받는다구 생각하니……"

"언니, 저 말예요……"

수정은 가슴이 떨려와서 목이 메었다.

"응? 말해봐."

"그만둘 수 없어요? 이젠 그 사람하구 아무 관계도 없는걸, 뭐. 언니가 생각해주는 건 정말 고마워요. 그치만 이젠 정말 그럴 필요가 없게 됐어요."

"필요가 없게 되다니? 그럼 그이한테 딴 여자가 없다는 게 확실해졌단 말이니?"

"나하구 그이하구 이젠 아무 관계가 없다니까요."

"그래?"

"정말예요."

"알았어. 그럼 그만두라지 뭐."

경숙은 선선히 수정의 말을 받아들였다.

"고마워요, 언니."

"하여간 말야, 지금 손님이 와서 이 전화 끊는데 말야. 너 저녁 때 나한테 좀 들르지 않겠니?"

"왜요?"

"왜요라니? 이젠 이 언니가 꼴두 보기 싫어졌니?"

"아하이, 언니두. 저녁 몇시쯤?"

"아무 때나. 난 늦게까지 있으니까. 꼭 와야 한다."

"네."

"그럼 끊어."

"안녕히 계세요."

그날 오후 내처 수정은 가슴이 불안하게 두근거리기만 할 뿐 일이 손에 잡히지 않았다. 경숙은 명훈을 미행시키는 일을 그만 두겠다고 선선히 대답했지만 너무 선선히 대답했기 때문에 생각 할수록 수정은 그 대답이 믿어지지 않았다.

도대체 그 언니는 자기 일도 아닌 일에 왜 그토록 극성일까? 날 친동생처럼 생각하기 때문이라고 했다. 물론 이처럼 외로울 때 의논 상대가 되어주는 것은 고마운 일이다. 하지만 어쩌면 남 의 뒷조사를 하는 일 자체에 변태적인 취미를 가진 일종의 정신 이상자인 건 아닐까? 어젯밤, 그 언니의 표정이나 말투에는 그렇게 생각하지 않을 수 없는 무엇이 엿보이고 있었다.

아마, 자신의 불행한 결혼생활에서 생긴 성격일지도 몰라. 진심으로 날 위해서 그런 조사를 하는 것이 아니라, 자기 주변에서 자기보다 더 불행한 사람을 발견하기 위해서, 발견하여 자기의 처지는 그나마 행복한 편이라고 스스로 위안하기 위해서 그런 일을 하는 것인지도 몰라.

그럴지도 모른다고 생각하니 수정은 경숙 언니가 불쌍하다는 생각이 들었다.

한편, 어젯밤 경숙이 하던 말의 한 구절이 새삼스럽게 수정의 귀를 파고들었다. '확실하지도 않은 일을 가지고 사랑하는 사람을 의심하는 것은 잘못이다.'

그래, 그건 정말 잘못이다. 어쩌면 어제 일어난 모든 일의 책임은 나 자신한테 있는 건지도 몰라. 심지어, 어제 사무실에서 명훈이 나타낸 그 난폭한 태도에 대한 책임도 나 자신에 있는 건지 몰라. 그 난폭한 태도 때문에 정나미가 떨어졌지만 말야.

만일 내게 근본적인 잘못이 있다면 그것은 무엇일까? 역시 명훈에게 다른 여자가 있는지 없는지에 관하여 분명한 말로써 묻지 않았다는 것이겠지. 아냐, 물어보려구 했어. 그리고 내 질문에 대한 명훈의 대답을, 그것이 사실이든 거짓이든, 대답 그대로 믿을 작정이었어. 그런데 미처 질문할 기회를 갖지 못한 채 그만 이상하게 돼버린 것이지.

이상하게? 어떻게? 그건, 그는 난폭한 손길로 나를 소파 쪽으로 끌고 가려 했으며 짐승처럼 꽥 소리쳤고 나는 그를 미워하면서 뛰쳐나왔던 거지.

그는 왜 나를 소파 쪽으로 끌고 가려고 했지? 그의 마음속을 알 수 없었어. 하지만 그 자리에서는 이렇게 생각했지. 나를 육체적으로 소유함으로써 내가 질문하려는 입을 막으려 한다고.

육체적으로 소유당하면 나는 그에게 질문을 할 수 없나? 할 수 있지.

그러나 그의 대답이 다른 여자가 있다고 하면 난 어떻게 되느냐 말야.

다른 여자? 다른 여자가 있는데도 그는 나와 선을 보고 교제를 했을까? 더구나 나와의 결혼이 의심할 수 없는 사실인 듯 말하고 행동할 수 있었을까? 무슨 말을 하고 무슨 행동을 했단 말인가? 기억나지 않나? 언젠가 저녁을 함께 먹고 다방에 갔을 때 레지에게 메모용지를 몇 장 달라고 하여 거기에 장차 우리가 세 명의 아이들과 함께 살 집의 설계도를 그리지 않았던가.

그래, 그렇다고 하자. 그러나 나를 만나기 전부터 사귀던 다른 여자가 있을 수도 있지 않나. 사실은 그 여자를 사랑하지만 그 여자와는 결혼하지 못하는 어떤 이유가 있기 때문에 나와 결혼하려고 한다면? 도대체 그럴 수가 있을까? 결혼이란 사랑하는 사람과만 할 수 있는 것이다. 나중에 싫어져서 이혼하는 수는 있어도 적어도 결혼할 때만은 사랑하는 사람끼리 하는 것이리라. 그런데도 결혼은 나와 하겠다는 것이고 사랑은 다른 여자와 하다니, 그런 말은 있을 수 없다. 따라서 그가 사랑하는 여자는 바로 나다.

가령 이럴 수는 있다. 나를 알기 전에 좋아지내던 여자가 있었지만 나를 알고 나서는 그 여자가 싫어졌다.

그렇다면 오히려 많은 여자들 중에서 그에게 특히 선택된 여자라는 뜻에서 나는 기뻐해야 옳지 않을까? 그러나 나 이전에도, 나 이후에도, 좋아한 다른 여자가 없었다는 것보다는 나쁘다.

그건 그렇다. 그러나 이미 나의 힘은 물론 그의 힘으로써도 어쩔 수 없는 과거의 일이라면, 중요한 건 그의 과거는 용서해버리고 그를 받아들일, 그를 향한 강한 사랑이 내게 있느냐 없느냐 하는 것이다.

강한 사랑? 무엇을 사랑이라고 하느냐? ……글쎄, 그건 잘 모르겠다. 사랑에 관하여 얘기하고 있는 책, 영화, 연속드라마, 강연 등은 많지만 그것이 무엇을 어떻게 한다는 것인지는 명확히는 모르겠다. 다만 사랑하는 사람끼리는 무엇을 하는가를 알고 있다. 첫째로 그들은 서로 보고 싶어하며 둘째로 만나면 서로의 육체를 어루만지며 셋째로 아이를 낳고 넷째로 자기들이 함께 살아가는 데 방해가 되는 사물을 적으로 삼아 두 사람이 힘을 합해 싸우고……

수정은 문득 눈을 반짝였다. 중요한 것을 깨닫지 못할 뻔했다. 사랑하는 사람들은 자기들의 사랑을 방해하는 것을 적으로 삼고 두 사람이 힘을 합해 싸운다……

그렇다. 지금 우리의 적은 그 여자다. 누구인지는 모르지만 바로 그 여자다. 그런데 '그 여자'는 정말 있는 것일까?

있는지 없는지를 알고 있는 건 명훈이뿐이다. 역시 명훈에게 물어봐야 한다는 결론이 나오고 말았다. 아무래도 나는 물어야 한다. 어제 묻지 않았던 게 잘못이다.

묻다니? 그런 수고를 할 필요가 어디 있나? 경숙 언니한테만 부탁하면 사실을 알게 될 텐데. 명훈씨가 거짓말해주기를 바라고 있는 거지? 그런 여자가 없다구 말야. 사실을 아는 게 무서워서 남자의 거짓말을 믿으려고 하는 수작이지?

천만에, 경숙 언니를 통하여 안다는 것과 내가 직접 물어서 안다는 것 사이에는 중요한 차이점이 있어. 우선 미행을 시킨다는 사실만 가지고 생각하더라도 그건 명훈씨에 대한 모욕이야. 다음으로, 제3자의 그런 식의 도움을 받고 싶지는 않아. 다음으로, 이것이 가장 중요한 것인데, 그들이 명훈씨의 생각까지를 알아다줄 수는 없어. 지금 기본적으로 나에게 중요한 것은 명훈씨가 나를 사랑하느냐 않느냐는 것을 확인하는 일야. 그에게 달라붙는 여자가 있을 수도 있어. 그걸 나는 각오하고 있는 거야. 다만, 내가 바라는 것은, 명훈씨가 나와의 사랑을 위해 나와 합심해서 그 여자를 적으로 생각하고 퇴치하느냐 않느냐 하는 것을 알고 싶은 거야.

그래, 어제는 기회가 없어서 묻지 못했다. 그렇다면 오늘은 묻자. 그런데 한 가지 꺼림칙한 것은 하루 종일 명훈에게서 전화

한 통 없다는 사실이었다. 있을 법한데도 말이다.

일이 바빠서 그렇다면 모르지만 그렇지 않고 다른 결심이, 가령 어제로써 수정과는 마지막이라는 결심을 해서 그러는 것이라면 얘기가 달라진다. 만일 명훈이 그런 결심을 하고 있는데 자기가 불쑥 찾아가 어울리지 않는 질문이라도 하는 거라면 그야말로 희극이다.

그러나 무엇을 망설이고 있는가고 수정은 자신에게 타일렀다. 지금은 자존심 따위를 내세울 때가 아니다. 자존심이 다친 것은 명훈씨 쪽이 먼저다. 어젯밤, 그를 그렇게 쌀쌀한 태도로 돌려보낸 것은 나의 잘못이다.

어쨌든 그는 자존심이 상해서 돌아갔을 거다. 그가 상한 만큼은 나도 상할 것을 각오하자. 비록 오늘 찾아가서 그가 비웃는 표정으로 나를 대한다고 하더라도 그건 내게 빚을 갚는 것밖에 안 된다. 나는 그 빚을 받아서 마땅하다.

오후 네시경, 수정은 집을 나섰다. 순이에게서는 오전에 여러 번 전화했던 그 선배라는 여자에게서 전화가 오면 오늘 갑자기 시골 친척집에 갔다고 일렀다.

"시골 어디라구 할까요?"

"순이 네 고향이 어디랬지?"

"무안이요."

"무안에 갔다구 그래 응. 언제 오느냐구 물으면 모른다구 하구."

"그 여자가 누군데요?"

"넌 몰라두 돼. 그렇게만 전해."

"알았어요."

수정은 이렇게 심한 거짓말은 처음 해보는 터라 가슴이 두근 거리기도 했으나 경숙 언니의 그 잔소리를 듣는 것보다는 낫다 고 자신을 달래가며 좌석버스에 올랐다.

수정은 시민회관 앞에서 버스를 내렸다.

팔뚝시계를 보니 명훈의 퇴근시간은 아직 멀었다. 지금 찾아 감으로써 그의 근무에 방해가 되고 싶지 않았다.

천천히 걸어서 소공동까지 가노라면 꽤 시간이 걸릴 게고 그 래도 많은 시간이 남는다면, 명동에 들러 양장점들의 쇼윈도라 도 들여다보면 시간이 되겠지.

퇴근시간에 자기가 찾아갈 테니 어디서 만나자고 명훈에게 전 화해두지 않으면 혹시 오늘은 길이 어긋나 만나지 못할지도 모 른다는 생각이 든다. 하지만 마치 어제는 아무 일 없이 헤어졌던 애인들끼리처럼 미리 전화로 만날 약속을 하고 어쩌고 하는 건 적지 않게 뻔뻔스런 수작이라고 명훈은 생각할지도 모른다. 그 러니까 차라리, 길이 어긋나서 만나지 못할지도 모른다는 것까 지 각오하고 또는 명훈의 퇴근시간이 의외로 늦어져서 여러 시 간을 기다려야 만나게 되리라는 걸 각오하고, 그의 퇴근시간인 여섯시 조금 전에 그의 사무실이 들어 있는 빌딩의 현관에 도착하여 기다리고 있다가 그의 앞에 불쑥 나타남으로써 그를 당황하게 해주고 싶었다. 뭐 당황하게 해주는 것이 목적은 아니지만 어떻게 어제는 비정상으로 헤어졌으니까 오늘의 만남 역시 비정상적인 게 균형잡힌 일일 것 같았다.

수정은 자기 걸음의 속도에 신경을 쓰며 걷기 시작했다. 될 수 있는 대로 느릿느릿…… 그러나 잠깐 신경을 쓰지 않고 보면 그 여자의 걸음은 여느때의 속도—단정한 처녀들이라면 누구나 그렇게 걷듯, 한눈파는 법 없이 또박또박, 약간 빠른 걸음걸이로 돌아가 있곤 했다. 문득 정신을 차리고 걸음의 속도를 늦추지만 잠시 후엔 다시 빨라진다.

느렸다가 빨라지고 다시 느렸다가 빨라지고…… 혹시 그 여자의 걸음걸이를 눈여겨보며 뒤따라오는 사람이 있었다면 고개를 갸웃거렸을 게다.

시청 건물의 모퉁이에서 수정은 깜짝 걸음을 멈추었다. 동생 수란이가 저 앞에서 이쪽을 향해 오고 있는 중이었다. 대학생으로 뵈는 남자와 동행이었다.

"어머 저애가!"

자신도 모르게 중얼거리며, 저쪽에서는 이쪽을 아직 보지 못한 게 틀림없다고 생각하자마자 수정은 황급히 몸을 돌렸다. 남자와 함께라는 것 때문에 수란이가 언니 앞에서 쑥스러워하리라는 배려에서라기보다, 자기가 지금 명훈을 찾아가고 있는 중이라는 사실을 눈치 빠른 수란에게 들키고 싶지 않아서 몸을 돌린 것이다. 명훈을 찾아가고 있는 중이라는 건 마치 육체의 부끄러운 부분처럼 자기 자신에게는 없어선 안 되는 것이지만 남한테까지 보이고 싶지는 않은 것이었다.

"아유, 깜찍한 게!"

도망치듯 빠르게 걸으면서 수정은 또 한번 입 밖에 내어 중얼거렸다. 조게 벌써부터 남자와 나란히 대낮에 활보하다니! 단순한 보이프렌드일까? 아니면 애인? 요게 그냥. 엄마와 날 속이구 살살 남자와 만나러 다니구. 오늘 저녁 집에서 보자. 골려줄 걸 생각하니 수정은 한순간 저절로 미소가 새어나왔다.

도망치듯 빠르게 걷고 있는 수정의 등뒤에서,

"언니."

하고 부르는 수란의 음성이 들려왔다. 들켜버린 모양이다. 못 들은 체해버릴까 생각했으나 결국 수정은 고개를 돌렸다. 함께 오던 남자는 주춤거리고 있고 수란은 국민학생처럼 빠르게 달려와 수정의 코앞에 방글방글 웃는 얼굴을 들이댔다.

"웬일이니? 학교에 안 가구."

수정은 처음 본 듯 시치밀 떼고 물었다.

"오전 수업뿐이야. 그건 그렇구 왜 슬쩍 달아나니?"

"달아나다니? 누가?"

"흥, 모를 줄 알구? 좋은 데 혼자 가다가 내가 따라붙을 줄 알구 도망간 거지? 그치?"

"얘가! 눈감아주려니까 되려 큰소릴 치구 있어."

그러면서 수정은 짐짓 남자 쪽으로 시선을 돌렸다. 남자는 몇 발짝 떨어진 곳에서 수정과 수란의 얘기가 끝나기를 기다리는 태도로 서 있었다.

"아아쭈, 아름다운 오해를 하셨군."

말하면서 수란은 수정의 팔짱을 끼고 오던 길로 돌아섰다.

"소개시켜주려구? 애, 지금은 싫다. 다음에 소개해라."

"왜? 바빠?"

"바쁘진 않지만……"

"그럼 소개시켜주지 않을게. 조건 하나 들어줘!"

"뭔데?"

"언니 가는 데 나도 데려가줘."

"내가 어딜 가는데……"

"피이, 능청떨지 말구."

"저 남잔 어떻게 하구?"

"따라오면 데려가구, 안 따라오면 저 갈 데로 가라지, 뭐."

그러면서 수란은 수정의 팔짱을 낀 채 오던 방향으로 걷기 시작했다.

"안 돼 애, 데이트를 방해하는 자는 지옥으로 간대."

"누가 지옥으로 간다는 거지? 언니가? 내가? 괜찮아. 언니 데이트 좀 방해했다구 날 지옥으로 보낼 하나님이라면 안 믿어버리지, 뭐. 누가 손핸데. 안 믿어주면 하나님만 손핸데 뭘."

"얘얜! 내가 지옥엘 가니까 싫단 말야. 너 데이트 방해해서 말야."

"환한 대낮에 무슨 잠꼬대니? 데이트했어? 내가? 오호, 웃긴다."

그제야 수정은 사정을 짐작할 수 있었다. 아마 저 남학생은 지나가는 수란에게 말을 붙이며 따라온 모양이다. 수정은 수란이가 끄는 대로 걸음을 옮겨놓기 시작하며,

"어디서부터 따라왔니?"

"이그 맹꽁이, 이제 겨우 눈치챘군."

"언닐 만나서 살 것 같았겠구나?"

"홍, 도망치던 주제에 생색을 내려구!"

수정과 수란은 멋쩍은 표정으로 서 있는 남자의 곁을 지나쳤다. 지나칠 때 수란은 남자를 향해서,

"정신차리세요, 어떤 세상인데. 쯧."

한마디 야무지게 쏘아붙였다. 수정은 남자가 수란의 말에 시비를 걸며 따라올까봐 걱정됐으나 다행히 남자는 단념한 모양인지 수정이 몇 발짝 걷고 나서 돌아보니 남자는 건물 모퉁이를 저쪽으로 돌아가고 있는 중이었다.

"요즘엔 정말 혼자선 못 다니겠어. 한낮에도 쫓아오니 말야."

수란은 으스스하다는 투로 말했다.

"그러니까 학교 끝나면 곧장 집으루 와야지, 쓸데없이 왜 돌아다니니!"

"쓸데없다니? 참, 언니야, 어디서 만나기루 했니?"

"어디서 만나다니? 누구를?"

"정말 이러기야? 재미없다. 내 입으로 꼭 말해야 되겠어?"

"말이구 뭐구 넌 어서 집으루 가. 집에 순이 혼자밖에 없단 말야."

"못 가겠다 왜. 김성원이 차 한잔 얻어마셔야겠어."

김성원이란, 명훈의 음성이 성우 김성원과 흡사하다고 해서 수란이 명훈에게 붙인 별명이다.

"차는 내가 살게. 그럼 돌아갈래?"

"흥, 주머니 돈이 쌈짓돈인 걸 무슨 맛으로 언니 차 마셔. 흥, 따라가면 만나게 될걸, 안 가르쳐줘두 괜찮아."

수정은 걸음을 멈췄다. 그리고 정색을 하여,

"너 정말 내가 신경질내야만 가겠니?"

"내고 싶음 내세요. 참, 우리 돈벌까? 사람들을 모아놓구 말야. 언니 신경질을 구경시켜주는 거야."

그러면서 수란은 옆구리에 끼고 있던 책을 앞으로 돌려잡고 부치는 시늉을 하며 약장수 흉내를 내어,

"여러분 이 기회를 놓치면 다시는 못 봅니다……"

"얘!"

"……세상에 가장 흉악한 신경질……"

"어머, 어머, 쟤가."

"단돈 십원에 보여드립니다."

지나가던 사람들이 수란의 이상한 몸짓을 보고 빙글거렸다. 수정은 할 수 없이 웃고 말았다.

"얘가 정말 아주 못됐어!"

"데려가는 거지? 나두 형부한테 할 얘기가 있단 말야."

"네가 할 얘기가 뭐가 있니? 하여간 지금 거기 가는 게 아냐."

"이거 정말 악질인데. 나두 전할 말만 없다면 치사하게 남 재미보는 데 꼽사리 끼기 싫단 말야."

수란은 토라진 표정을 지었다.

"전할 말이라니?"

"난 이래봬도 엄마의 밀사란 말야, 밀사."

"밀사?"

"그러엄. 더구나 자기 좋으라구 하는 짓인데 치사하게 날 따돌리려구? 흥, 잘들 해보시지. 바지씨는 아프다구 거짓말해서 조퇴하구 치마양은 단 하나밖에 없는 여동생을 거지 취급해서 따돌리구…… 흥, 그래서 데이트하면 단가? 왕년에 데이트 안 해본 사람 있나, 흥."

"너 그거 무슨 말이니?"

명훈이가 아프다고 조퇴를 했다니 이건 무슨 말인가?

"무슨 말은 무슨 말, 한국말이지."

"아프다구 거짓말하구 조퇴를 했다는 거 말야."

"왜애? 오오라, 오늘이 노는 날이라구 밉지 않은 거짓말을 하신 모양이군. 고 바지씨 꽤 귀여운데."

"너 그이 사무실에 갔었댔니?"

"오머 별꼴, 질투하시나봐. 걱정 마세요. 홀아비 냄새가 물씬

154

물썬 나는 그런 사무실엔 두 번 다시 가기 싫으니까."

"그럼 정말이니? 엄마 심부름으로 명훈씨한테 간 거……"

"정말 별꼴이야. 어디서 거짓말쟁이들만 사귀구 다녔나봐."

"엄마 무슨 심부름이니?"

"그건 알 것 없구. 하여간 나 데리구 갈래 말래?"

"그럼 너 지금 거기서 오는 길이니?"

"그렇다니까."

"그런데 명훈씨가 없더란 말이지! 조퇴하구?"

"아유, 골치야. 아니 그럼 정말 몸이 불편해서 조퇴하셨나? 난
또 언니하구 데이트하려구 빠져나갔다구. 그럼 지금 언닌 어디
가는 거야?"

"나? 그러기에 나 지금 거기 가는 게 아니라지 않았어!"

수정은 스스로 생각해도 어리둥절한 대답만을 하지 않을 수
없었다. 맥이 빠졌던 것이다.

하마터면 그가 조퇴한지도 모르고 낯선 빌딩의 현관에서 우두
커니 몇 시간이고 기다릴 뻔했다는 걸 생각하면 수란을 만난 것
이 천만다행이다.

어떻든, 수정은 계획이 틀어졌다는 좌절감 때문에 수란이 눈
치챌 정도로 얼굴이 하얘졌다.

"왜 그래? 언니야, 응? 왜 그래?"

"아냐, 아무것도."

"말해봐. 나한테 말 못 할 거 없잖어?"

"……어디가 아파서 조퇴했대니?"

수정은 슬쩍, 명훈이가 아프다는 사실에 충격을 받아 그러는 것처럼 보이기 위하여 그렇게 말했다.

"자기 발로 걸어서 조퇴한 모양이니까 뭐 대단찮겠지. 그보다도, 혹시 언니하구 만날 약속 있었던 거 아냐?"

"아니."

"정말?"

수정은 고개를 끄덕였다.

"난 또 언니하구 만나기 싫어서 조퇴해버렸다구!"

수란은 수정의 얼굴이 하얘지는 것을 보고 얼핏, 명훈이 수정과 만나기로 약속해놓고 일부러 그 약속을 깨뜨림으로써 수정에게 '나는 네가 싫다'는 것을 표시한 게 아닌가 하는 생각이 들어 순간적으로 분개했던 것이다. 아직도 그런 의심이 풀리지 않아서,

"그럼 지금 어디 가는 길이니?"

"명동에. 옷 구경 좀 하려구……"

"……"

"그런데 왜 날 안 데려가려고 그랬지?"

수정은 할말을 잃었다. 약속하지도 않은 남자를 그의 사무실 입구에서 우두커니 기다리는 초라한 모습을 혹시라도 수란이 따라와 볼까봐 극력 따라오지 못하도록 했던 것인데, 수란이 지금 추궁하는 말마따나, 겨우 명동의 양장점 쇼윈도를 구경하러 가

는 길이었다면 굳이 따라오지 말라고 할 이유가 없는 것이다.

"언니, 아무래도 이상하다."

"이상하긴……"

"나 차 사줄래?"

수란은 수정의 표정이 하애진 이유를 추궁해볼 계산으로 언니를 다방으로 유인했다.

"나 지금 바빠."

"거짓말."

수란은 수정과 낀 팔짱을 더욱 조이며 가까운 다방으로 끌다시피 데리고 갔다. 마지못한 듯 끌려가며 수정은 엄마가 수란에게 시켰다는 심부름은 뭘까, 그걸 알아내야겠다고 생각했다. 한편, 명훈은 어디가 아파서 회사에서 일찍 퇴근한 것일까 궁금했다. 수정의 엉뚱한 상상으로는, 명훈의 조퇴와 경숙 언니가 시켰음에 틀림없을 흥신소 사람들과 사이에 반드시 무슨 일이 있었을 것만 같았다.

다방 안은 꽤 번잡했다. 얼핏 봐서는 빈자리가 없는 것 같았다. 손님의 거의 전부는 중(中)·노(老)의 남자들이었다.

레지의 안내로 어느 남자 둘의 맞은편에 겨우 자리를 잡고 앉을 때, 수란은 실내를 휘 둘러보며,

"언니야, 여기서 지금 전국대머리대회가 열리고 있나봐. 대머리들이 왜 이렇게 많지?"

조심성 없이 큰 소리로 말했다.

과연 이마 넓은 양반들이 꽤 많았다. 카운터 앞에서 지금 서로 차값을 내겠다고 승강이를 하고 있는 신사들 중의 한 사람도 대머리였다. 맞은편 좌석에서 얘기하고 있던 신사들 중의 한 사람이 문득 얘기를 그치고 이쪽으로 고개를 돌리며 히죽 웃는다고 생각하고 문득 정신차려보니 그 역시 대머리였다.

수란은 민망하여 얼른 손으로 입을 싸쥐며 고개를 숙였고 수정 역시 민망한 김에,

"죄송합니다."

히죽거리고 있는 그 노신사에게 고개를 숙였다.

한마디로, 여자끼리 조용히 얘기를 나눌 만한 장소가 아니었다. 그래서 수정이 궁금증을 풀기 위하여 입을 연 것은 홍차를 마셔버리고도 한참 후 앞좌석의 사람들이 자리를 비웠을 때였다.

"엄마가 무슨 얘기 전하라구 했니? 명훈씨한테……"

"으응, 좀 만나자구."

"왜?"

"그건 나두 몰라. 하여간 말야, 이건 비밀이니까."

"비밀이라니? 뭐가?"

"엄마가 형부 만난다는 사실을 언니한테 비밀로 하랬단 말야……"

"왜 그러실까? 참 이상하다."

"이상하더라도 모른 체하구 있어. 내가 가르쳐줬단 말 말구,

응?"

"그래…… 근데 참 이상하다. 왜 나한텐 비밀루 하구 널 심부름시켜 명훈씨를 만나시겠다는 거지? 엄마가 전화 한 통화만 하면 만날 수 있을 걸 가지구……"

수정은 고개를 갸웃거리지 않을 수 없었다.

엄마가 왜 명훈과 만나고 싶어하는지 그 이유에 대해서는 수정 나름대로 짐작 가는 바가 없지는 않다. 어젯밤, 명훈이 돌아간 뒤 어머니는 수정이 각오하고 있던 바와 마찬가지로, 왜 늦었느냐, 명훈과 무슨 다툼이 있었느냐는 등 퍽 걱정되시는 표정으로 물어왔다. 늦은 이유에 대해서는, 오다가 우연히 경숙 언니를 만나 얘기하다보니 시간이 그렇게 됐더라고 거의 사실대로 대답했지만 명훈과 다툰 이유에 대해서는 잠자코 있었다. 다만,

"나중에 말씀드리겠어요. 일이 해결된 후에 말예요."

라고만 대답했다.

대답이 그렇고 보니 어머니의 궁금증은 더욱 심해져서,

"일이라니, 무슨 일인데…… 엄마한테 말할 수 없는 일이니? 엄마하구 의논해서는 해결될 수 없는 일일까?"

"네, 다음에 말씀드리겠어요. 그치만 너무 걱정은 마세요. 별거 아니니까요."

그랬기 때문에 오늘 엄마가 명훈씨를 수정 몰래 만나려 하신 건 명훈에게 어제 수정과 다툰 이유를 물어보시기 위해서일 것이다.

그런데 그렇다면 엄마가 직접 전화를 하셔서 명훈씨를 만나자면 될 일을 가지고 왜 거추장스럽게 수란이를 심부름꾼으로 보내셨을까? 역시 예의를 차리기 위함이실까? 그렇지만 예의치고는 너무 어색하지 않은가?

"언니야, 난 비밀 가르쳐줬으니까 이번엔 언니가 질문에 대답해야 한다."

수란은 화제를 돌리려고 했으나 수정은,

"너 말야, 혹시 엄마가 편지 같은 거 전하라구 하지 않았니?"

"아니."

"그러지 말구 편지 있으면 좀 보여줘. 뜯어보진 않을게."

"정말이야. 편진 정말 없구, 오늘 오후 다섯시에서 일곱시 사이에 여기 있을 테니 전화 좀 걸어주십사구 전화번호 적어준 건 있어."

그러면서 수란은 백을 열고 네 겹으로 접은 종이를 잠깐 꺼내 보이고 다시 집어넣었다.

"어디 전화번호니?"

"뭐 엄마 친구 다방이거나 식당이거나겠지, 뭐."

"……왜 엄마가 직접 전화하지 않구 널 심부름시키셨을까?"

"그거야 엄마가 형부 사무실 전화번호를 모르니까 그랬지."

참 그렇지, 왜 난 그렇게 간단한 사실도 깨닫지 못할까 하는 생각을 하면서도 수정은,

"114에 물어보면 아실 텐데. 회사 이름은 아시니까. 그리구 어

제 가르쳐드렸었는데 금방 잊어버리셨을까?"

억지를 써본다.

"치, 엄마가 뭐가 아쉬워서 전화질을 하니? 언니두 참 우습다. 그럼 언니는 엄마가 김성원이한테 설설 기었음 좋겠니? 아쉽다면 지가 아쉽지 엄마까지 아쉽나. 칫."

"누가 아쉽대? 나두 아쉽지 않아."

"그러셔어?"

놀리는 표정이다가 수란은 얼른 맘을 돌려먹고 아양떠는 음성으로,

"언니야."

"징그러워, 애."

수정은, 수란이가 이제부터 이것저것 귀찮게 물어올 걸 짐작하고 일부러 화난 표정으로 외면하며 쏘아붙였다.

수란은 언니가 진짜 화가 났는지 아닌지 알아보기 위해서 눈을 크게 뜨고 고개를 앞으로 빼내어 수정의 표정을 살피려 했다. 수정은 외면하기 위해서 반대쪽으로 고개를 돌렸다. 수란은 이번엔 그쪽으로 얼굴을 들이밀었다. 수정은 또 외면했다. 수란은 또 그쪽으로…… 결국 시선이 부딪치자 수정은 그만 킥 웃고 말았다. 이런 경우 번번이 수정은 웃지 않고는 못 배긴다. 그만큼 수란의 표정은 진짜 같기 때문이다. 진짜, 엄마의 표정을 눈여겨보는 젖먹이 아이의 눈처럼 심각하고 해맑아 보이는 것이다.

"우리 덕수궁 갈까?"

수정은 문득, 동생 수란에게만 모든 것을 털어놓고 싶은 충동을 느끼며 그렇게 말했다.

"아이 좋아, 어쩜 언니 그런 멋진 생각이 났지? 그런데 참, 명동에 옷 구경은 안 가니?"

아까 다방에 들어오기 전에, 수정이가 얼결에 갖다댄 핑계를 가지고 수란은 놀렸다.

이 시간, 명훈은 회현동에 있는 어느 깨끗한 여관의 이층에 있었다.

속옷 차림으로 앉아서, 사환을 시켜 사온 맥주를 두 병째 따고 있는 그의 곁에는 역시 슈미즈 차림인 종숙이가 몹시 앓고 있는 환자인 체 이불을 덮고 누워 있었다.

사실은, 종숙이로서는 당장이라도 이불을 걷어차버리고 일어나 앉아서 명훈의 술상대가 돼주고도 싶지만 명훈이 쪽에서 엄살을 부리며 그 여자를 중환자 취급해주는 바람에 할 수 없이 누워 있는 것이다. 할 수 없이라고는 하지만 몹시 행복한 기분이다.

명훈이가 이런 남자인 줄은 정말 상상 밖이었다. 물론 지금 명훈이가 자기에게 중환자 시늉을 하고 있으라는 것만 가지고 얘기하면, 이건 마치 아이들이 의사 놀음을 하듯 일종의 소꿉장난을 하자는 것에 불과하지만, 그러나 그 여자는 명훈이가 그 여자에 대한 진심을 이런 식의 장난으로 표현하고 있는 것이라고 생각되는 것이다. 더구나 '아이들 식으로'라는 건 그 여자에겐 특

162

별히 의미 있는 것이었다.

누구나, 다소간의 차이는 있더라도 자신의 어린 시절에 대한 향수는 가지고 있다. 자신의 어린 시절을 얘기할 때는 어떤 사람도 눈이 빛나게 마련이다. 햇빛을 반사하고 있는 사금파리조각 하나까지도 신비스러워 보이던 시절.

종숙은 병적으로 자기의 어린 시절에 집착해 있는 여자였다. 그 여자가 그렇게 될 수밖에 없었던 가장 큰 이유는 아마 경제적인 것이었을 게다.

그 여자의 아버지는 한때는 어마어마한 재산가였으나 그 여자가 중학교에 들어간 후부터는 갑자기 기울기 시작하여 고등학교에 진학할 무렵에는 자살소동까지 벌일 만큼 요란한 소리를 내며 무너져버렸다. 덕분에 돈을 벌 수 있는 일이라면 뭐든지 하겠다는 투의 현실적인 성격으로 자라난 것은, 우리나라의 형편에서 볼 때, 그 여자에게는 도움이 되었지만 그럴수록 이젠 돌아갈 수 없는 어린 시절에 대한 향수는 깊어가는 것이었다.

명훈과 관계를 갖게 된 것도 어쩌면 그 여자의 그 병적인 향수 때문이었다. 미래를 함께 살아줄 남편감으로 생각했기 때문에 명훈에게 접근한 것은 결코 아니었다. 오직 그가, 어린 시절 학교의 학예회 무대 위에서 '도라지타령'을 추었던 짝이라는 사실, 그리고 그런 일이 있고 나서 한동안 꿈에 명훈을 만나는 정도로 그를 짝사랑(?)했었다는 사실에 대한 기억 등이 그와의 관계를 시작한 이유였다.

물론 처음엔, 명훈과 설마 육체관계까지의 깊은 관계를 가지게 되리라고는 전연 예상하지 않았다. 그러나 두번째 만났을 때는 그렇게 되고 말았다. 과거의 어떤 남자들보다도 이건 비교할 수 없이 빠른 속도였다.

명훈 이전에 그 여자는 두 남자에 대한 경험이 있는데, 그들은 물론 그 여자와 결혼을 전제로 하여 사귀었던 사람들이다. 두 남자 모두 집안에서 반대한다는 이유로 약혼 직전에 그 여자로부터 도망가버렸는데, 그중 나중 남자는 그 여자에게 임신까지 시켰던 것이다.

어쨌거나, 그 두 남자들이 그 여자를 육체적으로 소유하기 위해서 꽤 많은 시간과 노력과 약속을 바쳤던 것에 비하면 명훈은 그 여자를 너무 간단하게 소유해버렸다. 나중에 생각하니 자신이 생각해도 너무 어처구니없어했지만, 그러나 그 여자는 한편으로 이렇게 자기의 맹랑함을 감추려고 했다.

'따지고 보면 명훈이와는 거의 이십 년 만에 그런 일이 일어난 거야.'

그 여자는 국민학교 일학년 때부터 명훈과 안 걸로 계산한 것이다.

명훈과 육체관계가 시작된 직후의 얼마 동안은, 아무리 지각 없는 행동을 하고 만 그 여자라고 해도 이 지각 없이 시작된 관계를 좋은 결과로 매듭짓고 싶은, 즉 결혼으로 끝내고 싶다는 욕구에 사로잡혀 있었다. 그러나 차차 시간이 갈수록, 이 남자 역시 집안에서 반대한다는 이유를 가지지 않을 거란 보장도 없고 그리고 우선 자신이 떳떳하지 못하고, 그리고 괜히 결혼 따위의 말을 입 밖에 꺼내 명훈이 하루라도 빨리 자기로부터 도망가게 하느니보다는 남의 눈에 들키지만 않는다면 다른 적당한 남편감이 나타날 때까지는 이런 관계를 계속하고 싶다는 생각이 되어 간 것이었다.

뿐만 아니라 최근에는, 오히려 자기가 명훈에게 못할 짓을 한 듯한 느낌마저 없지 않았다. 동갑이라면, 여자 입장에서는 남자를 어리게 보기 때문일까? 그보다도 역시 어린 시절에 대한 병적인 향수 때문이었다. 댕기 매고 치마저고리 입고 꽃바구니 든 무대 위의 어린 소녀를 사랑하듯이 이젠 그 소녀의 짝인, 바지저고리에 조끼 입고 머리에 수건을 동여맨 그 꼬마소년도 사랑한 것이다. 그리고 지금의 명훈과 옛날의 그 소년은 합치되어 보이는데 자신만은 그들을 떠나 훨씬 늙어버린 것 같은 것이다. 실제로 명훈과 교섭 도중에 그런 이미지에 사로잡혀본 적이 있지만, 마치 추하게 늙은 여인이 자기의 더러운 치부로써 깨끗한 소년의 얼굴에 오물을 묻혀주고 있는 듯한 느낌이 들 때도 있는 것이었다.

바로 그런 이미지 때문에 그 여자는, 어쩌면 나는 명훈에게서 아무 미련 없이 떠나 다른 남자의 아내가 될 수 있을지도 모른다는 한 가닥의 구원을 찾기도 한다. 어쨌든 지금으로서는 그 여자는 남자에게 자신이 부담스런 존재가 되고 싶지 않다. 명훈의 아이를 가졌으면서도 명훈에게 알리지 않고 처리해버린 것도 그런 이유 때문이었다.

그런데 엊저녁부터 지금까지 있었던 일을 생각하면 뭔가 생각이 좀 달라지려고 하는 것이다.

사실 어제 병원에서 나온 후로 그 여자는 죽 말할 수 없이 고독했다. 아무한테도 호소할 수 없는 육체적인 아픔이 더욱 고독을 깊게 했다. 이럴 때 명훈의 따뜻한 위로를 얻을 수 있다면 얼마나 좋을까 하고 있을 때 바로 명훈이 나타나준 것이었다. 뿐만 아니라 마치 알고나 있었던 것처럼 집 근처에 여관을 정해놓고 나타난 것이었다. 처음으로 함께 새우는 밤. 이건 종숙에게는 좀 더 큰 의미를 가지고 있었다. 도대체 세상에서 남자와 한 이불 속에서 밤을 지내는 것이 처음인 것이었다. 더구나 육체관계를 갖기 위해서가 아니라 중환자 취급을 받기 위해서라니! 명훈은 밤새도록 대야물에 수건을 적셔 그 여자의 이마에 놓아주곤 했다. 그리고 다음날, 바로 오늘, 집에다가는 출근하는 체해야 하는 그 여자를 이 여관으로 데려다놓고, 과자니 읽을거리를 한 아름 안겨주고 나갔다가, 직장마저 조퇴하고 와서 자기 옆에서 술을 마신다…… 이것은 완전히 남편이라고 그 여자는 눈을 번쩍 뜬 것이다. 그리고 이 행복한 느낌.

"나 한잔 마실래."

그 여자는 투정을 부려본다.

"안 돼, 이따가 병원에 가얄 거 아냐."

"그까짓 주사, 맥주 좀 마셨다구 어쩔라구……"

"흥, 이번에 보니까 경험이 많은가봐. 병원엔 몇명이나 보냈어? 그 동안에……"

"질투두 참 묘하게 하는군."

그때 노크 소리가 크게 울렸다.

사환인가 생각하며 명훈은,

"누구요?"

문 밖을 향하여 말했다.

대답 대신 노크 소리만 조금 전보다 성급하게 울렸다.

속옷 차림인 명훈은 벌떡 일어나 문 앞으로 다가가서 얼큰히 취한 김에,

"누구냐 말야!"

그제야 문 밖에선,

"경찰입니다. 문 좀 열어주실까요?"

퍽 공손한 음성으로 말했다.

"잠깐만 기다리세요."

바지라도 걸치기 위해서 돌아서는 명훈은 가슴이 두근거렸다. 과거에도 몇 차례인가 여자와 함께 여관방에 들어 있다가 경찰의 임검을 당한 경험이 있지만 그리고 그게 사실은 별게 아니라는 건 알고는 있지만 그러나 당하는 그때마다 마치 범죄의 현장을 들키는 것처럼 가슴이 두근거려지곤 하는 것이었다.

종숙 역시 같은 기분인 듯 눈을 크게 뜨고 명훈을 주시하고

있다.

"괜찮아, 누워 있어. 참 증명서 뭐 가지고 있어?"

"네, 백 속에…… 주민등록증하구……"

"그럼 됐어. 병신 같은 새끼들, 경찰을 손님 방에까지 데려오다니."

바지를 입고 저고리의 안주머니에서 증명서 든 지갑을 꺼내며 명훈은 여관 주인에 대한 불평을 투덜거렸다. 한낮에 임검이라니. 똑똑한 여관 주인이라면 경찰을 문 밖에서 따돌려야 하는 것이다. 한낮부터 으슥한 여관방에 들어박히는 남녀라면 특별한 경우를 제외하고는 어차피 관습상 떳떳한 관계는 아니다. 수완 좋은 여관 주인이라면 그런 손님들을 단골로 만들기 위해서 임검 나온 경찰을 쓱싹할 줄 알아야 한다.

명훈은 문고리를 벗기고 문을 열었다. 복도에는 말쑥한 양복을 입은 젊은 사내가 서 있다가 문을 열고 내다보는 명훈 앞에, 경찰임을 알린다는 듯 불쑥 자기 증명서를 들이밀었다가 재빠른 동작으로 거두며,

"실례지만 혼자 계십니까?"

"아니오."

명훈은 그 사내가 종숙을 볼 수 있도록 문을 좀더 열었다. 사내는 고개를 기웃거리며 종숙을 눈여겨보고 나서,

"두 분의 관계는?"

"……약혼잡니다."

구체적이면서도 애매한 대답을 했다.

"아, 그러세요. 증명서 좀 보여주실까요?"

"여기 있습니다."

명훈은 지갑을 펼쳐 제대증을 보여주었다. 어떠한 증명서보다 육군장교로서 제대했다는 증명서가 경찰로 하여금 두말 못 하게 한다는 걸 명훈은 경험으로 알고 있었다.

"윤명훈씨?"

"그렇습니다."

"저분은?"

사내는 지갑을 돌려주면서 눈으로 종숙을 가리켰다.

"증명서 말입니까?"

"네."

명훈은 종숙의 머리맡에 놓인 백에서 증명서를 꺼내들고 돌아와.

"여기 있습니다."

"김종숙씨?"

"네."

종숙이 대답했다.

"댁이 홍파동이오?"

사내는 종숙의 증명서에 적힌 주소를 들여다보며 물었다.

"네."

종숙이 대답했다.

"실례했습니다."

사내는 증명서를 명훈에게 돌려주며 말했다.

"됐습니까?"

명훈은 이렇게 싱거운 임검은 처음 당해본다고 생각하며 말했다.

"됐습니다. 요즘은 방첩주간이라서요. 고충이 많습니다."

사내는 묻지도 않은 말까지 하고 자기 편에서 문을 밀어 닫아주며,

"재미 많이 보다 가십시오."

"수고하십시오."

명훈은 문을 닫고 문고리를 잠갔다. 복도에서는 사내가 혓바닥을 쏙 내미는 줄 명훈은 알 턱이 없었다. 다만 종숙이 "이상해요, 그 사람. 경찰관 제복도 입지 않고……" 하고 말했을 때 "형사니까 제복을 입지 않은 거지"라고 대답하면서 문득, 형사치고는 지나치게 말쑥하다고 고개를 갸웃거려보았을 뿐이었다. 그러나 그런 의심도, 하긴 형사라고 모두 텁수룩하란 법은 없지, 하는 생각으로 그 사내에 대한 일은 잊어버렸다.

덕수궁.

청동제 물개들이 입으로 뿜어내고 있는 물줄기에 석양의 화려한 햇빛이 반사되고 있었다. 석조전 앞의 이 정원은 언제 와봐도 변함이 없어 보인다. 변함이 없어 보인다는 것 때문에 수정은 이 고궁의 정원을 좋아한다.

수정과 수란은 분수가 맞바라보이는 등나무 아래 벤치에 앉아 있다. 땅콩을 입 안으로 튕겨넣어 씹고 있는 수란은 방금 언니로부터, 형부 될 사람에게 다른 여자가 있는지도 모른다는 얘기를 듣고도 태연한 표정이다.

"언니의 일방적인 얘기만 듣고는 정확한 걸 알 순 없지만 말야, 내 생각에도 틀림없이 교제해온 여자가 있었을 것 같아."

"너두 그런 눈치 챘니?"

"아니, 형부의 언동에서 깨달은 바가 있었다는 게 아니구. 그렇잖니, 미혼의 젊은 남자가 사귀는 여자가 없다는 건 거의 상상할 수 없는 일 아니니?"

"그치만 그이가 사귀고 있는 상대는 내가 아니냐 말야."

"그야 그렇지. 그렇지만 형부 입장에서는 언니의 존재란 사귀고 있는 많은 여자들 중의 하나에 불과한 것일 수두 있는 거 아나?"

"너 미쳤니!"

"흥분하지 말고 들어봐. 언니와 형부가 사귀고 있는 이유는 뭐지? 서로 맞는지 맞지 않는지 알아보기 위해서잖아? 그러니까 서로 맞지 않는다는 결론이 나오면 그만둬버릴 수두 있는 거잖아? 자기에게 맞는 여성을 아내로 맞으려면 많은 여자와 교제를 해봐야만 그중에서 고를 수 있는 거 아냐? 여자도 마찬가지지. 마음에 드는 남자를 남편으로 맞으려면 많은 남자와 교제해보는 게 낫지 않겠니? 난 어디까지나 언니 편이지만 말야, 이런 생각이 들어. 그건 말야, 언니는 여태까지 다른 남자를 사귀지 않은 깨끗한 몸인데 말야, 상대방은 그렇지 않다는 뭐랄까, 광신자의 눈에는 자기를 제외한 다른 사람들은 모두 죄인으로 보이듯이 말야. 그래서 사실은 이상한 건 오히려 자기이고 정상적인 건 상대방인데도 자기는 정상적이고 상대방이 틀렸다는 그런 생각을 하는 게 아닐까?"

"내가?"

"도대체 난 언니가 중매결혼 아니면 시집을 못 갈 듯이 구는 건 싫단 말야."

"네 말이 다 옳다구 해. 그치만 한 여자와 교제하고 있는 동안엔 다른 여자와는 교제를 하지 않는 게 적어도 에티켓이 아닐까? 다른 여자와 교제하고 싶으면 사귀고 있던 여자와는 관계를 깨끗이 해놓는 게 옳은 태도가 아니겠니? 그것뿐이야."

"그 정도의 요구는 물론 받아들여져야지. 어쨌든 말야, 내가 언니한테 바라고 싶은 건, 언니가 윤명훈이란 사람을 최초의 남자이지 마지막 남자라고 생각하지 말아줬으면 하는 거야. 물론 난 윤명훈이란 사람이 내 형부가 되어줬으면 해. 특별히 나쁜 점을 발견한 게 아니니까. 하지만 다른 남자가 언니의 남편이 돼도 난 좋아할 거야. 언니를 사랑해주고 우리한테 특별히 나쁘게 굴지만 않아준다면 말야. 그러니까 문제는 언니가 좋아할 수 있는 남자인지 아닌지가 중요한데 말야, 언니는 정말 그이를 좋아하니?"

"……좋아했어."

"지금은 싫어한다는 애기군!"

"것두 아냐. 의심만 풀어진다면 다시 그전처럼 좋아할 수 있을 거야."

"의심이라니? 그분이 다른 여자를 사귀고 있는지 없는지 하는 거 말야?"

"응."

"글쎄, 이렇게 되니까 언니가 막혔다는 거 아냐. 이렇게 되면 애기가 다시 제자리로 돌아오는 거 아니냐 말야. 그분이 다른 여자를 사귀고 있는 걸 인정해버리잔 말야. 비교해라, 그거야. 어느 편이 더 좋은지는 두구 보자 그거야. 골라잡으라 그거야. 단, 골라잡은 후에는 끝까지 책임져라, 이거지. 그만한 자신도 없어? 그리구, 언니두 그분 아닌 다른 남자를 사귀어보란 말야. 더욱 좋아할 수 있는 남자가 나타날 수도 있는 거 아냐?"

"말은 그럴듯하지만 난 싫어, 얘. 내가 물건이니? 골라잡게? 난 비교당하는 건 싫어. 적어도 내가 비교당하고 있다는 걸 나 자신이 느낄 수 있으면 싫단 말야."

"그건 자기 자신을 속이는 것일 뿐이지. 사실은 비교당하고 있는걸."

"……너두 이담에 당해보렴. 그렇게 큰소리만 칠 순 없을 거야."

"난 벌써 당했어. 물론 좋은 기분은 아니었어. 하지만 결국은 내가 이겼거든."

"너, 벌써 연애하니?"

"오늘은 언니 문제만 얘기하기루 해. 하여간 형부를 만나봐야만 언니 고민이 해결되겠군?"

"……"

"그분 집 몰라?"

"알지만 어른들이 잔뜩 있는데 어떻게 찾아가니?"

"왜 못 가? 아프시다구 해서 병문안 온 것처럼 하면 되지, 응? 혼자 가기가 싫으면 나두 따라가줄게."

"집에 있을지 없을지두 모르는데."

"아프다구 직장에서 나간 사람이 어딜 갔겠어? 만일 꾀병 앓고 집에 가지 않았다면 더욱 좋지. 그 집 식구들한테 은근히 협박하는 게 되지 않아? 당신네 아들이 살살 꾀병을 앓고 다니는 사람이니 단단히 단속해두시오, 하구 말야. 아이, 재밌어. 난 외려 형부가 집에 없었음 좋겠다. 참, 아예 엄마랑 함께 우리 셋이 가기루 할까? 엄마 지금 연락할 수 있으니까 말야."

"너 돌았니? 엄말 왜 그런 데 내세우니? 그 집에선 얼마나 얕보겠니 우릴."

"하긴 그래. 역시 언니 혼자 가는 게 젤 좋겠다. 그 집 앞까진 따라가줄게. 가지 않을래?"

"글쎄……"

내키지 않은 듯 말하지만 사실은, 아까 명훈이 직장에서 조퇴하고 집으로 갔다는 사실을 수란으로부터 들었을 때부터 수정은 마음 한구석에서, 명훈의 집에 가볼까 하는 생각을 하고 있었다. 언젠가 한 번 명훈을 따라가본 적이 있어서 집은 알고 있었다. 망설여지는 것은 역시 어른들 때문이다. 어른들이 뭐 차갑게 그 여자를 대해주기 때문은 아니다. 그 점이라면 오히려 어른들은 수정이가 벌써 자기네 며느리나 된 듯이 반가워해준다. 그러나 역시 어른은 어른이다. 이쪽에서는 겁을 먹게 되는 것이다. 더구나 결혼도 하기 전부터 남자의 집엘 자주 찾아다니면 품행이 좋지 않은 여자로 보일 수 있다는 어머니의 충고가 몹시 마음에 걸리는 것이다.

"망설일 것 없어. 적극적으로 자기 문제를 해결할 수 있다는 게 사랑의 장점 아냐? 가만히 앉아서 누군가 날 데려가주겠지 하고 있으면 그거야말로 물건이지 뭐야. 남과 비교당하기 싫으면 비교당할 짓을 말아야 하는 거 아냐?"

"알았어. 설교는 그만. 정말 지긋지긋하다, 애. 네가 시어머니 노릇하면 정말 볼 만하겠구나."

"갈 거야, 안 갈 거야?"

"글쎄."

"또!"

"……갈게. 아휴, 신경질나."

말은 그렇게 하지만 자기에게, 명훈의 집을 찾아갈 수 있는 용기를 불어넣어준 수란이가 고마웠다.

두 사람은 스커트 앞자락에 수북한 땅콩껍질을 봉지에 담아

쓰레기통에 버리고 그 자리를 떠났다.

매점 옆에 공중전화가 있는 걸 보고 수란은, 명훈을 만나지 못했다는 말을 어머니께 전해야 한다고 공중전화로 향했다.

"엄마한테 내가 명훈씨 집에 간다는 얘긴 하지 마."

다이얼을 돌리고 있는 수란에게 수정은 당부했다. 어쩐지 그 당부에 대한 대답을 않는 게 수상하다고 생각하고 있는데, 아니나 다를까, 명훈을 만나지 못했다는 보고를 하고 난 수란은,

"그런데 말이우, 나오다가 언니를 만났지 뭐예요. 언니는 그 집에 지금 갈 거예요…… 왜라니요…… 병문안 하려죠."

"이 기집애가!"

"언니, 바꾸래."

수란은 수화기를 수정에게 넘겨줬다. 나쁜 짓을 하려다 들킨 것처럼 두근거리는 가슴으로 전화를 받으니, 어머니는,

"가는 건 좋은데, 빈손으로 가선 안 된다. 너, 돈 가진 거 있니?"

"네, 칠백원쯤 남았어요."

"그럼 수란이한테 돈 있을 테니 좀 달래가지고 어른들이 잡수실 만한 걸로 사가지고 가거라. 참, 그리고 명훈이한테는 내가 만나고 싶어하더라는 얘긴 하지 말아라. 내가 따로 직접 연락할 테니까."

"네."

수정의 어머니 김씨가 구태여 수정 몰래 명훈을 만나고 싶어

한 이유는 다음과 같다. 김씨는 적잖은 재산을 가지고 있었다. 차돌이라는 별명을 얻을 정도로 냉혹하게 살아온 덕택이겠는데, 그 재산의 대부분은 물론 여기저기 이자놀이로 준 돈과 몇 군데 기업체의 주(株)였다. 김씨를 아는 사람들은 김씨가 그 동안 꽤 돈을 모았으리라고들 쑤군대긴 하지만 그러나 정확한 액수에 대해서는 그 실제의 거의 반정도로밖에 추측하지 못하는 것이었다. 여자 혼자 힘으로 참 용타고 김씨를 칭찬하는 사람들도 김씨가 모은 돈의 정확한 액수를 들으면 아마 칭찬에 앞서 배들 아파했을 것이다. 그러한 김씨부인은 돈이 불어날수록 비례하여 불안은 커갔다. 여간 바짝 정신을 차리지 않고서는 자기 돈이 누구에게 가 있는지조차 모를 것도 같다. 흩어놓기만 할 게 아니라 이젠 모두 거둬들여 뭔가 그럴듯한 데 한꺼번에 투자하는 게 옳은 짓이리라는 생각이 들기 시작한 것이었다.

무엇에 어떻게 투자할 것인가? 그건 찾아보면 있을 것이다. 그 동안에 얻은 경험에 의해서 전망이 좋은 사업이 무엇무엇이라는 것쯤은 짐작하고 있다. 그러나 역시 불안은 남는다. 큰돈을 관리하자면 여자란 아무래도 부적당하다는 것을 그 여자는 알고 있었다. 남자가 있어야 하는 것이다. 그리고 그것은 명훈일 수밖에 없는 것이다. 남자어른들이 없는 수정의 집안에서 남자라고는 고등학생에 불과한 수강이가 유일하다. 그렇다고 섣불리 친척을 데리고 일할 수도 없다. 경우에 따라서는 친척이 아예 남보다도 못할 수가 많다. 역시 자기 것으로 알고 재산을 불려나갈 사람이라야 한다. 결국 맏사위가 좋을 것이다.

수정의 남편 될 남자를 고르는 문제에서 그 동안 김씨가 상당히 신경을 쓰고 있었던 데는 앞서의 그런 이유가 있는 것이었다. 노골적으로 수정에게 연애 같은 건 하지 말라고 충고해본 적은 없지만 그러나 역시, 얼토당토않은 얼간이와 연애라도 하여 이러지도 저러지도 못하여 할 수 없이 결혼시켜버리게 되는 경우가 생길까봐 은근히 애태운 김씨의 마음이 아무래도 수정으로 하여금 그 흔해빠진 데이트 한 번 못 해본 숫처녀가 되게 하는 데 작용했을 것이다.

그러한 김씨도 명훈은 맘에 들었다. 김씨가 바라고 있던 사위와 명훈이 다른 점이 있다면 그건 다만 한 가지, 명훈이 아직 미국 유학을 다녀오지 못했다는 점뿐, 그 외의 모든 조건은 바라고 있던 그대로였다.

우선 그는 맏아들이 아니기 때문에 처갓집 재산을 자기네 것으로 흡수해버릴 염려가 적다. 둘째로 상과대학 출신이다. 상과대학 출신치고도 쩨쩨한 은행원이 아니다. 폭넓은 경험을 쌓을 수 있는 회사에 다니고 있다. 셋째, 그의 집안이 너무 부자거나 너무 가난하거나 하질 않다. 그의 아버지가 지금은 어느 회사의 이름만의 중역 노릇을 하고 있지만 과거엔 꽤 야심적인 일도 했고 야심가답지 않은 고매한 인격도 가진 분이다. 거기에 그의 어머니가 김씨와는 이화전문학교 선후배관계로서 학교 시절부터 비교적 친밀한 사이이니 딸을 안심하고 맡길 수 있다. 넷째, 명훈이 장교 출신답게 맺고 끊음이 분명한 성격인 듯하다. 그건 적잖은 재산을 키워나가고 사업가로서 성장하기 위해서는 기본적으로 필요한 성격이다. 다섯째, 이건 수정이를 위해서지만, 인물이 잘생겼다. 이왕이면 남편이 미남이기를 바라는 게 젊은 여자들의 공통된 심리다. 아니, 철없는 젊은애들이란 사내가 미남이기만 하면 그가 아무리 골 빈 건달이라 해도 우선 반해놓고 보는 경향마저 없지 않다. 그렇다고 보면, 연애 한 번 해보지 않은 수정에게 그애가 반할 만한 남편을 맞도록 해주는 건, 그애가 연애 한 번 못 하도록 은근히 압력을 가해왔던 김씨에겐 하나의 의무일 수도 있는 것이다. 그런 점에서도 명훈이라면 안심할 만한 남자다.

이래저래 김씨는 명훈을 사위로 맞게 된 데 대하여 자못 만족하고 있으며 그가 정작 사위가 되고 나면 흩어져 있는 재산을 모아 그를 앞장세우고 뭔가 큰일을 하나 꾸며나갈 작정이다.

그러기 때문에 지금으로서 바라고 있는 것은, 명훈과 수정 두 애가 별 탈 내지 않고 결혼으로 골인해주기를 바라는 것뿐이다.

그런데 어제 보니, 두 애들 사이에 뭔가 오해가 생긴 것 같다. 연애를 하노라면 고운 오해도 있고 미운 오해도 생기게 마련이라는 걸 이해하고는 있지만 그러나 김씨로서는 처음 겪는 일인 만큼, 이걸로써 두 애는 남남이 돼버리는 게 아닌가, 몹시 애타는 것이었다. 수정이가 툭 털어놓고 의논을 해온다면, 아무리 은밀한 문제라 할지라도, 딸이니 어머니니 하는 입장을 떠나 여자끼리로서 얘기를 해주고 싶어 견딜 수 없는데 깔끔하기 짝이 없는 수정은, 문제가 해결된 다음에 말씀드리겠다고만 하니, 더 물어봐야 소용없다는 건 알고 있는 김씨로서는 추근거릴 수도 없는 노릇이다. 그렇다고 수정이 상상하고 있듯이, 김씨가 명훈을 몰래 만나고 싶어하는 것은 결코, 왜 다투었는지 알기 위해서가 아니었다. 수정이가 털어놓기 어려워하는 얘기는 명훈이 역시 마찬가지일 거라는 생각보다도, 그애들 사이에 생기는 어떠한 다툼도 명훈이가 그 다툼을 '그러므로 결혼하지 않겠다'는 쪽으로 굳혀가지만 않아준다면 되는 것이기 때문에, 어떠한 다툼도 참아낼 수 있는 미끼를 명훈에게 던져주기 위해서 김씨는 명훈을 만나려 하는 것이다.

그 미끼란 역시 김씨 소유의 재산이었다. 마침 믿을 만한 친구의 남편이 자동차공업 부문의 무역회사를 차리는데 거기에 김씨는 자기 소유의 재산을 투자하는 동시에 명훈을 상무가 안 되면 무슨 부장쯤으로 만들어놓고 싶은 것이다.

이 미끼에 명훈은 아마 걸려들 것이다. 김씨가 알고 있는 한, 명훈은 물론이지만 명훈의 부모조차 김씨가 재산은 꽤 가지고 있는 줄은 알고 있지만 그게 어느 정도의 규모인지는 상상조차 못 하고 있다. 수정과의 혼담 역시 믿을 만한 집안의 딸이기 때문에 며느리로 안심하고 맞아들이겠다는 것이지 결코 김씨의 재산과 관계되어서는 아니다. 김씨 역시 두 사람이 결혼식을 올린 후에나 명훈에게 이쪽 재산의 규모를 알게 하고 싶지 결혼 전에는 돈 얘기 따위의 비순수한 얘기를 곁들이고 싶지 않았었다. 그러나 어느 한쪽에서 조금만 참아주면 해결될 수 있을 문제 때문에 두 애가 영영 남이 돼버릴 수도 있다는 걸 생각하면 김씨는 바늘방석에 앉은 기분이다. 명훈에게 참을성을 길러주자. 남자들 특유의 욕망을 자극시켜서 수정이와 결혼하는 것은 다만 수정이 하나와가 아니라 자신의 장래와도 결혼하는 것이라는 계산을 불어넣어주어 수정이의 어지간한 잔소리나 토라짐에는 관대할 수 있도록 해주자.

그래서 김씨는 오늘 명훈을 만나려고 했던 것인데 명훈이 몸이 아파 일찍 집으로 돌아갔다는 수란의 전화다. 수정이에게는 명훈과 할 얘기의 내용을 알리고 싶지 않은 것은 역시 그애의 깔끔한 성격을 고려해서였다. 수정이로서는 명훈이가 자기와 결혼하는 것은 혹시 돈과 지위 때문이 아닌가 하는 의심을 하기 시작하면 견디어낼 수 없을 것이라는 걸 김씨는 잘 알고 있었던 것이다.

"따님들이군?"

수화기를 놓고 돌아앉는 김씨에게 립스틱으로 입술화장을 고치고 있던 정마담이 말했다.

"약혼식은 언제 하는 거지?"

김씨의 친구이며 지금 그들 세 부인이 앉아 있는 이 집의 주인 마님인 이여사가 물었다.

"날씨라두 좀 풀려야 하든지 말든지 할 거 아냐."

"약혼식에 날씨가 무슨 상관이우? 사쿠라두 한창이겠다, 빨랑

빨랑 시켜버려요. 요즘 총각들, 믿을 게 못 돼요. 얼마나 흉물스
런데! 약혼식을 올린 후에도 믿지 못할 게 요즘 총각녀석들인
데……"

"에그, 정마담은 어디서 깡패녀석들만 보구 다녔나? 또 저 소
리……"

이여사가 하는 핀잔에도 정마담은 모르면 가만히 있기나 하라
는 듯,

"우리 여관에 드는 손님들은 뭐 모조리 깡패랍디까? 하나같이
어엿한 대갓집 도련님으루 생겼다우. 즈이 부모들이 보면 계집
의 기역자도 가까이 안 할 것 같지. 하지만, 한낮부터 여관에 들
어박히는 건 대개 그런 도련님들이란 말씀야."

"정말 큰일은 큰일야. 옛날 남자들은 그렇진 않았는데……"

"그렇지 않긴 뭐가 안 그래요. 왜정시대 때 보면 돈깨나 있는
젊은 사내들치고 기생방 출입 안 한 사내 있었구? 그 종자가 그
씨지, 별거 없어요. 옛날하구 다르다면 여자들이 좀 달라졌지.
옛날엔 아무리 좋아하는 사내가 있어도 계집이 먼저 꼬리치는
법은 없었거든. 하지만 요즘 처녀들은 명색이 대학까지 다녔다
는 계집애들두 남자를 홀리는 걸 보면 산전수전 다 겪은 나보다
도 더 능란하다니까."

"호호호……"

"호호호호……"

정마담의 입심에는 김씨와 이여인은 항상 소리내어 웃지 않을

182

수 없다.

"하지만 우리 애는……"

수정이는 너무 요즘 애들 같지 않아서 걱정이라고 빈말의 걱정을 하려는 김씨에게 정마담은 손을 내저으며,

"아유, 말도 마세요. 물론 내가 봐야 알긴 하겠지만서두 못해도 김부인보다는 남자 녹이는 데는 기술이 있을 테니까. 수줍어서 걱정이라느니 뭐니 하는 얘긴 꺼내지두 말아요. 하여간 여러소리 할 것 없고 약혼식을 하든 결혼식을 하든 하려거든 빨랑 해치워버리세요. 괜히 질질 끌다간 문제가 복잡해져요. 아까 여기오려고 나오다가 보니까 멀쩡하게 생긴 녀석인데. 아침부터 계집애를 여관에 눕혀두고 사과를 사온다, 배를 사온다 하는 게 틀림없이 애를 떼고 간호한답시고 계집을 여관에 데려다두고 그주접을 떨고 있는 거야. 여관 문만 나서면 굿바이지. 내 말이 틀리면 손에 장을 지져요. 그래두 그건 나은 편이지."

그때 어흠, 헛기침을 하며 이 집 주인인 이여사의 남편이 들어왔다.

그가 바로 자동차공업 관계의 무역회사를 차리려는 사람이었다.

"말씀들 하시는데 죄송합니다. 가지고 나갈 게 있어서……"

그러고 나서 이여사에게 손가락 두 개를 펴 보이며 달라고 한후 김씨에게,

"참 그 사위 되실 분과는 어떻게?"

"오늘 만나서 의논해볼 생각이었는데 연락이 안 돼서 만나질 못했군요. 내일은 만나서……"

"저두 한번 만날 기회가 있으면 좋겠습니다만."

"그러믄요, 만나보셔야죠. 근데 아직 나이가 어리구 경험이 없어서 어떤는지 걱정이군요."

"요즘 젊은 사람들은 함부로 볼 게 아닙니다. 어떤 일은 우리가 배워가며 해야 할 일이 많죠."

"설마 그러실려구요!"

명훈과 종숙은 여관을 나서고 있었다. 종숙이 수술 후의 치료를 받기 위하여 병원에 가야 할 시간이었다.

종숙은 이젠 약간의 노력만 하면 겉보기엔 아무렇지 않게 걸을 수 있음에도 불구하고 일부러 고통스런 듯 명훈의 팔에 매달리며 걷고 있었다. 그러고 싶은 것이다. 어제와 오늘 명훈이 보여준 친절이 그 여자에게는 일종의 기적이었다. 그 동안은 명훈이 뭐 쌀쌀하게 대했고 자기 쪽에서만 일방적으로 좋아했다는 건 아니지만 명훈이 남편이 되어줬으면 하고 바란 것은 오늘이 처음이다. 그리고 그것은 바꾸어 말하면 그 여자가 자신의 미래에 대하여 적극적으로 생각해보기 시작했다는 것이다. 따스했던 어린 시절에 대한 향수에만 집착하여 현재의 자신을 더럽게 여기고, 어쩌면 함부로 굴리기조차 한 그 여자로서는 미래에 대하여 꿈을 가지게 되었다는 건 하나의 기적이 아닐 수 없다.

한편 그런 그 여자의 기분을 정확히 알고 있지 못하는 명훈은 자기 팔에 매달려 고통스런 듯 걷고 있는 종숙이 좀 친절하게 해주었더니 엄살이 약간 지나치다고 생각하고 있었다. 날은 아직 완전히 어두워진 게 아니다. 어두워졌다고 하더라도 불빛이 밝은 거리에서는 종숙과 팔짱을 끼고 다니는 게 위태롭기 짝이 없다. 회사도 별로 멀지 않다. 누구의 눈에 어떤 식으로 발견당할는지, 자못 걱정이다. 만일 수정이라도 덜컥 만나고 마는 때면!

　"팔짱은 그만두지?"

　"왜요?"

　"……"

　"내가 보기 싫은가봐."

　"그게 아니고……"

　"끼고 싶은걸. 다른 날은 다 끼지 않더라도 오늘은 어디까지든 팔짱 끼고 가고 싶어요. 하지만 정말 싫으시다면……"

　"끼고 있어…… 회사 사람들 만날까봐 그래. 아프다는 핑계로 조퇴했거든."

　"그건 저 역시 마찬가지 아네요? 아프다는 핑계로 결근을 하고……"

　"종숙인 정말 아픈 거지만……"

　"이렇게 남자와 나란히 걸어다녀도 믿어주나요? 나 팔짱 끼고 걸을래."

　"……그래."

몸이 아파 퇴근하여 집에 가 있으리라는 명훈이 집에 와 있지 않은 걸 알고, 수정은 명훈의 부모들을 위하여 사들고 온 생과자 상자를 놓고 곧 나오려고 했으나, 좀 놀다 가라고 극력 붙드는 명훈의 어머니 때문에, 밤 아홉시 가깝도록 그 집에서 불편한 자세로 앉아 있어야만 했다. 그때까지도 명훈은 돌아오지 않고 있었다. 전화연락도 없었다.

직장일에는 무엇보다도 충실한 그애가 일찍 퇴근했을 정도라면 어디가 아파도 몹시 아파 어쩌면 지금쯤은 병원에라도 누워 있는 게 틀림없는 모양이라고, 명훈의 어머니는 걱정이 태산 같았다.

명훈 어머니의 걱정을 듣고 있으려니 수정 역시, 정말 그럴지도 모른다는 생각이 들며, 한편 명훈이 직장에서 조퇴했더라는 소식을 가지고 온 자기가 무슨 죄나 지은 것만 같아 면구스럽기 짝이 없었다. 또 한편으로 이상한 것은, 그의 어머니는 진심으로 명훈의 안부에 대하여 걱정하고 있는데 자기는 진심으로는 그가 걱정되지 않는다는 점이었다. 명훈이 엉뚱한 짓을 하기 위해서 직장에다는 아프다는 핑계를 대고 나갔으려니 하는 의심이 들어서라기보다 역시 아내란 어머니한테는 따라갈 수 없는 모양이라는 생각이 드는 것이었다.

하기야, 아직 그의 아내가 된 것은 아니다. 그러니까 정작 아내가 되고 보면 어머니만큼 남편의 안부에 대하여 신경을 쓰게 될는지는 모른다. 그렇다고는 하지만, 정말 사랑하는 사람이라면 조금쯤은 걱정이 되어야 할 게 아닌가. 그런데, 입으로는 그의 어머니의 걱정에 "그러기에 말예요" 어쩌구 하며 맞장구치고 있지만 마음속에서는 거의 전연 걱정되는 게 아니다. 도대체, 명훈이가 평생 앓을 사람 같지 않게 느껴지는 것이었다. 수정은 명훈에 대한 자기의 사랑이 얕은 모양이라고 생각하며 명훈에 대하여 좀 미안했다.

혹시 널 만나러 너의 집에 간 건 아닐까고 말하는 명훈 어머니의 말에 수정은 집으로 전화를 걸어봤다. 그러나 명훈한테서는 전화 한 번도 없었고, 경숙 언니한테서만 몇 번씩이나 전화가 왔었다는 순이의 대답이었다.

"시골에 갔다고 해도 거짓말 말라면서 자꾸 언닐 바꾸래잖아요, 글쎄. 중대한 사실을 알아냈으니까 빨랑 언니한테 연락해서 직접 오든지 전화를 주든지 하라잖아요, 글쎄."

"알았어."

"또 전화 오면 뭐라고 할까요? 시골에서 돌아왔다고 할까요?"

"글쎄."

"글쎄가 아니라니까요. 난 살다 살다 그렇게 극성맞은 여잔 첨 봐요. 시골에서 왔다고 할래요. 나도 거짓말은 어지간히 잘하는 편인디 그 여자한테는 못 당해보겠어요."

"그래 알았어."

"알았어가 아니라니께."

"시골에서 왔다구 하라니까. 내가 그리로 전화하겠단다고 해."

"알았어요. 곧 들어오슈?"

"그래, 곧 들어갈게."

전화를 끊은 수정은 갑자기 불안하게 뛰는 심장의 고동소리를 귀로 듣는 것 같았다.

경숙 언니가 알아냈다는 중대한 사실이란 뭘까? 틀림없이 명훈에게 다른 여자가 있다는 사실을 말함이리라. 어쩌지? 어쩌지?

"안 왔대니?"

명훈의 어머니가 물었다.

"네, 전화도 없었다는데요."

"……어딜 갔을까?"

"……"

"시골에서 돌아왔느니 뭐니 하는 얘긴 뭐니?"

"아 그건요, 저…… 제 고등학교 선배언니 한 분이 쓸데없이 자꾸 전화를 해오기에요. 시골에 갔다고 하라고 했더니……"

"그래, 에구 그래야지. 따돌릴 건 따돌려야 한다. 세상 인심이 어찌나 고약해졌는지 누구한테나 좋게만 대하고 살 수가 없어요."

그렇게 말하는 명훈 어머니의 말 속에서 수정은 문득, 명훈 어머니가 수정 자기의 말을 액면 그대로 믿지 않음을 느꼈다. 전화질 해오는 게 수정을 좋아하는 어떤 남자쯤으로 생각하고 있는 모양이었다. 수정은 억울해서 견딜 수 없었다. 그러나, 그렇지 않다는 것을 어떻게 설명해줄 수도 없는 노릇이었다.

'중대한 사실'에 대한 생각이 머릿속을 차지하는 순간부터 이 집에 앉아 있는 사실조차 몹시 힘겨워지는 판인데 그런 오해까지 받고 보니 더욱 견딜 수가 없었다.

그렇다고 훌쩍 일어서버릴 수도 없었다. 아들 걱정을 하고 있는 명훈 어머니는 아마 수정도 함께 걱정하며 앉아 있어주기를 바라고 있는 것 같아서였다. 이럴 수도 없고 저러기도 힘든 처지에서 수정의 표정은 자연히 굳어졌다.

그런 표정을 눈치채기라도 했는지 명훈의 어머니는,

"아유, 벌써 아홉시로구나. 너무 늦기 전에 가보려무나, 응?"

"……"

"너무 걱정 말아라. 아무 일 없으니까 연락이 없는 거겠지. 탈이 생겼으면 웬걸 여태 연락이 없겠니."

"글쎄요."

"요샌 세상이 어찌나 고약해졌는지 나이든 여자들도 혼자선 밤길 다니기 무섭다더라. 어서 가봐라."

"그럼…… 너무 걱정하시지 마세요."

"그럼 그럼, 자야!"

식모를 불러서,

"너 빨랑 나가서 택시 한 대 붙잡아라."

"아녜요, 저 갈 수 있어요."

"아니다, 조심해야 한다. 까딱하다간 봉변당하기 쉬운 세상예요."

택시 속에서 수정은 더욱 두근거리는 가슴을 억누르며 경숙 언니한테 가볼까를 생각하고 있었다. 아무리 외면해버리려고 해도 불안한 호기심의 힘을 벗어나기 어려웠다.

"저어, 지금 종로로 갈 수 없어요?"

수정은 운전사에게 말했다.

"불광동 가시는 게 아니구요?"

"네, 종로3가 쪽에 좀 들렀다 갈 데가 있어서요."

"가죠, 뭘."

약방 안으로 들어서니 경숙은 마악 수화기를 놓는 중이었다. 들어서는 수정을 보고 경숙은 입으로는 웃고 눈으로는 흘기면서,

"지금 또 너희 집에 전화한 거야. 얘, 시골엔 언제 갔구 또 언제 왔니?"

"미안해요, 언니."

"거짓말만 살살 하구 못쓰겠어."

밉다는 듯이 눈을 또 한번 흘기고 나서, 그러나 곧 굉장히 반가운 소식이라도 전해줄 게 있다는 표정으로 바뀌며,

"얘, 이리 앉아봐."

시키는 대로 수정은 의자에 앉아서 경숙의 얼굴을 불안하게 올려다봤다.

"가만있자, 얘, 너 진정제 한 알만 먹을래?"

"진정제는 왜?"

"하긴 그래. 먹으나마나지 뭐. 하여간 말야, 내 얘기 침착하게 들어. 너무 비관하지 말구, 응?"

중대한 사실이 뭔지는 모르겠으나 경숙의 엄살이 지나치다고 생각하며 수정은 대답 대신 고개를 끄덕였다.

경숙은 한동안 제법 망설이는 표정이더니, 역시 얘기해야 한다는 듯,

"사실은 말야, 넌 그러지 말라구 했지만 난 네가 혹시라두 불행해질까봐 걱정이 돼서 말야, 흥신소를 댔거든. 네가 그러지 말라는 심경도 난 이해해. 차라리 속고 모르고 있는 게 마음 편할 수도 있기야 하지."

"그게 아녜요, 언니."

"알아요. 네 마음은 내가 다 알아. 그렇지만 말야, 속으려면 완전히 속아버려야지 조그마한 의심이라도 있으면서는 속고 있을 수가 없거든. 그렇잖니? 정말 불행한 것은 바로 그러고 있는 게 불행한 거란 말야. 완전히 속든지 아니면 사실을 밝혀내어 내 마음대로 일을 처리하든지 하는 게 행복이라는 거야. 내 말 알겠니?"

"됐어요. 서론은 그만 하시구……"

수정은 여유를 갖기 위해 웃어 보이며 말했다.

"그럼 기분 나쁘게 생각하지 않는 거지? 네가 그러지 말랬는데도 내 맘대로 네 애인 뒤를 조사했다는 거 말야."

"난 처음부터 알구 있었어요. 언니가 내 말 듣지 않으리라는 거 말예요."

"그건, 애, 내가 기분 나빠질 말이다, 애. 난 뭐 취미로 이런 일 돈 써가면서 하는 줄 아니?"

"……그게 아니구……"

"하여간 말야, 우리 그런 얘기 그만 하고. 내가 알아낸 사실로는 말야, 네 애인한테 딴 여자가 있는 건 분명해."

그러고 나서 경숙은 흥신소 사람들이 전화로 해온 중간보고라는 것을 얘기했다. 명훈은 세시경 직장에서 나와 여관으로 갔다. 한 시간쯤 후에, 여관 사환에게서 명훈이 든 방을 알아내가지고 경찰인 체하며 그 방을 방문했다.

여자와 함께 있었다. 어떤 관계냐고 물었더니 약혼자라고 대답하더란다. 물론 여관에 든 남녀들은 으레 약혼한 사이라고 하니까 그 말을 믿을 수는 없다. 그러나 그 여자가, 인상으로 봐서 결코 돈 주고 산 창녀 같지는 않더란다. 여섯시쯤 두 사람은 여관을 나와서 택시를 타고 어디론가 가버렸다. 거기서 흥신소 사람들은 그들을 놓치고 말았지만, 지금쯤 여자의 집을 알아냈을 것이다. 여자의 주민등록증에서 여자의 주소와 이름을 알아냈던 것이다.

"이름은 뭐래요?"

수정은 쉰 음성으로 물었다.

"김종숙, 김종숙. 서대문 홍파동에 집이 있대. 어때, 이만하면 충분하지?"

"뭐 하는 여자래요?"

"그건 아직 몰라. 하지만 내일이면 아니 오늘 밤에라도 곧 알게 될 거야. 어머, 너 아무래도 진정제 먹어야겠다. 얼굴이 그게 뭐니!"

아닌게 아니라, 수정의 얼굴은 붉다는 것을 지나쳐 보라색으로 뜨겁게 달아올라 있었다. 그러나 결코 분해서는 아니었다. 자신이 생각해도 이상할 정도로 분하다거나 노엽다는 생각은 들지 않고 명훈은 물론 이런 얘기를 듣고 앉아 있는 자신조차 추잡하게만 느껴져서 견딜 수 없었다.

명훈이 여자와 함께 여관방에 있더라는 얘기에서 수정은 굉장한 상상을 아주 실감나게 한 것이었다. 그 상상이란 남자와 여자가 육체관계를 맺는 장면에 대한 것이었다.

그런 상상을 수정은 일찍이 한 번도 구체적으로 해보지 않았다. 정확히 말하면, 할 수가 없다. 자신에게 그런 경험이 없었기 때문인 거야 말할 필요도 없지만 가령 어쩌다가 읽게 되는, 노골적인 묘사로 돼 있는 소설 같은 데서도 그 여자는 그런 장면에 이르면 상상력이 마비되는 것이었다. 소설이 묘사하고 있는 것을 일부러 상상해보려고 애써도 도대체 뭐가 어떻게 되었다는 것인지 이해할 수 없었다. 결국 활자만 읽고 넘겨버리곤 했다. 또 가령 여성잡지의 부록 같은 데서 그런 관계에 대한 퍽 자상한 지식을 읽기도 했지만 그럴 때 역시, 의학박사들이 쓰고 있는 용어들이 마치 처음 보는 외국어의 단어들처럼 문자 자체만 보일 뿐, 구체적으로 어떤 의미나 형상으로 전해오지 않는 것이었다. 털어놓고 말하자면, 섹스라는 것에 대하여 수정은 자기 또래의 다른 여자들 정도로는 흥미를 가지고 있었다. 영화에서 키스 장면이 나오면 묘한 감동을 느끼기도 한다.

그러나 여태껏 한 번도 남녀의 그런 장면을 실감으로써 상상해본 적이 없었다. 해보려고 해도 안 되었다.

그런데 아까 경숙으로부터 흥신소 사람들이 전하더라는 얘기의 여관방 구절에서는 그것이 무척 섬세하게, 마치 자신이 많은 경험을 가졌기 때문에 알 수 있듯이 생생하게 상상되는 것이었다.

아마도 명훈이라는 구체적인 인물이 그 장면에 있었기 때문이리라.

요컨대, 수정은 그런 생생한 상상 때문에 낯이 뜨거워졌다. 그리고 이런 자리에서, 전에는 할 수 없었던 그런 상상을 하고 있는 자신이 추잡하게 느껴져서 메스꺼웠다.

"더러워!"

수정은 자신도 모르게 입 밖으로 소리내어 중얼거렸다.

"그래, 남자란 참 더러운 동물이야."

경숙은 진정제 한 알과 물컵을 들고 돌아서며 탄식하듯 말했다. 그리고,

"자, 이거 좀 먹어봐. 남자 때문에 심장병에 걸린 여자들이 얼

마나 많은지 몰라. 이럴 땔수록 침착해야 해."

"싫어요. 안 먹을래요."

"먹어두라니까. 뭐 별로 신통할 건 없지만 처음 먹어보는 사람들한테는 조금 효과도 있는 모양이더라."

"언제부터 사귄 여자래요?"

"그거까진 아직 몰라. 그렇지만 함께 여관에 다닐 정도라면 하루 이틀이야 됐겠니? 하기야 첫번 만나서 대뜸 그렇게 되는 수도 있는 모양이더라만 직업적인 여자 아닌 다음에야 그러긴 힘들 거고. 직업적인 여자라면야 걱정할 거두 없지만."

"직업적인 여자라면 왜 걱정 안 해도 돼요?"

"그거야 어디까지나 순간적인 바람이니까."

"순간적인 바람이라니요? 사랑하지 않고도 그런 짓을 한다는 얘긴가요? 그럴 수가 있어요?"

"그러기에 말야. 그렇지만 남자들은 아마 사랑하지 않고도 그럴 수 있는 모양이더라. 정말 이해할 수 없어. 하여간 긴 소리 할 거 없고 이제부터 넌 내가 시키는 대로만 해."

경숙이가 수정에게, 자기가 시키는 대로만 하라면서 일러준 방법은 다음과 같다.

우선 종숙이라는 여자의 신분을 확실히 알아본 다음에(그 점에 대해서는 이제 곧 흥신소 사람이 올 테니 알게 될 것이다) 역시 흥신소 사람을 시켜 명훈과 종숙의 다음번 밀회(그것은 어쩌면 바로 내일 있을 수도 있다)를 미행하게 한다. 그리고 그 두 사람이 결정적인 순간에 빠져 있을 때, 수정은 현장을 급습하는 것이다. 때맞춰 습격하려면 물론 수정은 내일부터 이 약방으로 출근하여, 언제 걸려올지 모르는 흥신소 사람으로부터의 연락을 대기하고 있어야 한다. 경숙 자기의 경험으로 미루어보면, 남자와 여자가 오늘 여관에서 만났다면 다음번 밀회는 빨라도 이삼 일 후에나 있겠지만, 그러나 사람마다 경우에 따라 다를 테니까 하여간 수정이 너는 내일부터 일찍 약방에 나와야 한다.

맙소사! 경숙 언니가 열을 올리며 일러주는 그 방법이란 걸 다 듣고 난 수정은 어이가 없었다. 이런 문제에 제3자인 경숙 언니가 이래라 저래라 간섭을 하는 것부터가 따지고 보면 어이없는 일이지만, 기왕 경숙 언니를 통해 명훈씨에게 다른 여자가 있다는 것을 알게 된 지금, 그래서 넋이 빠지고 기가 막혀 어쩌면 좋을지 모르는 상태에 있는 자기로서는, 물에 빠진 사람이 지푸라기라도 잡아보는 식으로 경숙 언니의 말에 귀를 기울였던 것인데 그런 방법이라면 수정에게는 도무지 무의미한 것이었다.

"습격하다니, 습격해서 뭐 해요?"

"요 맹추! 습격을 해야 현장을 붙잡을 거 아냐!"

경숙은 오히려 답답하다는 듯 주먹까지 휘둘러 보이며 말했다.

"현장을 봐서 뭐 해요?"

"증거를 잡는 거지. 내 눈으로 똑똑히 현장을 본 다음에야 남자가 꼼짝할 수 있니?"

"증거는 잡아서 뭘 해요. 결혼한 사람끼리라면 그런 걸로 이혼이나 할 수 있겠지만……"

"에게! 숫보긴 줄 알았더니 알 건 다 아는구나. 하기야 그렇지. 현장을 잡자는 건 간통죄로 고소를 해서 위자료를 타고 이혼하자는 데 목적이 있는 건 사실이야. 하지만 그것만이 아니라구. 챙피한 얘기지만 내 경울 좀 봐. 나두 그이가 바람피우는 현장을 본 사람 아냐? 그렇다구 이혼하기 위해선 줄 아니? 천만에. 난 이혼 같은 건 안 해. 결혼식 때 와준 사람들 보기에 챙피해서두 절대로 난 이혼하지 않지. 그리고 아직까지 우리나라에서는 한번 이혼했던 여자치고 이혼 전보다 더 행복했던 여자란 없거든. 죽어도 시갓집 귀신이 되라는 옛날식 사고방식 때문이 아니라 시갓집에 불만스런 점이 있고 남편한테 잘못이 있으면 마른 북어 두드리듯 탕탕 두드려서라도 버릇을 고쳐놓는 거야. 한 달이 걸리건 일 년이 걸리건 갖은 수단을 다 동원해서 버릇을 고쳐놓는 거야. 난 그렇게 생각한다. 내 행실이 옳은 데야 그쪽에선 유구무언이지. 그러니까 너두, 물론 아직 결혼한 사이의 남편은 아니지만 남편으로 삼고 싶은 사람 아니니? 그러니까 내가 시키는 대로 해봐. 내 경우를 보면, 남자가 한번 그런 현장을 들키고 나니까 그 다음부터는 내 앞에서 꼼짝을 못 해요.

하기야 현장을 들킨 그 순간엔 시뻘겋게 화를 내지. 금방 날 때려죽일 기세야. 그럴 거 아니니? 동물들도 그런 경우에 뜻밖의 손님이 찾아오면 화를 낼 텐데. 그렇지만 눈 질끈 감고 감행하는 거야. 하여간 내가 시키는 대로만 하면, 남자가 정말 얼굴에 쇠가죽을 쓰지 않은 다음에야 다음부터는 네 앞에서 설설 긴다구."

설설 긴다? 그건 어떻게 하는 걸 뜻하는 것일까. 수정은 알 수 없었다.

어쨌거나 경숙이 일러주는 방법이란 수정으로서는 도저히 실행 불가능한 일이었다. 우선 경숙과 자기와는 경우가 다른 것이다. 결혼을 하나의 계약이라고 본다면 경숙은 계약자로서의 권리를 가지고 남편의 잘못을 추궁할 수가 있다. 그러나 자기는 무슨 권리로 현장을 습격한다는 따위의 어마어마한 짓을 할 수 있단 말인가? 사랑하니까? 사랑한다는 것도 권리일 수 있을까? 글쎄, 사랑한다는 게 권리일 수 있다고 해도 그 권리란 사랑하지 않아버린다는 데밖에는 쓸 수 없는 권리가 아닐까?

현장을 목격한다고 하자. 그 다음엔 어쩌자는 것인가? 하기야 그래서 명훈에 대한 사랑이 깨끗이 달아나버릴 수만 있다면 그것도 어떤 면에서 이득이겠지. 그러나, 목적하는 바가 그것만이라면, 현장까지 보지 않더라도 조금 전에 경숙이로부터 들은 보고만으로서도 충분히 그럴 수 있다. 그따위의 현장을 보는 대신 지금 시간 이후의 자신의 마음의 움직임에 시선을 주고 있는 게 차라리 덜 수고스러우리라.

정말이지 명훈이 다른 여자와 벌거벗은 차림으로 한 이불 속에 있다는 건 상상만 해도 소름이 끼친다. 아니, 상대의 여자가 다른 여자 아닌 바로 수정 자기 자신이라 해도 그런 차림으로 함

198

께 있다는 건 끔찍스러워서 차마 상상할 수도 없는 것이다.

어째서 명훈씨는 다른 여자를 사랑하고 있다고 나에게 말하지 않았을까? 그런 여자를 두고 왜 나와 맞선을 보고 만나주고 했을까? 부모들이 시키니까 할 수 없이 그랬을까? 아니면, 그 여자를 버리고 결혼은 나와 하려고 했을까?

명훈의 명확한 대답이 정말 듣고 싶다. 경숙 언니가 알려주는 별의별 사실보다도 명훈의 명확한 한마디가 듣고 싶다.

부모들이 시키니까 거역할 수 없어 나와 맞선을 보고 몇 번 만나기도 했지만 사실은 그 여자를 사랑하고 있다고 대답해준다면 얼마나 그나 나나 떳떳이 헤어질 수 있을까! 물론 나는 슬프겠지만 그를 추잡한 사내로는 결코 보지 않을 것이다. 그는 사랑하는 여자와는 으레 그럴 수 있는 일을 한 것뿐이니까. 사무실에서 나에게 키스하려고 했던 사실쯤은 용서해줄 수 있다.

아니, 오히려 내가 시킨 건 아니지만 흥신소 사람을 시켜 그 한 쌍의 연인들을 미행하게 했던 점에 대해서 나는 사과해야 옳을 것이다.

그런데 만약 그 여자를 버리고 결혼은 나와 하려고 했다면? 그럴지도 모른다고 생각하면 수정의 머릿속은 뒤죽박죽되고 만다.

만약 그렇다면, 그러려는 명훈의 속셈을 어떻게 해석해야만 할까? 뻔뻔스런 바람둥이라고 한마디로 내쏘아버리면 그만이겠지만 혹시라도 많은 여자들 중에서 그래도 그가 가장 사랑하고 있는 여자는, 가장 사랑하기 때문에 결혼하려는 여자는 나라면 어떻게 할까? 자기로서는 믿어지지도 않고 믿고 싶지도 않은 얘기지만 사실이 경숙 언니의 말마따나 남자란 사랑하지 않는 여자와도 그런 관계를 가질 수 있고, 그런데 그 종숙이라는 여자에 대한 명훈의 행위가 그런 경우에 속하는 것이라면, 그래도 자기는 한마디로 명훈을 거절해버릴 수 있을까? 만일 명훈이 정말로 그렇다면 그는 지금쯤은 사랑하기 때문에 결혼하고 싶은 여자와 사랑하지 않으면서도 육체관계를 가졌기 때문에 책임감을 느끼고 있는 여자의 사이에서 얼마나 괴로워하고 있을까?

그 동안 나에게 선뜻 "내일이라도 당장 약혼식을 하자"고 말을 못 꺼냈던 것은 어쩌면 그 여자가 명훈의 도덕적인 책임감에 호소하면서 또는 협박하면서 매달리기 때문은 아닐까? 그럴지도 모른다고 생각하면 명훈이 슬그머니 불쌍해지기도 한다. 불쌍해지기 때문에 그의 잘못을 용서할 수 있다는 건 아니다. 용서할 수 없다는 분개와 불쌍하다는 느낌이 동시에 들어서 한마디로 딱하다는 느낌인 것이다.

그렇지만 이건 얼마나 우스꽝스런 추측일까! 그가 사랑하고 있는 여자란 나라는 생각은 얼마나 근거 없는 망상일까! 물론 그는 나에게, 나와의 결혼을 필연적인 걸로 얘기하고 행동하기는 했다. 그렇다고 해서 그걸 그가 날 사랑하고 있다는, 세상의 많은 여자들 중에서 나만을 사랑하고 있다는 증거로 생각해도 좋을 것인가? 물론 얼마 전까지는 그렇게 생각했다. 그러나 사랑하지 않으면서도 육체관계를 가질 수 있는 게 남자라면 사랑하지 않으면서도 결혼할 수 있는 게 남자가 아닐까? 정략결혼이란 말이 있다는 건 알고 있다. 그러나 나에게는, 남자가 정략결혼을 해올 만큼, 별나게 가진 게 없다. 나와 나의 집안이 나의 남편 될 사람에게 줄 수 있다는 건 높은 지위도, 많은 돈도 아니고 오직 사랑뿐이다. 우리집에 대해서 비교적 잘 알고 있을 그가 그러므로 나와 정략결혼 같은 걸 하려고 하지는 않을 것이다. 그렇다면 왜 나와 결혼하겠다고 했을까?

하기야 그가 "우리 결혼합시다"고 똑똑히 말한 적은 없다. 결혼 이후의 일, 가령 아이는 몇을 갖고 싶다든가 집은 어떻게 꾸미고 살고 싶다든가 하는 얘기들을 했었지. 그렇지만 지금 생각해보면, 그건 그가 반드시 내가 아닌 다른 여자와 결혼해서도 할 수 있는 일들이 아닌가? 그렇다면, 내가 그 동안 착각하고 있었던 것인가?

맞선을 보고 나자마자 양쪽이 또는 어느 한쪽이 싫다고 하면 그 이후의 교제란 있을 수 없는 것. 뒤집어서 말하면, 맞선을 보고 나서 그 이후에 계속되는 교제란 구구한 말로 강조하지 않더라도 이미 결혼을 전제로 하는 것이기 때문에 나는 그가 나와 만나주는 것을 결혼해주는 걸로 믿고 있었고 그리고 결혼이란 사랑하는 사람끼리 하는 법이라는 고정관념 때문에 그는 나를 사랑하고 있는 것이라고 착각하고 있었던 것인가?

수정은 생각하면 할수록 뭐가 뭔지 알 수 없었다. 그가 자기를 사랑한다는 것을 알긴 알겠는데 그것에 대한 뚜렷한 증거란 아무엇도 없었던 것이다. 그리고 이제는 오히려 그가 자기를 사랑하지 않는 것인지도 모른다는 증거만 생겨나고 있는 것이다.

"하지 말란다구 안 할 수 있는 건 아니지만, 너무 고민하지 마. 요즘 남자들은 죄다 그러는걸 뭘. 결혼해놓고서도 그러는데 결혼 전 총각이야 그러는 게 뭐 큰 잘못이겠니?"

고개를 푹 숙이고 생각에 잠겨 있는 수정의 모습이 불쌍한 듯 경숙은 그런 말로 위로했다.

"영 가망 없어 보이면 차버리는 거지 뭐. 너무 고민하지 마. 얌전한 남자들도 얼마나 많은데."

앞의 말과는 모순되는 말로 또 위로하는 것이었다.

"언니, 나 한 가지 모를 게 있는데 말이우……"

수정은 눈물이 글썽한 눈을 들고 경숙을 빤히 올려다보며 입을 열었다.

"뭔데?"

"여자란 반드시 결혼을 해야 하우? 결혼은 왜 하지?"

"호호호호……"

경숙은 느닷없이 그런 질문을 하는 수정이 우습기도 하고 귀엽기도 한 듯 자못 자지러지게 웃어댔다.

"웃긴, 난 진심인데……"

"호호호호…… 애, 애, 너 진짜 날 웃겼어. 어쩌면 애가 그러니?"

"왜요?"

"넌 보기보다 배짱이 편한 성민가부다, 얘. 어쩌면 이런 일을 당하구 앉아서 그런 생각을 하고 있니…… 현실적으로 코앞에 닥친 일은 현실적인 태도로 처리해갈 생각을 해야지, 네가 무슨 철학자라구 발등에 불이 떨어진 형편에서 그런 한가한 생각을 하구 있니 그래?"

"……"

"대답이야 빤한 거 아니니? 결혼도 하지 않으면 뭘 하고 기나긴 인생을 살아가겠니? 그렇잖아? 하기야 수녀들은 결혼하지 않구 살아가더라만 그 사람들두 따지구 보면 예수님하군지 하나님하군지 결혼식을 올린다니까 혼자 사는 건 아니지. 너두 남자하구 결혼하기 싫으면 수녀나 되렴. 하지만 얘, 지금 우리가 그런 거 토론하고 있게 됐니? 넌 첨 겪는 일이니까 문제를 복잡하게 생각하는 거지, 가만히 생각해보면 간단한 문제라구. 네가 그 남자를 차버리느냐 아니면 그 남자 버릇을 고쳐서 네 남편으로 삼느냐 둘 중에 하나야. 너무 복잡하게 생각하지 마. 난, 네가 그 남자를 차버리겠다면 이 이상 더 도와주고 뭐고 할 게 없지. 그렇잖니? 그렇지만 네가 혹시 그 남자를 그대로 잊을 수 없을 만큼 사랑한다면 무슨 수단을 써서라도 네 것으로 만들란 말야. 너만 그럴 생각이라면 난 있는 힘을 다해서 널 돕겠어."

"고마워요, 언니."

"고맙다구만 할 게 아니라 네 생각을 말해봐. 넌 역시 그 남자를 사랑하지?"

"……"

"내 짐작이지만 말야, 아마 너의 그이도 널 사랑하지 그 여자를 사랑하지는 않을 거야. 함께 여관엘 다니구 어쩌구 한다는 걸 보면, 첨엔 그 여자를 사랑했을진 몰라두 지금은 정이 떨어졌을 거야. 남자란 이상한 동물이어서 한번 그러고 난 여자는 싫어지는 모양이더라. 바람의 상대는 어디까지나 바람의 상대로 끝나나봐. 내가 보기엔 아직 너하구는 그런 일이 없는 모양인데 그러니까 이렇게 생각하는 게 어떨까? 널 사랑하니까 아껴두었다가 결혼하려구 한다구 말야. 그렇게 생각되지 않니?"

"난 정말 무슨 얘긴지 하나두 모르겠어요."

그렇게 말하면서도 수정은 답답한 가슴의 밑바닥에서 뭔가 정체를 알 수 없는 한가닥 용기가 솟아났다.

"언니, 나 전화 한 통화 써요."

"얼마든지."

수정은 다이얼을 돌리기 시작했다. 그 손이 몹시 떨고 있는 걸 보면서 경숙은,

"어디다 거는 거니?"

"여보세요, 청파동이죠? 저 수정이에요. ……네 ……네, 명훈 씨한테선…… 아, 들어오셨어요? ……네, 다행이에요. 네, 좀…… 안녕하셨어요? 저 수정예요. 급한 일로 만나구 싶은데요…… 네 지금요……"

말하고 있는 수정의 표정이 말할 수 없이 표독스러움에 곁에

서 있던 경숙은 뭔가 불안해졌다.

명훈과, 지금부터 삼십 분 후, 그러니까 정확히 열시 삼십분에 광화문 지하도의 동아일보사 쪽 입구에서 만나자는 약속을 하고 나서 전화를 끊는 수정에게 경숙은 어리둥절한 표정으로,

"너, 어쩔려구 그러니?"

"어쩌긴요? 좀 만나봐야겠어요. 광화문까지, 슬슬 걸어가면 삼십 분 걸리겠죠?"

"넌 아무래도 안 되겠다!"

경숙은 안타깝고 입이 쓰다는 듯 내쏘았다.

"왜요, 언니?"

"너 지금 명훈이란 사람 만나서 담판하려구 그러는 거지?"

"글쎄요…… 그러면 안 돼요?"

"요 맹추! 넌 정말 남자가 어떤 동물인지 정말 모르고 있구나, 응!"

"……"

"네가 지금부터 그 남자를 만나서 무슨 말을 할는지, 그러면 남자는 뭐라고 대답할는지, 난 보지 않아두 다 알 것 같다. 얘. 제발 이러지 좀 말아요. 넌 왜 내가 시키는 일을 무시하니?"

"……제가 뭘 잘못했어요?"

"너 그 남자한테 종숙이란 여자와 어떤 관계냐고 묻겠다는 거 아냐? 그치? 오늘 낮에 그 여자하구 여관에 들었던 일도 다 알구 있다는 걸 은근히 암시하면서 자백을 받으려구 그러는 거 아냐?

'김종숙'이란 이름만 대두 그 남자는 '아이쿠, 수정이가 어떻게 그 여자를 알고 있을까?' 하고 깜짝 놀라 술술 자백할 것 같지? 내 말이 틀렸니?"

"……"

"이것 보지! 왜 대답을 못 하니? 내 말을 듣고 보니까, 남자가 생각만큼 호락호락할 것 같지 않다는 예감이 드는 모양이로구나."

말하고 나서 경숙은 수정의 얼굴을 빤히 내려다보고 있다가 문득 한숨을 노파처럼 푹 쉬고 나서 좀 누그러진 음성으로 차근차근 말하기 시작했다.

"그 남자하구 그 여자가 함께 있는 현장을 네 눈으로 보지 않고서는 네가 무슨 말을 하더라도 소용없어요. 남자가 아니라구 잡아떼면 그만일걸 뭐. 네가 김종숙이란 이름을 대면 물론 처음엔 그 남자도 속으론 깜짝 놀랄 거야. 그렇지만 절대로 자백하지는 않는다구. 네가 어느 정도로 알구 있는지 슬슬 유도심문을 시작할 거야. 넌 순진한 애니까 그 유도심문에 걸려버리게 되거든. 그러고 나면 남자는 '아! 난 또 죄다 알구 있는 줄 알았더니 별게 아니군' 하구 안심을 하구 그 다음부터선 네가 알고 있는 사실까지 '사실은 그게 아니구……' 어쩌구 해서 슬쩍 뭉개버린단 말야. 그러다 보면 너만 꼼짝없이 속아넘어가는 거라구. 내 말 알겠니?"

"……"

"그러니까 방법은 딱 한 가지야. 현장을 붙잡는 수밖에 없어.

그러니까 오늘 저녁은, 기왕 만나기로 약속은 한 거니까, 만나더라도 절대루 그 여자에 대해서 아는 체하지 말란 말야. 섣불리 알아가지고 뽐내다가는 큰일을 망친다구. 오늘 저녁에 네가 혹시라도 아는 체했다간 앞으론 그쪽에서도 몇십 배 신경을 써서 방비를 할 테니까 꼬리 잡기가 힘들어져요. 내 말 알겠니?"

"알겠어요."

"어휴, 이제야 너도 철이 좀 드나부다."

"그럼 언니, 전 그만 가보겠어요."

"조금만 더 기다려보렴. 그 사람들한테서 곧 연락이 오거나 직접 오거나 할 텐데."

그 사람들이란 물론 흥신소 사람들 말이었다.

"뭐, 제가 꼭 없더라도 되잖아요? 언니가 잘 들어됐다가 저한테 알려주면……"

"그래두 네 귀로 직접 듣는 게……"

"모든 걸 언니한테 맡기겠어요."

수정은 정말 그렇게 생각하고 있다는 듯 환히 웃어 보이며 자리에서 일어섰다. 그 말이 몹시 마음에 들었는지 경숙은 제법 자비로운 웃음을 띠고,

"그래? 이제부턴 정말 팔 걷고 나서야겠구나. 그럼 오늘 저녁은 내가 한 말 잊지 말구…… 내일은 아침 몇시쯤 나올래?"

"글쎄요, 하여간 아침에 되도록 일찍 전화할게요."

"그래, 그럼 잘 가."

"안녕히 계세요."

작별인사를 하자마자 수정은, 조금이라도 더 있다간 자기의
생각을 들킬까봐, 도망치듯 약방 문을 나섰다. 사실 수정은 경숙
의 말을 전연 귀담아듣지 않고 있었다. 명훈에게 전화를 걸 때는
이미 하나의 집요한 생각이 그 여자의 머리를 누르고 있었다. 수
화기를 통하여 명훈의 음성을 듣고 나서는 그 생각은 더욱 부풀
어서 그 여자의 온몸을 채우고 있었다.

그 생각이란, 다만 사랑한다는 것만으로써는 상대편에게, 가
령 경숙이가 일러준 방법(현장을 습격하라는) 같은 걸 행사할
수 없다는 것, 그런 의미에서 사랑은 결코 권리가 아니라는 것,
그렇다, 사랑이 권리라고 하더라도 그 권리란 사랑하지 않아버
리는 데밖에는 쓸 수 없는 권리라는 것, 그렇지만 사랑을 권리로
변형시킬 수도 있으리라는 것, 그리고 그러기 위해서는……

수정은 오직 그 한 가지 생각에만 몰두한 채 광화문 지하도를
목표로 걸었다. 하나둘씩 덧문을 닫기 시작하는 상점들의 쇼윈
도에서 비쳐나온 불빛들이 그 여자의 얼굴을 명암투성이로 만들
었다.

광화문 지하도를 목적지로 하고 달리는 택시의 뒷좌석에 팔짱
을 끼고 앉아 있는 명훈의 머릿속 역시 자못 어수선했다.

오늘은 아무래도 뭔가 잘못된 것 같았다. 일상생활의 궤도에
서 생활의 바퀴 하나가 탈선한 듯 느껴지는 것이었다. 그것은 매

우 거북스럽고 불안하다.

어젯밤은 여관에서 잠을 잤고, 아니 여자와 잡담하며 밤을 꼴딱 새웠고, 그와 함께 밤을 새운 여자란 건 그의 아이를 사전에 알리지도 않고 수술해버린 괴짜. 회사에서는 처음으로 조퇴를 했고, 대낮부터 여관에 가서, 이 역시 처음 있는 일로 여자의 비위를 맞춰주느라 애썼고, 여자가 치료받느라고 병원 안에 들어가 있는 동안엔 골목 어귀에서 할 일 없는 건달처럼 호주머니에 손을 쑤셔박고 여자가 나올 때까지 우두커니 서 있었고, 그러다가 문득 생각나서 호주머니를 뒤져보니 걸레조각 같은 십원짜리 몇 장이 손에 집힐 뿐 여자와 저녁을 먹을 돈은커녕 담배 살 돈도 모자랄 것 같았다. 드디어 여자는 병원에서 나와 엄살인지 정말인지, 아랫도리가 몹시 쓰라리다는 표정으로 어기적어기적 다가왔고 그가 저녁 먹을 돈이 없다고 말하자 여자는 자기 핸드백을 말없이 손가락으로 가리켜 보였고 군대에 있을 때를 제외하곤 처음으로 여자 돈으로 저녁을 얻어먹었다. 그러자 몹시 자존심이 상했고, 자기 자신이 창녀를 등쳐먹고 산다는 깡패 기둥서방처럼 여겨지며 구역질이 났다. 그리고 여자가 돈을 가지고 있고 자기에겐 없다는 사실 때문에, 음식점에서 나와서부터는 기가 콱 죽었으며 여자가 오뉴월도 아닌데 어쩐지 갑자기 아이스크림이 먹고 싶다며 아이스크림 파는 과자점에 가자고 했을 때는 자신의 초라함을 더이상 견딜 수 없어 어리둥절해하는 그 여자에게 화난 표정으로 어서 택시에 오르라고 하여 쫓다시피 보내버리고 자기는 좌석버스를 타고 집으로 돌아왔다. 집에 와보니 이건 또 천만뜻밖의 일로, 수정이가 기다리다가 갔단다. 회사에 갔더니 아파서 조퇴했다기에 병문안하러 왔더라고? 숨기고 있는 것이 폭로되고 만 듯 당황해졌다. 사실은 친한 친구의 결혼식이 있었는데 식이 끝나도 그뒤에 피로연이니 뭐니 해서 회사에 들어가질 것 같잖아서 아프다는 핑계로 조퇴를 했던 것이라고 그럴듯한 변명을 생각해내가지고 수정의 집에 전화를 걸었더니 수정은 아직 들어오지 않았다는 것이고 그 여자의 어머니가 대신 받아, 내일 시간 좀 내줄 수 있겠느냐는 것이었다. 너무 피곤하고 졸려서 세수도 하지 않고 자리에 들려는데 이번엔 수정으로부터 지금 당장 만나자는 전화다. 물어보니 아직 집에 들어가지 않았다는 것이고, 평소에 남자의 집으로 전화를 할 만큼 대담스런 여자가 아니란 걸 생각하면 보통 일이 아닌 모양. 도둑이 제 발 저리는 식으로 문득 마음에 짚이는 것은, 역시 종숙이에 대하여 낌새를 챈 거야. 그렇지 않고서야 엊저녁부터 전엔 하지 않던 태도로 나올 리가 없잖으냐 말야.

　요컨대 그는 오늘 하루는 자기의 하루가 아닌 듯한 느낌이었다. 무슨 귀신이라도 씌어 생활의 궤도 밖으로 추락해 있었던 것만 같았다. 이건 그가 바라는 건 아니었다. 이런 식의 과격한 모험은 그에게는 감당해내기 힘든 것이다. 모험이라고 하더라도 한 발은 일상생활의 궤도 위에 올려놓고 다른 한 발만 슬쩍 궤도 밖의 그 소란스런 허공 속으로 내밀어보는 정도까지만 바라고 있는 것이다. 온몸을 던진다는 것은 생각만도 끔찍하다. 그러므로 가령 그로서 가장 이해하기 힘든 인간을 말하라면 소설『춘희椿姬』의 주인공 사내녀석을 서슴지 않고 가리키고 싶다. 소설이니까 다행이지 실제로 한 사내가 병든 갈보를 사랑하여 그 혼란스런 사랑을 자기의 전 생활로 알고 살아가는 것이라면 상상만 해도 이만저만 답답해지지 않을 수 없다.

그런데 오늘만 가지고 얘기하면 바로 자기가 그 얼빠진 녀석과 비슷해 보이는 것이었다. 하루 종일 여자와 함께 있었고 지금 또 이토록 늦은 시간에 피곤해 쓰러질 것 같은 몸을 끌고 여자를 만나러 가는 것이다. 난 도대체 어쩌자고 이러는 것일까? 그는 짜증이 나서 견딜 수 없었다.

약속장소에 먼저 도착한 사람은 수정이었다. 명훈은 그 여자보다 오 분쯤 늦게 도착했다.

수정은 좌우를 두리번거리며 다가오고 있는 명훈을 발견하자 준비했던 표정을 지었다. 그것은 무척 반갑다는 듯 미소짓는 것인데 생각만큼 잘 되지 않았다. 어쨌든 어색하지 않을 만큼은 미소를 짓고 수정은 명훈을 향하여 약간 뛰는 걸음으로 다가갔다.

"여기예요."

"오!"

"놀라셨죠? 갑자기 나오시라구 해서……"

"놀랐어."

말하면서 명훈은 빠른 눈초리로 수정의 얼굴을 살폈다. 그러

나 예상과는 다르게 수정의 표정이 한껏 밝은 걸 발견하고 그는
얼떨떨해졌다.

"죄송해요, 나오시라구 해서."

"천만에. 난 이젠 영 얼굴도 못 보나 하고 걱정하구 있었는데
집엘 다 찾아와주구 또 이렇게 만나주기도 하구, 꿈 같은데."

"어젯밤엔 미안했어요. 제가 괜히 심술부렸나봐요."

"부렸나봐요라니? 그럼 부리지 않았단 말씀인가? 정말, 말이
나왔으니 말이지만, 어제 왜 그랬지? 난 민망해서 혼났어."

"미안해요, 용서하세요."

그러면서 수정은 장난스럽게 고개를 꾸벅 숙여 보였다.

명훈은 정말 얼떨떨해졌다. 그가 알고 있는 수정은 이런 식으
로 명랑한 여자가 아니었다. 물론 수정이 평소에 괜히 심각하거
나 우울한 표정을 짓고 있었다는 건 아니다. 명랑하지 않다고
할 수는 없지만, 그러나 그 여자의 명랑은 자라나면서 별로 부
족한 게 없었던 숫처녀들이라면 누구나 그런 만큼의 명랑이었
지 가령 선천적으로 유난히 명랑한 성격이라거나 또는 속이 병
들었기 때문에 겉으로 명랑을 어거지로 꾸민 그런 명랑이 아니
었던 것이다.

그런데 오늘 밤, 그 여자가 보여주고 있는 명랑은 어딘지 꾸
밈새가 엿보이는 것이다. 명훈은 잠시 동안 얼떨떨한 눈으로 수
정을 내려다보았다. 그러나 곧, 하기야 어제 저녁, 그렇게 헤어
졌으니 아무 일 없었던 것처럼 시치미 뚝 뗀 표정으로야 만날

212

수는 없는 것이겠지, 하고 생각했다. 그렇다고 생각하니, 어색해야 할 만남을 이렇게 명랑한 표정으로 장식할 줄 아는 수정의 교양과 여성다움이 사랑스러워졌다. 피곤조차 스르르 풀리는 것 같았다.

"용서는 천천히 받기루 하고 가만있자, 요 근처에 다방이 어디 있더라?"

"다방보다두요, 우리 좀 걷지 않으시겠어요?"

"그럴까? 하긴 벌써 열한시 다 됐는데 다방도 문 닫았을 거구……"

말하다가 문득 생각난 듯,

"아아니, 집엔 어떻게 들어가려구?"

"집엔 연락했어요. 좀 늦을 거라구요."

"아냐, 조금 지나면 차가 없어질 텐데?"

명훈은 진심으로 걱정이 됐다. 여기 올 때까지도 미처 생각 못하고 있었는데 지금 깨닫고 보니 수정은 아무래도 이상한 시간에 약속을 한 것이었다. 팔목시계를 보니 벌써 열한시 십 분 전.

"나한테 특별히 할 얘기가 있어?"

"아아니요, 별루. 그냥 좀 걷구 싶어서요."

"그럼……"

잠깐 생각하고 나서,

"이렇게 하기로 하자구. 내일 오래오래 걷기루 하구 오늘은 저기 차 타는 데까지만……"

"싫어요."

"우리 아가씨께서 바람이 나신 모양인데, 하지만 너무 늦었어요."

"……"

"자!"

명훈은 수정의 팔을 잡았다. 그 순간 수정은 갑자기 몸을 돌이키며 고개를 푹 숙이고,

"저 오늘 집에 안 들어갈래요."

잠긴 음성으로 그러나 또박또박 말했다.

'오늘 밤 집에 들어가지 않겠다'는 수정의 말이 도대체 무엇을 뜻하는지, 명훈은 당황하지 않을 수 없었다. 똑같은 말이라도 하는 사람에 따라 그 말이 가리키는 내용은 각각 다른 것이다. 가령 종숙이가 그런 말을 했다면 그건 가령, 오늘 밤엔 여관에서나 함께 지내자는 뜻이 된다. 그러나, 설마, 수정이는 그런 뜻으로 한 게 아니리라.

명훈이가 알고 있는 한, 수정이란 여자란 그처럼 대담무쌍한 말을 할 수 있는 여자가 아닌 것이다.

"무슨 일이 있었나?"

명훈은 어리벙벙한 시선으로 수정을 훑어보며 말했다. 고개를 푹 숙이고 있는 수정은 무의식적인 손놀림으로 옷깃만 자꾸 만지작거릴 뿐, 대답이 없었다.

"집에서 무슨 일이 있었어? 집에 들어갈 수 없는……"

"······아아니요."

"그럼? ······왜 집에 안 들어가겠다는 거지?"

"······"

"하, 나 참! 아니 도대체 안 들어가겠다는 말이 무슨 뜻야?"

명훈은 헛웃음을 치며 한 발짝 다가섰다. 그러자 수정은 문득 고개를 쳐들고 명훈의 눈을 응시했다. 수정의 얼굴이 사나워 보일 만큼 팽팽하게 긴장해 있고 눈에는 눈물조차 글썽해 있는 걸 발견하고 명훈은 아연해졌다. 아니 그렇다면······!

잠시 동안 두 사람은 이상한 긴장 속에서 서로의 눈을 응시하고 있었다.

그 동안도 명훈의 머릿속에선 풀 수 없는 의문이 쉴새없이 폭발하고 있었다. 왜 이럴까? 그런 여자였던가? 처녀란 이런 것인가? 무슨 계산이 있어선가? 그냥 충동적인 것인가? 난 어떻게 해야 하지? 물론 집으로 들여보내야지. 그러나 만약 이것이 수정으로서는 어떤 결정적인 판단을 얻기 위하여 던져보는 주사위라면? 결정적인 판단이라니? 아니, 도대체 주사위의 어느 면이 나오기를 수정은 원하고 있는 것일까? 들여보내야 하는 것인가? 보내지 말아야 하는 것인가?

명훈은 자기가 함정에 빠졌다는 것을 느꼈다. 어떤 판단도 서지 않았다. 통금이 가까운 시간을 달리는 자동차들의 난폭한 소리들만 견딜 수 없도록 시끄럽게 들려올 뿐이었다.

"하여튼 좀 걷자구······"

명훈은 덥석 수정의 팔을 한 손으로 쥐고 지하도의 계단을 내려가기 시작했다. 수정의 힘이 빠져나간 몸은 명훈의 손이 끄는 대로 약간 휘청거리며 따라가고 있었다.

계단을 내려가면서 명훈은 생각을 가다듬는 데 도움이 될까 하여 수정의 표정을 잠깐 곁눈질해 봤다. 수정은 목덜미까지 달아올라 있었고 진땀조차 얼굴에 내배어 있었다. 이건 벌써부터 몸을 맡겨버리고 있군! 그렇게 생각하는 명훈은 그러나 아직 필요한 판단은 서지 않았다. 어떻게 해야 옳게 대답하는 것일까?

그런 식으로 두 사람은 상공부 앞까지 왔다. 그곳엔 불광동으로 가는 택시들이 합승 손님을 부르고 있었다. 명훈은 거의 충동적으로 수정을 어느 택시 쪽으로 끌고 가고 있었다. 그러다가 명훈은 문득 걸음을 멈추고 수정을 돌아봤다. 수정이, 가볍게나마, 끌려가지 않기 위해서 버티고 있었던 것이다. 그리고 명훈은 수정의 울상짓고 있는 표정을 볼 수 있었다. 그렇다면…… 이제야 그는 약간의 판단을 얻을 수 있었다. 그러나 좀더 확인해보기 위해서 그는,

"하여튼 차는 타자구. 가면서 얘기해……"

"걷자구 하잖았어요!"

뜻밖에도 수정은 날카롭게 내쏘았다. 그러나 다음 순간 그 여자 자신도 자신의 음성에 놀라 황급히 입을 다물며 시선을 떨구었다.

"도대체 나더러 어쩌라는 거야? 집엘 안 가겠다면 그럼 어딜

가자는 거지? 이거 정말…… 나 지금 굉장히 피곤하다구."

명훈은 자신도 모르게 치밀어오르는 짜증을 감추지 못하고 따지듯이 말했다. 정말이지 자신도 알 수 없는 짜증이었다. 무엇에 대한 짜증인가. 이런 음성으로 말해서는 안 된다고 생각했을 때는 이미 늦었다. 수정은 또박또박 포도를 울리며 택시를 향하여 걸어가고 있었다. 명훈은 잠깐 멍해진 시선으로 우두커니 선 채 수정의 뒷모습을 보고 있었다. 난 이대로 가만히 서 있기만 하면 돼. 그럼 수정은 집으로 들어가는 거야, 하는 생각이 든다. 그러나 곧, 집에 들여보낼 때는 보내더라도 이런 식으로 보내선 안 돼, 하는 생각이 든다. 명훈은 뛰어갔다. 그리고 차에 오르고 있는 수정을 끌어내렸다. 그리고 약간 앙탈하는 그 여자의 어깨를 끌어안다시피 하고 그 자리를 떠났다. 두 사람은 묵묵히 중앙청 방향으로 걷기 시작했다. 명훈은 무슨 얘기를 어떻게 꺼내야 좋을지 몰랐다. 그런데 수정이 바싹 마른 음성으로,

"울 엄마한테 잘 보이고 싶어서 그러시는 거예요?"

"무슨 말을 하고 있는 거야?"

"……"

"내가 어제 키스하려구 했기 때문이야? 어제 거절한 게 미안해서 오늘은 승낙하려구 그러는 건가!"

"……"

"어젠 정말 미안했어. 폭력을 쓸 뻔하구…… 더구나 사무실 같은 장소에서…… 어젠, 수정이가 화를 내준 게 참 다행이었

어. 진심으로 그렇게 생각하구 사과해…… 어젯밤, 집에 들어가자마자 편지를 썼지, 미안하다는, 용서해달라는…… 그런데 아침에 다시 읽어보니 뭔가 덜 표현된 거 같아서 부치진 못했지."

편지 얘기는 물론 거짓말이었다.

"어젠 정말 내가 나빴어. 결혼 때까지 참을 수 있는 건데. 사실, 아끼구 싶구……"

이건 정말이었다.

"그런데…… 어제는 그랬던 수정이가 오늘은…… 그러니 나로서는 당황할 수밖에 없잖아…… 털어놓고 말하자면, 수정이 어머님께도 죄송하구……"

"어제 제가 왜 그랬는지, 정말 모르세요?"

"왜 그러다니……"

"괜찮아요. 이젠 뭐…… 아무렇지 않게 생각하구 있으니까…… 괜찮아요."

"괜찮다니, 뭐가……"

"……여자 말예요, 다른 여자……"

"다른 여자?"

명훈은 영문 모를 소리라는 듯 걸음을 멈추며 반문했다. 그러나 수정은 살그머니 명훈의 소매를 쥐고 걸음을 계속 옮겼다. 명훈은 할 수 없이 따라 걸을 수밖에 없었다. 수정은 침착하려고 애쓰는 음성으로 말을 계속하고 있었다.

"말하지 않으려구 했지만, 어제 제가 화난 이유를 정말 모르시구 계시는 것 같아서…… 모르시는 분한테 자꾸 그러는 것도 죄스러워서 그만 말이 나와버렸군요."

"……"

명훈은 할말이 없었다. 말하고 있는 품으로 보면 수정은 모든 걸 알고 있다는 투다. 수정이 어느 정도 알고 있는지 좀더 자세해진 다음에 입을 열 수밖에 없다.

수정은 계속해서,

"어쨌든 이젠 아무렇지 않아요. 어젠 정말 어떻게 해야 좋을지 몰라서……"

"……도대체 다른 여자라니 누구 얘길 하는 거지? …… 난 여자가 너무 많아서……"

명훈은 비꼬듯 말했다. 그러는 명훈을 수정은 조용히 올려다보며 걸음을 멈추었다. 이윽고,

"물론, 제가 명훈씨한테 이렇게 해주시라느니 저렇게 해주시라느니 말씀드릴 권리는 없는 줄 잘 알구 있어요. 그렇지만……"

목이 메어서 더 말을 잇지 못하는데 명훈은,

"좀더 분명히 얘기해줬으면 좋겠는데…… 수정인, 아마 어디서, 내가 과거에 사귀던 여자에 대한 얘길 들은 모양인데."

"……"

"난, 오해받는 건 정말 질색이야. 난 뭐든지 분명하지 않으면 견디기 힘들어. 원래 그런 성미지만 더구나 군에서 장교생활을

했기 때문에 더 그런가봐. 회사에서두 그런 성미 때문에 가끔 다른 직원들과 다투지만…… 자아, 분명히만 얘기해줘, 도대체 무슨 얘길 들었는지. 그럼 나두 분명하게, 정직하게 대답할 테니까."

"……저두…… 명훈씨가 분명하신 성격이라는 건 알구 있어요. 제 엄마께서도 늘 말씀……"

"아냐, 내 성격 얘기가 아니라 수정이가 알고 있다는 얘길 해달란 말야."

"아녜요, 정말 아무렇지 않아요."

"글쎄, 아무렇지 않다구만 할 게 아니라……"

"그보다두…… 저, 오늘 집에 들어가지 않아두 돼요?"

명훈은 잠시 동안 입을 꾹 다물고 수정을 내려다보았다. 어차피 오늘은 처음부터 이상한 날이었다고 그는 생각했다. 그리고 지금 일을 그르치면 수정과는 영영 남이 되고 마는 것이라는 느낌에 사로잡혔다. 그는 지금처럼 수정을 사랑해본 적이 일찍이 없었고 지금처럼 종숙을 미워해본 적이 없었던 것 같았다. 그는 수정에게 고개를 끄덕여 보였다.

"그럼…… 저, 전화 좀 잠깐 하구 오겠어요. 집에다가……"

"뭐라고 하지?"

"제가 알아서 하겠어요."

말하고 나서 수정은 핸드백을 열고 동전을 찾으며 근처 공중전화부스 쪽으로 갔다.

전화를 걸고 있는 수정의 옆모습을 지켜보고 서 있는 명훈은 으스스 떨려옴을 막아낼 길 없었다. 밤의 낮은 기온 때문이 아니라, 아직은 형체를 분명히 알 수 없는 어떤 공포 때문이었다. 수정이란 여자가 어쩌면 자기로서는 감당해내기 힘든 여자일지도 모른다는 생각. 아마 자기는 분명한 걸 좋아하는 성미라고 주장했지만 자기보다 더욱 분명한 걸 좋아하는 성미의 소유자야말로 수정일지도 모른다는 생각. 너무나 너무나 결백한 여자라는 생각. 저 여자는 바야흐로 아마도 틀림없이 저 여자로서는 가장 경멸할 만한 남자를 남편으로 맞으려 하고 있다는 생각. 오늘 밤, 나는 결코 저 여자를 품에 안지 않으리라는 결심. 아니, 반대로 내가 해줄 수 있는 모든 애무를 다하여 저 사기그릇 같은 여자에게 육체의 세계를 눈뜨게 해주고 그럼으로써 내일 이후에는 오늘 밤 자기 편에서 먼저 권유했던 일이 지니고 있는 의미가 얼마나 컸던가를 깨닫고 놀라게 해주자는 생각. 등등이 얽혀서 명훈의 가슴속을 어지럽게 돌고 있었다.

　수정이 통화하고 있는 상대는 동생 수란이었다. 어머니한테는 아무래도 할말이 없어서 식모 순이에게 수란이를 바꾸라고 한 것이다. 수정은 화끈거리는 볼을 한 손으로 누른 채 더듬거리며 설명하고 있었다.

　"나 말야…… 오늘 저녁에…… 집에 안 들어가……"

　"뭐라구? 지금 어디서 전화하는 거니?"

　수란으로서는 기절할 만큼 놀라운 일인 것이다. 아니, 집안 식구 누구에게나 마찬가지일 거다. 수란은 가끔 학교에서 과외활동 합숙 때문에 밤에 집에 오지 못한 일이 있었지만 수정이가 밖에서 잠을 잔다는 건 금시초문인 것이다.

"여기, 공중전화……"

"혼자니?"

"아니."

"김성원이하구?"

한껏 죽인 음성으로 수란은 물었다. 아마 안방에 계실 엄마에게 들리지 않도록 하기 위함에서이리라.

"응, 나 말야…… 얘기할 게 있어서……"

"무슨 얘긴진 난 충분히 알겠는데 말야, 그치만 내일 벌어질 일을 생각하니 눈앞이 노래진다아."

"난 각오했어. 책임은 나한테 있는 거야. 넌, 이젠 내가 하는 일은 내가 책임져도 된다구 생각하지 않니……"

"난 몰라. 내가 무슨 말을 너한테 할 수 있겠니? 하여튼 엄마한테는 얘기 잘할게, 내일 일찍 들어와. 전화 끊어."

저쪽에서 수화기 놓는 소리가 들렸다. 수정은 한동안 그대로 수화기를 귀에 댄 채였다. 갑자기 참을 수 없는 눈물이 볼을 타고 굴러내리기 시작했다. 자기가 오늘 밤 하려 했던 일이 무엇이었던지조차 갑자기 잊어버렸다. 하려고 했던 일의 의미는 더구나 행방이 묘연했다. 왜 나는 여기 서 있는 것일까? 왜 나는 울고 있는 것일까? 그 여자는 느릿느릿 수화기를 걸어놓고 한 손으로 눈을 가리고 소리없이 울었다.

"아아니, 울고 있잖아?"

명훈의 손이 다가와 수정을 돌려세웠다.

"역시 집에 들어가야 하는 거지?"

"아녜요."

수정은 한 손으로 얼굴을 가린 채 세차게 머리를 흔들어 명훈의 말을 부정했다. 그러는 수정이 명훈은 처음으로 연약해 보였다.

내 아내가 울고 있구나, 하고 명훈은 입 속으로 중얼거렸다. 그리고 앞으로 살아가면서 얼마나 여러 번 이 여자의 눈물을 보게 될까 하고 생각했다. 그러자 이 여자와 자기 자신에 대하여 뭔가 자신 같은 게 마음의 밑바닥에서 피어올랐다.

"자아, 울지 말구 걷자구. 나 오늘 밤에 다 털어놓을게. 나의 과거 말야. 내 얘길 다 듣구 나서 나한테 수정의 의견을 말해주면 고맙겠어."

수정에게 자기의 과거 여자관계를 모조리 털어놓겠다는 명훈의 말은, 적어도 이 순간만은 거짓이 아니었다.

과거를 털어놓음으로써 수정과의 관계에 어떤 이득이 오는지 또는 손해가 오는지, 그런 효과에 대해서는 전연 생각하고 싶지 않았다. 다만, 수정이 원하는 것이라면 무엇이든지 해주고 싶다는 그런 충동으로써 그는 얘기하려는 것이었다. 가령 수정이 자기를 반죽음되도록 때려달라고 하면, 수정이 그것을 원하고 있다는 것 외엔 다른 아무런 이유 없이 그는 수정을 때릴 것이다.

그만큼, 이 순간의 명훈은 수정에게 충실해 있었다.

명훈은 한쪽 팔로 수정의 어깨를 감싸안고 광화문 지하도 쪽으로 되돌아 걷기 시작했다. 그리고 현실적인 생각으로 그는 머리를 돌렸다. 어디로 가야 할까?

지금 그의 호주머니 속에는 삼백여원밖에 없었다. 수정의 전화를 받고 나오면서 그는 이렇게 되리라고는 상상도 할 수 없었던 만큼 겨우 찻값과 택시비 정도밖에 가지고 나오지 않았던 것이다. 아무리 싸구려 여관이라도 이 돈으로써는 안 된다. 그러나 시계가 있잖은가? 또는 증명서를 맡겨도 되겠지.

그렇지만 돈이 문제가 아니었다. 그는 여관이란 곳을 잘 알고 있었다. 그 퀴퀴한 냄새, 때묻은 이불, 옆방에서 들려오는 소리…… 그가 종숙이와 또는 그 이전의 여자들과 자주 이용한 곳은 그런 곳이었다. 오늘 낮에만 하더라도 그런 곳에서 그는 종숙이와 지냈던 것이다. 그렇지만 지금 그는 수정을 그런 곳, 그런 구질구질한 곳으로 데리고 가고 싶지 않았다.

여관이라고 해서 물론 모두 구질구질한 것은 아니다. 아무래도 값싼 곳이 구질구질할 뿐이다. 그러고 보면 그가 그 동안 그 여자들을 값싼 여관으로 데려갔던 이유는 반드시 돈이 없었기 때문이라기보다 그 여자들에게 돈을 들이고 싶지 않았기 때문은 아닐까. 바꾸어 말하면 그 여자들과의 관계를 그는 의식적이든 무의식적이든 싸구려로 생각하고 있었던 게 아닐까?

어쨌든 그는 수정을 오늘 밤 과거의 여자들과 마찬가지로 취급하고 싶지 않았다. 호주머니에 지금 돈이 없다는 건 기정사실이다. 어차피 후불(後拂)인 바에야 최고급 호텔로 가자. 그렇게 작정한 명훈은,

"동전 가진 거 있어?"

"네?"

"오 원짜리 동전. 전화할 데가 있어서……"

"네."

수정은 핸드백을 열고 동전을 네 개나 꺼내주었다.

"무슨 동전이 그렇게 많지……"

"전화할 때 쓰라구요, 엄마가……"

"하여튼 세밀하신 분야. 전화 좀 하구 올 테니까 잠깐 기다려."

그는 공중전화부스로 가서 전화번호책을 뒤져, 거기서 가장 가까운 거리에 있는 호텔을 찾았다. 전화를 걸어보니 빈방이 있다는 것이었다.

수정은, 호텔까지 오는 동안 거의 넋이 빠진 상태였다. 주위의 모든 것이, 그리고 지금 일어나고 있는 일이, 그리고 자기 자신의 존재조차 비현실적으로 느껴졌다. 진짜 자기는 지금 집에서 식구들과 오순도순 얘기하고 있는데 빈 껍데기의 자기, 가짜 자기, 어쩌면 딴 여자가 명훈의 팔에 매달려 호텔까지 온 거라는 느낌이었다. 이것은 어쩌면 그 여자가 내심 바라고 있는 것인지도 모른다. 즉 두 개의 자기가 있어서 하나는 집에 들어가고 다른 하나가 명훈을 따라온 것이라면 얼마나 좋으랴!

방을 안내해준 보이가 물러가고, 두 사람만 조용한 방 안에 남고 보니 명훈은 새삼스럽게 기이한 느낌에 빠졌다. 여자로부터 외박하자는 얘기를 들어보기는 처음이다. 더구나 그 여자란 게, 순진하기 짝이 없는 수정이다! 그렇기 때문에 그는 지금부터 어떻게 해야 좋을지 알 수 없었다. 물론 수정이 쪽에서는 어떤 각오가 돼 있다는 것은 알고 있다. 그러나 그 점에서는 자기는 아직 각오가 돼 있지 않은 것이다. 자기가 각오한 것은 수정에게 자기의 과거를 털어놓자는 것이다. 문득 명훈은 중대한 사실을 깨달았다.

어쩌면 수정은, 나로부터 과거의 여자관계에 대한 고백을 기대할 수 없다는 걸 알고 자기 몸을 내게 허락함으로써 그 고백을 듣는 걸로 대신하고 싶어했던 게 아닐까? 이 여자에게서 '몸을 허락한다'는 것은 단순히 육체적인 관능을 추구하는 행위가 결코 아니라 일종의 사랑의 확인으로서 그 확인에 의하여 남자에 대한 모든 불신을 씻으려고 하는 것이며 결혼에 대한 결심을 굳히려고 하는 것이며 나에게 과거와 같은 생활방식을 씻어주기를 요구하려는 게 아닐까? 그렇게 생각하고 보니, 그는 수정의 어제와 오늘 사이의 변덕, 그리고 그 저돌적인 제안의 의미가 설명되는 것 같았다.

만약 자기의 생각이 사실이라면, 이 여자에게는 육체관계나 자기의 고백, 둘 중 어느 것 하나만 있으면 충분한 게 아닐까? 그리고 반드시 있어야 한다면 그건 육체관계 쪽이 아닐까? 왜냐하면 육체관계 속에는 이 여자 나름의 생산적인 결의가 포함되어 있는 것이지만 자기의 고백에 대해서는 이 여자는 무방비상태인 것이다. 자기는 고백을 한다는 사실 자체를 통해서 이 여자가 자기의 사랑을 알아주기를 바라지만 그러나 정작 그 여자가 듣는 것은 고백의 지저분한 내용인 것이다.

이 여자로서는 오히려, 심하게 생각하면, 남자가 자기를 사랑하지 않기 때문에 그처럼 엉망진창인 과거를 뻔뻔스럽게도 고백한 거라고 생각할지도 모른다. 그리고 그런 생각의 다음에 오는 행동은 보나마나 뻔한 게 아니냐.

말하자면 육체관계나 자기의 고백, 그 두 가지가 수정에게 차지하는 비중은 마찬가지인데 하나는 생산적인 것이고 하나는 파괴적인 것이라는 점에서 의미가 달라진다. 그렇게 생각하는 명훈은, 만일 둘 중 하나를 선택해야 한다면 그것은 물론 생산적인 거라야지, 하고 자신에게 말하는 것이었다. 그러나 아직은 확신할 수 없는 생각에 불과하다.

수정은 명훈이가 끄는 대로 의자에 앉았지만 그러고 난 후로는 명훈이 쪽에서 한마디 말도 걸어오지 않는 것에 이상한 중압감을 느끼고 있었다. 마치 이제부터 명훈으로부터 야단이라도 맞기로 되어 있는 듯한 느낌이었다. 불안을 삭이느라고 보고 있던 벽지의 무늬에서 눈을 돌려 돌아보니 명훈은 손을 바바리코트 호주머니에 찌른 채 침대가에 걸터앉아 방바닥만 멍하니 보고 있다. 그 모습이 수정의 눈에는 몹시 피로해 보였고 맘에 들었다. 밤이 새도록 명훈이 그런 자세로 있어주었으면 좋겠다는 느낌이 들었다.

수정의 시선을 느끼고 명훈은 고개를 돌려 수정을 바라봤다. 수정은 얼른 눈을 내리깔았다. 잠시 후에 눈을 들어보니 명훈은 아직도 수정을 보고 있었다. 수정이 다시 눈길을 피하는데 명훈이 조용히 자리에서 일어나 다가왔다. 그리고 수정의 손을 잡고 일으켜세웠다.

"너무 긴장하고 있는 거 같군. 아무 일도 없을 텐데. 너무 불안해하지 말아요. 어머님한테는 나도 내일 이해하실 수 있도록 잘 말씀드릴게."

"불안하지 않아요."

"그렇지만 이렇게 떨고 있잖아?"

"……"

"그리구 말야…… 솔직히 말하면, 난 지금 수정이와 어떻게 밤을 지내야 좋을지 모르겠어. 물론 아까 약속한 거 말야, 내가 과거에 사귀던 여자……에 대해서 털어놓고 얘기하겠다던 건 말이지, 그 약속은 지키겠어. 그렇지만, 그 얘긴데 말이지, 그 얘긴 내일 하면 안 될까? 긴 얘기를 하기엔 너무 피곤해서 그러는 거야. 어젯밤 잠을 못 잤어. 그러구 오늘은 친구 결혼식 때문에 거의 하루 종일 뛰어다녔고……"

친구 결혼식이라구…… 하고 수정은 속으로 중얼거렸다. 그가 거짓말을 하고 있다고 생각하자 뜨거운 것이 가슴 밑에서 울

컥 치밀었다. 수정은 자신도 모르게 명훈의 가슴에 고개를 파묻
으며 울음을 터뜨렸다. 그리고,

"제발 거짓말은 하지 말아주세요. 아무려면 어때요. 그치만 거
짓말은 하지 말아주세요. 제가 왜 거짓말을 들어야 해요, 네? 저
한테 거짓말하실 이유가 없잖아요? 너 같은 것, 아무것도 아니
라구 한마디만 하시면 되잖아요? 그러시면 될 거 아네요. 그런
데 거짓말은 왜 하세요? 명훈씨를 좋아하고 있어요. 정말예요.
그치만 거짓말은 싫어요. 전 알고 있어요. 종숙이라는 여자분하
구, 오늘, 함께 계셨다는 거 알구 있어요. 질투하는 게 아네요.
전 아직 질투할 자격이 없다는 것두 알구 있어요. 그러니까 질투
하는 게 아네요. 그냥, 그냥…… 거짓말만 안 해주시면 돼요. 전
명훈씨가 좋으니까 이렇게 따라다니는 거예요. 그치만 명훈씨는
제가 싫으시면 한마디만 하시면 되는 거예요. 그런데 자꾸 거짓
말만 하시구……"

그런 뜻의 말을 거침없이 털어놓고 난 수정은 명훈의 가슴을
떠나 침대로 달려가 쓰러져서 미친 듯 울었다.

이 돌발적인 사태에 명훈은 완전히 기가 죽어버렸다. 아, 그랬
던가? 종숙이와의 관계를 알고 있었구나. 더구나 불과 몇 시간
전 그 여자와 함께 있었다는 사실까지도. 그렇지만 어떻게 수정
이가 그런 걸 알고 있단 말인가? 아니, 그거야 우연이라도 알 수
있는 것이겠지. 그보다도, 그런 걸 빤히 알고 있는 수정이 앞에
서 정말 나는 낯두꺼운 거짓말을 하고 있었지. 하지만 설마 수정

이가 그런 거까지 알고 있는 줄이야 짐작이라도 했어야 말이지. 정직하게 말하자면, 수정에게 과거를 고백한다고 해도 오늘 종숙이와 있었던 일까지 그렇게 구체적인 점까지 고백할 생각은 아니었다. 그저, 여차여차해서 알게 되어 여차여차한 관계로 된 여자가 있었는데 이젠 헤어졌다는 정도로 얘기할 작정이었다. 혹시 수정이 쪽에서 그 여자들과의 육체관계 여부를 물어오면 그것만은 절대로 없었다고 대답하고 싶었다. 그런데……

명훈은 미친 듯 흐느끼고 있는 수정을 멍하니 내려다보았다. 무슨 말로써 이 여자를 달래야 좋을지 알 수 없었다. 무슨 말을 하든지 자기 입에서 나올 말은 모두 거짓말일 것 같아서 그는 말하기가 무서웠다. 가장 정직한 지금의 그로서는 침묵밖에 그 여자에게 할말이 없었다. 아니 하고 싶은 말이 있다면 그것은 용서해달라는 호소였다. 그리고 사랑하고 있다는 말이었다.

그는 서럽게 울고 있는 수정에게 다가가서 무릎을 꿇고 등을 껴안았다.

그리고 들먹거리고 있는 여자의 어깨에 이마를 댔다. 수정은 뿌리치는 대신 흐느낌 소리를 높였다. 오랫동안 그들은 그런 자세로 있었다.

얼마나 지났을까, 수정은 울음을 그치고 명훈을 가만히 밀어내며 일어섰다. 핸드백에서 손수건을 꺼내 눈물을 닦고,

"피곤하실 텐데 주무세요."

나직이 말하고 나서 의자에 앉았다.

수정은 하고 싶었던 말을 모두 해버리고 난 허탈감에 사로잡혀 있었다. 정말 더이상 하고 싶은 말이 없었다. 뿐만 아니라 명훈으로부터 듣고 싶은 말도 없었다. 어쩌면 자기는 명훈에게 "거짓말하지 말라"는 한마디를 하기 위해서 그 동안 그렇게 안달했던 것인지도 모른다는 생각이 들었다.

명훈은 천천히 몸을 일으켰다. 그리고 수정과 마주 보는 의자에 앉았다. 그리고 물었다.

"난 어떻게 하면 좋을까?"

이 물음은 명훈으로서는 수많은 호소를 담은 말이었다. 비단 수정과의 관계를 두고 하는 말이 아니었다. 이젠 어떻게 고쳐놓을 수 없는 자기의 과거를 미래 속에서 어떻게 처리해나갈 것인가를 자신에게 묻고 있는 말이기도 했다.

그가 말하고 있는 뜻은 수정에게도 전해졌다. 뿐만 아니라 이토록 자신 없는 모습을 일찍이 명훈에게서 보지 못한 그 여자에게는 일종의 놀라움과 함께 전해졌다. 마치 길을 잃은 어린애처럼, 명훈이 측은해 보이는 것이었다.

"주무세요, 피곤하실 텐데……"

"……"

명훈은 수정의 말을 듣지 못한 듯 고개만 떨구고 생각에 잠겨 있었다.

"주무세요. 제 걱정은 마시구……"

또 한번 수정은 말했다. '제 걱정은 마시구'라는 말 속에는

'당신을 용서하고 있다'는 뜻이 포함돼 있음을 수정 자신은 알고 있었다. 그렇다. 용서할 수밖에 없지 않느냐. 그가 내게 용서를 빌고 있는데……

"난…… 지금…… 무슨 말을 해야 좋을지 모르겠어……"

명훈이 띄엄띄엄 말했다.

"괜찮아요. 아무 말씀 안 하셔두……"

"그렇지만……"

"괜찮아요, 정말예요. 내일 말씀하세요……"

수정은 일어나서 명훈 곁으로 다가가 그의 옷깃을 살그머니 잡아 일으켜세웠다. 명훈은 자석에 끌리는 쇠붙이처럼 수정이 이끄는 대로 휘청거리며 일어섰다. 그러는 명훈이 수정에게는 완전히 자기의 소유인 듯한 느낌이 들었다.

"옷 벗으세요."

명훈은 수정이 권하는 대로 그때까지 입고 있던 바바리코트와 윗저고리를 한꺼번에 벗었다. 수정은 어떤 충족감에 떨리는 손으로 명훈의 옷을 받아 옷장에 걸었다. 그러고 나서 허수아비처럼 서 있는 명훈의 한쪽 손을 잡고 침대로 끌고 갔다.

"주무세요. 정말 제 걱정은 마시구……"

수정의 말이 미처 끝나기도 전에 명훈의 손이 천천히 올라와 수정의 머리를 조용히 감쌌다. 다음 순간, 누가 먼저였는지 모르게 두 사람의 뺨은 부딪쳐갔다.

수정의 몸은 마치 뜨거운 공기로써 부풀어오르고 있는 하나의 고무풍선이었다. 명훈의 억센 포옹 속에서 그것은 이리저리 흐느적거리고 있었다.

그 여자 자신도 여태까지 모르고 있었던, 그 여자의 내부 깊이 숨겨져 누군가에 의해서 점화되기를 기다리고 있던 심지에 마침내 불이 붙기 시작한 것이었다.

그 여자도 그걸 깨닫고 있었다. 자신의 내부에 불이 당겨지기를 기다리고 있던 심지가 있었다는 사실을. 그리고 이제 명훈에 의해서 불이 붙었다는 사실을. 그 깨달음은 적지 않게 그 여자를 당황하게 만들었다. 뭔지 아직 해결되지 않은 채, 가령 용서를 빌고 있는 거라고 해석되는 명훈의 침묵 외에는 명훈으로부터 아직 아무런 고백도, 아무런 사죄의 말도, 아무런 약속도 받음이 없이, 다시 말해서 아직은 너무 이르게 심지에 불이 붙어버린 듯한 느낌 때문에 그 여자는 당황하지 않을 수 없었다.

사실, 그 여자는, 오늘 밤 물론 굉장한 각오로써 명훈을 불러냈고 여기까지 데려왔지만(그 여자가 남자를 데리고 온 셈이 아니고 무엇인가!) 그러나 그 굉장한 것이 구체적으로 어떤 내용인지를 알고 있지는 못했기 때문에 지금 자기 육체의 내부에서 생기기 시작한 변화는 말하자면 전연 예상하지 못한 불청객이었다.

그래서 그 여자는 이 불청객을 몰아내기 위해서 잠시 동안 안간힘을 썼다. 그러나 이내 그 여자는, 자기가 불청객이라고 생각한 이 변화, 불꽃이 지니고 있는 순수하고 무척 강한 힘을 어렴풋이나마 깨달았으며 그리고 이것이 실은 자기가 오늘 밤 각오하고 있었던 일의 일부임도 깨달았다.

그 여자는, 아직은 너무 이른 게 아닌가 하는 당황감과, 그러나 그런 당황하고 있는 의식과는 관계없이 몸의 내부에서 넓게 넓게, 맹렬한 기세로 번져가고 있는 불길의 틈에서 쩔쩔매고 있었다. 그리고 마침내, 명훈의 고백이나 사죄나 약속을 기대하게 된 것은 아까 명훈을 만난 이후에 명훈의 의사에 의해 생긴 일일 뿐이지, 그보다 먼저, 자기의 확고한 결심 또는 계산에는 없었던 일이라는 것, 오히려 자기의 결심 또는 계산에 의하면 이 불길을 받아들여야 한다는 것을 상기하고 그 불길 속에 용감하게 자신을 던져버렸다.

남자의 입은 그 여자의 입과 빰과 목덜미를 집어삼키려 애쓰고 있었고 남자의 손은 여자의 등과 허리를 죄고 쓰다듬고 눌러대고 있었다. 여자는 미미하게 남아 있는 마지막 기운을 손끝에 집중시켜서 남자의 어깨에 간신히 매달려 있었다.

이제부터 무슨 일이 어떻게 일어날는지는 모르나 그러나 이것이 시작임을 그 여자는 느끼고 있었다. 그리고 가는 데까지 가보고 싶었다. 명훈과 함께라면, 아니 명훈과 함께니까. 그리고 그와 함께 도달한 지점, 두 사람이 함께 처음으로 발견한 지점을 새로운 출발점으로 삼고 우리는 새로운 길, 다른 사람과는 갈 수 없는, 오직 명훈과 함께만 갈 수 있는, 명훈 역시 수정 자기와 함께만 갈 수 있는 새로운 길을 자꾸자꾸 가리라. 두 사람 모두는 물론, 두 사람 중 어느 한 사람도 다시는 이 이전으로 돌아오지는 않으리라, 돌아와서는 안 되리라……

이제껏 서 있는 채였던 두 사람은 무겁고 느린 속도로 침대 위로 무너져갔다.

이윽고 남자의 손이 여자의 옷 밑에서 이리저리 느리지만 쉬는 법 없이 움직이기 시작했다. 움직이고 있는 손의 목적지가 분명해졌을 때, 여자는 자신도 모르게 몸을 움츠리며 눈을 떴다. 아무 장식 없는, 어두컴컴한 벽의 한 부분이 그 여자의 눈에 들어왔다. 그러나 곧 진땀이 내밴 명훈의 얼굴이 커다란 달처럼 벽을 가리며 그 여자의 얼굴 위로 덮쳐왔다. 수정은 다시 눈을 감았다.

"수정인 내 거야, 그렇지?"

명훈의 탁한 음성이 그 여자의 뺨을 향해 풍겨왔다. 그 여자는 고개를 끄덕임으로써 대답을 대신했다.

"난 수정이 거구, 그렇지?"

이번엔, 여자는 두 팔로 남자의 머리를 세차게 껴안음으로써 대답을 대신했다. 잠시 동안 움직임을 멈추고 있던 남자의 손은 그 움직임을 다시 계속했다……

이윽고 세계는 침묵의 가장 깊은 밑바닥에 누워 있었다. 움직이고 있는 것은 여자의, 자신도 까닭을 알 수 없는, 낮은 울음소리와 남자의 약간 가쁜 숨소리와 그리고 여자의 부드러운 머리칼을 쓰다듬고 있는 남자의 손이 내는 아주 작은 소리뿐이었다.

수정은 조금 전에 자기의 온몸을 거칠게 흔들어놓은 것이 무엇인지 알지 못했다. 그리고 지금부터는 어떻게 해야 좋을지 몰랐다. 그러나 그 여자는 명훈이가 무엇인가를 자기에게 주었을 뿐, 자기를 가져가지는 않았다는 것을 짐작했다.

그 짐작을 확인시켜주려는 듯,

"불안해하지 마. 우린 아무 일도 안 한 거야. 자, 눈 좀 떠봐."

명훈이 속삭였다.

수정은 눈을 뜨는 대신 얼굴을 시트에 좀더 깊이 처박았다. 그 여자는 명훈에게 말하고 싶었다. 왜 절 가지지 않았어요? 그것만으로도 당신이 저를 가진 거라구 생각해도 좋은지요? 얼마 후, 수정이 화장실에 가 있는 동안 와이셔츠와 바지를 벗고 속옷 차림으로 먼저 자리에 든 명훈은 담배를 피우며 생각에 잠겨 있었다.

그는 조금 전 자기가 수정에게 한 짓이 잘한 짓인지 잘못한 짓인지 지금으로서는 판단할 수 없다고 생각했다. 그리고 그것이 수정에게 어떤 영향을 미쳤는지도 알 수 없다고 생각했다.

그로서는, 그것은 전연 우연히 일어난 일이었다. 수정과 격렬하게 포옹했을 때만 해도 그 포옹을 그런 식으로 발전시킬 뜻은 전연 없었다. 죄인이 자기의 무거운 죄를 가장 뼈아프게 심판받고 있는 순간에 뜻밖에도 용서를 받은 느낌. 그 비슷한 감격으로써, 감사의 마음으로써 그는 수정을 포옹했던 것이었다. 그것은 마음의 거짓 없는 표현이었지 조금도 어떤 목적을 향한 수단의 일부가 아니었다. 그런데 그 포옹에 대한 수정의 반응은, 적어도 그가 보기에는 천만뜻밖이었다. 그는 자기의 포옹이 수정의 육체의 문의 자물쇠에 열쇠를 꽂은 결과가 되었다는 것을 알아차렸었다. 그러자 여러 여자를 상대하여 이젠 몸에 배고 만 그의 버릇이 갑자기 튀어나와 제멋대로 움직여간 것이었다.

그러나 최후의 순간에 그의 버릇은 무엇엔가 의해 꺾였다는 것을 그는 알고 있다. 무엇인가가 그를 향하여 외치고 있었다.

"이 여자를 아껴라, 함부로 건드려선 안 돼! 네가 이 여자에게서 정식으로 용서를 받기 전엔 안 돼! 네 죄가, 이제 와선 어쩔 수 없는 과거 속에서 완성돼버린 것들이라는 점 때문에 이 여자가 용서해주지 않을 경우를 생각해봐. 그렇게 되면 넌 깨끗이 이 여자로부터 물러나야 하는 거야. 그런데 그런 경우가 올지도 모르는 이 판국에서 네가 이 여자를 소유한다는 것은 새로운 죄를 하나 더 첨가하는 것밖에 되지 않는 수작이야. 아니, 그 정도가 아니지. 이 여자는 육체를 너에게 주었다는 이유만으로, 실은 너를 용서하지 못하면서도 너와 결혼할지 몰라. 그렇게 되면 정말 비극이지……"

그는 그의 해묵은 버릇, 그만큼 강력한 버릇, 그의 인생관과 사이좋게 동서(同棲)하고 있던 버릇을 꺾어버린 그 외침이 무엇의 입에서 통해졌던 것인가를 생각해보려 했다.

그 무엇, 그것은 어쩌면 수정에 대한 사랑이었을까? 아니면 수정의 전연 때묻지 않은 처녀성에 대한 존경심이었을까? 아니, 자기의 피로감이었을까? 아니면 수정의 어머니였을까? 아니, 수정의 어머니와 맞선으로서 상징될 수 있는, 수정이라는 여자가 등을 대고 있는 사회적 관습이었을까?

그래, 그럴지도 모른다. 그는 완전히 자기만의 것이라고 생각하는 사생활—대표적인 게 여자관계일 것이다—을 제외한 생활권, 가령 직장 같은 데서는 거의 나무랄 데 없는 청년이었다. 예의 바르고 셈이 깨끗하고 책임감도 강하고 약속을 잘 지키는 청년이었다. 그것은 그가 세상의 체면, 관습을 존중하는 사람이라는 말일 것이다. 그러나 일단 자기만의 문제를 앞에 대하면 그는 도덕·부도덕을 무시하는 이기주의자가 되고 마는 것이었다. 하기야 따지고 보면, 직장에서는 모범청년일 수 있는 것도 그 이기주의의 또다른 식의 표출에 의한 것인지 모른다.

어떻든 그는 수정의 육체를 과거에 다른 여자들의 그것에 대해서와는 다르게 단순한 하나의 여체로서 본 것이 아니라 하나의 사회로 본 것은 아닐까? 수정의 육체라는 문을 통하여 들어가면 그 안에서 그를 기다리고 있는 관능적인 쾌락만이 아니라 적지 않은 사람들, 예를 들면 수정의 어머니라든지 그 여자의 동생들이라든지 또는 수정과의 결혼을 자기에게 권한 자기의 부모들이라든지 하는 사람들로 이루어진 하나의 작은 사회라고 그는 판단한 것이 아닐까? 그러기 때문에 다른 여자들에 대해서는 그토록 무책임했던—왜냐하면 그 여자들과 명훈의 관계는 두 사람만이 알다가 끝날 수 있는 일 대 일의 비밀스런 관계였으니까—그도 수정의 육체 앞에서는 책임감을 느끼고 있는 게 아닐까?

하여간 그 정도로 그친 건 수정이나 나를 위해서 다행이었다고 그는 생각한다. 결혼식을 올리고 나서 여자의 처녀를 받는 것도 나쁜 일은 아니지. 아니, 그보다도 먼저 해야 할 일은 수정으로부터 "당신의 과거를 용서한다"는 말을 듣는 일이다. 만일 그 문제에 대한 깨끗한 해결을 얻지 않고 결혼한다면 우리는 불행한 짝이 될 게 틀림없다. 한편 만일 수정이가 나를 용서하지 않음으로써 우리의 결혼이 불가능해진다면? 아냐, 그런 일은 없을 거야. 나의 미래를 믿고 그 여자는 나의 과거를 용서해주겠지.

문득, 그는 수정을 철저히 믿고 있고 의지하고 있는 자기 자신을 발견하고 약간 놀랐다. 그리고 좀더 놀라운 것은, 자기의 미래에 대하여 자기는 수정에게 뭔가 약속하려 하고 있다는 사실을 발견한 것이었다. 그 놀라움들은, 그러나 그에게는 결코 불만스럽거나 불유쾌한 것들이 아니었다.

수정은 화장실에서 나와 명훈 곁으로 주춤주춤 돌아왔다. 명훈이 한 손을 내미니 수정은 그 손을 와락 부여잡고 거기에 뺨을 댔다.

"그만 잘까?"

명훈이 말했다.

"네, 주무세요."

"옷 벗구 들어와요."

"괜찮아요, 전……"

"들어와, 수정한테 들려줄 얘기가 있어."

"내일 얘기해주세요, 피곤하실 텐데 주무세요. 내일 회사에 출근하시려면……"

"괜찮아. 자, 눈 감고 있을게, 어서……"

명훈은 눈을 감았다.

수정은 원피스만 벗고 스티킹도 신은 채 살그머니 명훈의 곁으로 다가갔다. 다가오는 수정을 명훈은 자기의 가슴으로 받아 꼭 껴안았다.

명훈의 가슴에 얼굴이 묻힌 수정은 명훈의 심장이 규칙적으로 뛰고 있는 소리를 들을 수 있었다. 그 쿵쿵 울려오는 소리에 귀를 기울이고 있으려니 어쩐지 슬퍼졌다.

"심장 뛰는 소리가 들려요."

수정은 나지막하게 말했다.

"도청하고 있었군, 스파이처럼."

"네?"

"아냐, 농담이야. 난 지금 수정한테서 나는 비누 냄새를 맡고 있었어. 비누 냄새가 좋다는 걸 처음으로 알았어."

"저어……"

"응?"

"이런 말 묻는다구 화내시진 마세요."

"뭔데?"

"저어…… 그 여자도 이렇게……"

이렇게 당신의 품에 안겨 당신의 심장이 뛰는 소리를 들었느냐고 묻고 싶었으나 더 이상 말이 나오지 않았다.

그러나 수정이 묻고 있는 말을 명훈은 금방 알아차렸다. 그리고 당황했다. 뭐라고 대답해야 좋을지 얼른 판단이 서지 않았다. 물론 사실대로 대답해야 한다.

그러나 물음을 받고 대답한다는 것과 스스로 고백한다는 것 사이에는 미묘한 차이가 있는 법이다. 그래서 우선,

"그 여자라니? 종숙이란 여자 말야?"

"아녜요, 괜히 해본 말예요."

수정이 얼른 자기의 질문을 취소했다. 그 여자는 명훈이 대답을 망설이고 있는 걸 보고 그런 질문을 한 걸 후회했다. 아니 앞으로는 그 여자에 대해서 아무것도 묻고 싶지 않았다. 적어도 명훈의 심장이 자기와 이토록 가까이 있는 동안엔 현재와 그리고 가능하다면 미래만을 생각하고 싶었다. 앞으로 명훈이 자기만을 사랑해준다면 그 여자란 존재는 오직 자기의 질투 속에서만 살아 있을 것이다. 그 외의 어떤 곳에서도, 명훈으로부터도 그리고 자기로부터도 그 여자는 사라질 것이다. 그러므로 질투만 없앨 수 있다면 그 여자는 우리에게 아무것도 아닌 존재가 되어버릴 것이다. 질투를 없앨 수 없다면, 감춰버리기로 하자. 마음의 가장 깊은 창고 속에 가둬버리고 문을 몇 겹이고 꼭꼭 잠가두기로 하자. 그런데 그럴 수 있을까?

"저어……"

"응?"

"그 여자에 관해서, 정말 꼭 한 가지만 묻겠어요. 정말 이것으로 더이상 묻지 않겠어요."

"뭔데?"

"그 여자, 명훈씨를 사랑하고 있어요?"

"그렇지 않았을걸. 아냐 그랬을지도 몰라. 그보다두 말야……"

"전 그 여자가 명훈씨를 사랑하고 있으면 좋겠어요."

"왜?"

"제가 승리자가 되고 싶어서요."

정말이지 수정은 세상의 모든 여자가 다 미웠다. 무엇을 철저히 미워해보기는 생전 처음이었다. 그 여자는 보통 여자로 변하고 있었다.

(1969)

강변부인

1

몸을 움직일 때마다 침대의 스프링이 삐걱삐걱 요란한 소리를
냈다.

민희는 얼마 전 자기들이 이 방에 들어왔을 때, 얇은 벽을 통
하여 옆방 여자의 흐느낌 같은 신음 소리와 남자의 웅얼거림이
들려오던 것이 생각났다.

다른 방 사람들 역시 얇은 벽, 얇은 도어, 도어 위의 얇은 유
리를 낀 환기창을 통하여 번져나가고 있을 이 침대의 규칙적인
삐걱 소리를 듣고 있겠지.

민희는 자기들이 광장 복판에서 벌거벗고 있는 듯한 느낌이
들어 수치심이 왈칵 치밀었다.

감고 있던 눈을 찡그리듯 더욱 눌러감으며 남자의 어깨를 조

여안았다.

그에 반응이나 하듯 남진은 동작을 멈추고,

"에이, 김 팍 새는데!"

남자의 몸이 위축되며 미끄러지듯 자기로부터 빠져나가는 것을 느끼며 민희는 목구멍 가득히 부풀어오르는 웃음을 참으려고 어금니를 악물었다.

"개새끼들, 이런 걸 침대라고 호텔비 받아처먹고 있으니!"

민희는 더 참지 못하고 숨죽인 웃음을 터뜨리고 말았다.

"일어나, 차라리 방바닥이 낫겠어."

"왜 이런 호텔을 잡았어?"

"누가 이럴 줄 알았나?"

"우리 그냥 얘기나 하다가 가요."

"싱거운 소리 하지 마."

남진의 표정이 문득 긴장되었다. 농염해야 할 이 자리가 간단한 침대 소리 하나 때문에, 코미디가 되어버린 점 때문에 민희가 정말 더이상 몸을 맡기려 하지 않을지 모른다고 생각하는 모양이었다.

초록빛의 합성수지 카펫이 깔린 방바닥에 이불을 깔려던 손짓을 멈추는가 했더니 느닷없이 엉거주춤한 자세로 침대에서 마악 내려서는 민희를 침대 위로 떠밀어 눕히며 육박해왔다.

침대가 기습당한 짐승처럼 아까보다 더 크게, 아까보다 더 숨가쁘게 요란한 비명을 내질러대기 시작했다.

244

될 대로 돼라, 들을 테면 들어라는 광폭한 열기가 민희를 휩싸자 그 여자는 남자의 몸을 떠밀고 있던 손짓을 멈추었다.

그리고 포기하는 순간 욱 밀려드는, 그 여자로서는 생전 처음 느껴보는, 정체를 아직 알 수 없는 절망감에 떨며 보호받으려는 듯 남자의 목에 힘껏 매달려갔다.

침대의 삐걱대는 소리가 아니더라도 오늘은 시작부터 신경쓰이는 일투성이었다.

순자 계집애는 '경숙씨라 카는데요. 아아래 전화 왔던 경숙씨하고는 말씨가 다르네요' 하며 수화기를 건네주었고, 다방 레지한테서 수화기를 건네받아 거는 게 틀림없는 남진의 전화가 민희에게 나오라고 정해주는 밀회장소는 하필 남편의 건축설계사무소와 불과 이삼백 미터밖에 떨어져 있지 않은 성동구청 근처의 호텔이라는 것이었다.

"왜 그렇게 먼 데로 정했어?"

남편의 사무실이 바로 그 근처라고는 말할 수 없었다.

남진은 민희의 신분에 대하여 바람난 과부 정도로만 알고 있는 것이었다.

"성동구청에 볼일이 있어서 왔다가 시간이 나기에 나오라는 거야."

구청이라는 그 성분이 분명하고 딱딱한 사회규범 냄새가 물씬 나는 말을 남진으로부터 듣고 보니, 그 남자가 여태까지 가리고 있던 휘장을 젖히고 한 발짝 성큼 자기 정체를 내보이고 나오는 것 같아서 슬며시 불안해졌다.

민희 역시 남진의 신분에 대하여 아는 것이 거의 아무것도 없었다.

단골 의상실의 윤여사로부터 몇 시간 동안 나이트클럽 파트너로 소개받았을 때는 그저 의상실 주변에 얼씬거리는 그저 그렇고 그런 놈팡이려니 생각했고, 그런 경멸스런 놈팡이로서 충분한 것이다. 아니 반드시 남진은 그런 경멸스런 놈팡이어야만 한다고 생각했다.

그런 놈팡이라면 비록 이쪽이 신분을 감추기 위해서 '이혼하고 혼자 살고 있다'고 말해도 전문가적인 눈치로써 비밀을 꼭 지켜줘야 할 상대임을 알고 더이상 알려 들지 않고 피차 상대를 경멸하면서, 그러나 경멸하기 때문에 더욱 체면이나 규범으로부터 해방된 시간을 가질 수 있는 것이다.

"다른 데로 정해서 전화 다시 해줘. 여기서 좀더 가까운 데로 말야."

"벌써 방값까지 미리 다 췄다구. 빨리 나와. 나 한 시간밖에 시간 없어. 점심시간 끝나면 구청 사람들 만나야 한다구."

"다음에 시간 넉넉한 날 전화해, 응?"

"쌍, 빨리 나와. 나 지금 남산에 터널이라도 뚫을 것 같단 말야."

이렇게 상스런 말을 큰 소리로 지껄일 수 있는 남자라면 역시 안심해도 좋을 놈팡이임에 틀림없다.

이번으로 겨우 네번째 만나는 것에 불과한데 지나가는 여자애들을 놀려대는 악동처럼 지껄일 수 있고, 한편 그런 대접을 받고도 불쾌하기는커녕 오히려 안심될 뿐만 아니라 야릇한 흥분마저 느낄 수 있는 것은 아무래도 익명의 관계 덕분일 것이다.

민희는 잠깐 남진이 자기와 동갑인 서른다섯 살이라는 사실을 생각했다.

"알았어, 지금 나갈게."

강변도로만 타고 달리는 택시 속에서 민희는 남진과의 관계가 생긴 이후 처음으로 남편에게 들키면 어쩌나 하는 불안으로 가슴을 설레 보였다.

왜 하필이면 성동구청 앞이람!

침대의 삐걱거림이 그치고 남자가 옆자리로 구르듯 떨어지자 민희는 남자의 가슴을 손가락 자국이 하얗게 날 만큼 세게 때렸다.

"어어!"

"호텔 사람들 다 들었겠어."

"소리지른 건 누군데?"

"아이!"

또 한번 찰싹 때리며 남자의 가슴에 얼굴을 처박았다.

"아무리 봐도 프로인 거 같애."

남진이 담배를 피워물며 말했다.

"프로라니?"

"나 말고 애인 몇 명이나 두고 있어?"

"오옴머!"

"나쁜이란 말야?"

"창녀 취급하는 거야?"

"천만에, 창녀가 아니란 건 잘 알고 있지. 내가 남편보다 나아?"

"남편이 어딨어?"

"이혼한 남편 말야."

"남편 얘긴 하지 마. 남편 얘기 꺼내면 진짜 안 만나줄 거야."

민희는 심한 불쾌감을 느끼며 떨어져 누웠다. 남진에게 남편을 희롱할 자격을 언제 주었단 말인가!

남편과 자기와의 행위, 남진과 자기와의 행위, 그들은 비록 자기라는 공통분모를 가지고는 있지만 그 분위기와 성격, 그리고 의미가 전혀 별개의 것이었다. 남편과의 자리는 남진이 따위한테 엿보여서는 안 될 성역이었다.

그런 민희의 마음속을 읽기라도 한 듯 남진은 빙긋 웃고 팔목시계를 보았다.

민희의 짐작대로라면 어떤 여자가 생일선물 명목으로 사줬음직한 롤렉스가 불쾌하게 번쩍 빛을 반사했다.

"샤워라도 하고 좀 쉬었다 가라구. 난 지금 안 들어가면 오늘 일 다 망치는 거야."

미련없이 벌떡 일어서서 옷을 입기 시작하는 남진의 태도에서 민희는 '구청'이라는 말을 들었을 때와 같은 남자끼리의 규범 있는 사회의 그 싸아한 쇳냄새를 맡고, 뭔가 배신당하고 버림받은 듯 비참한 기분이었다.

그것은 집 밖에서 남편이나 남편처럼 존경할 만한 남자들만이 풍기고 다닐 냄새였다.

"구청 같은 델 다 출입하시구. 답지 않게!"

"나두 먹구살아얄 거 아냐? 미안해. 다음엔 시간 넉넉히 잡아놓구 전화할게."

"그래, 알았어."

대답하면서 민희는 이 남자와는 이걸로 끝이라고 생각했다.

남진이 나간 뒤 욕실에서 느릿느릿 몸을 씻으면서, 호텔을 나서면 남편 사무실에 들러볼까고 생각했으나, 엉뚱하게 어떤 허점만 보이고 말 불필요한 짓이라는 판단으로 그 생각을 취소해 버렸다.

남편은 지금 무얼 하고 있을까? 영동지구의 현장에서 일꾼들과 점심을 먹고 있을 게 거의 틀림없다.

옷을 입고 화장을 고치고 얼룩진 시트를 벗겨 뭉쳐서 의자 위에 던져놓고 민희는 도어의 핸들을 잡았다.

그때 복도를 사이에 둔 맞은편 방에서 소프라노의 음성이 남편의 이름을 불러대고 있었다.

"이영준씨 좀 바꿔주세요. 두시에 전화하기로 한 사람인데요."

전화에 찾는 사람이 나오는 모양이었다.

"저예요. 306호실이에요. 금방 오셔야 해요."

이영준, 성동구청 부근에 이영준이라는 이름을 가진 남자는 몇명이나 될까?

민희는 도어 핸들의 자물쇠 꼭지를 눌러놓고 기다리고 서 있었다. 차라리 오다가다 만나버릴까. 파괴적인 충동이 진통처럼 간헐적으로 그 여자의 관자놀이에서 펄떡였다.

복도의 카펫을 스치는 소리가 나고 맞은편 방의 도어에서 노크 소리가 울렸다.

"누구세요?"

"나야!"

남편이 틀림없었다.

민희의 북처럼 울려대는 가슴과는 아랑곳없이 입에서는 자신도 처음 들어보는 흐느낌 같은 웃음이 킬킬 새어나왔다.

2

"약속을 잘 지키는군."

말하면서 영준은 아가씨를 짧은 순간 날카롭게 뜯어봤다.

씨익 웃는 웃음이 머리 나쁜 여자같이 보여 약간 실망되었으나, 얼굴의 생김새나 살결이나 몸매 등은 어젯밤에 보던 그대로여서, 아니 그 이상으로 신선해서 영준은 기쁨이 지나쳐 오히려 어리둥절했다.

전날 밤 술자리에서 촉수 낮은 색조명과 본색을 감추는 짙은 화장과 술 취한 기분 때문에 그럴듯해 보였던 아가씨들 대부분이 다음날 대낮 약속시간에 만나보면 커다란 실망을 안겨주곤 하는 데 익숙하여, 영준은 이 아가씨 역시 얼굴 피부가 뜻밖에 여드름 자국 투성이고 쌍꺼풀 수술 자국이 아직도 푸르딩딩하리라는 것쯤은 각오하고 왔던 것이다.

그런데 화장을 엷게 하고 호스티스의 유니폼이 아닌 밝은 녹색의 니트웨어를 입고 있는 아가씨는 오히려 술집에서 볼 때보다 훨씬 청결하고 앳되 보이고 예뻐 보이는 것이었다.

그런 아가씨와 호텔방이 동화되어 순간 영준은 자기가 신혼여행 온 듯한 착각에 빠졌다.

"술집에 나온 지 얼마나 됐지?"

영준은 겉옷부터 속옷까지 거침없이 벗어붙이면서 물었다.

"육 개월 되었어요. 그런데 왜 들어오자마자 옷을 홀랑 벗으세요?"

"호텔에 와서 옷 벗지, 그럼 뭐 하니?"

벗은 옷을 받아 알뜰히 옷걸이에 걸어주지도 않고, 그렇다고 알몸이 돼가고 있는 영준에게서 시선을 돌리지도 않고 침대가에 걸터앉아 있는 그 자세대로 말끄러미 올려다보고 있는 아가씨가 영준은 또 한번 바보 같아 보였다.

"마담이 이걸 주던데요?"

핸드백에서 부스럭부스럭 밀린 외상술값 청구서를 꺼내 침대 위에 던져놓았다.

"얼마니?"

"이십만원이네요."

"알았어, 빨리 옷 벗구 내 등 좀 밀어줘."

"이것부터 계산해주세요."

술값을 받기 전엔 단추 하나 풀지 말라는 명령이나 받고 온 듯 움츠리는 품이 차라리 귀여웠다.

준비된 이십만원짜리 수표와 '구두나 한 켤레 맞추라'는 만원 짜리 지폐를 받아들자마자 아가씨는 그 동안 경계하던 표정을 싹 씻고 갑자기 새처럼 까불며 지저귀기 시작했다.

돈을 받고서야 직업의 가면을 벗고 자신의 개성을 내보이는 당연한 술집 아가씨들의 버릇에 익숙할 만큼 익숙했을 터인데 도, 그러나 당할 때마다 영준은 서글픔을 느꼈다.

서른여덟 살. 이제 겨우 사회에서 확고한 자기 자리를 잡고 보 니 돈이나 줘야 젊은 아가씨와 통할 수 있는 늙은이가 되어버린 것이다.

그 서글픈 갈증을 풀어보려고 그는 크고 작은 술집들의 젊은 아가씨들을 닥치는 대로 샀고, 일단 산 아가씨들한테는 반발이 나 하듯 물건 취급을 했다.

그가 자기 주장을 하고 나설 때는 어렸을 때부터 몸에 밴 어리 광 같은 태도가 섞여 상대방은 대체로 그의 주장에 말려들고 나서도 그를 미워할 수가 없다.

중고등학교 때도 학교 선생님들은 그를 사춘기의 음란한 독기를 뿜어내는 깡패 학생들과는 다르게 대접했다.

덩치만 큰 응석받이로 여겼고, 그가 동급생이나 후배들을 거느리고 다니기를 좋아하는 것도 깡패 두목의 기질이어서가 아니라 남자형제가 없는 외아들이 흔히 그렇듯, 워낙 친구를 좋아하는 성격 때문이라고 생각해줬다.

군복무를 할 때도 고참들은 그를 애교 있는 '고문관'으로 여겨줬다.

덩치는 맞는 군복이 없을 만큼 큰 녀석이 엉덩이를 한 대만 맞고도 데굴데굴 구르며 엉엉 큰 소리로 울어대는 것이었다.

대학 건축과를 졸업하고 재벌급의 건설회사에 취직하고 있을 때도 그의 그런 몸집과 성격 때문에 꼼꼼한 설계실 근무보다는 공사 현장감독 쪽에서 주로 일했다.

그쪽이 음성수입도 있고, 자유시간도 있고, 고분고분 말 잘 듣는 사람도 많아서 좋았다.

그의 응석받이다운 애교 가득한 고집스러운 성격은 특히 여자를 상대할 때 효과가 그만이었다.

"이름이 뭐랬지?"

욕실의 물을 뺀 욕조 안에 비누거품을 둘러쓰고 반듯이 누워 아가씨에게 가슴과 가슴, 배와 배를 매끄럽게 마찰시키게 하면서 영준은 당분간은 이 아가씨를 놓치지 말아야겠다고 생각했다.

"선화."

"진짜 이름 말야."

"진짜 이름이야."

"요게!"

간지럼을 타며 선화는 까르르 몸을 굴렸다.

"나, 힘들어 죽겠어. 차라리 침대로 가."

"그만 하랄 때까지 시키는 대로 해."

"꼭 코끼리 같애."

"둥가둥가해줄까?"

영준은 몸집이 큰 사내였다. 살이 쪄서 뚱뚱한 것이 아니라 원래 거구의 체질로서 어렸을 때부터 머리통도 크고 키도 크고 뼈대도 억세었다.

보통 남자들보다 머리통 하나 크기는 더한 큰 몸집과 누나들 틈에서 외아들로 위함만 받고 자란 탓인지 자기 주장이 심한 성격이었다.

중학교 삼학년 때 벌써 그는 여자를 알고 있었다. 고등학교에 다니던 막내누나의 친구가 그의 상대였는데, 그 여자 역시 이 몸집은 대학생 뺨치게 크고 칭얼거리는 요구는 세 살짜리 아기 같은 영준 특유의 유머러스한 집착에, 남녀관계라는 것이 그다지 대수로울 것 없는 어린애들의 소꿉장난 같은 것이라는 일시적 착각에 빠져버렸던 것이다.

나중에 들통이 나서 혼뜨검이 났어야 마땅할 경우를 닥쳐서도 그의 부모들은 그 여자를 데려다 '대학에 합격하면 둘이 자유롭게 교제할 수 있게 해주겠다'고 빌어서야 그의 울음을 그치게 할 수 있었다.

물론 대학에 들어와서는 그의 응석 같은 요구에 나가떨어지는 여자가 얼마든지 있었으므로 그는 누나 친구는 벌써 잊어버리고 있었다.

여자들이란 대체로 오만상을 찌푸린 진지한 얼굴로 다가와서 달달 떨리는 음성으로 말을 걸어오는 사내에 대해서는 콧대를 있는 대로 다 세우면서도, 만나자마자 흥흥 콧소리로 아양을 떨고 낄낄대며 간지럼을 태우려 드는 영준이한테는 속수무책이었다.

그러한 영준의 몸집과 성격이 통하는 것은, 그러나 이젠 자기 또래 이상의 여자들이나 덩치 큰 후배를 자기 편으로 해두고 싶어하는 선배들한테뿐이었다.

이제 서른여덟 살의 중년이 되고 보니 큰 몸집은 그를 나이보다 더 늙어 보이게 했고, 후배들은 덩치 큰 그에게서 어리광이 아닌 위엄과 넓은 도량만을, 젊은 여자들은 돈만을 기대하는 것이었다.

아가씨가 신경질이 돋친 음성으로 '기운이 다해서 정말 더 못 움직이겠다'고 축 늘어졌을 때야 영준은 샤워를 틀어 비눗기를 씻고 선화를 번쩍 안아들고 욕실을 나와 침대 위에 내던졌다.

"졸립니?"

그대로 잠들고 싶은 표정으로 축 늘어진 선화는 고개만 끄덕였다.

"이제부터 시작인데?"

"왜 날 미워하세요?"

말하자마자 아가씨는 돌아누워 얼굴을 가리며 울음을 터뜨렸다.

"미워하다니? 너무 예뻐서 그러는데."

"댁에한테 내가 뭘 잘못했어요? 내가 뭘 잘못했다고 날 종년 부리듯 하는 거예요?"

"글쎄, 뭘 미워했다는 거야?"

"알 수 있단 말예요. 댁의 표정만 봐도."

"댁의?"

그래, 어쩌면 자기는 이제 행위가 끝나 옷을 입으면 '아저씨, 빠이빠이!' 한마디 하고 새처럼 훌쩍 떠나버릴 이 아가씨를 미워하고 있었다고 영준은 깨달았다.

잡았다 놓친 듯한 허탈감, 도저히 잡아둘 수 없다는 절망감 역시 이젠 낯선 감정이 아니었고, 행위 이후에 그를 내려칠 그 감정을 오히려 너무 잘 알고 있기에 그는 미련이 남지 않도록 시간을 끌며 아가씨들한테서 짜낼 수 있는 것을 다 짜내곤 했던 것이었다.

"난 너하구 오래 있구 싶어서 그러는 거야. 네가 참 좋으니까······"

"난 싫어요. 나, 갈래요."

단호한 말에 영준은 한 대 맞은 듯 멍해지며 할말을 찾지 못했다.

　선화는 일어나서 핸드백에서 만원짜리를 꺼내 침대 위에 던져 놓고 팬티스타킹을 꿰신기 시작했다.

　"이것이!"

　영준의 주먹이 선화의 얼굴을 스치자마자 선화의 코에서 코피가 주르륵 시트 위로 쏟아지고 눈 밑 볼이 금세 벌겋게 부풀어올랐다.

　맞은편 방에서 갑자기 여자의 울부짖음이 들려오고, 남편의 허둥대는 음성이 전화에 대고 당번을 보내달라고 했을 때, 민희는 그 방에 정사가 아닌 그 이상의 무서운 사태가 생긴 것을 직감하고 달려가고 싶은 충동으로 하마터면 문을 벌컥 열 뻔했다.

　"많이 다쳤군. 분명히 이 사람이 당신을 때렸소?"

　경찰관이 아가씨에게 묻는 말이 들려왔다. 아직도 엉엉 울고 있는 아가씨 대신 남편의 음성이 얼른 대답했다.

　"예, 내가 때렸소."

　"왜 때렸소?"

　"날 모욕했기 때문에요."

　"어떻게 모욕했소?"

　"그건 말할 수 없소. 어쨌든 이애가 날 모욕했고, 내가 손을 대서 저애 얼굴이 저렇게 다친 건 분명한 사실이니까 치료비를 물어주겠소."

"이 양반이 아주 돼먹지 않았군. 치료비만 물어주면 폭행해도 괜찮다는 말이오? 당신 구청 앞에서 설계사무소 하고 있는 사람이지?"

"예."

남편의 음성은 기가 꺾여 있었다.

"당신, 이 여자하고 어떤 관계요? 애인이오?"

"아무 관계도 아녜요. 어저께 첨 본 사람인데 술값 외상 갚아준다고 이 호텔로 오라구 해서 왔더니 막 때리잖아요?"

말하고 나서 더 큰 소리로 아가씨는 엉엉 울었다.

"저어, 때릴 만한 무슨 사정이 있었을 겝니다. 이 사장님은 우리집 단골손님인데요, 아주 점잖으신 분인데요, 당사자들끼리 적당히 화해를 시키구. 헤헤, 그렇게 좀……"

호텔 지배인인지 주인인지 하는 중년 사내의 음성이 들려왔다.

"당신도 틀려먹었어. 숙박카드에 이 사람들 기재했어? 안 했어?"

"해, 했죠."

"하긴 뭘 해. 숙박부 가져와봐."

"당번, 숙박카드 가져오라시잖아."

"저어, 숙박카드 쓸 틈도 없었어유. 이 사람들이 방에 들어가자마자 싸우는 소리가 나길래……"

종업원 여자가 재치 있게 둘러대고 있었다.

"어쨌든 당신들 두 사람, 서까지 갑시다. 이쪽 눈 보여요?"

"잘 안 보여요."

얻어맞아 퉁퉁 부은 아가씨의 눈언저리가 민희는 상상되었다.

"자, 내가 붙잡아줄 테니까. 이건 당신 핸드백이지?"

"예."

"자, 갑시다."

"치료비는 물어드리겠다니까."

남편의 절망적인 음성이 끝나기도 전에 엄살을 부리는 아가씨의 울부짖음이 엿듣고 있는 민희의 귀를 쾅쾅 때렸다.

"왜 날 때려? 내가 뭘 잘못했는데 날 때려? 문질러달래서 문질러주고, 핥아달래서 핥아주고, 빨아달래서 빨아줬잖아! 개만도 못한 새끼가, 내가 뭘 잘못했다고 내 얼굴을 이 꼴로 만들어! 아이구, 내 얼굴. 아이구, 내 얼굴. 엄마아, 엄마아!"

그들이 떠들썩하게 사라지고 난 뒤에도 민희는 도어 뒤에서 엿듣고 있던 그 자세대로 오랫동안 서 있었다.

엄살을 부려대며 남편을 궁지로 몰아넣고 있던 여자에 대한 찢어죽이고 싶은 미움과 남편에 의한 배신감이 민희의 온몸을 치달리고 내달리며 못 견디게 아프게 했다.

그 아가씨의 말을 통해서 알게 된 가장 충격적인 사실은 남편에게 그토록 음탕한 취미가 있었다는 것이었다.

아내인 민희와의 잠자리란 극히 평범했다. 키스와 애무, 그리고 행위. 그것이 영준이 민희에게 하는 행위의 공식이었다.

결혼 생활 팔 년 동안 이 정도에서 벗어난 행위란 결코 없었고, 그리하여 민희는 남편이 섹스에 대하여 알고 있는 것은 그것이 전부라고 생각해왔고, 남편과는 그 정도로도 충분히 만족할 수 있었다.

남편과의 섹스란 차라리 행위 그 자체가 아니라 남편의 남달리 우람한 알몸에 팔베개를 하고 남편의 체취를 숨쉬며 잠드는 것, 잠들어 있는 동안에도 남편의 털투성이 다리가 자기의 허리에 올려져 있는 것을 느끼는 것이었다.

그것은 오직 남편에게서만, 타인들이 인정하고 있는 남자에게서만, 밤을 함께 보낼 권리가 있는 남편에게서만 느낄 수 있는 귀중한 감각인 것이었다.

민희에게는 처녀 시절부터 자극적인 경험이 얼마든지 있었다. 대학 시절의 남자친구는 음악실 같은 데서 함께 나란히 앉아 눈을 감고 음악을 듣고 있을 때엔, 으레 민희의 스카프로 가리고 스커트의 지퍼를 열고 손을 넣어 민희를 애무하며 민희에게도 같은 행위를 요구하곤 했다.

여러 사람이 있는 공개된 장소에서의 그 은밀한 행위에 민희도 어느새 중독되어 있었다.

밤늦어 민희를 집 근처까지 바래다준 남자친구가 시멘트 벽돌 더미의 우묵한 곳에 갑자기 민희를 밀어세우고 팬티만을 발목까지 끌어내리고 공격해올 때, 민희는 남자의 요구를 순순히 받아줄 정도였다.

그런 식의 자극적인 혼전(婚前) 또는 혼후(婚後) 다른 남자들과의 경험이, 그렇다고 하여 민희로 하여금 남편을 불만스럽게 하는 것은 결코 아니었다.

그 여자 역시 섹스에 대한 근원적인 경멸감 내지 죄의식을 가지고 있었고, 가정이란, 그리고 남편이란 섹스의 대상 이상의 존엄한 그 무엇이었던 것이다.

섹스에 대하여 무지해 보이는 남편이 오히려 믿음직스러워 보였고, 순진한 남편을 통하여 자신의 몸 속에서 병균처럼 끓고 있는 자극에의 욕망이 건강한 육체의 당연한 권리가 아니라 죄스러운 것임을 깨닫곤 해왔던 것이다.

가정에서의 섹스란 엄하게 다스려 조그맣게 가둬두면 둘수록 가정의 다른 부분들, 즉 육아라든가, 문화적 취미생활이라든가, 친척들과의 보다 활발한 왕래라든가, 재산을 불려나간다든가 하는 일에 전념할 수 있다고 생각해왔다.

질펀하고 시뻘건 낯짝을 한 자극적인 섹스란 놈은 어디까지나 가정 밖으로 몰아내놓고 있어야 하는 것이었다.

그 시뻘건 낯짝을 하고 있는 녀석과의 교섭이란, 내 가정이 제대로 잘 굴러나가고 있는 것을 확인한 다음에 때때로 영화 구경을 가거나 보석반지를 사듯, 자신에게 속해 있는 죄스러운 욕망을 달래주는 정도로 슬그머니 가져야 하는 것이었다.

민희가 남편 모르게 해온 행위 속에 제법 앞뒤를 갖추고 자신의 행위를 옹호해주는 관념이 있었다면 바로 그런 것이었다.

남편이나 다른 가족들에게 들키지만 않고 그때그때 미련없이 끝난다면 그 행위는 결코 죄가 될 수 없는 것이었다.

마치 길을 가다가 발길로 빈 깡통을 한번 찼다는 사실을 사소한 재미 이상으로 여기지 않고, 집에 돌아와서 식구들에게 '오다가 빈 깡통을 찼다'고 보고하지 않아도 좋듯이, 그 행위는 자신만 알고 있다가 금방 잊어버릴 단순한 것이었다.

그런데 오늘 민희는 자기 남편에게서 자기와 똑같은 사고방식에 의한 행위를 발견하고 충격을 받고 있는 것이다.

"문질러달래서 문질러주고, 핥아달래서 핥아주고, 빨아달래서 빨아주고⋯⋯"

남편에게 그런 동물적인 취미가 있었던가!

왜 나한테는 한 번도 그런 취미를 나타내지 않았을까? 남편에게 있어서의 아내란 그처럼 난잡한 취미의 대상이 되어서는 안 된다는 것이었겠지.

그것이 왜 난잡하단 말인가! 그것은 '난잡하다'고 표현되어서는 안 된다. 아마도 '다양하게'라고 표현되어야 마땅할 것이다.

그것이 난잡하다면 나는 그보다 더 난잡한 경험도 가지고 있다.

남편이, 남자와 여자가 알몸으로 할 수 있는 모든 행위를 '정상적인 것'으로 인정하고 아내인 나에게 감추지 않고 표현하고 요구해주었더라면 나는 '시뻘건 낯짝'을 집 밖으로 몰아내놓고 있어야 한다고 생각하지 않아도 좋았을 것이며, 남편 역시 나이 어린 악바리 계집애한테 궁지로 몰리는 따위의 짓을 하지 않아도 될 것이 아닌가!

민희는 이제껏 어느 누가 건드려도 끄떡없다고 자신하고 믿고 있던 견고한 자기 가정이 와르르 소리내며, 그 허구의 모습을 무너뜨리고 있음을 느끼며 손가락을 입에 물고 자신도 모르게 비명을 길게 질렀다.

3

"언니, 나 이혼해얄까봐."

자리를 잡고 앉자마자 옆의 의자 위에 핸드백을 내팽개치듯 짜증난 음성으로 내팽개치는 민희의 말에 윤여사는 짐짓,

"이혼이라니? 갑자기 무슨 말이야?"

놀라는 체했지만 속으로는 짜증을 내야 할 건 자기라고 생각했다.

고급 아파트 단지에서 의상실을 열고 있는 덕택에 단골손님들의 별의별 신세타령을 다 들어줘야 하지만, 자기 기준으로 볼 때 아무 문제가 안 되는 일을 가지고 와서 이혼 어쩌고 하며 상담이랍시고 해오는 젊은 주부들처럼 짜증나는 존재는 없었다.

이혼을 악덕이라고 생각해서가 아니었다.

한 번 이혼한 적이 있고 지금은 자기보다 네 살 아래인 남자와 동거중인 윤여사로서는, 이혼이란 불행을 끝내는 한 가지 방법이라고 태연히 생각하고 있지만, 그러나 중요한 것은 그 끝장내

야 할 불행이 정말 다른 방법으로는 끝장낼 수 없는 것이냐, 아니냐 하는 것은 신중히 따져봐야 한다고 생각하는 것이다.

그런데 고급 아파트의 행복한 젊은 주부들은 남편의 귀가시간이 요즘 갑자기 늦어진 사실 정도만 가지고도 걸핏하면 이혼이란 말을 입에 올린다.

그렇다고 민희가 그 정도의 문제를 가지고 자기를 일부러 이 머나먼 워커힐의 힐탑바까지 동행하자고 했을 리는 없다는 걸 윤여사는 짐작했다.

윤여사의 짐작이 맞다면 언젠가 몇 시간 동안의 고고홀 파트너로서 자기가 민희에게 소개해준 남자와 민희 사이에 어떤 관계가 생겼고, 그 관계가 남편에게 민희의 표정으로 봐서 들통까지는 안 났지만 꼬투리는 잡혀서 남편으로부터 추궁을 당하고 있고, 그 추궁당하는 고통의 한 자락을 그 남자를 소개해준 자기와 나눠가지려는 것이었다.

이건 정말 짜증스런 일이 아닐 수 없다.

양쪽의 신분이나 성격을 어느 정도 잘 알기 때문에 몇 시간의 춤 상대 이상의 관계 발전은 없으리라는 자신을 가지고 소개했고 동행했던 것인데, 이제 와서 자기로서는 책임질 수 없는 부분에 대하여 하소연을 들어줘야 한다면 이만저만 짜증나는 일이 아닌 것이다.

만일 민희가 자기의 짐작과 같은 문제를 내놓고 훌쩍훌쩍 울기라도 한다면 "이혼당해도 싸지. 남편 가진 여자가 왜 외간남자

한테 꼬리를 쳤어!" 하고 따끔하게 쏴주고 냉정하게 대하리라 생각을 도사려먹으면서 윤여사는,

"이혼이라는 말 함부로 쓰지 마. 이혼이 뭐 이웃집 애기 이름인 줄 알아? 이혼도 팔자에 있어야만 할 수 있는 거야. 무슨 일이 있었어?"

진지한 의논상대가 돼주겠다는 듯 담배를 꺼내물며 편안한 자세를 취했다.

"언니한테 먼저 고백할 게 있는데, 나 언니가 소개해준 남진이라는 남자하고 그뒤로 가끔 만났거든."

"어머어머, 만나다니? 어떤 식으로 만났단 말야?"

"엔조이 상대지 뭐."

"엔조이 상대라면…… 같이 춤만 추진 않았겠구나?"

"응."

"어머머머, 너 이제 보니까 큰일낼 여자로구나. 오라, 너 그러다가 남편한테 들통났구나?"

"아니."

"아아냐? 그런데 이혼은 왜? 그럼 너 혹시, 남편보다 그 남자가 더 좋아졌다는 거니?"

"아니."

그리고 나서 민희는 며칠 전 호텔에서 있었던 얘기를 비교적 자세하게 했다.

자기가 짐작하고 있던 것과는 반대의 경우이기 때문에 안도감

강변부인 265

을 느끼며, 윤여사는 이런 얘기의 상담 역이 될 때 항상 그랬듯이 본인 이상으로 핏대를 올리며 분개했다.

"그래, 그걸 모른 체했단 말야? 나 같았으면 슬쩍 먼저 호텔 밖으로 나와 기다리다가 남편 사무실에 오던 길인 체하며 덜미를 잡는 거야. 입이 백 개라도 말 못 하지. 계집년이 있겠다, 순경까지 있었다며? 증거야 갈데없이 잡힌 거지? 뭐 그런 증거를 잡아서 꼭 이혼하라는 건 아냐. 남자 버르장머리를 고치려면 그런 증거를 잡고 꼼짝 못 하게 해야만 한다구. 하긴 뭐 그 당장엔 민희도 떳떳지 못한 입장이었으니까 내가 여편네요, 하구 썩 나설 기분은 아니었겠지만, 그렇다고 잠자코 지낼 문제는 아니잖아? 나도 여자니까 민희 기분은 이해할 수 있는데, 나한테도 말 못 할 죄가 있다고 해서 남편의 죄를 뻔히 알면서 못 본 체해지는 건 아니란 말야. 정말 속이 폭폭 썩겠구나. 뻔히 알고 있는데 아는 체할 수도 없고."

사실 그랬다. 집 안에서 민희는 갑자기 말이 없는 여자가 돼버렸다.

그 대신 눈빛만 엉큼하게 빛내며 남편의 표정을 빤히 살펴보는 법이 잦아졌다. 남편과 시선이 부딪치면 재빨리 미소를 지어 보여 평소와 다름없는 체하려 했다.

그것은 피의자한테서 무언가 자백을 받아내고 싶은 수사관의 표정과 흡사한 것이었다. 거꾸로 그것은 자기가 저지른 잘못을 아버지한테 고백할까 말까 망설이며 눈치를 보는 딸의 표정과 흡사한 것이기도 했다.

또한 그것은 이제까지 속속들이 다 알고 있다고 생각해온 사람한테서 엉뚱한 면을 처음 발견하고 소원감을 느끼는 사람의 표정과도 흡사한 것이었다.

겉으로는 모든 게 잘돼나가고 있었다. 호텔에서의 사건에 대하여서도 그날 밤 남편은 집에 들어서자마자 대강 사실대로 털어놓았었다.

"재수가 없으려니까 오늘 별꼴을 다 당했어. 술집에서 외상값을 받으러 왔는데 마담이 하필 발랑 까진 계집애를 심부름을 보냈잖아. 계집애가 말하는 게 너무 얄미워서 버릇을 고쳐주겠다고 한 대 슬쩍 쥐어박은 게 하필 눈두덩에 맞아서 퉁퉁 부어올랐어. 이 계집애가 울고불고 지랄이더니 경찰을 부른 거야. 병원에선 일 주일 진단이 나오고…… 결국 십만원 주고 화해했지만 폭행으로 입건됐어. 벌금을 물어야 할 거래."

"왜 하필 얼굴을 때려요? 얼굴 팔아먹고 사는 애들한테."

그렇게 말하는 민희로서는 남편의 기대 밖의 고백에 반가움이 지나쳐 고마움을 느꼈었다.

"밖에서 별일 없었어요?"

"응, 별일 없었어."

그렇게 되면 어쩌나 마음 조이며 으레 그렇게 되리라고 각오하고 있었던 것이다. 물론 그 '발랑 까진 계집애'와 대낮에 호텔 방에서 놀라운 방식으로 정사를 가졌다는 사실까지 자백할 리는 없다는 것쯤은 민희도 양해하고 싶었다.

차라리 이번 기회에 남편이 함께 살아오는 동안 밖에서 있었던 일을 적어도 십분의 구까지를 사실대로 얘기해왔었다는 확신을 얻게 되어 기뻐해야 한다고 생각했다.

"그런데 언니, 가정이란 그 십분의 구의 믿음만 있어도 탄탄하게 유지될 수 있는 게 아닐까? 아빠가 나한테 슬쩍 감춰버린 나머지 십분의 일은 나 역시 아빠 몰래 가지고 있는 거고, 그 십분의 일이 나를 아빠의 아내가 아니게 할 수도 없고 아빠를 내 남편이 아니게 할 수도 없고, 또 그 십분의 일의 부분이 나를 두 아이의 엄마가 아니게 할 수도 없고 또 아빠를 두 아이의 아빠가 아니게 할 수도 없을 거고, 또 그것이 아빠의 사업을 훼방하여 돈벌이를 못 하게 하지도 않을 것이고, 내가 살림을 하는 데 방해를 놓지도 않을 거고."

"그러니까 남편의 외도도 못 본 체 눈감아주고 민희도 계속해서 하고 싶은 대로 하겠다. 그런 얘기가 되나?"

"하겠다가 아니라 그렇게 생각하면 안 되느냐고 언니에게 물어보는 거야."

"거참 편리한 생각이구나. 그런데 왜 아까는 이혼해야 할까봐 그랬니?"

"그게 나도 이상해. 그렇게 생각하면 내 마음이 편안해져야 할 텐데 아빠가 출근하고 나 혼자 집에 있을 땐 문득문득 금방 미칠 것 같은 배신감이 발작해. 내가 다른 남자들한테 준 몸은 아빠한테 준 바로 그 몸인데, 아빠가 다른 여자들한테 주는 몸은 나한테는 한 번도 준 적이 없는 몸이란 말예요. 나한테 그 십분의 일이란 건 단순히 육체적인 문제에 불과하지만 아빠한테는 육체적인 것 이상으로, 정신적으로."

"오히려 반대지. 여자가 그런 것에 빠지면 혼까지도 바쳐버리지만, 사내들이란 제 욕심만 채우면 싹……"

"안 그런 거 같아. 아빠한테 대하여 나는 이미 여성이 아닌 것 같아. 그냥 여편네지 여성은 아닌가봐."

"애 아빠한테 그래보지 그랬어? 술집 계집애하고 하던 식으로…… 그런 식으로 지내면 애 아빠가 새로운 기분으로 딴 여자한테 눈 안 팔고……"

"해봤어요. 책에서 봤더니 그런 방법이 있더라고 우리도 시험해보자고……"

"그랬더니?"

"그건 돈 받고 몸 파는 여자들이나 하는 짓이라며……"

"하여튼 이혼할 생각은 하지 마. 뭐니 뭐니 해도 아직까지 우리 사회에선 이혼이란 여자한테는 극약이야. 최후로 쓸 방법이라구."

"나도 뭐 이혼하고 싶은 생각은 없어."

4

유리창을 해달아 온실처럼 꾸며놓은 베란다에서 민희는 일광욕을 하고 있었다.

등받이를 폈다 접었다 할 수 있는 비닐제 비치용 의자 위에 비치타월을 넓게 펴고 삼각팬티와 브래지어 차림으로 비스듬히 엎드려 따뜻한 봄볕에 올리브기름 바른 등을 내맡긴 채, 민희는 암내를 내어 보채느라고 킹킹대고 있는 헬가를 내려다보고 있었다.

헬가는 스피츠 암놈으로서 가정부 순자가 '우리도 개 한 마리 기르자'고 아이디어를 내고 애들이 덩달아 떼를 쓰는 바람에 몇 달 전에 개 파는 가게에서 사다놓은 것이었다.

"먹다 남긴 음식들을 쓰레기통에 넣기가 아까우니까요"라는 것이 개를 기르자는 순자의 이유지만 보다 큰 이유는 '남의 집에 있는 것은 우리집에도 있어야 한다'는 아파트 주민 특유의 경쟁심 때문이라는 걸 민희는 안다.

정작 주인들이 무심히 넘겨버리고 있는 것을 가정부들이 유난히 민감하게 신경쓰는 경우가 많다.

순자의 그런 경쟁심에서 나온 떼에 못 이겨 사다 기르는 헬가인데, 어젯밤부터 갑자기 킹킹대고 현관문을 박박 긁어대며 밖으로 나가겠다고 난동을 부려대는 것이었다.

병이라도 난 줄 알고 가축병원으로 데려가려 드는 민희에게

시골에서 개를 길러본 경험을 내세우며 순자가,

"암내를 내서 그런기라요. 낼 아침에 내가 수놈 데려다줄게요."

"암내? 원 망측하게……"

"망측하다니요? 그런 말씀 마이소. 지집아 나이가 차면 새끼 낳고 싶은기 당연하지예. 얼마나 이쁜교! 우리 헬가도 하얗고 이쁜 새끼를 낳을 텐데……"

"넌 수놈을 어디서 데려온다는 거니?"

"210호 집에서 스피츠 암놈 수놈 한 쌍을 기르고 있지예. 그 수놈을 살짝 빌려올게요."

"살짝 빌려오다니? 빌릴라면 주인한테 떳떳이 허락받고 빌려와야지."

"하모 주인한테야 말하지만예, 고 암놈 스피츠한테는 살짝 모르게 빌려야지 않겠는교? 지 서방 빌려달라 카는데 좋아할 여편네가 어디 있겠는교?"

순자 자신이 암내라도 낸 듯 달떠서 상소리를 예사로 하며 넉살을 떨고 있는 모습을 보고 민희는 순자가 여자라는 사실을 처음 안 것 같은 느낌이었다.

삼 년 전부터 데리고 있어서 이애에 관해서는 모르는 게 없다고 막연히나마 자신해왔는데, 이렇게 암내를 물씬물씬 풍기는 모습은 처음 보았다.

"순자 너, 지금 몇 살이지?"

"제 나이도 모르십니꺼? 스물한 살 아닌교! 와 묻십니꺼?"

"너 오늘 보니 별것 다 아는구나. 지 서방 빌려달라면 여자들이 싫어한다는 건 어떻게 아니?"

"오마, 아줌마도. 저는 뭐 귀도 없고 눈도 없는가요? 그보다도 여자로 태어났으면 그런 거야 본능적으로 아는기라요."

아닌게 아니라 새삼스럽게 바라보니 순자의 육체는 완전한 여자였다. 여자 중에서도 처녀가 아니라 이미 남자를 알고 있는 여자임에 틀림없었다.

왠지 모르게 민희는 가슴이 철렁 내려앉는 충격을 느꼈다.

자기 혼자만 있는 줄 알고 맘놓고 있는데 방구석에서 불쑥 사람이 나타났을 때의 느낌 같다고나 할까.

한 집 안에 두 명의 성숙한 여자가 있다는 사실이 그렇게 징그럽게 느껴질 수가 없었다.

"너 좋아하는 남자 있니?"

"오머, 아줌마도……"

"좋아하는 남자 생기면 언제든지 나한테 말해."

"와요? 시집보내줄랑교?"

"그래, 시집도 보내주겠지만 그보다도 나한테 떳떳이 내놓고 사귈 수 있는 남자가 아니면 사귀지 말아야지. 네가 자칫 잘못해서 나쁜 남자 꾐에 넘어가 신세라도 망치면 내가 늬 부모들을 어떻게 보니?"

민희의 상투적인 충고에 순자가 갑자기 심각해지는 얼굴을 슬그머니 감추는 걸 보고 민희는 분명히 순자에게 뭔가 있다는 심증을 굳혔다. 살림하랴, 애들 돌봐주랴, 한눈팔 겨를이 없을 텐데 어느 틈에 남자를 사귀었을까?

남자는 누굴까?

일광욕을 하면서 민희는 킹킹대고 있는 헬가의 안달치는 꼴을 보고 있으려니 '순자의 남자가 누굴까?' 하는 의문에 마음이 집중되는 것이었다.

설마 남편은 아니겠지? 어쩜 운전사 김씨일지도 몰라. 민희로서는 그밖에는 상상되는 남자가 없었다.

민희가 알고 있는 범위 안에서 순자가 접촉할 수 있는 남자란 남편과 운전사 김씨밖에 없기 때문에 의심은 온통 그 두 남자한테만 쏠릴 뿐이었다.

전에 버스 운전을 하다가 사고를 내서 자가용 운전을 하고 있는 거라는 김씨는 버스 운전사 시절에 거의 탕아 같은 생활을 했는데, 사고를 내고 징역살이를 하고 난 이후로 사람이 얌전해졌다고 김씨 스스로 말하더라고 남편이 들려준 적이 있었다.

나이는 민희보다 한 살 아래인 서른넷.

체구가 작고 납작한 코에 두툼한 입술 하며 탕아였다는 말이 믿어지지 않을 만큼 성실해 뵈는 인상의 사내였다.

어쨌든 의심하려면 이 사내나 의심할 일이지 왜 자기는 남편까지 '순자의 남자' 로서의 가능성을 떠올리는 것일까?

스스로 참기 어려운 불쾌감을 느끼면서도 왜 남편을 의심하는 것일까?

　그렇다.

　민희는 알고 있었다.

　호텔에서 남편의 끔찍한 낮의 도락(道樂)을 엿본 이후 자기는 이 이상 더 남편을 믿고 있지도, 존경하고 있지도, 의지하고 있지도 않다는 것을.

　여자들끼리 모이면 흔히 그렇게 얘기하듯 주간지들의 사건 기사들에서 얼마든지 볼 수 있듯, 남편은 자기 집 가정부를 건드릴 수도 있는, 긴장해서 감시해야 할, 불완전한, 못 믿을 사내에 불과한 것이었다.

　사실 '긴장해서 감시한다'는 것이 요 얼마 동안의 민희의 생활이었다.

　남편의 행동을 감시하기 위해서 긴장해 있다는 것은 참을 수 없이 불쾌한 것이었지만 어쨌든 긴장은 긴장이었다.

　어떤 동기의 긴장이든 가정에서 주부의 긴장은 주부로 하여금 자기 혼자만의 생활에 대한 욕구에서 실제 모두의 가정생활로 관심을 돌리게 하는 모양이다.

　자기 몫의 '십분의 일'의 비밀을 즐길 권리가 있다고 자신에게 주장하면서도 그 여자는 오히려 다른 어느 때보다도 바깥출입을 하지 않고 집에만 틀어박혀 지냈던 것이다.

　"아줌마, 빌려왔어요."

　빌린 스피츠를 안고 현관문을 들어서 거실을 달려오며 순자가 상기된 얼굴로 외치는 소리에 민희는 눈살을 찌푸렸다.

"일을 치르면 쇠고기 한 근 푹 삶아먹이겠다고 약속하라지 않십니꺼. 자, 헬가야, 니 신랑 왔데이. 싸우지 말구 잘 지내라이."

어쩌구 떠들어대는 소리에 민희는 짜증을 견디지 못하고,

"조용, 조용하지 못해?"

빽 소리쳤다.

순자는 입을 다물었으나 민희의 짜증이 단순한 짜증 이상이 아니라고 판단했는지 스피츠들의 교섭을 돕는다고 설쳐대고 있었다.

민희는 순자가 지금 하고 있는 일에 아무 흥미가 없는 체 눈을 감았다.

그러나 헬가의 깨갱거리는 날카로운 비명 소리가 들리기 시작하고 순자가,

"헬가야, 조금만 참으래이. 첨엔 다 그런 거란다."

는 말을 듣는 순간, 자신도 모르게 번쩍 눈을 뜨며 몸을 일으켰다.

그러한 민희에게 자기가 그 고통을 겪고라도 있는 듯 상기될 대로 상기된 얼굴의 순자가 입가에 기묘한 웃음을 흘리며 말을 던져왔다.

"아줌마, 김씨 기사님한테 요상한 부탁했다 카데요?"

"뭐?"

"아저씨가 낮에 바람피는 거 일러바쳐달라꼬예."

민희는 현기증을 느꼈다. 그건 사실이었다.

"김씨가 그러든? 너한테?"

"왜 여자들은 남편이 바깥에서 돈 주고 살짝살짝 바람피는 것까지 못 하게 막으라 카는지 모르겠다고 하데예. 그런 남편들은 가정에 충실한 남자들이라 카데예. 진짜 나쁜 남편들은 바깥에서 한 여자하고 오래오래 연애하는 남자라 카데요. 돈 주고 살짝살짝 하는 남자들은 본처를 버리지는 안 한다 카데예."

"너, 김씨하고 보통 사이가 아니구나? 너한테 그런 말까지 하는 걸 보면……"

"아이, 아줌마도……"

긍정도 부정도 아닌 웃음을 흘리며 순자는 슬그머니 외면했다.

그때 전화벨이 울리고 달려간 순자의 음성이 민희의 귀를 아프게 때렸다.

"김씨 기사님인데요, 아줌마 바꾸시래요. 아저씨 꼬리를 잡았나봐요."

"그 전화 끊어버렷!"

민희는 외쳤다.

"저어, 아줌마가 전화 안 받겠다 캅니더."

순자가 난처해 죽겠다는 표정으로 수화기에 대고 말했다. 왜 안 받겠다느냐고 운전사 김씨가 물은 모양인지,

"모르겠심더, 와 전화 안 받겠다 카는지."

울상으로 말하고 나서 민희에게,

"아주머이, 좀 받아보이소. 안 계시면 몰라도 계시면서 전화

276

안 받으면 사람 무시하는 거 아닙니꺼!"

전화를 끊겠어도 당신 손으로 끊으라는 듯 수화기를 탁자 위에 내려놓고 식당 쪽으로 도망치듯 가버리는 순자의 태도에서, 내 남자를 편드는 여자의 우직한 고집을 얼핏 발견하고 민희는 차라리 기가 질렸다.

아하, 요것들이 보통 사이가 아니구나! 순자를 제 손아귀에 집어넣고 마음대로 주무르는 김씨의 모습이 상상되며 민희는 또 한번 순자에 대해서, 아니 여자란 것에 대해서, 한번 남자에게 바치고 나면 그 남자의 조종에 움직이게 마련인 여자란 것에 대해서 노여움을 느꼈다.

순자년이, 엄하게 다스리지 않은 탓인지 평소에 군말이 많긴 해도 이번처럼 퉁명스럽게 반항적인 태도로 주인인 민희에게 말해본 적은 없었다.

"아아니, 저것이……"

당장 뺨이라도 한 대 올려붙이고 짐 싸들고 나가라고 하고 싶은 걸 꾹 참고 어쨌든 민희는 팬티와 브래지어만의 차림인 그대로 베란다에서 거실로 나가 수화기를 집어들었다.

"여보세요, 김씨예요?"

"예, 접니다. 다름이 아니구, 아저씨께서 조금 전에……"

"이봐요, 김씨!"

"예?"

"나, 아저씨 뒤를 캐봐달라고 김씨한테 부탁한 거 취소할 테니까 아저씨 비밀을 캐려고 애쓰지도 말고 나한테 보고 안 해도 괜찮아요. 알겠어요?"

"아, 예. 그럼 저……"

"그리고 나중에 차근차근 물어보겠지만 김씨는 순자하구 어떤 관계죠?"

"순자하구 어떤 관계라니요?"

"총각하구 처녀하구 그럴 수도 있겠지만, 내 집에서 일하는 동안 그런 꼴은 난 못 봐요."

"아니, 순자 그년이 뭐랬기에……"

"순자 그년이라니? 김씨 다시 봐야겠군. 이년 저년 할 여자한테 내가 아무한테도 말하지 말라고 그렇게 당부한 말을 지껄여요, 지껄이길……"

"아……"

"할말 없죠?"

"그게 아니구요, 사실은……"

"됐어요. 변명은 나중에 듣기로 하구, 어쨌든 아까 내가 한 말 명심하세요. 아저씨 뒤도 캐지 말구 나한테 이르지도 말고……"

"하지만 사모님, 아저씨가 너무하십니다."

전화를 끊으려는 민희의 팔에 매달리기라도 하듯 김씨가 다급하게 말을 던져왔다. 아닌게 아니라 수화기를 내려놓으려던 민희는 주춤했다.

"아저씨가 너무하다니요?"

278

"실은 사모님이 저한테 그런 명령을 하셨지만 저도 남잔데 어지간하면 아저씨 편이 돼서 아무 말씀 안 드릴려고 했어요. 남자가 가끔 바람필 수도 있는 거구 뭐 그런 거 아닙니까? 그런데 아저씨가 이건 좀 너무……"

"글쎄, 뭐가 너무하다는 거예요?"

"말씀드려봐야 제 말을 안 믿으실 거구 직접 나와서 보세요. 안양유원지 있잖아요? 그 안으로 쭈욱 들어오시면 유원지호텔이라구 있어요. 유원지호텔입니다. 주차장에 제가 기다리고 있겠습니다. 빨리 안 오시면 못 보십니다."

그리고 민희가 미처 무어라 말하기 전에 김씨 쪽에서 전화를 끊어버렸다.

진흙탕의 수렁 속으로 한 발 한 발 빠져드는 느낌 때문에 민희는 온몸에서 맥이 빠졌다.

가장 후회스러운 것은 운전사 김씨한테 남편의 뒤를 밟아 자기한테 이르라고 부탁한 거였다.

남편의 부정의 증거를 잡아서 어쩌겠다는 건가? 자기에게 남편과 이혼할 생각이 조금도 없다는 것을 민희는 잘 안다.

결국 고용인들에게 주인의 추태만 보여준 꼴이 되고 말았다.

지금 안양유원지로 달려가서 남편의 멱살을 잡아봐도 추태인 줄 뻔히 알면서도 모른 체 집에만 있으려도 자기가 김씨나 순자의 눈에는 병신스러운 여자로 보일 게 틀림없었다.

가뜩이나 신경이 날카로워져가는데 베란다에서 교미중인 스피츠 헬가의 쇳소리 같은 비명이 집 안을 울려댄다.

"순자야!"

식당에서 순자가 그사이 울었는지 뻘건 눈으로 야단맞을 각오를 하는 표정으로 주춤주춤 나왔다.

"저거 당장 떼놓지 못해!"

스피츠들의 교미를 중지시키라고 악을 쓰자마자 민희는 자기 머리를 쥐어뜯으며 욕실로 달려갔다.

일광욕 하느라고 온몸에 발랐던 올리브기름을 대강대강 비누질로 씻으면서 똑같은 이 시간에 남편이 안양의 유원지호텔에서 여자를 끼고 누워 있다는 사실을 자기가 알고 있다는 것이 미치도록 고통스러웠다.

똑같은 시간에 남들이 무얼 하고 있는지 모르고 지난다는 평범한 사실이 얼마나 은혜로운 것인가를 민희는 처음으로 깨달았다.

그렇게 깨닫고 보니 이제부터 어떻게 해야 한다는 결론은 저절로 나왔다.

오늘 밤 남편에게 얘기하자. 운전사에게 당신 뒤를 캐보라고 했다는 것. 김씨가 오늘 낮에 당신이 안양 유원지의 호텔에서 여자와 함께 있다는 사실을 알려줬다는 것. 집안의 추태를 알고 있는 김씨를 내보내자는 것. 김씨와 깊은 관계가 생긴 모양인 순자도 고향으로 돌려보내자는 것. 앞으로 바람을 피우더라도 철저히 나 모르게 피우라는 것. 나뿐만 아니라 세상사람 아무도 모르게 피우라는 것.

부끄럽고 두려운 것은 부정 그 자체가 아니라 그 부정이 남의 눈에 들킨다는 것뿐이었다.

　욕실에서 나오자 민희는 어디라고 작정한 데도 없이 외출 준비를 했다. 어디라고 딱 작정한 데는 없지만, 그러나 민희는 이제부터 자기가 찾아나서야 할 것이 무엇인지는 알고 있다. 그렇다.

　그것은 자기의 '십분의 일'이었다.

　자기는 어쩌면 자주 그랬듯이 백화점 같은 데 들러서 이것저것 쇼핑이나 하다가 하루 해를 넘기고 집으로 돌아올지 모른다.

　또 어쩌면 영화관에 가서 멍하니 화면을 들여다보다가 나올지도 모른다.

　또 어쩌면 윤여사 의상실에 가서 다른 여자들과 잡담이나 하다가 올지도 모른다.

　그러나 아마 자기는 지금은 수출입회사에 다니고 있는 옛날 대학 시절의 남자친구를 불러낼 것이 거의 틀림없다.

　결혼 이후 그 남자에게 전화 한 번 해본 일이 없지만 그러나 그가 자기를 찾아온 민희를 보자마자 민희를 어떻게 처리해줄 것인지 민희는 잘 알고 있다.

　물론 어쩌면 자기는 오늘도 그 남자한테는 찾아가지 않고 말지도 모른다. 오히려 카바레 같은 데 가서 이름도 신분도 모르는 남자와 어울릴지 모른다.

　화장을 하고 옷을 입고 이제 막 유치원에서 돌아온 작은아이를 순자에게 맡기고 현관을 나서서 엘리베이터를 타고 밖으로

나오자, 주차장에서 기다렸다는 듯 차 한 대가 스르르 미끄러져
와 민희 앞에 멈췄다.

　민희는 그 차가 뜻밖에도 자기네 차임에 놀랐고, 운전석에 앉
은 채 손을 뻗쳐 뒷문을 열어주는 사람이 김씨임에 기가 막혔다.

　"아아니, 아저씨는 어떡허구?"

　"영동 공사장에 모셔다드리구 오는 길입니다."

　"벌써?"

　말하고 나서 민희는 남편의 정사가 벌써 끝나서 일터로 돌아
갔느냐는 물음이 됐음을 깨닫고 얼굴이 뜨거워졌다. 그런 뜻임
을 알아챘는지 김씨 역시 씨익 웃으며,

　"모시고 오라구 해서요."

　"나를? 아저씨가?"

　"예, 타십시오."

　"나를 왜?"

　민희는 의심쩍은 눈으로 김씨를 살펴봤다. 남편이 민희를 공
사현장으로 불러내는 일이란 과거엔 전혀 없었던 일이다.

　"아파트를 팔구 집을 지으시려나봐요. 영동 쪽에 맘에 드시는
땅이 있는 모양이에요. 아마 함께 땅 보러 가자구……"

　"그럼, 날 데리러 온 모양인데 왜 올라오지 않고 여기서 기다
리고 있었소? 내가 내려올 걸 어떻게 알구?"

　"지금 막 올라가려던 참이었어요. 어떻게 할까요? 다른 데 가
시던 길이면…… 집에 가니까 안 계시더라구 할까요? 어쨌든 타

282

십시오. 어딜 가시든지……"

"아니, 아저씨한테 먼저 가요."

차라리 잘됐다. 오늘 밤 남편한테 얘기하려던 것을 지금 만나서 얘기하자. 야외에서 땅 구경을 하며 김씨와 순자를 내보내자. 바람피우더라도 들키지 말고 바람피우라고 말하는 쪽이 훨씬 의논성스럽다.

차창 밖으로 흘러가는 신개지(新開地)의 허허로운 풍경을 보고 있던 민희는 차가 말죽거리를 지나서 인가가 별로 보이지 않는 산길로 접어들자 그제야 수상해지는 사태를 알아채고 다급하게 말했다.

"아니, 김씨, 어디로 가는 거예요?"

"다 왔습니다. 요 모퉁이만 돌면…… 저 미리 알아둘 게 있는데요, 절 내보내고 싶으시죠?"

민희가 숨이 컥 막히는 느낌을 받은 것은 김씨의 그 말 때문이 아니라 돌아보는 그 눈빛 때문이었다.

"김씨, 아무래도 이상한데?"

"이상하긴요, 나두 고추 달린 사내새낀데, 어차피 이 집에서 뜰 놈, 나한테두 한번 주시라는 거죠."

"뭐? 뭘 달란 말야?"

"그 몸 말예요. 아저씨 몰래 바람피러 다니시는 거, 다 안다구요. 순자년이 일러주데요. 사실은 아까 안양에서 호텔방까지 잡아놓구 불러내려던 건데 안 오시기에 별수 없이 일루 모신 거예요."

민희는 끓어오르는 분노 때문에 오히려 침착해졌다. 운전사 김씨가 다짜고짜 사내의 맹목적인 성욕만 앞세우며 달려든다면 어쩔 수 없이 자기는 당한다는 것을 민희는 안다.

맹목적인 성욕은 순수하다 할 만큼 단순하다.

단순한 만큼 강렬한 것이다.

신분의 차이를 강조해본다든가 나중에 법에 의해서 처벌당할 때는 후회할 거라는 따위의 호소는 먹혀들지 않을 것이다.

그것 앞에서 여자가 할 수 있는 일은 체면도 위엄도 교양도 학식도 다 내팽개치고 똑같은 한 마리 동물의 암컷이 되어 이를 악물고 손톱을 세워 필사적으로 저항하다가 마침내 당하는 것뿐이다.

그런데 지금 으슥한 산길로 차를 몰아넣으며 "한번 달라"는 김씨에게는 그런 순수함이 없었다.

어차피 해고당할 바엔 마침 쥐고 있는 약점을 이용해보겠다는 비열한 계산이 앞서 있는 걸 민희는 재빨리 느끼고, 그 비열함에 대한 경멸감으로 차라리 침착해지는 것이었다.

"김씨, 지금 제정신이 아니군. 이제까지 한 얘기 안 들은 걸로 생각할 테니까, 어서 차를 돌려요."

"안 들은 걸로 하고 싶겠죠. 남편 몰래 나쁜 짓을 많이 했으니까……"

"나, 우리 애들 아빠 몰래 나쁜 짓 한 것 없어. 어서 차 돌려.

이런 짓 하면 나중에 어떤 처벌을 받는지 나보다 더 잘 알 거 아냐! 문제가 커지기 전에 어서 차 돌려요."

"나쁜 짓 한 게 없다구요?"

"내가 무슨 나쁜 짓을 했다는 거지?"

"증거를 대라 이거죠? 내가 뭐 순자년 말만 듣고 이러는 줄 아세요? 내가 증거를 대면 내 말 들어주는 거죠?"

"말 같잖은 소리 하지도 말고. 증거, 증거 하는데 증거란 게 도대체 뭐야?"

"그렇게 큰소리친다고 한 짓이 없어지나요? 아저씨하구 이혼하구 싶지 않으시면 내 입을 틀어막는 게 상수라구요."

"나쁜 새끼 같으니라구! 글쎄, 증거가 뭐냐 말야?"

"동일호텔 일 생각 안 나세요? 성동구청 근처에 있는 호텔 말예요. 그래도 시치미 떼시기예요?"

"……난 호텔은커녕 성동구청이 어디 붙었는지도 몰라."

"정말 그러시기예요? 그럼, 얘기하죠. 얼마 전에 사무실에 있는데 아저씨한테서 전화가 왔대요. 차를 가지구 호텔로 와달라구. 가보니까 술집 호스티스하고 낮걸이 재미 좀 보다가 그애를 때렸다나요. 그 기집애가 신고를 해서 경찰이 왔어요. 난 성동경찰서까지 아저씨하구 경찰하구 그 기집애하구 호텔 지배인을 태워다줬죠. 그런데 아저씨가 호텔방에 라이터를 두고 온 거 같다고 가져오라는 거예요. 오는 길에 술집에 들러 주인마담도 좀 데려오라구요. 차를 호텔 맞은쪽 길가에 세워두고 길을 건너려는

데 아주머니가 호텔에서 나와 택시를 잡아타데요. 난 아저씨 일
이 아주머니한테 들통났나 싶어 호텔 사람 붙들고 물어봤더니
웬걸, 약 두 시간 전에 다른 남자하고 딴 방에서 재미 보시구 가
는 여자분이라구요. 어느 방이었냐니까 가르쳐주는데 이건 참,
복도 하나를 사이에 두고 마주 보는 방에서 안팎이 제각기 놀아
났으니 그야말로 코미디지 뭡니까? 안 그래요?"

돌아보며 한 눈을 찡긋하는 김씨의 능글맞은 얼굴에 침을 뱉
어주고 싶은 충동을 꾹 누르며 민희는 침착하게,

"난 성동구청이 어디 붙었는지도 몰라."

"왜 이러세요? 현장을 붙잡은 게 아니라고 뻗대면 그만이다
그건가요? 내 눈으로 똑똑히 봤는데도 아니라면 나도 감정이 있
는 놈예요. 적당히 눈감아주려고 했지만 감정을 돋우면 산통 다
깨버릴 수도 있다구요."

차는 약간 비탈진 오르막길을 오르느라고 속력이 줄었다. 민
희는 차에서 뛰어내릴 수 있으리라고 계산했다.

이 근처에 사람이 하나라도 있다면 저 악마 같은 운전사의 손
아귀에서 무사히 벗어날 수 있을 것이다.

창 밖을 살피며 슬그머니 열쇠에 손을 가져가는 민희의 태도
에서 뛰어내리려는 의도를 짐작했는지, 김씨는 갑자기 기어를
바꾸고 액셀러레이터를 힘껏 밟았다. 차는 미친년 널 뛰듯 껑충
껑충 뛰어오르며 황토의 오르막길을 달렸다.

"차에서 내리실 생각은 마세요. 이제 다 왔으니까."

"나쁜 새끼, 이런다구 내가 못 뛰어내릴 줄 알아?"

큰소리를 쳤지만 뛰어내려 무사할 자신이 없었다. 가는 데까지 가보자. 끝까지 침착하자. 이제 놈이 쥐고 있다고 생각하는 증거란 것도 듣고 보니 별거 아니다.

설령 남편한테 고자질한다고 해도 얼마든지 버틸 자신이 선다. 죽이려 들지 않는 한 끝까지 몸을 지키자.

이런 비열한 놈한테 당하고 나면 그야말로 약점을 잡히게 되는 것이다. 체면상 당했다고 경찰에 고발할 수 있는 일도 아니고, 남편한테 일러바칠 수 있는 일도 아니다.

그렇게 마음을 도사려먹어보니, 민희는 어떤 비극적인 파국에 한 걸음 디뎌놓은 것 같은 예감에 잔등에 소름이 끼쳤다.

내가 한 짓이 이런 비열한 놈한테 이용될 수 있는 그렇게 추잡한 짓이었던가? 문제는 남편이 알아도 괜찮으냐 알아서는 안 되는 일이냐 하는 것이다.

자기는 남편의 부정을 알고도 그 부정이 가정을 파괴하지 않는 한 외면하려 했다. 자신의 부정과 상쇄하려는 계산도 없지 않았지만, 어쨌든 남편이 자기 모르게만 해준다면 일부러 알려고 하지는 않겠다고 작정하고 있던 중이었다. 마찬가지 것을 남편에게도 바랄 수 있을 것인가?

차가 오르막길을 다 올라가자 시야가 확 트이는 구릉지대의 거의 전부가 하나의 큰 농장이었다. 시멘트 벽돌로 지은 축사가 줄지어 서 있고 젖소도 꽤 많이 보였다. 산비탈로는 배나무 과수원이 펼쳐져 있다.

문득 민희는 남편이 영동 쪽에서 청부 맡아 지어주고 있는 건물이 어느 은퇴한 정치인 소유인 농장의 창고와 그 주인의 별장이라는 얘기를 들은 적이 있다는 생각이 났다.

그렇다면 김씨는 민희를 제대로 남편한테 데리고 가는 길이 아닌가? 새삼스럽게 기웃거리며 차창을 통해 살펴보니 멀리 축사들 너머로 신축중인 건물 모습이 보였다.

공포 때문에 돌처럼 단단히 뭉쳐 있던 마음 한구석이 안도감 때문에 스르르 무너져내리기 시작하는 걸 느끼며 민희는 운전석의 김씨를 의아한 눈으로 바라보았다.

"저기 보이는 게 공사장입니다. 이 소나무숲만 빠져나가면 바로 아저씨가 있는 곳이라구요."

"그래서 어쩌겠다는 거예요?"

민희는 여전히 앙칼진 음성으로 말하려고 했으나 자신도 모르게 어느새 평소의 존댓말로 돌아와 있었다.

"여기서 차를 세우라면 세우고 그렇지 않으면……"

"차를 왜 세우라는 거예요?"

"내 입을 틀어막으셔야죠. 안 그래요? 이래봬도 나도 여자깨나 울린 놈입니다. 나두 뭐 강제로 그러긴 싫어요. 우리 의논껏 조용히 한번 즐기면 해서요. 매일매일 이 소나무숲을 통과할 때마다 호텔에서 나오던 아주머니 모습을 생각하곤 했죠. 얼마나 좋습니까? 보는 사람 아무도 없고…… 치사하게 치근덕거리며

288

달라붙지 않습니다. 딱 한 번이죠. 난 원래 그래요. 한 번 관계하면 그걸로 끝낸다구요. 까놓구 얘기지만 순자년도 딱 한 번 안아주곤 두 번 다시 안 쳐다보니까 몸살이 나서…… 나한테 귀염받구 싶어서 아주머니 멘스 날짜까지도 일러바친다구요."

"미친 것들……"

"어떻게 할까요? 차를 세울까요? 어차피 오늘이 댁하고는 마지막 작별인 거 같은데 마지막 가는 사람 입보다 무서운 게 없습니다."

그러면서 김씨는 차를 스르르 세웠다.

"미친 소리 말고 빨리 가지 못해요!"

"담배 한 대 피울 테니 잘 생각해보세요."

민희는 후닥닥 차에서 뛰어내려 달리기 시작했다. 이 숲만 빠져나가면 남편을 만날 수 있으리라. 남편에게 울면서 매달리리라. 우리가 왜 이런 비열한 모욕을 당해야 하느냐. 그러지 말자. 앞으로는 제발 그러지 말자. 당신도 그러지 말고 나도 그러지 말자.

이를 악물고 울면서 달리고 있는 민희 뒤를 짐승 몰듯 바싹 뒤따르는 차 속의 김씨가 차창 밖으로 고개를 내밀고 이죽거렸다.

"앞으론 남자 생각이 나면 날 부르시라구요. 알겠어요? 내 생각을 하시라구요."

5

“난 도무지 이번 담임선생님이 맘에 안 들어요. 글쎄, 시험을 보는데 애들한테 힌트를 준다잖아요. 지나가면서 슬쩍 들여다보고 ‘얘, 이건 틀렸구나’ 한다잖아요. 애들이란 게 좀 빨라요? 그 말만 듣고도 그애 근처에 있는 서너 명 애들이 후딱 답을 고쳐쓴다잖아요. 그러니 백 점짜리가 이십 명, 삼십 명씩 나오죠. 다른 반에서는 백 점짜리가 대여섯 명 나올까 말까라는데. 그렇게 성적이나 올려 부모들 비위나 맞추려는 선생 밑에서 애들 실력이 늘겠어요?”

“정말 안 되겠네요. 그런 선생님한테는 어머니들이 압력을 가해야 해요. 시험공부 열심히 해가지고 간 애나, 안 그런 애나 똑같이 백점이라면 정말 누가 열심히 공부하겠어요?”

몇 걸음 앞장서 가고 있는 아주머니들의 대화를 들으며, 민희는 학교에 올 때마다 버릇이 되어버린 열등감에 빠져들어갔다.

민희는 한 달에 한 번씩 큰아이의 담임선생을 찾아보기로 정해놓고 있었다.

찾아본다는 것은 ‘책이나 사보시라’ 고 이만원이 든 봉투를 주러 간다는 뜻이다.

돈 액수에 차이가 있을 뿐 어느 엄마나 다 그러고 있다. 대부분 6·25 직후의 찌들 대로 찌든 살림 속에서 국민학교엘 다녔던 지금 삼십대의 엄마들은 담임선생이라는 사람들이 얼마나 치사한

가를 잘 안다.

담임선생이란 우선 공부 잘하는 애들을 귀여워한다. 동시에 공부 못하는 애들에 대한 미움이 대단하다. 그 미움을 무관심이라는 가장 악질적인 방법으로 나타낸다. 그러나 공부 못하는 애들 중에서도 귀여움을 받는 애들이 있다.

자주 선생님을 찾아보는 엄마를 가진 애들이다. 엄마가 선생님을 찾아본다는 것은 말처럼 쉬운 일이 아니었다. 우선 찾아볼 수 있는 시간이나 마음의 여유가 있어야 하고, 깨끗한 외출복도 있어야 하고, 만나서 선생님 손에 쥐어줄 돈이 있어야 한다.

선생님 쪽에서는 물론 돈만은 극구 사양하지만, 이쪽은 빈 입만으로는 학교문을 들어설 용기가 안 나는 것이다. 요컨대 그 모든 조건을 갖춘 건 아무래도 잘사는 집 엄마들 몇몇뿐이었다. 오늘날 엄마들은 자기네 경험을 통하여 잘 알고 있는 것이다.

국민학교 아이들이란 선생님한테서 귀여움을 받으면 받을수록 공부도 잘하고 자신감을 가진 진취적인 성격이 된다는 것을.

자기네들은 찌든 살림과 선생님의 무관심 속에서 선생님의 사랑을 독차지한 몇 명의 아이들을 얼마나 부러워하고 질투했던가. 질투란 하면 할수록 상대가 아니라 하는 내 가슴만 멍이 들도록 두들겨패는 것이다.

자기 자식이 자기처럼 병든 어린 시절을 겪어서는 안 된다. 무슨 수를 쓰든지 담임선생의 관심이 내 자식에게 쏠리도록 하고 아이가 귀여움을 받아 활짝 피도록 해야 하는 것이다.

민희 역시 돈봉투를 들고 아이의 담임선생님을 찾아보는 이유
는 그런 뜻이지만, 그러나 한 달에 한 번씩 돈봉투를 들고 찾아
가는 방법 외에 더 적극적인 열의를 나타낼 줄은 몰랐다.

학교에 와보면 항상 어머니 몇 명이 선생님 주변을 에워싸고
쑤군거리기도 하고 아양을 떨기도 하는 모습을 보게 되는 것이
었다.

선생이 여자일 경우엔 '언니' '형님' '아우' 해가며 쑤군거리
고 있는 그 몇 명의 여자들은 어쩌면 도시락까지 싸들고 매일 학
교로 출근하는지도 모른다.

선생을 자기네 계모임에 끌어들여 교사 대 학부모의 관계를 한
계꾼의 관계로 바꿔놓고 친하게 지낸다는 소문도 있었다.

어쨌든 그 어머니들이 에워싸고 있는 한 민희는 담임선생에게
가까이 접근할 수 없다고 체념하고 있는 것이었다.

또 어떤 때는 유명한 화가라든가 대학교수라든가 여성단체 간
부라든가 패션 디자이너라든가 하는 여자들이 아이의 엄마로서
담임선생을 방문하고 있는 모습에 맞닥뜨릴 때가 있다.

그런 엄마들을 대하는 선생님의 태도에서 존경의 빛을 엿보
고, 민희는 자기를 대할 때의 태도와 비교해보곤 했다.

그러고 보면 자기란 여자는 아이의 엄마로서 아무 특색도 없
는 평범한 여자에 불과하다. 옆사람이 보기에 눈살이 찌푸려질
만큼 적극적으로 선생을 독점하려 드는 열성도 부릴 수 없고, 선
생 쪽에서 은근히 대해올 만큼 사회적 명사도 못 된다.

학교로 선생을 방문한다는 것은 민희로서는 자기가 지극히 평범한, 아니 무능한 여자라는 사실을 확인하는 일에 지나지 않는 것이었다.

"정말 꼴불견도 보통이 넘어요. 자기네 허락 없인 선생님하고 말도 해선 안 된다는 듯 우쭐거리고…… 꼭 무슨 높은 양반 비서실 같다니까요. 그 여편네들은 선생님 김치독에 김치가 몇 포기 남았나까지 다 안대요. 선생이 살림 걱정을 안 해야만 애들 교육에 전념할 수 있을 게 아니냐구. 그러면서 선생이 다른 엄마 하구 가까워질까봐 눈에 불들을 켜고 감시한다잖아요. 배부르니까 할 일들이 없어서……"

민희가 담임선생을 자기네 전유물인 양 에워싸고 있는 몇 명의 극성스런 엄마들에 대해서 욕하면, 그러나 남편은,

"배부르니까 할 일이 없어서 춤추러나 다니는 엄마들보다야 낫지 않아? 사람이란 가만히 보니까 그런 것 같더라. 난 바둑 두는 친구들을 보니까 왜 바둑 같은 쓸데없는 짓에 그렇게 시간을 바치고 정력을 소모시키나 했더니 나쁜 짓을 안 하려니까 그러는 거야. 나쁜 짓을 하는 것보다는 쓸데없는 짓을 하는 게 낫다 그거지. 취미생활이란 다 그런 거야. 화초를 기른다든가 골동품을 모은다든가, 그런 쓸모 없어 보이는 일에 미쳐 있으면 좋은 일을 적극적으로는 못할망정 나쁜 짓도 안 할 수 있단 말야. 사실 돈 있고 시간 있으면 엉뚱한 취미로 빠지는 여자들이 얼마나 많아! 한 달에 자기 옷을 열 벌 이상씩 해입는 여자도 수두룩한

모양이던데. 옷 해입는 취미 정도라면야 물론 바둑처럼 무해무익한 것이겠지만…… 어쨌든 그 여편네들은 옷 해입거나 보석 사모으는 취미 대신 학교 방문하는 취미를 택한 것일 거란 말야. 당신도 나처럼 무취미 체질인데, 그러지 말고 학교 방문하는 취미나 가져보지 그래. 덕택에 애 성적도 올라가고, 좋은 취미잖아? 외곽에서 빙빙 돌며 욕이나 하는 건 좋은 취미가 아니야. 해보라구, 그것도 다 경쟁이야."

"난 죽었다 깨도 그런 여편네들하군 경쟁 못 해요. 어떤 여편네들인데. 나보다 더 극성맞은 엄마들도 그 여편네들 눈치에 선생하고 말도 몇 마디 못 나누고 돌아온다구요. 돈도 다음부턴 우편으로 부쳐버릴까봐."

그러나 오늘 민희는 학교로 찾아가고 있는 것이었다.

지난 며칠 동안의 일은 민희에게 악몽이었다. 운전사 김씨가 스스로 그만둔 데까지는 좋았으나 택시를 사서 밥벌이를 해야겠으니 택시 살 돈 백만원만 이자 없이 빌려달라고 남편에게 부탁한 모양이었다.

그러나 그것이 부탁이 아니라 협박이라는 걸 민희는 알고 있다.

자기의 부정을 남편에게 폭로하겠다고 위협했듯이 남편에게도 부인에게 말하겠다고 협박했을 게 틀림없다.

"당신하구 의논해서 꼭 좀 빌려달라는데 말야. 매달 오만원씩 갚아나가겠다구. 퇴직금은 안 줘도 좋대."

"팔 개월 일하고 퇴직금 생각을 하고 있었단 말예요? 뻔뻔스럽긴."

"당신 돈 가진 거 있으면 빌려주자구. 그냥 내보내면 사실 굶어 죽으라는 거나 마찬가지. 때먹지는 않을 사람이니까."

"내보낸다니요? 자기 발로 나가겠다구 한 거지……."

"아냐. 마침 자기 입으로 그만두겠다구 해서 얼마나 잘됐는지 모른다구. 사실은 지난달부터 그만둬달라구 할까 그랬는데. 이젠 내가 직접 차 몰구 다닐 자신 있으니까."

"당신이 직접 운전하겠다구요?"

앞으로는 철저히 아무도 모르게 바람을 피우겠다는 계산이로군. 생각하는 민희는 그러나 차라리 그 편이 나으리라고 계산했다. 김씨에게도 현금 보관증이나 한장 받아두고 빌려주는 게 현명한 것 같았다.

입막음이란 결국 돈이었구나! 미운 생각에 이를 갈았지만 놈의 말마따나 놈이 만약 남편에게 '저어, 아주머니가 호텔에서 나오는 걸 봤는데요' 어쩌구 하면 쉽게 수습될 일은 아니다.

민희는 결국 남에게 친절한 남편의 마음씨에 못 이기는 체하고 복덕방을 통해 이자놀이를 하고 있던 돈에서 백만원을 빼와 남편에게 주었다.

별탈 없이 김씨를 나가게 한 건 후련했으나 돈을 빌려주고 받았다는 관계로써 김씨와 아직도 끈이 닿아 있는 것은 불쾌한 것이어서, 민희는 차라리 돈은 그냥 가지고 다신 우리 집안에 얼씬거리지 말라 하고 싶은 심정이었다.

순자도 내보냈다. 일단 고향으로 가겠다고 하여 차표까지 사 줬지만 차를 타고 안 타는 것은 순자의 자유다.

보나마나 김씨 자취방에서 얼마 동안 뒹굴다가 버림받겠지만, 그 비열한 놈한테 주인여자의 멘스 날짜까지 일러바친 속없는 계집애는 그런 운명을 받아 마땅하다.

친정 쪽에서 구해준 가정부가 새로 들어오고 남편은 자기 손으로 운전하면서부터 전에 없이 일찍 집에 들어온다.

민희는 생전 처음 느껴보는 듯한 안정감 속에서 아이를 위해 학교로 선생님을 방문하러 나선 것이었다. 그런데 학교에 들어서자마자 늘 느껴오던 그 열등감, 그 무력감에 빠지는 것이다.

난 정말 무취미한 체질인가? 아니 너의 취미는 섹스야, 하고 말하는 소리가 들려오는 것 같아 민희는 얼굴을 붉혔다.

6

볼일을 마치고 학교 문을 나서자 아침부터 바람이 세차고 흐리던 하늘에서 비가 내리기 시작했다. 굵은 빗방울이 걷고 있는 민희를 에워싸고 후두둑 소리를 내며 따라왔다. 방금 나온 학교 건물에서 아이들의 뜻 모를 함성이 갑자기 울려왔다.

아마 '비다, 비가 온다!'고 외치는 소리인 듯했다.

아이들의 그 맑은 함성과 아스팔트 위에 빗방울이 튀며 내는 시원한 소리 때문에 민희는 문득 자기가 순결한 공간 속으로 들어선 느낌을 받았다.

아이의 교육을 위해서 학교로 담임선생을 방문하고 나온다는, 제법 어머니로서 중요한 사회생활 한 가지를 치러냈다는 기쁨도 느끼고 있었다.

그러나 곧이어서 이 청결한 만족감을 연장시켜 어디엔가 갖다 붙일 데가 없음을 알고 슬며시 절망감을 느끼는 것이었다.

재미있는 영화를 보고 일종의 심미적 쾌감을 느꼈으나, 극장 문을 나설 때는 그 만족감을 연장시켜 갖다붙일 데가 아무 데도 없는 것과 마찬가지다.

기껏해야 그 영화를 재미있게 봤다는 친구나 만나면 잠시 동안 열을 내어 그 영화에서 본 인상 깊은 장면들을 얘기할 수가 있을 뿐이다.

민희는 처음으로 학교에 출근하다시피 하며 담임선생을 옹위하고 다니는 극성 엄마들의 마음을 이해할 것 같았다.

한순간으로 끝나고 마는, 연장되지도 않고 다른 일에 아무런 작용도 가하지 못하는 그 만족감을 연장시킬 수 있는 방법은 매일매일 학교로 방문한다는 것밖엔 없는 것이다.

그러고 보면 사람들은 모두 그렇게 살아가고 있는지도 모른다. 아파트의 민희네와 마주 보고 있는 집에 남편 없이 살고 있는 사십 세쯤 된 여배우는 걸핏하면 절엘 간다.

워낙 가꾸는 얼굴과 몸매라서 지금도 이십대라고 해도 곧이

들을 만큼 젊어 보이지만, 그러나 이젠 아무도 영화에 출연해달라고 하지 않는 모양이고, 그 대신 그 여자가 한창 활동하던 시절에 그 여자의 팬이었다고 할 수 있는 사십대 이상의 남성들이 그 여자를 불러내어 젊은 시절의 환상을 실현하곤 하는 모양이었다.

어쩌면 식구들에겐 절에 간다고 하고 남자를 만나러 가는지도 모르지만, 어쨌든 기분이 언짢으면 절에 가서 불공을 드리고 와야만 상쾌해진다는 것이다.

그것이 종교라는 것이겠지. 민희는 이해할 수 있다고 생각하면서도, 그러나 남자를 돈줄로만 여기고 딴딴하게 죽어 있는 부처님 앞에 가서야 살아 있는 상쾌감을 느낄 수 있다는 건 불행해 보이고 불결해 보이기조차 했었던 것이다.

그런데 지금 문득 그 여자의 상쾌감을 함께 느낄 수 있을 것 같은 것이고, 동시에 자신도 그 여배우처럼 불행해져버린 게 아닌가 하는 의구심이 드는 것이었다.

아아, 벌써 아이들의 함성을 듣고 미소가 나올 만큼 그렇게 메마른 늙은이가 돼버렸단 말인가!

잠깐 동안에 빗발이 세차지자 행인들은 비를 피해 건물들의 현관 안으로 달려갔으나 민희는 가로수 밑으로 몇 발짝 옮겼을 뿐 택시를 기다리는 그 자세대로 비를 맞고 서 있었다. 옷이야 갈아입으면 되고 머리야 손질하면 되지.

비가 온다고 좋아라 함성을 지르는 아이가 이미 아닌 자신의 나이에 거역하듯이 민희는 비를 맞아들이고 있었다.

손님을 태우고 달려오던 택시가 끼이익 물방울을 튀기며 민희 앞에 멎더니 뒷좌석의 젊은 여자 손님이 창유리를 내리고,

"어디까지 가세요?"

"고맙습니다."

민희는 얼른 앞자리로 올랐다.

"어디로 가시는데요?"

운전사가 차를 출발시키며 물었다.

"뒷손님은 어디까지 가시는데요?"

"광화문까지 가십니다."

집과는 반대방향이다. 하기야 집으로 갈 생각이었으면 길 건 너쪽에서 택시를 기다리고 있었어야 할 것이었다.

왜 나는 집과는 반대방향으로 가는 쪽에서 차를 기다리고 있 었을까? 뚜렷이 갈 곳을 정한 것도 아니었는데. 비 때문이라고 민희는 생각했다. 비 때문에 길을 못 건널 것처럼 생각하고 있었 던 거야.

"가시는 데까지 가세요. 전 적당히 알아서 내릴 테니까."

운전사에게 일러놓고 나서 뒷자리의 손님에게,

"고마워요."

고개를 돌려보니 아가씨는 손거울을 들여다보며 얼굴 화장을 살피고 있다가 '천만에요'라는 듯 미소를 지어 보였다.

예쁜 얼굴이지만 정말 틈틈이 화장을 고쳐야 할 만큼 살결이

거칠었고 피로의 빛이 눈언저리에 배어 있었다.

비는 더욱 세차게 뿌리고 있었다.

"뒷분 가시는 데까지 모셔다드리세요. 비 때문에 차 잡기가 힘들겠어요."

"어디로 가시는데요?"

"백화점에 좀 들를까 했는데 집으로 가야겠어요."

"댁이 어디신데요?"

"여의도예요."

"여의도는 못 갑니다. 차 손볼 데가 있어서요. 을지로5가로 가야 합니다. 전 광화문까지만 가시는 줄 알고 태워드렸는데……뒷손님이 서광호텔 앞까지 가시니까 거기서 내리셔서 차를 잡으세요. 거긴 빈차가 많이 와요."

"그러죠, 뭐."

서광호텔의 높은 건물 앞에서 차를 내리자 유니폼을 입은 호텔 보이들이 우산을 들고 달려와서 민희와 함께 타고 온 여자 머리 위에 우산을 받쳐주었다.

"아니……"

호텔에 오는 손님이 아니라고 민희는 말하고 싶었으나 함께 타고 온 여자가 호텔 보이의 호위를 받으며 호텔 쪽으로 들어가는 것을 보자, 그래 커피숍에서 뜨거운 커피나 한잔 마시자는 생각이 들었다.

그러나 커피숍은 비 때문인지 앉을 자리 없이 만원이었다. 함께 왔던 여자는 엘리베이터를 기다리고 서 있었다.

그렇구나. 남자의 부름을 받고 달려온 거야. 어쩌면 창녀일는지도 몰라. 웨이터가 빈자리를 찾아주기를 기다리며 서 있는 민희는 문득 그 여자가 행복해 보였다.

비 맞은 모습으로 자리가 나기를 기다리며 서 있는 자기 쪽이 초라한 창녀 같고 거침없는 태도로 호텔을 들어서 엘리베이터를 타고 방으로 가는 그 아가씨가 귀부인 같았다.

"죄송합니다. 자리가 아직 비질 않는군요. 저쪽 스탠드바에서라도 잠시 기다려주시겠습니까?"

돌아와서 예의 바르게 말하는 웨이터에게 민희는 불쑥,

"방이 있을까요?"

"네?"

"호텔에 지금 빈 방이……"

"아, 룸 말씀이군요. 예약이 안 돼 있으면 아마 없을 겁니다."

"잠깐 있다 갈 텐데……"

"알아보겠습니다."

프런트로 갔다가 돌아온 웨이터는,

"두 시간만 쓸 수 있는 방이 딱 하나 있습니다만……"

"좋아요."

"룸 차지는 한 시간 사용하시나 하룻밤 사용하시나 마찬가집니다."

"얼만데요?"

"만육천원입니다."

두 시간에 만육천원. 비싸지만 어차피 초라한 느낌을 떨쳐버리려면 차라리 칵 비싸버리는 게 낫다.

유리창을 두들기는 빗소리와 아득히 들려오는 자동차 소리들뿐, 아무 소리 나지 않는 아늑하고 청결한 방 속에 혼자 앉아 있으니, 문득 아랫배에서부터 목구멍을 향하여 서서히 떠올라오는 뜨거운 덩어리 같은 걸 느꼈다.

그것은 자유였고 호화스런 고독이었고 기쁨이었다. 아마 어머니 뱃속에 들어 있을 때는 항상 이런 느낌이었을 거야.

웨이터가 주문했던 커피와 샌드위치를 들여놓고 나가자 민희는 도어의 자물쇠 꼭지를 단단히 눌러놓고 옷을 벗었다.

서두르지 않고 이 호화스런 시간을 야금야금, 충분히 빨아먹겠다는 듯 겉옷을 벗고 스타킹을 벗고 브래지어를 벗고 팬티를 벗었다.

유리창에 흘러내리는 빗물은 훌륭한 커튼이었다. 새삼스럽게 커튼을 칠 필요도 없었다. 커피와 샌드위치를 먹고 나자 민희는 침대 위로 올랐다.

여기에 온 것은 전혀 생각조차 해보지 않은, 예정에 없던 일이지만 그러나 민희는 자기가 가장 바라고 있던 장소에 온 느낌으로 흥분해 있었다. 무엇을 상상할까? 누구를 상상할까?

7

민희가 자위의 습관을 갖게 된 것은 대학교 삼학년 때 민희의 처녀를 차지해버린 남자친구 기일이를 통해서였다.

여름방학이어서 친구들과 륙색을 메고 여행이라도 가고 싶었으나 집으로 걸려오는 같은 과 남학생의 사무적인 전화도 따돌릴 만큼 딸들의 몸가짐에 유난히 눈을 밝히는 부모들 때문에, 민희는 여행에 대해서는 말도 못 꺼내보고 거우 냉장고에서 얼음이나 꺼내먹는 일로 무더운 7월을 견디고 있었다.

해마다 8월 초 아버지의 휴가기간 동안에 식구 모두 해수욕장이나 절간에 가서 이삼 일 놀고 오는 게 민희네의 여름이었다.

자연히 그런 사정의 친구들끼리만 전화질로 서로의 답답한 심정을 종알대기도 하고, 그러다가 시내 제과점 같은 데서 만나 영화나 한 편 구경하고, 최고로 용기를 내어 풀에나 가게 마련이다.

민희도 여름방학 동안에만 갑자기 친케 지내게 되는 친구가 몇 명 있었다. 고등학교 동창생들이고, 가정형편이나 부모의 감시가 어슷비슷한 친구들이었다.

대학은 각각 달랐으므로 평소엔 자주 연락도 하지 못하고 지내다가 방학만 되면 서로 찾게 되는 그런 친구들이었다.

7월 하순 어느 날, 그런 친구 두 명과 민희, 셋이서 아침에 갔다가 하오에 집에 돌아올 수 있는 인천의 송도해수욕장에라도 다녀오기로 했다.

　겨우 인천이지만 서울을 벗어난다는 사실 때문에 잔뜩 여행 기분을 내어 저금통장에서 돈들도 꽤 많이 꺼냈다.

　부모들에겐 평소처럼 시내에 놀러 가는 것처럼 해야 하니까 옷차림도 평소처럼 입어야 하고, 여행에 필요한 물건들을 들고 나설 수도 없었다.

　기차칸에서 민희네는 을왕리해수욕장으로 캠핑 간다는 기일이네를 만났다.

　기일이는 대학신문의 편집장으로서 취재한다는 명분으로 여학생회 사무실을 무상으로 출입하여, 여학생회 간부들에게 콜라를 사도록 하는 등 하여 여학생회 간부인 민희와는 농담을 주고받을 수 있을 만큼 친밀한 사이였다.

　물론 그 친밀은 공적인 친밀, 여학생회 사무실 안에서만 통하는 친밀이었지만, 그러나 그 정도의 친밀만으로도 기차 속의 수많은 낯선 사람들과 여행 기분 속에 포함된 불안과 여름방학이 주는 해방감 속에서는 유난히 서로서로 반가운 표정이 되는 것이었다.

　기일이네는 남자만 다섯 명이었다. 모두가 민희네 학교의 신문기자들이었다.

　기일이만 사학년이고 나머지는 민희와 동학년이거나 후배들이었고, 평소에 안면이 있는 사람들이어서 민희는 안심하고 반가워할 수가 있었다.

전혀 모르는 사이라고 하더라도 그 남자들이 대학신문 기자들답게 만들어내는 위트 있고 유머러스한 분위기에는 같은 젊은이들끼리 어울리고 싶다는 생각이 저절로 들게 마련이었다.

인천에 내리자 기일이네는 동인천역 앞 광장에서 메고 온 륙색 등짐으로 토치카처럼 빙 둘러싼 그 안에 민희와 민희 친구들을 가둬놓고 빙 둘러 퍼질러앉아서 어린애들처럼 떼를 썼다.

을왕리해수욕장으로 동행하자는 것이었다.

어쨌든 배를 탈 때까지만이라도 함께 있어주기로 하고 그들은 연안부두로 갔다. 부두는 울긋불긋 여행 차림의 수많은 젊은이들로 꽃밭처럼 화려했다.

그 한껏 밝고 자유스러운 젊은 인파 속에서 민희네는 평상복 차림에 겨우 기차칸에서 만나게 된 남학생들을 바래다주러 나와 있는 자신들이 스스로 초라해 보이는 것이었다.

왜 우리만 이렇게 부자유스러워야 하는가.

의심 많은 부모들 때문이다.

젊은 남녀가 얼마든지 건전하게 어울려 지낼 수 있다는 걸 믿지 않는 어른들. 엉큼한 것은 그 어른들이다.

배를 타기 위하여 기다리고 있는 그 밝고 젊은 인파 속에는 보아하니 여자들만의 패거리도 얼마든지 있었다.

그런 패거리들 중의 하나가 벌써부터 기일이네 패거리에 관심을 갖고 '짐 좀 들어달라' 는 구실로 접근해오는 모습도 볼 수 있었다.

민희네는 소외감에다가 부모에 대한 반발심에다가 질투심까지 겹쳤다.

그런데 기일이가 의논도 하지 않은 채 민희네 것까지 배표를 여덟 장 사가지고 왔다.

해수욕장이 있는 용유도까지만 동행했다가 거기서 기일이네와 작별하고 타고 간 배를 도로 타고 돌아오기로 의논하고 민희네는 기일이 패를 따랐다.

그런 식으로 한 걸음 한 걸음 말려들어간 것이 결국 해수욕장까지 따라가고 말았다. 바로 그런 식으로 해수욕장에서의 첫날밤, 인적이 없는 숲속에서 민희는 기일에게 처녀를 탈취당했던 것이다.

번개 같은 솜씨였다. 캠프파이어를 위한 나무를 구하러 가자고 솔숲으로 데려가서 다른 친구들과 흩어진 민희가,

"여긴 너무 조용해서 무서워요."

라고 말한 순간 기일이는 민희를 쓰러뜨렸다.

원피스 속에 입고 있는 옷이라고는 얇은 삼각팬티 하나뿐이었다.

그나마도 방패라고 민희의 손이 팬티의 고무줄을 넣은 부분을 필사적으로 움켜쥐고 있는 동안, 기일이의 남성은 뱀처럼 팬티의 허벅다리 한쪽 밑자락을 파고들어 처녀의 성벽을 돌파해 버렸다.

"오늘부터 민희를 사랑하기로 했어."

기일이가 유혹이랍시고 민희에게 한 말은 겨우 그 정도였다.

"다른 친구들이 들으면 나보다두 민희가 곤란하게 돼."

그런 공갈에 넘어가 아프다는 비명도 크게 못 지르고 입술이 터지도록 이를 악물며 참았다.

기일이는 키가 작달막하고 머리가 약간 곱슬이고 얼굴은 여자처럼 예쁜 편이었다.

생김새만 봐서는 영리하고 민첩하긴 하나 폭력으로 여자를 찍어누를 만큼 우악스러운 구석이 있을 것 같지 않은 친구였다.

그런데 민희와 만날 때마다 내보이는 것은 남자의 폭발하는 듯한 정염이었다.

비 오는 일요일 낮에 여관방 같은 데서 행위가 끝나고 짧은 잠에 곯아떨어져 있는 기일이의 얼굴을 들여다보고 있으면, 이렇게 계집애처럼 생긴 남자가 어떻게 그토록 무서운 힘을 발휘할 수 있을까 하고 민희는 남성의 신비한 힘에 어리둥절해지곤 했다.

처음엔 수치스런 부분을 보이고 말았다는 약점을 잡힌 사람의 심리로써 기일이가 끌 때마다 할 수 없이 따라가곤 하였지만, 기일이의 능숙한 솜씨에 의하여 쾌락의 세계가 열리기 시작하자 민희는 걷잡을 수 없이 그 세계 속으로 탐하며 헤엄쳐들어갔다.

자기의 육체에서 전혀 상상도 못 한 세계를 끌어내는 기일이가 마술사처럼 우러러보였다.

그러자 어느 땐가 기일이가 자기라는 여자를 아껴주고 싶은 연인으로서도, 미래의 아내로서도 취급하지 않고, 오직 섹스의 쾌락에만 빠져 수치심을 내던져버린 한 마리 암컷이나, 제 맘대로 움직일 수 있는 노리개처럼 취급하고 있음을 문득 깨달았다.

그 발견은 민희를 몹시 분하게 하였다. 기일이의 세찬 파도 같은 애무 밑에서 민희의 하반신은 어쩔 수 없이 아득한 허공 속으로 솟아오르는 듯한 쾌락에 빠지면서도 머릿속은 자기를 업신여기고 있을 기일이에 대해 반항하고 싶은 분노로 부글부글 끓고 있곤 하게 되었다.

기일이에 대한 그 참기 어려운 갈등을 해소하는 방법은 섹스의 쾌락을 스스로의 힘으로 느끼고 기일이에게 발정한 암컷으로서가 아닌 교양 있는 여자로서 대접받을 수 있도록 기일이를 유도하는 것이었다.

그리하여 민희는 기일이가 그 여자를 쾌락의 세계로 데려가기 위해 처음에 사용하곤 하는 손을 사용하는 방식에 의해 그 불길을 일구곤 하였다.

기일이를 만나서는 되도록 그의 요구를 거절하고 연극 구경이라든가 음악회 같은 데나 함께 다니자고만 하였다.

섹스 같은 건 다 잊어버렸다는 듯 냉담한 얼굴을 하고 있는 민희를 대하게 되자, 기일이는 자기보다 더 큰 쾌락을 주는 남자가 민희에게 생긴 것이라고 생각하며 미칠 듯한 질투심에 사로잡혀 씩씩거렸다.

기일이의 노골적인 질투의 표현들 속에서 민희는 기일이가 한 남자로서 다른 남자들에 대하여 갖고 있는 깊은 열등감을 엿볼 수 있었다.

열등감을 노출시키고 만 것은 기일이로서는 큰 실수였다.

민희는 이제 더이상 기일이만을 자기에게 쾌락의 세계를 열어주는 남자라고 생각하지 않게 된 것이었다.

기일이가 두려워하고 있는 남자들 속에서 민희 자기에게 합당한 남자를 찾기로 민희는 결심한 것이었다.

호텔방에서 빗물이 흘러내리고 있는 유리창을 올려다보며 자신의 육체를 애무하며 민희는 이 습관을 맨 먼저 자기에게 가르쳐준 기일이를 생각하고 있었다.

기일이 이후로 적지 않은 남자를 경험해본 민희로서는, 기일이가 결코 그런 열등감을 가질 필요가 없는 남자라는 것을 안다. 오랜만에 기일이나 만날까? 만나서 너의 남자로서의 열등감은 부당한 것이라고 말해줄까?

기일이와 어울리던 시절도 이젠 십 년 전이다.

그러나 처녀를 바친 첫 남자이어선지 기일이와의 십 년 전 일들이 한 달 전의 다른 일들보다 훨씬 생생하게 기억되고, 그 사람에 대한 친밀감도 어쩌면 남편보다 훨씬 허물없고 만만해 보이는 것이었다.

남편이란 아무래도 신성한 의식에 함께 참여하고 있는 동반자라는 느낌이 앞선다.

그에 비하면 혼전의 첫 남자란 순수한 남자와 여자로서의 어울림이었다.

영혼과 육체가 지금처럼 분리되어 있지 않고 범벅이 되어 그만큼 진했던 관계였다.

영혼의 만족과 육체의 열락이 한 그릇 속에 담겨 있었다.

그러나 이젠 어느 누구와도 그런 관계를 형성한다는 것이 불가능하다는 것을 민희는 잘 알고 있고, 그 때문에 지나가버린 시절이 안타깝게 그립기도 한 것이었다.

어느 누구와도 불가능하다. 기일이와도 이젠 불가능한 것이다. 민희, 자기는 남편과 두 아이를 가진 여자이고 기일이 역시 두 아이와 아내를 가진 남자이다.

이제 만나보아야 그것은 불안한 영혼에서 분리된 육체의 부딪침뿐일 것이다.

사회의 감시를 받지 않는 순수한 남자와 여자—총각과 처녀가 이젠 아닌 것이다. 그런 깨달음 때문에 민희는 그 동안 기일이와 만나는 것을 스스로 만류해왔었다.

이제 와서 기일이와의 만남은 오히려 옛날의 순수하고 진했던 관계에 대한 기억마저 더럽혀버릴 것 같았던 것이다.

어차피 영혼을 빼버린 육체만의 부딪침이라면 차라리 익명의 여자로서 익명의 남자와 그러는 쪽이 편하다. 최소한 영혼의 훼손은 없는 것이다.

기일이와 또 만난다면 영혼의 훼손을 각오해야 할 것이었다. 그런데 익명의 남자와의 무책임해도 좋다고 생각했던 관계조차 운전사 김씨라는 인물을 통하여 사회의 감시 속에 있다는 것을 알고 났을 때, 불안에 떠는 영혼은 겨우 이런 호텔방에 혼자 와서 자위행위나 하고 있는 것이다.

그렇다. 이래도 불안하고 저래도 불안할 바엔 기일이를 찾지 않으려고 애서 자신을 억누를 필요는 없는 것이었다.

반드시 그의 육체를 만나지 않아도 좋으리라. 그의 음성을 통해서 기일이를 옛날의 기일이로 느끼고 자기 역시 옛날의 자기로 돌아갈 수만 있어도 얼마나 좋겠는가!

아니, 이미 옛날과 같을 수 없는 조건의 시간 속에서 옛날을 재현시킬 수 있는 방법은 기일이의 육체를 만나는 것이 아니라 차라리 그의 음성만 만나는 것일지도 모른다.

물론 기억력이라는 능력으로 옛날을 만날 수는 있지만, 그것은 아무래도 육체에 미치는 자극의 강도가 약하다.

민희는 벌떡 일어나서 핸드백을 뒤져 수첩을 꺼냈다.

기일이가 자기 아버지 소유의 식품회사에 상무로 일하고 있다는 사실을 몇 년 전에 알고 그 전화번호를 적어두었던 것이다. 국번이 바뀔 때도 놓치지 않고 바뀌어진 국번으로 고쳐놓아가며 그 전화번호를 간직하고 있었다.

물론 이기일이라고 써놓지는 않았다. 회사 이름으로 기록해두고 있었다.

번호를 찾자 전화기를 침대 위로 옮겨놓고 다이얼을 돌리고 민희는 반듯이 누웠다.

신호 가는 소리가 들려오고 딸카닥!

이어서 교환인지 비서인지 여자의 음성이 카랑카랑하게 울려왔다.

"네에, 삼해식품입니다."

민희는 망설였다. 기일이가 '자리에 안 계신다'는 대답을 들을 것 같았다.

그리고 카랑카랑한 여자의 음성에서 지금 기일이가 있는 곳은 일 분 정도도 얘기를 나눌 수 없을 만큼 바쁜, 딱딱한 사무실이라는 것을 깨달았다. 자기가 바라는 것은 기일이의 음성에 의한 애무인 것이었다.

말없이 수화기를 내려놓고 싶은 충동을 느끼며, 그러나 민희는 자신의 갈망을 따랐다.

"저어, 거기 이기일씨라는 분 계십니까?"

"이기일, 아, 상무님 말씀이세요?"

"네, 상무님."

그렇구나. 기일이가 아니고 상무님이구나. 순수한 남성의 덩어리가 아니라 하나의 사회이구나.

"계신지 알아보겠습니다. 실례지만 어디십니까?"

"저어, 대학동창이라구 전해주세요."

잠시 후에,

"여보세요, 이기일입니다."

그것은 사무적으로 의젓한 음성이었다. 그 의젓한 음성이 만드는 십 년 동안의 간격을 뛰어넘으려고 민희는 가장 축축하게 젖은 음성을 애써 냈다.

"나야, 민희. 생각 안 난다면 나 울어버릴 거야."

"야아! 이거 웬일이야? 어떻게 여길 알았어?"

"바쁘지 않아? 나하구 길게 얘기할 수 있어?"

물으면서 민희는 자세를 편히 하여 중단했던 손놀림을 계속할 태세를 갖췄다.

"그럼, 얘기할 수 있고말고. 가만, 전화 다시 해줄래? 내 방 직통전화로 말야. 이건 교환이어서……"

민희는 일단 수화기를 내려놓았다가 기일이가 일러준 번호를 돌렸다.

"민희구나. 진짜 민희구나."

"잊지 않아서 고마워."

"잊다니. 나한텐 특별한 여잔데 어떻게 민희를 잊어! 부잣집에 시집갔다는 소문은 들었지만…… 애는 몇이야?"

"싫어. 나 그런 인사 받으려구 전화한 거 아냐. 그보다도 내가 특별한 여자라는 건 무슨 뜻이야?"

"으응, 그건, 그건. 그건 다음에 만나면 얘기할게. 참, 한번 만나자. 얼굴이나 보게…… 많이 늙었겠지……"

"안 늙었어. 난 조금도 안 늙었어. 옛날보다 더 이쁜 여자가 됐어."

"가만있자, 이거 좀 수상하다. 거기 어디야? 지금 전화 걸고 있는 데…… 집인 모양인데 누구 듣는 사람도 없나?"

"걱정 마. 나 혼자 있는 거야. 나 혼자 지금 발가벗고 있는 거야."

"뭐?"

"발가벗고 혼자 침대에 누워서 기일이 생각하구 있었어."

"야, 너…… 너, 혼자 하구 있구나?"

민희의 온몸을 잔물결 같은 경련이 스쳐갔다.

십 년 전의 감각이 되살아나 온몸을 뿌듯하게 채우기 시작했다.

"지금도 날 사랑한다구 해줘."

"아무도 없다구 너 맘놓구……"

"날 사랑한다구 해줘."

"그래, 사랑해, 지금도. 사실이야. 너밖에 없었어, 처녀는. 내가 관계한 여자들 중에 처녀는 너밖에 없었단 말야. 그래서 특별한 여자란 거야."

"어머! 그럼 지금 부인은?"

"물론 아니었지. 그거야 아닌 줄 뻔히 알구 한 거니까. 영환이 알지?"

"영환이가 누구야?"

"이런 맹추! 나하구 학교 신문 만들던 애 말야. 와이프는 원래 그 친구 애인이었는데 그 친구가 졸업하구 군대 가서 안전사고로 죽었잖아! 그래서 내가 떠맡은 거야. 불쌍해서……"

"우리 그런 얘기 하지 말아요. 나 지금 욕심으로만 가득 차 있어. 다른 얘긴 아무것도 듣고 싶지 않아요."

"알았어."

314

"기일이 때문이야. 나 이런 욕심쟁이가 된 거……"

"알구 있어. 그래서 분한 거야. 기껏 길들여놓구 남 좋은 일 시킨 게 말야. 지금 필요하다면 달려갈게. 집이 어디야?"

"바보, 달려와서 어쩌겠다는 거야?"

"나두 지금 못 참을 지경이야. 훤히 보여. 민희 알몸이 말야, 나두."

"우린 이젠 안 돼. 이 방법밖에 없는 거야. 전화로나……"

"좋은 방법을 찾았군. 음성만 떼내어 간통했다구 재판에 걸 수도 없을 거구…… 그래, 어떻게 해줄까? 무슨 말을 해줄까?"

"사랑한다구 해줘. 내가 최고라구. 옛날처럼."

"정말이야. 민희만한 여잔 없었어. 여자 중의 여자야. 나 지금 민희의 몸 속으로 들어가고 있어. 느껴? 느껴?"

"음, 음, 음……"

"민희!"

"응?"

이라고 대답하고 싶었으나 그 말은 목구멍에서 울음 같은 신음으로 변해 터져나왔다.

아니 폭풍에 나부끼는 나뭇잎처럼 마구 날뛰는 감각들의 깊은 밑바닥으로부터 실제로 그치기 힘든 울음이 터져나왔다.

어느새 손에서 미끄러져 떨어진 수화기에서,

"민희!"

를 찾는 기일이의 음성처럼 민희의 울음도 크나큰 슬픔으로 자꾸만 부풀어갔다.

8

배나무 과수원 사이로 난 길을 다 지나자 분수가 있는 넓은 잔디밭이 나타나고, 그 잔디밭이 끝나는 곳에 튤립의 화려한 화단이 보이고, 그 너머로 강의원의 농장 살림집이라는 저택이 우뚝서 있다.

화단 옆의 주차장에 여러 대의 승용차가 늘어서 있는 걸로 보아 벌써 온 손님들이 많은가보다. 민희네의 차 뒤로도 몇 대의 승용차가 따라오고 있다.

"손님들이 많은가봐. 높은 양반은 역시 집들이도 거창하게 하나보죠? 초대된 손님들도 모두 유명한 사람들일 거구……"

민희가 기가 죽은 음성으로 말하자 운전석의 남편 영준은,

"높기는 뭐. 이젠 농장 주인에 불과하다구. 이젠 국회의원도 아닌데 '강의원, 강의원' 해줘야 본인도 좋아하니 정치가란 어찌 보면 꼭 애들 같아. 이 집만 해도 그렇지. 농장을 경영하면 농사꾼인데 농사꾼 집이 저렇게 으리으리할 필요가 어디 있어? 내 손으로 설계하고 지어주긴 했지만 초가집 한 채 짓는 것만도 만족감을 못 느꼈어."

그러면서도 건축가로서 자기 솜씨를 아내에게 자랑하고 싶은

316

듯 길 옆으로 차를 슬그머니 세우면서,

"어때? 저 집은 이 위치에서 봐야만 제맛이 난다구."

남편이 손짓으로 가리키는 저택을 보며, 그러나 민희는 별다른 감동을 느낄 수 없었다.

건축가로서 남편의 개성이라고 할 수 있는, 장식이 별로 없는 흰 벽과 좁고 긴 창문, 그리고 붉은 지붕의 고딕 식 건물로서, 민희로서는 이젠 너무나 눈에 익은 남편 특유의 양식이었다.

민희로서는 꽃무늬 쇠창살 등의 장식이 많은 르네상스 풍의 건축이 더 맘에 드는 것이었다.

그러나 의기양양한 표정으로 어떠냐고 묻고 있는 남편에게 한마디 찬사를 던져주지 않을 수 없다.

"시내 주택가에 끼어 있는 집만 보다가 이렇게 확 트인 자연 속에 홀로 서 있으니 더 돋보이구 더 화려해 보여요."

"그렇지? 잘 봤어. 건축물이란 역시 적당한 여백을 거느려야만 제 맛이 나. 요상하게 지은 집들 틈에다가 아무리 구겨넣어봐야 제 맛이 살지 않아."

"좋으시겠어, 자기는! 작품 하나를 완성할 때마다 살고 있는 기쁨을 느낄 수 있을 테니……"

"그 대신 민희한테는 아이들이라는 작품이 있잖아!"

"아이들도 자기 작품이지."

"애들이 왜 내 작품이야? 민희 배로 낳았으니 민희 작품이지."

"아무리 내 배로 낳았지만……"

아무리 내 배가 아프게 낳긴 했지만 그건 어쩐지 자기와는 무관한 남편의 작품인 것만 같다. 성(姓)이 남편의 것을 따르고 있기 때문일까? 애들 둘 다 사내이기 때문일까? 아니 살아 있는 생명체인 아이란 게 작품일 수 있을까?

"저 분수 어때?"

영준이 잔디밭 복판의 분수대를 가리켰다. 잉어를 타고 앉은 동자상과 젖은 머리털을 쓸어넘기고 있는 해녀상의 커다란 조상(彫像)으로 장식된 분수대에서는 지금 한참 굵은 물줄기가 세차게 허공으로 뿜어올려지고 있었다.

아닌게 아니라 아까부터 이 집에서 민희의 마음을 사로잡는 것은 노랗고 빨갛고 하얀 원색의 튤립이 화려한 줄무늬를 이루고 있는 화단과 저 분수였다.

"아이, 시원해. 보기만 해도…… 우리도 집 지으면 꼭 분수를 만들어요."

"그런데 말야."

남편이 문득 기묘한 표정으로 킬킬거리며,

"강의원 부인 말야, 재미있는 여자야. 저 분수를 보면서 그러잖아. 저렇게 좀 콸콸 쏟아주는 남자가 없느냐구 말야."

"어머머! 아니 자기한테 그런 말을 했단 말야?"

"어디 나한테만 그랬나? 자기 남편이랑 함께 있는 자리에서 그랬지. 아마 강의원이 이젠 남자 구실을 제대로 못 해주나봐. 하긴 내년이면 환갑이라니까. 정력 좋을 때 바람도 많이 피웠구.

이젠 아마 창고가 바싹 마른 모양이야."

"듣기 싫어요."

말하는 민희의 눈에는 남편 영준을 음탕한 눈으로 바라보는 강의원의 부인 남여사의 얼굴이 보이는 듯하다.

"자기, 유혹받았지? 그 부인한테서……"

"글쎄, 그게 유혹일까?"

"그거라니? 빨리 말해요."

"내 친구들 중에 아라비아 말처럼 세련되고 기운센 남자가 없냐구. 연애가 하고 싶다나?"

"어머머! 아니 그런 말을……"

"자기 남편이랑 있는 데서 그랬다니까."

"남편이 그런 말을 듣고도 가만 있어요?"

"트인 양반이거든. 그리고 나이가 들면 부부의 사랑이란 그런 육체적인 차원을 초월하나봐."

"이해할 수 없어요. 그 아주머니 지금 몇살인데?"

"오십이 넘은 모양인데 워낙 가꾸니까 사십이라구 해도 다 곧이듣는데."

"어머, 오십이 넘었어요?"

"몰라, 정확한 나이는. 아마 그렇게 될 거라는 거지. 강의원과 비교해서……"

"난 많아야 마흔다섯 정도로 봤는데. 후처가 아닌가요?"

"정말 그럴지도 모르겠군. 어쨌든 자기는 벌써 이런 농장으로 은퇴해서 소나 보고 지낼 나이가 아니라고 생각하는 건 분명해."

집들이 잔치에 초대된 사람들은 민희가 예상했던 대로 모두가 유명한 사람들이었다.

대부분이 정계나 재계 쪽 명사들의 부부동반이었고, 혼자 온 사람들은 배우나 가수 등 연예계 쪽 사람들이었다.

그 명사들 틈에 끼어서 민희는 만일 자기 남편이 이 집의 건축을 맡은 사람이 아니었으면 이런 자리에 초대되기는커녕, 이런 자리가 서울 변두리의 한 곳에서 베풀어지고 있는지조차 모르고 말 수밖에 없는 계층에 속해 있음을 새삼스럽게 확인하고 자꾸만 열등감의 차디찬 냉기로 웃는 것도 말하는 것도 움직이는 것도 얼어붙곤 했다.

강의원의 요구로 남편이 손님들을 안내하여 집 안을 구경시키면서 건축상의 공법이나 재료 등을 설명하고 다니는 모습을 보면서, 민희는 그러는 남편이 자랑스럽기는커녕 남편이 그들에게 고용된 머슴 같고 자신은 머슴의 여편네 같은 느낌으로 주눅이 드는 것이었다.

잔디밭 한쪽에 마련된 야외식당에서 불고기를 주로 한 점심시간이 끝나고 사람들이 몇 명씩 패를 짜서 과수원 숲속으로, 또는 분수 옆 잔디밭으로, 또는 축사 쪽으로 흩어졌을 때 민희는 변소에라도 가는 체하며 살그머니 빠져나와 집 안으로 들어갔다.

시내에서 약속이 있다고 적당히 핑계대고 집으로 돌아가고 싶기만 했으나 남편은 이런 기회에 정계와 재계의 거물들을 알아두고 일거리를 장만하겠다는 듯 가장 공손하고 열성스런 태도로, 아직도 식탁 앞에 앉아 건축에 대하여 상의해오는 늙은이들을 상대하느라고 민희 쪽은 곁눈질도 하지 않았다.

이층 베란다에 앉아서 농장 전경이나 내려다보자고 민희는 생각했다.

남편이 손님들을 안내하여 집 안 구경을 시킬 때 햇빛 밝은 이층 베란다에 안락의자 몇 개가 놓여 있던 것을 생각해낸 것이었다.

사람들은 모두 밖에만 있고 집 안은 조용했다. 민희는 무거운 정적에 오히려 숨과 발소리를 죽이고 이층으로 오르는 층계를 다 올라 베란다로 향하다가 진짜 오줌이 마려워 변소를 찾았다.

화장실이 어디더라? 이층 침실 안에 있었지.

복도의 맨 안쪽에 있는 침실의 변기와 욕조가 함께 있는 화장실로 들어가 민희가 볼일을 다 보고 마악 일어나려 할 때, 침실 문이 열리는 소리가 들리고 이어서 남녀의 말소리가 손에 잡힐 듯 들려왔다.

"시내로 가끔 나오시지 그러세요?"

"당분간은 틀렸어. 나 때문에 이런 농장을 만든 거야. 날 여기 가둬두려구……"

하나는 여주인인 남여사가 분명했으나 또하나 젊은 남자의 음성은 누구인지 알 수 없었다. 민희는 참으로 난처하기 짝이 없었다.

소리를 내고 나가서 주인 없는 침실의 화장실을 이용한 것을 사과하는 것이 도리이겠으나 이런 경우에 과연 그러는 것이 잘하는 짓일 것인지.

그렇다고 없는 듯이 숨죽이고 있다가 그들이 화장실로 덜컥 들어서면 실례는 더욱 커지는 것이다.

민희가 애를 태우며 안절부절못하고 있는데 얇은 문 하나 저쪽에서 그들의 숨가쁜 대화는 벌써 시작되고 있었다.

"간단히 아래만 벗어요."

"싫어. 얼마 만인데. 다 벗어."

"그렇지만……"

"걱정 마. 그 사람들 한번 만났다 하면 시간 무작정이야."

민희는 타일벽에 이마를 대고 눈을 감아버렸다. 될 대로 되라.

욕실에 갇혀서 전연 본의 아니게 이 댁 주인마님의 비밀스런 정사를 엿들을 수밖에 없게 된 처지란, 민희가 세상에 태어나서 당한 갖가지 난처한 처지들 중에서도 가장 난처한 것이 아닐 수 없었다.

끝까지 그들에게 들키지 않고 일방적으로 엿들은 걸로 끝난다면 얼마나 다행일까.

그러나 민희는 자신의 습관으로 미루어보아 정사가 끝난 다음 십중팔구 남여사가 뒷물을 하기 위해 욕실로 들어설 것이 거의 틀림없다고 생각했다.

들키지 않을 수가 없을 것이다.

될 대로 되라고 일이 돼가는 꼴을 내버려두기에는 민희의 가슴은 참새 가슴보다 더 급하게 뛰고 있는 것이었다.

얼굴을 마주쳤을 때 남여사는 얼마나 놀라고 화가 날 것이며, 자신은 얼마나 당황하고 무안할 것인가!

아무리 일부러 그런 게 아니고 소변 보러 들렀다가 우연히 이럴 수도 저럴 수도 없게 된 것이라고 변명해보아야 행차 뒤의 나팔소리보다 더 무의미할 것이다.

화끈거리는 볼을 싸쥐고 두려움으로 한없이 가빠지는 숨결을 간신히 억누르며 거기까지 생각하자, 민희는 그들이 아직 일을 치르기 전에 이 욕실에 사람이 있음을 그들에게 알려야 하는 게 지금 자기가 할 수 있는 최상의 예의라고 판단했다.

인기척을 내자. 그러면 남여사와 누구인지 알 수 없는 남여사의 정부는 '어마, 뜨거라' 하고 도망할 것이다.

그리고 남여사의 오늘의 일에 대하여 자기가 앞으로 누구한테도 말하지 말고 입을 굳게 다물어버린다면 이런 일은 없었던 걸로 될 수 있을 것이다.

민희는 욕조의 수도꼭지를 손에 잡았다. 그러나 긴장이 지나쳐 심하게 떨고 있는 손에선 수도꼭지 하나 비틀 힘조차 빠져나가고 없었다.

귀를 기울이니 버스럭대며 옷 벗는 소리가 그친 걸로 보아 그들은 벌써 알몸이 되어 엉켜버렸는지도 모른다.

돌려야지. 수도꼭지를 돌려야지. 안간힘을 쓰고 있는데 헤비

키스가 끝나고 입술이 서로 떨어질 때 나는 쩍 소리가 들려오고
이어서 남자의 음성이 들려왔다.

"나 손 좀 씻구 올게. 욕실이, 저기예요?"

순간 민희는 이를 악물며 눈을 질끈 감고 온몸의 힘을 손으로
집중시켰다. 손 속에서 수도꼭지가 비틀어지는 움직임이 느껴지
자마자 쏴아 하는 물 소리가 폭포 소리보다 더 섬뜩하게 공간을
가득 채우기 시작했다.

어질어질 현기증을 느끼며 민희는 여전히 눈을 감은 채 욕실
문 쪽으로 등을 향한 자세로 서서 이 우렁찬 물소리에 이 난처한
사태가 빨리 떠내려가버리기를 빌고 있었다.

과연 욕실 문은 열리지 않았다. 욕실에 사람이 있음을 그들이
알아챈 게 분명했다. 아크릴제 욕조를 두들기는 세찬 물소리 때
문에 욕실 밖 방 안에서 그들이 이 느닷없는 인기척에 어떻게 대
처하고 있는지 아무 소리도 들을 수 없었지만, 어쨌든 욕실 문을
열고 들여다보는 사람이 없는 걸로 보아 그들이 뜻밖의 발각에
몹시 놀라고 있음을 짐작할 수는 있었다.

민희는 욕조의 밑바닥에 찰랑찰랑 차오르는 물을 내려다보는
자세대로 숨을 죽이고 서서 그들이 이제쯤 벗었던 옷을 도로 입
고 있으리라고 생각했다.

옷을 입자마자 살그머니 밖으로 나가버리겠지. 그리고 시침
떼고 정원에 널려 있는 사람들 틈에 섞여버리겠지. 그런 상상을
하고 보니 민희는 우습기도 하고 남여사에게 미안하기도 하였다.

324

정부와 만날 기회가 오죽이나 없었으면 집들이 잔치라는 구실로 손님들 틈에 정부를 묻혀 끌어들이고 만원버스칸의 소매치기처럼 수십 명의 손님들이 우글대는 집 안에서 살짝쿵 비상한 틈을 노렸던 것일까!

그렇게 해서 간신히 잡은 황금보다 귀한 기회를 민희 자기가 그만 산통 깨버린 것이라고 생각해보니, 남여사에게 미안해지지 않을 수 없었다.

차라리 그들이 하고 싶은 것을 하고 난 다음에 인기척을 냈어도 될걸.

그들 처지에서 보면 비밀이 들킨 건 마찬가지일 바엔 하려던 일을 하고 난 다음에 들키는 게 덜 억울할 것이었다.

얼마나 지났을까. 물이 욕조를 반쯤 채웠을 때 민희는 이젠 그들이 방에서 나가버렸겠지 안도하며 수도꼭지를 잠갔다.

요란하던 물소리가 그치자 사방은 절간처럼 조용했다. 이제 방 쪽에서 아무 소리도 들려오지 않는 걸로 보아 역시 그들은 도망치고 없는 게 분명했다.

이젠 나가도 괜찮겠다. 어쩌면 복도 어디쯤에선가 남여사가 자기의 비밀을 엿본 자가 누구인지 알아두려고 이쪽을 주시하고 있을지도 모를 일이지만, 그러나 피차 그 일에 대해서는 모른 체할 여유는 있으리라.

자신을 회복하고 민희가 욕실을 나가기 위해서 타일 바닥을 마악 한 걸음 내디뎠을 때 욕실 문이 벌컥 열리고 엽총의 총신이 불쑥 디밀어졌다.

"으아!"

민희는 타일 바닥에 털썩 주저앉았다.

"뭐야, 여자 아냐?"

"누구야? 손 들고 나와."

도어가 활짝 열어젖혀지고 청년 두 명이 문을 막아서며 모습을 나타내었다. 엽총을 디밀고 있는 키가 큰 청년은 누구인지 민희로서는 기억에 없으나 또 한 청년은 분명히 인기 가수 윤하였다.

"당신 누구야?"

너무나 놀라 넋이 나간 표정으로 타일 바닥에 주저앉아 있는 민희에게 금방 달려들어 발길질을 해댈 것 같은 표정으로 묻는 것은 윤하였고,

"아니, 아주머니, 여기서 뭐 하십니까?"

민희를 알아보며 슬그머니 총신을 떨어뜨리는 것은 민희로서는 누구인지 모르는 건장한 청년이었다.

"소, 소변 좀 보러……"

턱이 떨려서 말이 제대로 나오지 않았다.

그러자 총을 들고 있는 청년이 뒤를 돌아보며,

"이모, 집 지어주신 이선생님 아주머니신데요."

"아아니, 이선생 아주머니셔?"

남여사가 음성을 앞세우고 다가와 들여다보더니 갑자기 깔깔대며 큰 소리로 웃었다.

그리고 욕실 안으로 들어서서 민희를 부축해 일으키며,

"아유머니나, 그런 걸 우리는 도둑이 든 줄 알고. 호호호호……
얼마나 놀라셨수. 총을 들이댔으니. 자, 일어나요. 다친 데 없수?
이 땀 좀 봐. 얼마나 놀랐으면 땀을 이렇게 흘렸을까?"

천연스런 얼굴로 타월을 집어 땀투성이의 민희의 얼굴을 꾹꾹
눌러주는 남여사는 물론 옷을 제대로 다 갖춰입은 차림새였고,
새빨개진 얼굴로 축 늘어져서 남여사가 이끄는 대로 이리 흔들
저리 비틀, 하고 있는 것은 민희였다.

"죄송합니다. 화장실 좀 이용하려고 들어왔다가 그만……"

"저런, 아래층에 숙녀용 화장실이 있는데 내가 그만 깜박 일러
드리지를 못했나봐."

"저어, 사모님 저어 죄송해요."

"쉬이! 자, 여기 이렇게 좀 앉아서 땀 좀 식혀요. 아유, 이 가
슴 뛰는 것 좀 봐. 우린 정말 도둑이 든 줄 알고……"

남여사는 거침없이 민희의 젖가슴에 손을 올려놓고 꾹 눌러대
며 호들갑을 떨었다.

청년들 보는 앞에서 이건 창피한 짓이라고 느끼며, 민희는 비
록 옷 위이긴 하지만 가슴을 눌러대는 남여사의 손길을 피하고
싶었지만, 어쩐지 자기한테 대하여 남여사는 그럴 권리를 가진
것처럼 생각되어 남여사를 말릴 수가 없었다.

"나 주스 한잔 가져올게."

"아니, 괜찮아요."

"이대로 여기 가만 있어요."

말하고 청년들을 데리고 방을 나가는 남여사의 태도에서 거역할 수 없는 강압적인 요구를 얼핏 느끼고 민희는 잔등에 으스스 추위를 느꼈다.

그래, 주스를 가져와서 단둘이서 얘기 좀 하자는 것이구나. 민희는 물론 남여사의 비밀을 죽을 때까지 지키겠다고 얼마든지 약속할 것이었다.

그러고 보니 남여사의 정부는 인기 가수 윤하임에 틀림없다. 어쩜 그렇게 어린 남자하고 그럴 수가. 아무리 많아야 스물다섯을 넘지 않았을 텐데.

잠시 후에 노오란 오렌지주스를 달랑 한 잔 손에 들고 방으로 들어선 것은 남여사가 아니라 남여사를 이모라고 부르던 건장한 청년이었다.

들어서자마자 도어의 자물쇠 꼭지를 꾹 눌러놓고 미소를 띠고 다가와 말없이 민희의 손에 주스잔을 쥐어주고 민희와 마주 보는 침대 끝에 엉덩이를 걸치고 앉은 청년은 잠시 동안 미소만 띠고 조용히 민희를 응시했다.

민희는 청년의 침묵한 미소가 뱀처럼 자기 목을 칭칭 감고 조여들어 금방 숨이 막힐 것 같았다.

청년의 시선을 더 받아내지 못하고 민희가 죄인처럼 주스잔으로 시선을 떨어뜨렸을 때에야 청년이 입을 열었다.

"이모님의 비밀을 엿들으셨다구요?"

"……그게 아니구……"

"참, 제 소개를 안 했군요. 전 최양일입니다. 아까 그분은 제 막내이모님이시죠. 짐작하셨겠지만 이모님은 윤하하구 가끔 재미 보구 지내는 사이죠. 윤하를 이모님한테 소개한 사람은 바로 납니다. 그 두 사람의 비밀을 지켜줘야 할 의무가 있어요."

"비밀을 지키겠어요, 정말……"

"무얼로 그 약속을 보장하시겠어요?"

"하나님께 맹세코……"

"전 하나님을 믿지 않는데요."

"……"

"제가 믿을 수 있는 건 아주머니 자신뿐인데요."

"……설마……"

청년은 성큼 다가오더니 마치 헝겊인형을 집어올리듯 민희를 일으켜세우고 투피스 윗도리의 단추를 하나하나 벗겼다.

술 취한 사람처럼 맥없이 흔들거리며 민희는 청년의 손이 자기 껍질을 벗기는 것을 남의 일처럼 구경하고 있었다.

민희는 지그시 눈을 감아버렸다. 금방이라도 쓰러질 듯 축 늘어지는 몸을 양일이라는 청년의 한 손이 받쳐주고 있었다.

그리고 다른 한 손으로 서두르지 않고 마치 국민학생이 글씨 쓰듯 또박또박 민희의 투피스 윗도리의 단추를 벗기고, 안고름을 풀고, 한쪽 소매를 뽑아내고, 또다른 쪽 소매를 뽑아내고, 그리하여 벗겨진 옷을 구겨지지 않게 의자 등받이에 슬쩍 걸쳐두고, 그러고 나서 이번엔 스커트의 호크를 끄르고 옆구리의 지퍼를 내리고 허리에서부터 스커트를 벗겨내려 발목에서 뽑아내어, 역시 의자 위에 구겨지지 않게 걸쳐두었다.

슈미즈는 양쪽 어깨에 걸친 가느다란 멜빵을 슬쩍 건드리자 저절로 미끄러져 발목 위로 흘러내려갔다.

"깔끔한 성미시군요."

코르셋으로 손을 갖다대며 청년이 듣기 좋게 울림이 있는 굵고 낮은 음성으로 말했다. 코르셋으로 단단히 엉덩이를 조여놓고 있는 여자는 성격이 깔끔한 여자라는 뜻인 모양이었다.

눈을 감고 있는 민희에게는 그 말뜻보다도 그 음성이 맘에 들었다. 청년의 울림이 있는 음성에는 확실히 듣는 사람을 안심시키는 그 무엇이 있었다.

이게 협박일 수밖에 없는 말을 듣고 있을 때도 민희가 조금도 두렵지 않고 오히려 마음이 가라앉아가던 것은 물론 남여사의 비밀을 지킨다는 약속은 민희의 몸으로써 보장할 수밖에 다른 도리가 없다는 청년의 요구가 그럴듯하다고 판단하고 체념한 탓도 있지만, 그보다도 차분히 달래며 설득하는 듯한 매력 있는 청년의 음성 탓이었다.

소녀 시절부터 민희는 좋아할 수 있는 남자의 조건에 반드시 음성을 넣고 있었다.

여학생 때 듣기 좋은 음성을 내는 남자 선생님의 수업시간은 전혀 지루한 줄 몰랐다.

330

라디오의 음악 프로를 담당한 사회자의 음성에 반하여 팬레터를 여러 번 써부친 적도 있었다.

매력 있는 음성은 신비한 것이었다.

가장 맘에 드는 남자의 모습이 그 음성 속에서 솟아오르고 미소띠고 다가와 민희를 안고 구름 속으로 날아가는 것이었다. 자지러지는 몸에 관능적인 즐거움이 실개울처럼 흘러내리기조차 하는 것이었다.

민희는 청년이 계속해서 뭔가 말해줬으면 싶었다.

그러나 청년은 민희의 아랫도리를 탄탄하게 조이고 있는 코르셋을 벗겨내는 데 묵묵히 열중하고 있었다.

코르셋이 벗겨지자 이제 남은 것은 젖가슴을 가리고 있는 브래지어와 팬티스타킹뿐이었다.

문득 청년의 뜨거워진 숨결이 민희의 목덜미로 달겨들었다.

"정말 근사해요. 몸이 정말 아름답군요."

뜨거운 숨결과 함께 뿜어나와 쉴새없이 민희의 목덜미를 핥아대는 그 말에 민희의 몸 속에도 반짝 전깃불이 켜지듯 민희에게는 너무나 낯익은, 그 슬픈 것 같기도 하고 답답한 것 같기도 한, 그리하여 풍선처럼 부풀다가 마침내 힘껏 폭발해버리기를 입에 침이 바싹 마르도록 기대하게 하는 불길이 당겨붙었다.

민희의 목덜미에서부터 청년의 입술이 미끄럼질하여 민희의 입술로 다가왔을 때, 민희는 자신도 모르게 두 팔로 청년의 어깨를 끌어당기며 청년의 입 속으로 혀를 깊이 밀어넣었다.

혀와 혀는 그 자체로 마치 오랜만에 만난 연인들처럼 서로 엉키고 비비고 밀고 당기고 쓰다듬고 부딪치며 두 사람을 점액의 늪 속으로 빠뜨려 허우적거리게 하는 것이었다.

혀와 혀가 미친 듯 엉켜서 날뛰고 있는 동안에 청년은 가장 침착한 솜씨로 자기의 몸에서 옷을 하나하나 벗어 내던졌다.

그리고 민희의 몸에서도 브래지어를 벗겨내었다.

청년의 두 팔이 더욱 억센 힘으로 민희를 껴안고, 풍만한 민희의 젖무덤이 청년의 가슴에 짓눌렸을 때, 민희의 온몸은 잔물결 같은 경련이 스쳐갔다.

그러나 그것은 시작에 불과했다.

뜨겁게 달아오르고 부풀 대로 부푼 청년의 남성이 아직 팬티 스타킹을 입은 채로인 민희의 허벅다리 사이로 파고들자 민희는 폭발에의 기대로 몸부림치듯 청년의 하반신에 자신의 하반신을 부딪쳐갔다.

청년이 민희를 번쩍 안아들고 침대로 갔다. 가는 동안에도 입에서 입을 떼지 않았다.

"옷을 벗어주시겠어요?"

청년이 속삭였다.

그렇잖아도 팬티만은 자기 손으로 벗을 작정이었다. 청년의 손에 의해서 자신의 하반신이 드러나는 것은 본능적으로 부끄러웠다.

그런데 막상 청년의 입으로 마치 마지막 옷만은 네 손으로 벗으라고 요구당하고 보니, 민희는 문득 자기가 다른 남자의 부인이라는 깨우침이 들었다.

　민희는 그때까지도 감고 있던 눈을 떴다. 청년의 무슨 배우처럼 잘생긴 얼굴이 바로 위에서 내려다보고 있었다.

　빨갛게 상기된 얼굴이 어쩌면 놀진 들녘에 서 있는 소년 같았다. 자기 얼굴 역시 저처럼 빨갛게 놀져 있으리라고 민희는 생각했다.

　"제가 벗겨드릴까요?"

　청년이 말했다.

　"……"

　아무 대답 없이 민희는 청년을 말끄러미 올려다보고만 있었다.

　피차 얼굴빛이 이 정도까지 됐으면 육체가 외치는 대로 착한 짐승들처럼 따르면 족할 텐데, 이런 소용돌이 속에서도 강간은 아니었다는 분명한 증거를 남기려는 청년의 계산이 민희는 얄미웠다.

　"벗지 않겠다면?"

　민희는 요즘 아이들 사이에 유행하는 말투로 말했다.

　"아주머니의 약속이 보장되지 않는 약속이라고 생각할 수밖에 없는 거죠."

　"정말 내 약속을 믿을 수 없어서 이러는 거예요?"

　청년은 고개를 끄덕이고 나서,

　"아까는 그 이유뿐이었지만, 그렇지만 지금은 이유가 한 가지

더 늘었어요."

"무슨 이유가?"

민희의 말이 미처 끝나기도 전에 청년은 말과 함께 민희의 입을 덮었다.

"좋아졌어요. 진심으로."

다음 순간 청년의 입은 민희의 젖무덤으로 옮겨지고 갈증난 사람처럼 강한 욕구로써 빨아대었다.

"어머나!"

발끝에서 머리끝까지 꿰뚫는 관능의 날카로운 창(槍)을 느끼며 민희는 나직이 외쳤다. 이제 청년은 민희가 바라던 대로 한 마리의 짐승이 되었다.

매끄러운 민희의 상반신 한구석도 빈자리로 남겨두지 않겠다는 듯 입맞춤해대며 어느 틈에 손과 발가락을 이용하여 옷이랄수 없는 나머지 옷을 발목 밖으로 뽑아버렸다.

청년의 머리칼이 아랫배를 양털처럼 부드럽게 스쳤다고 느낀 다음 순간 민희의 온몸은 청년의 혀에 의해서 활짝 열려졌다.

"어머나! 어머나!"

숨가쁘게 외칠 때마다 허공 속의 허공이라고나 할 깊고 깊은 구멍 속으로 지구 전체가 아득히 떨어져 내려가는 듯 민희는 정신을 차릴 수가 없었다.

이윽고 청년의 가슴을 자신의 가슴에 느끼고, 청년의 남성이 민희의 허전하게 빈 몸을 가득히 채워주는 것을 느꼈을 때, 민희

334

는 자기 몸에서 낼 수 있는 가장 센 힘으로 청년의 허리를 껴안으며 자기 영혼이 낼 수 있는 가장 격한 감정으로 소리내어 흐느꼈다.

그 흐느낌을 끝없이 연장시키고 싶다는 듯 청년은 자기 몸이 낼 수 있는 가장 빠른 속도로 달리고 있었다.

청년의 움직임이 멎자 지구는 허공 속의 허공, 그 아득한 구멍으로부터 다시 서서히 부상하여 제자리를 잡고 조용히 멈췄다.

"굉장하군요. 난 앞으로 영원히 잊을 수 없을 거예요. 여자 중의 여자, 이 세상에서 가장 멋진 여자예요."

귀 밑에서 속삭이는 양일의 말에 민희는 처녀처럼 왈칵 치미는 부끄러움에 시트에 얼굴을 처박았다. 그리고 말했다.

"이젠 내 약속을 믿으시겠어요?"

"물론이죠."

"나한테도 약속 하나 해줘야겠어요."

"뭐든지."

"한번 몸을 허락했다고 해서 그걸 약점으로 잡고 계속해서 요구하거나 하지 말도록."

"약속하겠습니다. 참 지키기 힘든 약속이란 생각이 듭니다만 그 약속을 꼭 지켜보이겠습니다."

"다만……"

"다만 뭡니까?"

다만 내가 널 필요로 해서 부를 때는 언제든지 달려와달라

고 말하려고 했으나 그 말을 민희는 목구멍 속에서 다시 삼켜
버렸다.

민희가 화장을 고치고 침실을 나와 복도를 지나 층계를 내려
오다보니 아래층 거실 소파에서 남여사와 그 여자의 애인인 가수
와 민희보다 먼저 내려간 양일이가 오렌지주스를 마시며 앉아서
층계를 내려오는 민희를 미소띤 얼굴들로 올려다보고 있었다.

주스가 가득 찬 컵이 따로 한 잔 기다리고 있는 걸 보니 분명
히 민희를 기다리고 있었던 게 틀림없었다.

미소를 띠고 자기를 올려다보고 있는 여섯 개의 눈동자 앞에
서 민희는 온몸이 굳어지며 얼굴이 새빨개졌다.

그들의 미소가 공범자끼리의 친밀감에서 나온 미소라고 민희
는 생각할 수 없었다. 이 바보야! 하는 비웃음처럼 보였다.

아까 양일이라는 청년과 알몸으로 뒹굴 때는 그 자체로 사회
적 모든 인연을 초월한 순수한 세계에서 헤매고 있는 듯한 느낌
이었는데, 옷들을 갖춰입은 그들과 마주치고 보니 민희는 자기
가 그들에게 무력한 노리개로서 실컷 휘둘림을 당한 느낌이 왈
칵 들었다.

"했니?"

"했죠."

"반항 안 하데?"

"반항이라니요? 좋아서 죽으려구 하던데."

"갈보 같은 년!"

자기가 내려오기 전에 그들 사이에서 그런 대화가 오고갔을 것만 같았다.

　민희는 정신이 번쩍 들었다. 그들의 비밀을 본의 아니게 알게 된 벌이 반드시 그런 것이어야 했던지 하는 당연한 의문이 처음으로 들었다.

　아까는 도둑질하다 들킨 사람처럼 너무 겁에 질려 있어서 그들의 요구가 당연해 보였고, 오히려 그 정도의 대가로 그들을 안심시킬 수 있어서 다행이었다는 생각조차 했었는데, 이렇게 자기를 빤히 올려다보며 빙글거리고 있는 그 세 사람을 보고 있으려니 민희는 문득 사회적으로 성공한 사람들, 이른바 상류사회 사람들이 음침하게 숨기고 있는 그 용의주도한 비밀주의와 복수심의 희생물이 되었다는 깨우침에 입술이 바르르 떨렸다.

　이에는 이, 눈에는 눈, 간통에는 간통, 양일의 젊은 힘 밑에서 온몸을 발랑 까뒤집으며 열락에 몸부림친 자신의 육체가 민희는 찢어도 시원찮을 만큼 혐오스러워지기 시작했다.

　바보 허수아비가 되어 저들에게 농락당한 건 민희 자기만이 아니다. 자기 여편네가 어디서 무슨 일을 당하고 있는 줄도 모르고 지금 바깥 잔디밭에서 굵직한 일거리나 하나 따낼 수 있지 않을까 기대하며, 늙은 재계 거물의 잡담 상대를 열심히 하고 있는 남편 역시 꼼짝없이 바보가 되고 만 것이다.

　민희는 분해서 눈물이 글썽해졌다.

　"나쁜 사람들이에요. 당신들은……"

중얼거리며 민희는 입술을 꼬옥 깨물었다.

층계 중간에서 굳어진 채 꼼짝 않고 있는 민희의 심상찮은 기색에 그제야 뭔가 미심쩍음을 느끼고 남여사가 소파에서 일어나 층계 위로 올라와 민희의 한쪽 팔을 잡았다.

"자, 내려와서 우리 얘기나 해요. 우리 양일이가 실례되는 짓이나 하지 않았수? 저애 말로는 미시즈 리가 잘 알아듣고 내 비밀을 지켜주겠다구 약속했다구 하던데. 그나저나 다 늙은 것이 주책없이 굴다가 미시즈 리한테 추태를 보였으니 어쩌지? 자, 우리 둘만 어디 시원한 데로 가서 얘기 좀 하자구, 응?"

남여사는 민희의 팔짱을 끼고 집 밖으로 나갔다. 청년들은 따라오지 않았다.

손님들은 아직도 농장의 여기저기에 몇 명씩 무더기를 짓고 앉거나 서서 담소하고 있었다. 민희가 생각했던 것보다는 시간이 많이 지나가지는 않았나보다.

바라보니 남편은 여전히 재계의 늙은이 곁을 가장 겸손한 태도로 수행하며 돈사 쪽으로 가고 있었다.

그 먼 남편의 뒷모습을 보고 있으려니 민희는 문득 울음 같은 격한 감정이 구멍으로 치받치는 것을 느끼며 마구 달려가서 남편을 껴안고 울고 싶었다.

그리고 이 음모투성이의 집으로부터 빨리 달아나자고 말하고 싶었다.

그러나 그건 생각뿐이었다. 오히려 차츰 민희는 남여사에 대

338

한 신뢰감을 회복해가고 있었다.

많은 손님들이 남여사에게 이리 와서 자기네 패와 놀자고 손짓으로 부르는데도 불구하고 그들에게는 손짓으로 '재미나게 노시라'는 듯 시늉해 보이고 민희와 팔짱을 끼고 배나무 과수원의 오솔길로 들어설 때쯤 해서는, 민희는 그 존경할 만한 사람들 틈에서 자기만 남여사에게 선택받은 듯한 자랑조차 느꼈다.

"앞으로 나하구 친구가 돼주겠어? 난 정말 서로 맘 툭 터놓고 지낼 수 있는 친구가 없어요. 저 여편네들은 하나두 믿을 수 없어. 철저히 위선적으로만 알구 지내야 하니까. 무슨 여성단체다, 무슨 자선바자다, 무슨 위문품 보내기 운동 같은 일에나 열심인 척하는 위선자들이거든. 남편의 사회적 지위 때문에 나도 이젠 제법 그런 시늉을 잘 꾸미긴 하지만 여엉 어색하고…… 역시 여자란 할 수 없는가봐."

그런 얘기를 하는 남여사한테서 민희는 자기가 이 다음에 좀더 나이가 들었을 때의 모습을 미리 보는 듯함을 느꼈다. 세상에는 여러 유형의 여자가 있다.

그중에서 남여사와 자기는 같은 유형에 속하는 것 같다고 생각하며 민희는,

"저도 아이 때문에 학교 같은 데 가보면 위선 떠는 여자들을 보는데요. 그런 여자들하구는 도무지 가까이 말도 붙이기가 싫어요."

"그럴 거야. 난 첫눈에 민희씨를 알아봤어. 나하구 비슷한 여

자일 거라구. 마음은 착하구 피는 뜨거운 여자일 거라구. 어떤 사람이 그런 말을 하던데, 옳은 말인 거 같아. 여자가 남자들과 같은 식으로 사회생활을 하려면 어렸을 때부터 그런 생활을 할 수 있도록 교육받아야 한다구. 우린 어쩌다가 잘난 남편 만나서 억지 춘향이루 무슨 단체다 뭐다 해보지만, 알맹이는 역시 보통 여자에 지나지 않는단 말이야. 어쨌든 오늘은 내가 민희씨한테 큰 빚을 졌어."

그러고 나서 남여사는 그 청년 가수와 자기가 알고 지내게 된 경위를 털어놨다.

조카 양일의 안내로 나이트클럽에 놀러 갔다가 거기서 노래 부르고 있는 그를 양일의 소개로 알았다는 것과, 함께 지방여행을 몇 차례 했다는 것 등을 비교적 자세하게 얘기하고 나서,

"무슨 사랑이야 하겠어? 가끔 만나서 몸 속의 불이나 끄자는 거지. 내 얘긴 그렇구 민희씨 생각 좀 듣고 싶어. 내가 역시 나쁜 년이지?"

"아아뇨, 조금도 나쁘다는 생각이 들지 않아요. 다만……"

"다만?"

"자신이 여자란 사실이 무서워져요. 여자의 몸 속에 타고 있는 불길이 무서워져요. 그 불 때문에 자기 자신도 타버리고 남편도, 자식들도 태워버리고 말 것 같은 느낌이 들어요. 전 어렸을 때는 그런 불길을 못 느꼈으니까, 이 담에 좀더 나이가 들면 저절로 그 불길이 꺼질 줄로 믿고 안심하고 있었어요. 언젠가는 꺼지고

말 불길이니까 타고 있는 동안이나마 다른 식구들한테 피해가 안 갈 정도로 그 불길을 달래주는 것도 괜찮을 거라구 생각했어요. 그런데 언제까지나 그 불길에 시달려야 한다면, 앞날이 정말 걱정돼요."

"날 보니까 앞날이 걱정된다는 말이지? 나처럼 늙어가지고도 주책없이 젊은 사내를 끼고 노는 꼴을 보니까……"

"아네요, 그런 뜻이 아네요. 사실은 아까 조카라는 분이 저한테 그랬을 때, 저 무척 좋았거든요. 그 순간엔 남편도, 자식도, 체면도, 두려움도 다 없어져버렸어요. 어쩌면 앞으로 그 조카라는 분이 그리워질지도 모른다고 생각하니까 그런 생각이 드는 거예요."

"그렇게 좋았어? 우리 양일이가?"

"그 순간엔 좋았어요."

"기왕 그렇게 된 거 가끔 만나지 뭐. 아무도 눈치채지 못하도록 내가 책임지고 자리를 마련할게. 사실은 나도 속 알아주는 친구나 있어야 그럴 수 있지. 우리 서로 좀 불러내주고 그렇게 살자구, 응?"

"……"

민희는 정말 무슨 말을 어떻게 해야 좋을지 아연했다. 진심으로 지금 자기가 두려워하고 있는 것은 자기 속에서 이따금 걷잡을 수 없이 타오르곤 하는 그 불길이었다.

그 불길만 없었더라면 아무리 양일이라는 청년이 '약속에 대한 보장' 운운의 협박을 했더라도 그런 바보놀음을 하진 않았을 것이다. 그런 협박에 넘어가주고 싶은 마음이 있었으니까 그랬던 것이다.

그리고 그것은 바로 그 불길이 양일에 의해서 당겨붙었기 때문이었다.

그런데 지금 또 남여사는 새로운 바보놀음을 시키려 하고 있는 게 아닌가?

그들이 한번 입 밖에 낸 비밀을 지키게 하기 위해서는 어떤 수단도 가리지 않는다는 것을 바로 몇십 분 전에 잘 알게 된 민희로서는, 가장 친근한 미소를 짓고 있는 남여사가 악마처럼 두려워지기 시작했다.

남여사네의 농장에서 그런 일이 있은 지 열흘쯤 지난 어느 날, 그 동안 민희가 은근히 두려워하고 있던 일이 일어나고 말았다.

민희의 남편 영준은 며칠 전부터 부산으로 가고 집에 없었다. 농장에서 자기 아내가 어떤 일을 당하고 있는지도 모른 채 재계의 거물이라는 늙은이 옆을 졸졸 따라다니며 가장 공손하고 성실한 태도로 뭔가 열심히 말상대가 돼주더니, 결국 그 늙은이의 눈에 들고 만 모양이었다.

그날 집으로 돌아오는 차 속에서 남편은,

"그 정회장이 해운대에 땅을 많이 가지고 있대. 그 땅에 별장용 고급 아파트를 지어 팔자고 권했지. 당기는 모양이야. 내일 자기 회사로 와달래. 그 공사만 맡게 되면 금년은 다른 일 맡을 필요 없이 땡잡는 건데 말야."

말하는 남편의 표정이 몹시 신나서, 소년처럼 한껏 밝은 걸로 미뤄보아 남편이 그 일을 맡게 되는 것이 거의 틀림없어 보였다.

"강의원 덕분이야. 그 양반이 옆에서 나를 막 치켜세워줬거든. 정회장한테 나를 소개하면서 나한테 슬쩍 그러는 거야. 저 양반만 물고늘어지면 좋은 일이 생길 거래. 그 농장집 공사가 끝나면 큰 공사를 맡도록 자기가 애써보겠다고 하더니, 아마 그래서 정회장한테 일부러 나를 소개시켰나봐. 어쨌든 고마운 분이야."

남편이 고맙다고 하고 있는 바로 그 강의원의 침실에서 강의원의 부인인 남여사, 그리고 민희 자기는 남편들 몰래 무슨 짓들을 하였던가.

민희는 자기 자신까지 포함하여 세상의 여자라는 존재에 대하여 살그머니 메스꺼움을 느꼈다.

그래서 남여사가 하던 말이 생각나지 않았더라면, 하마터면 강의원의 침실에서 생긴 일들에 대하여 남편에게 툭 털어놓고 말하고 말 뻔했다.

남여사는,

"민희씨가 말하는 그 여자의 몸과 마음속에서 타오르는 불길이라는 건 아마 사랑을 말씀하시는 모양인데, 사실 말이지 먹고 살 걱정만 없다면 그 다음에 할 일은 사랑밖에 무슨 할 일이 있겠어? 여자가 사랑하고 사랑받고 싶은 욕망이 없어진다면 시체지 뭐겠어? 여자한테는 뭐니 뭐니 해도 사랑뿐이야. 남자한테는 사업이구. 남편들이 사업에 머리를 싸매고 열중하는 것이 뭐 순전히 처자식 벌어먹여 살리려구만 그러는 줄 알아? 사업에 열중하는 것이 재미나기 때문이라구. 사업을 하다보면 저절로 무슨 계획을 세우게 되는 거구, 자기가 계획했던 대루 일이 척척 돼가는 것이 신나기 때문에 그렇게들 머리를 싸매는 거야. 사업을 하다보면 저절로 다른 사람들을 거느리게도 되구 하니까 그것도 신나구, 재미있구, 사는 기분이 나니까 남자들이 사업이라면 정신을 못 차리는 것이지, 그게 처자식 먹이려구 싫은데도 억지로 하는 것이라면 웬걸, 남자란 게 얼마나 이기적인 동물인데 그래. 그러니까 민희씨도 사랑하는 걸 무슨 죄악처럼 생각할 필요가 없어요. 여자의 사업은 사랑이거든. 사랑하고 있을 때만 재미나구 살고 있는 기분이 드는 걸 어쩌우. 여자란 애당초 그렇게 돼먹었어. 애당초 하나님이 그렇게 만들어주신 걸 억지로 뿌리치면 속으로 병이 들구, 그러다가 진짜 미친 여자가 되는 거야. 남자들이 사업에 대한 계획을 세우고 그 계획대로 일이 돼가는 것이 신나듯이 난 남자와 만나기루 약속하고 약속장소에 나가려구 무슨 옷을 입을까, 화장은 어떻게 할까, 머리 모양은 어떻게 할까, 하구 이렇게 해보기두 하고 저런 옷을 입어보기도 할 때처럼 즐거운 때가 없어. 민희씨는 안 그래? 안 그렇다구 시침 떼면 안 돼요. 민희씨가 아무리 얌전을 빼고 있어두 난 처음부터 척 알아봤어. 민희씨도 사랑을 뜨겁게 할 수 있는 여자라구. 실제로 뜨거운 관계를 가져본 경험이 많았을 거라는 것두. 안 그래?"

그런 남여사는 매일 한두 차례씩 민희에게 전화질이었다. 심심해 죽겠다고 전화질이었고, 골동품을 사러 가는 데 동행해달라고 전화질이었고, 집으로 좀 놀러 오라고 전화질이었다.

그때마다 민희는 적당한 핑계를 대고 남여사를 만나지는 않았다. 남여사의 전화질에는 자기의 약점을 알고 있는 사람을 자기편으로 친하게 잡아두려는 목적 이상의 진실이 ─ 나쁜 짓도 함께 할 수 있는 우정에 대한 그리움으로 가득 찬 고독한 여자의 마음이 깃들어 있음을 민희도 잘 알 수 있었다.

그러나 남여사가 민희 자기에 대하여 강한 설득력을 가지고 있는 바로 그 점이 민희로 하여금 남여사를 만나는 일을 두렵게 하는 것이었다.

혼자서 남편 몰래 정부를 만들어두고 어린아이 구멍가게 드나들듯 살금살금 심심풀이하는 것과, 가령 남여사 같은 친구한테 끌려다니며 자신은 내키지 않을 때도 그 친구의 기분에 따라 휘둘린다는 것은 큰 차이가 있을 것 같았다.

배고픈 사람이 구멍가게에서 빵을 한 개 슬쩍 훔쳐먹는 짓과 떼를 지어 남의 집 담을 넘어가 물건을 훔쳐오는 짓 사이의 차이만큼이나 큰 차이일 것 같았다.

남여사를 만나면 그 여자 곁에는 그 가수라는 청년이 붙어 있을 것이고, 그리고 그 옆에는 반드시 양일이라는 청년이 민희와 짝이 되기 위해 서 있을 게 거의 틀림없었다.

남여사를 만난다는 것은 양일이와의 정사를 각오해야 한다는 것이라고 민희는 생각했다.

양일이와의 정사 그 자체가 싫을 리는 없었다.

그것이 자신의 자발적인 욕구에 의해서가 아니라 양일이까지 포함한 남들의 떠밀음에 의하여 늪 속에 빠지듯이 빠지게 되는 그 점이 민희는 싫고 두려웠다.

남여사의 범죄를 입막음해주기 위한 들러리로서의 정사라는 점이 싫고 두려웠다.

그래서 아무것도 모르는 남편이,

"어어, 자기, 언제부터 그 사모님하구 그렇게 친해졌지?"

하며 자기 아내가 막강한 빽이 되어줄 수도 있는 남여사의 귀여움을 받게 된 것을 자못 흐뭇해하면서, 민희에게 남여사와 자주 만나 친하게 지내라고 권할 때는 민희는 화를 내고 말기도 했다.

"당신, 이제 보니 치사한 남자군요. 자기 여편네 내세워 안방 정치나 시키려는……"

요컨대 민희는 남여사가 두려웠다.

그런데 남편이 정회장과의 일이 잘되어 설계를 위한 측량, 자재와 노동력의 현지 사정 등의 아파트 신축 공사 준비를 위하여 열흘 예정으로 부산으로 가고 없는 것을 알고 어느 날 남여사가 전화를 걸어왔다.

"이선생이 부산 가셨다며? 우리, 지금 민희씨 집에 점심 얻어 먹으러 갈까 하는데 괜찮겠지?"

"우리라니요? 누구누구 오시는데요?"

"민희씨도 알고 있는 두 사람하구 나하구, 세 사람. 뭐 음식 준비할 필요는 없어요. 중국음식이나 시켜먹구 놀지, 뭐. 그럼 우리 지금 출발할게."

마침 약속이 있어서 외출하려던 참이라느니 따위의 핑계를 댈 틈도 주지 않고 전화를 끊어버린 남여사는, 민희가 가정부를 독촉해 집 안 청소를 끝마치기도 전에 민희네 아파트로 들이닥쳤다.

"깍쟁이, 그렇게 보고 싶다는데도 만나주지 않고……"

그렇게 말하며 민희의 볼을 사랑스럽다는 듯이 꼬집고 흔드는 남여사의 뒤에서 청년 가수와 양일이가 미소를 짓고 있었다.

"어서 오세요. 집이 누추해서……"

"안녕하셨어요?"

그 듣기 좋은 음성으로 은근히 말하며 양일은 사가지고 온 장미꽃 묶음을 내밀었다.

"아파트라구 해서 난 조그만 줄 알았더니 굉장히 넓네."

"넓긴요. 겨우 육십 평인걸요."

"방은 몇 개나?"

"다섯 개예요."

"방 구경 좀 해도 되지? 어쩜 이렇게 예쁘게 꾸미고 살까? 역시 건축가가 사시는 집이라 다르군."

말하며 오히려 민희의 앞장을 서서 이 방 저 방 문을 열고 들여다보고 다니던 남여사는 민희의 귀에 대고 살그머니 속삭이는 것이었다.

"애들하구 식모는 어디 좀 내보낼 수 없을까? 사실은 오랜만에 우리끼리 좀 재미있게 놀려구 온 거야. 호텔 같은 데는 남들의 눈이 있어서 말야."

남여사의 말뜻은 뻔했다. 가정부에게 애들을 딸려 밖으로 내보내고 남편도 부산에 가고 없겠다, 마음 탁 놓고 정부들과 실컷 놀아나보자는 것이었다.

그렇잖아도 가뜩이나, 본의는 아니지만 양일이와 몸을 섞었다는 약점을 잡힌 탓에 앞으로 자기 자신의 기분이 아닌 남여사의 기분에 말려들어 내키지도 않는 정사를 하지 않으면 안 되는 경우가 생길 것 같은 예감에 두려워하고 있던 민희에게, 그 두려워하고 있던 사태가 들이닥쳤을 뿐만 아니라, 그것도 더구나 바로 민희 자기 집에서 일어나려 하고 있는 것이다.

민희는 아찔한 현기증을 느끼며 겨우,

"식모하구 애들은 뭐 밖으로 내보내지 않아도 될 거예요."

사실이지 육십 평이란 결코 좁은 집이 아니다. 저쪽 방에 들어앉아 있으면 이쪽 방에서 레슬링을 하는지 굿을 하는지 까맣게 모를 만큼 충분히 넓은 것이다.

그러니까 가정부에게,

"손님들 말씀하시는 데 방해 안 되게 애들 데리고 애들 방에 가서 놀아."

한마디만 하면 충분할 터이다.

"그래두 애들이 저쪽 방에 있다는 신경이 쓰이면 어디 기분이 나겠어? 나야 괜찮지만, 민희씨가?"

맙소사. 결국 남여사는 속셈을 드러내 보인 것이었다. '내가 내 애인과 즐기는 동안 민희 너도 양일이와 즐겨야 할 거 아니냐'는 것이다.

"어머, 사모님두! 제가 어떻게……"

"왜애? 양일이가 민희씨한테 얼마나 미쳐 있는데. 민희씨를 한번 알구 나니까 세상에 다른 여자들은 모두 막대기로 보인다는 거야. 민희씨는 여자 중의 여자래. 애가 생긴 건 저렇게 활달해 보이지만 실은 여간 수줍어하는 성격이 아니거든. 민희씨가 남편 있는 여자구 또 민희씨한테 두 번 다시 만나지 않기루 약속했다면서? 그래서 눈만 뜨면 민희씨 생각뿐인데두 보고 싶다는 소리도 못 하고 혼자서 끙끙 앓으며 술만 퍼마셨대. 저것 좀 봐, 지난번보다 훨씬 말랐지? 순전히 민희씨 때문이야."

민희는 열어놓은 안방 문을 통하여 거실의 소파에서 지금 마악 가정부가 가져온 냉커피잔을 받아들고 있는 양일을 돌아보았다.

남여사의 말마따나 열흘쯤 전 남여사네 침실에서 눈빛으로 민희를 압도하며 너무나 의젓하고 당당하게 민희의 옷을 하나하나 침착하게 벗겨버리던 억센 사내의 모습이 양일에게서 없어진 것 같았다.

그때보다 얼굴이 까칠하게 초췌해진 것 같았고, 그래서 다만 미남형의 문학청년 같아만 보이는 것이었다.

남여사의 말과 어쩐지 피로해 보이는 양일의 인상이 민희의 가슴속에 야릇한 파문을 일으켰다.

양일이가 어쩐지 가엾어지고 그의 머리라도 가슴에 끌어안고 쓰다듬어주고 싶은 애틋한 느낌에 사로잡히는 것이었다.

나만을 생각해주고 나만을 요구하며 나에게서만 기쁨을 느끼겠다는 '나의 몫의 남자' 라고 생각하니, 민희는 당장이라도 양일을 와락 껴안아주고 싶고 자신이 갑자기 부자가 된 듯 흥겨웠다.

그러한 마음의 한자락이 신비한 미소가 되어 비죽이 민희의 입술에 배어나오는 것을 재빨리 물고 늘어지는 남여사는,

"사실은 양일이가 하두 졸라서 오늘은 에라 모르겠다, 내가 나쁜 년이 되고 말자, 다 늙어서 젊은 사람들 소원풀이나 해주지 뭘 해, 그런 생각으로 데려온 거야. 그리구 그날 민희씨가 '양일이가 참 좋았다' 고 말하던 게 생각나기두 해서 말야. 확실히 궁합이란 게 있는 모양이야. 배가 맞는 남자란 게 따로 있다니까. 호호호호, 내가 좀 상스러웠나? 그렇지만 진짜 따로 있다니까. 내가 뭐 저애가 유명한 인기 가수라서 홀딱해 있는 줄 알면 오해야. 단지 저애만큼 배가 맞는 사내가 없어서야. 대가리는 텅텅 비었지만 힘이 말 같다구. 그건 그렇구, 민희씨 침실 좀 빌릴 수 있겠지? 기분 나쁘다면 나쁘다고 말해줘요. 난 자기 감정을 속이는 사람이 제일 질색이니까."

민희는 '천만에, 기분 나쁠 리가 있겠어요' 라는 말이 얼핏 입

에서 나오지 않는 자신이 답답했다.

솔직히 말하자면 이건 기분 나쁜 정도가 아니다. 어쨌거나 남편과 자기만이, 가령 때때로 육체 속의 불길을 달래기 위하여 외간남자와 해서는 안 될 짓을 예사로 하면서도, 그러나 제 딴에는 남들 못지않은 가정을 이루어나가고 자신의 인생을 남들 못지않게 정상적으로 안정시킬 수 있는 다른 면의 자기, 아니 그것이 진짜인 자기가 있다고 스스로 신뢰하고 있는 자기, 그러한 자기와 남편만이 사용해온, 이제껏 어린애들마저도 잠재워보지 않았던 신성한 침실이 무례한 침입자들에 의하여 한 바가지 똥이 끼얹힌 듯 모욕감을 느끼고, 동시에 자기가 항상 염려하고 있던, 이 가정 밖에만 가둬두려고 했던, 스스로 신뢰하고 있지 않는 불량한 자기가 드디어 악마처럼 패거리들을 거느리고 이 집으로 쳐들어와 죄 없는 남편과 아이들, 그리고 선량한 자기를 파멸시켜버리는 듯한 무서움에 덜덜 떨리는 것이다.

"역시 기분 나쁜 모양이지? 그렇지? 그렇다면……"

"아녜요. 기분 나쁘다니요? 저도, 저두…… 사모님 댁 침실을 빌린 적이 있잖아요. 본의는 아니었지만……"

"호호호호. 그래, 그렇구만. 민희씨는 나하구 우리 영감만 쓰는 침대에서 그랬지. 참, 이제 생각나네. 그날 밤 말이야. 영감쟁이하구 그 침대 위에 누워 있는데 바로 여기서 낮에 민희씨하구 양일이가 그렇구 그랬지 생각하니 어찌나 흥분이 돼서 잠이 와야지. 정말 잠이 안 오더라니까, 호호호호."

"저어, 그러시지 말구 제가 조용한 데를 알구 있으니까 우리 거기로 가는 게 어때요? 아무래도 애들 있는 집에서는……"

"거봐. 그러니까 애들은 내보내라니까."

"내보낼 만한 데가 없어요. 놀이터 같은 데는 한 시간도 안 돼서 돌아올 거구……"

"어딘데? 민희씨가 말하는 조용한 데라는 데가?"

"우이동에 가면 산골짜기에 방갈로가 있어요. 들어앉으면 아무도 몰라요."

"이제 보니까 민희씨도 보통은 아니네. 그런 델 다 알구."

"아녜요. 애들 아빠하구 한번……"

"거짓말이라구 얼굴에 씌어 있는데."

"정말예요. 전, 전 지난번 양일씨하구가 첨예요. 아빠 몰래 그런 짓 해보기는……"

"안 되겠어. 이러다간 정말 나중에 내가 원망 듣겠어. 민희씨는 역시 나하구는 다른 여잔데……"

"사모님을 원망하는 건 절대로 아녜요. 오히려 저 자신이 부끄러워요. 저어…… 저두…… 그후에…… 가끔 양일씨 생각을 했거든요. 그렇지만 집에서는 어쩐지 사모님 말씀대루 기분이 안 날 거 같아요."

"그렇지만 방갈로 같은 데가 더 남의 눈에 띄기 쉽다구. 사람들이 드물구 또 그런 장소엔 으레 감시하는 놈들이 숨어 있거든……"

하기야 바깥세상이 밀회하기에 얼마나 안전하지 못하다는 건 누구보다도 민희 자신이 잘 안다. 남여사 편에서 보자면 민희네 침실보다 더 안전하고 마음의 부담이 없는 밀회장소는 없을 것이다.

그러나 민희 편에서 보자면 그 어느 곳에서보다도 마음의 부담이 크고 가정부나 애들한테 발각될 위험도 가장 큰 곳이 아닐 수 없다.

그렇다. 남여사 자신도 자기 집에서는 그런 위험을 느끼기 때문에 자기 집은 피하려는 것이 아닌가.

민희는 잠시 궁리에 빠졌다. 남여사가 가수 청년과 침실을 쓰고 있는 동안 자기는 거실에서 양일이와 얘기나 하고 있으면 어떨까?

그러나 나이 사십줄에 들어 알 거 모를 거 다 알고 있을 가정부의 눈엔 그 풍경이 더 어색하고 수상해 보일 것이다.

역시 남여사와 자기, 그리고 두 남자, 네 사람이 이 집 밖 어딘가로 나가는 게 가장 안전한 방법일 텐데 남여사는 어쩐 까닭인지 부득부득 민희네 집을 고집하는 것이다.

무슨 까닭인지?

그렇구나. 꼼짝없는 공범자로 만들고 싶어서구나. 이 공범자가 되기를 거부하면 어떤 박해가 올까?

어쩌면 남여사는 자기 남편인 강의원을 꼬여서 민희 남편의 사업을 방해할지도 모른다.

뭐 그렇게까지 극단적으로 생각하지 않아도 좋다고 하더라도
이 보복에 길들여진 여인이 어떤 형식으로든 민희를 편하게 내
버려두지는 않을 것이다.

"저어, 양일씨하구 저하구는 우리끼리 알아서 할 테니까 사모
님은 아무 걱정 마시구 이 방을 쓰세요. 밤새도록이라두……"

"밤새도록이라니? 나두 밤에 집에 들어가야지. 그럼 애들은
내보내는 거지?"

"네, 외가에서 자구 오라구 하겠어요. 외가엘 가고 싶어 안달
인 애들이니까……"

결심을 세우고 나자 민희는 양일이와 함께 밤을 새울 수 있다
는 사실에 새로운 흥분을 느꼈다.

아이들을 가정부와 함께 외가로 쫓아내고 나서 민희는 중국음
식점에서 몇 가지 요리를 시켜 손님들에게 점심 대접을 했다.

아이들이 없고 보니 민희는 예상 못 했던 해방감을 가슴 부풀
게 느끼며 소녀처럼 밝은 표정으로 새처럼 조잘댔다.

찬장에 그득한 갖가지 예쁜 그릇들을 보며 남여사가,

"어쩜! 어디서 이렇게 예쁜 것들을 구했지? 국산품 같지 않은
데……"

부러워하면 민희는,

"양키 물건 장수 아주머니한테 부탁하면 뭐든지 구할 수 있어
요. 정말 미군이 철수하긴 하는 건가요? 미군이 가고 나면 피엑
스(PX)나 코미서리(COMMISSARY) 같은 것들도 저절로 없어질

거 아녜요? 미군이 철수한다니까 난 그게 제일 걱정예요. 우리 끼리니까 솔직히 말하지만요. 화장품 같은 거 아무리 예전보다 나아졌다고 하지만 아직 멀었어요. 써보면 아는걸요. 유리컵 한 가지만 보더라도 얼핏 봐서는 디자인이 그럴듯해도 써보면 역시 국산은 오래 못 가요."

"미군이 철수한다는데 민희씨는 그래 겨우 피엑스가 없어질 걱정이나 하구 있어? 자칫하다간 나라 전체가 김일성이한테 당할지도 모르는 판국에……"

남여사가 제법 한때 국회의원 사모님답게 핀잔을 주면,

"하긴 그래요. 왜 진작 미국으로 이민 안 갔을까, 후회만 돼요. 가려면 얼마든지 갈 수 있었거든요. 아빠 친구가 미국에서 건축 회사를 하구 있는데, 아빠더러 미국으로 와서 함께 하자구 몇 번씩이나 그랬는데, 글쎄 아빠는 애들을 미국에서 키우고 싶지 않다는 거예요. 애들이야 거기 가면 금방 적응하구 살 수 있을 텐데 말예요. 미군이 철수한다니까 아빠도 이민 안 간 게 후회되나 봐요. 내년쯤엔 이민 가자구 하지만 어디 쉽겠어요? 재산이 겨우 몇천만원만 되어도 내보내주지 않는다면서요?"

그런 식으로 조잘대는 것이었다.

"꼭 가려면야 왜 못 가겠어? 그런 걱정은 하지 말구 이민 가기 전에 좋아하는 사람과 연애나 실컷 하자구."

남여사가 말했다.

식사가 끝나자 그들은 전축을 틀어놓고 춤을 추었다. 커튼을 닫아버리고 캄캄한 실내에 벽등만 몇 개 켜자 그대로 무드 좋은 홀이었다.

음악과 식사 때 마신 위스키 덕분에 춤을 추고 있는 동안 그들은 차츰 열기에 휩싸여갔다.

가수 청년의 가슴에 얼굴을 파묻고 블루스의 스텝을 밟고 있던 남여사가 눈물이 주르르 흐르는 얼굴을 쳐들고 자기의 애인에게 키스를 요구하고, 그래서 그들이 입에 입을 대고 돌아가기 시작할 때쯤 해서는, 민희도 이미 현실에서 이륙하고 있었다.

처음엔 가장 예절 바른 자세로 시작한 양일의 춤은 어느새 남자의 허벅다리가 여자의 사타구니를 올려때리는 이른바 '에로춤'이라는 것으로 변해 있었고, 민희는 양일의 허벅다리가 툭툭 부딪쳐올 때마다 자기 의지와는 아랑곳없이 제멋대로 조금씩 조금씩 부풀어올라, 이윽고 뜨겁게 거품을 뿜으며 진흙처럼 부풀대로 부풀어 자기 몸 속을 가득 채워버리는 욕망 속에 빠져 허우적거리기 시작했다.

"너무해요."

민희는 양일의 가슴에 얼굴을 처박으며 가쁘게 속삭였다.

"정말 보구 싶었어요."

뜨거운 숨결과 함께 민희의 귀 밑에서 토해지는 양일의 저음 마디마디가 민희의 온몸에 전율의 파문을 정신차릴 수 없을 만큼 혼란스럽게 그어댔다.

힘껏 허리를 밀어붙이며 민희는,

356

"춤 오래오래 춰요."

그건 이미 말이 아니라 열에 달뜬 환자의 헛소리였다. 대답이나 하듯 양일의 스텝의 폭이 더 넓어지고 더 거칠고 더 빨라지며 허벅다리의 굳을 대로 굳어진 근육이 민희의 부풀 대로 부푼 반죽덩어리를 더 강한 힘으로 두드려댔다.

이미 그것은 춤이 아니었다. 마치 분노한 폭군이 매달리는 여자 노예를 이리저리 끌고 다니며 학대하는 듯한 광기로 숨막힌 듯한 동작이었다.

어느 틈에 남여사 쪽은 침실 안으로 들어가 문을 닫아버렸고, 그 닫힌 문을 통하여 남여사의 도살당하는 짐승 같은 비명이 음악소리를 제압하며 새어나오고 있었다.

이제 양일은 망설이지 않았다. 축 늘어져 헝겊자루처럼 끄는 대로 끌려다니는 민희의 몸을 번쩍 안아들고 표범 털가죽의 무늬를 한 긴 소파로 다가가서 내려놓고 민희의 껍질을 찢어내듯 벗겼다.

부글부글 거품을 끓어올리는 뜨거운 수렁 같은 민희의 몸 속에서 양일의 움직임은 오래지 않아 질식하듯 멎어버렸다.

꼿꼿하게 굳어서 가만히 엎드려 있는 양일의 몸에 대고 민희는 폭발하고 싶은 안타까움으로 미친 듯 움직였다. 양일의 몸이 다시 상어처럼 수렁 속을 헤엄치기 시작했다.

"어마, 어머나!"

허공 속의 허공으로 아득히 떨어져가며 민희가 부르짖었을 때 전화벨이 울렸다.

때르르릉, 때르르릉, 때르르릉······

"전화가 왔어요."

양일이 속삭였다.

민희는 두 눈을 꼬옥 감고 양일의 가슴을 끌어안고 그 가슴 밑
으로 얼굴을 감추며 고개를 저었다. 전화에 상관 말라는 듯이.

그러나 전화의 벨소리는 그치지 않고 경보처럼 울려대고 있
었다.

"받아보세요. 애들 아빠인지도 모르잖아요?"

민희는 그제야 현실로 돌아왔다.

나는 무슨 짓을 했는가, 이 신성해야 할 집에서. 그렇게 속으
로 중얼거려보았지만 아무런 느낌이 없었다.

다만 양일이가 쏟아놓은 분비물을 가랑이에서 느끼며 '임신
했을지도 몰라. 지금은 가임 기간인데' 생각하며, 엉뚱하게 결
혼 전 중절수술 받으러 갔던 산부인과 병원의 수술실 풍경만 어
제 본 듯 생생하게 눈앞에 떠올랐다.

"탁자 밑에 휴지가 있을 거예요."

민희가 말했을 때에야 양일은 깨달은 듯 몸을 일으키고 파란
색의 휴지상자를 가져왔다.

그사이에 전화벨 소리는 멈춰버렸다.

누구였을까?

그러나 누구면 어떠냐. 이 집에 전화를 받아야 할 가정주부는

없다. 있는 것은 육체의 신비에 압도되어 모든 일상적인 감정이나 사고로부터 뚝 떨어져나온 한 여자가 영원히 중단되지 않는 남자의 애무를 갈구하고 있을 뿐.

전화벨이 다시 울린 것은 민희가 욕실에서 몸을 씻고 있을 때였다. 큰 타월로 몸을 감싸 가리고 전화를 받기 위해 거실로 나와보니, 민희보다 먼저 몸을 씻고 나간 양일은 민희가 내준 남편의 파자마와 가운을 입은 채 소파에 비스듬히 누워 코를 골고 있었다.

침실 속에서는 남여사의 새로운 신음소리가 들려오고 있었다.

수화기를 들고,

"여보세요."

말이 끝나자마자 남편의 음성이 투덜댔다.

"왜 전화를 안 받지?"

"어머, 전화하셨어요? 애들이 외갓집에 가고 싶다구 해서 데려다주고 오느라구 잠깐 집을 비웠어요."

"아줌마도 없어?"

"아줌마도 딸려 보냈어요. 식사는 잘 하고 있어요?"

"응, 당신하구 애들 음성이 듣구 싶어서 전화했는데, 그럼 연희동 집으로 전화해야만 애들 음성 듣겠구만."

"그러세요. 참, 강의원 사모님이 놀러 오셨어요."

"그래! 지금 계셔? 인사나 드려야지."

"아니, 가셨어요. 참, 나 당신한테 가면 안 돼요?"

"나한테? 나 모레쯤 올라갈 텐데."

"함께 오면 되잖아요. 이따가 저녁 비행기로 갈게요."

뜻하지 않았던 말을 불쑥 뱉고 있는 자신의 음성이 민희는 반갑기도 하고 두렵기도 했다.

남편과의 전화는 계속되었다.

"몇시 비행기를 탈 거야? 여기서 중요한 손님하구 저녁 약속이 있어서 말야. 내가 비행장에 마중 나갈 수 있는 시간에 도착했으면 좋겠는데……"

"마중 나오실 건 없어요. 내가 찾아갈게요. 송도호텔이라구 하셨나요?"

"그래, 해운대에 와서 송도호텔을 찾으면 돼. 그렇지만 되도록 시간을 맞춰 마중 나갈 테니까. 몇시 비행기지?"

"글쎄요, 몇시 비행긴지, 이제 알아봐야죠."

"뭐어? 아니, 그럼 표도 사놓지 않구 오늘 저녁에 부산에 오겠다는 거야?"

민희는 장식 선반 위의 탁상시계를 보았다. 네시가 거의 다 된 시간이다.

"지금 네시인데, 뭘. 일곱시나 여덟시쯤 가는 비행기가 없을라구요."

"한가한 말씀 하구 있네. 아, 요즘 부산 오는 비행기 타기가 얼마나 어렵다구. 관광객이다, 피서객이다 해서 며칠 전부터 예약 신청해도 표를 살 둥 말 둥인데. 그래, 표두 안 사놓구 오늘 저녁에 부산 오겠다는 거야?"

"그래요? 표 사기가 그렇게 힘들어요? 그럼 고속버스 타구 가지 뭐. 고속버스는 몇시까지 차가 있어요?"

"이런! 그걸 나한테 물으면 어떻게 해! 서울 막차가 다섯시나 여섯시까지밖에 없을 텐데. 그거라구 지금 이 시간에 표가 있겠어? 당신, 지금 내 전화 받구 갑자기 부산 오구 싶다는 생각이 든 거지? 안 그래?"

"아녜요. 며칠 전서부터 갈려구 했는데……"

거짓말을 하며 민희는 곁눈질로 소파 위에 누워 있는 양일을 보았다.

남편의 파자마를 입고 코를 골며 자고 있던 양일은 어느새 눈을 뜨고 입가에 야릇한 미소를 띠고 민희를 조용히 올려다보고 있었다.

전화 저쪽의 남편에게 거짓말을 잘도 씨부렁거리고 있는 나를 경멸하고 있구나! 양일의 미소를 그렇게 해석하며 민희는 얼굴이 뜨거워졌다.

"당신 말 듣고 있으니 오늘 부산 오기는 틀린 거 같아. 얌전히 집에서 기다리구 있어. 모레 오후엔 만날 수 있을 테니……"

남편이 단정적으로 말하자 민희는 울컥 반발심이 끓어올랐다.

그것은,

"병신, 내가 지금 집에서 무슨 짓을 하구 있는지 알지두 못하구서."

하는, 벽 하나만 사이에 가로막혀 있어도 벽 저쪽에서 무슨 일이 일어나고 있는지 알 수 없는 인간들의 근본적인 무능력에 대한 반발심이었고, 동시에 대낮에 남편 아닌 사내를, 그나마도 동생뻘인 사내를 맞아들여 신성하게 가꿔온 가정에 먹탕칠을 하고만 자신의 육체에 대한 반발심이었고, 또한

"거짓말을 잘도 씨부렁대는구나."

하고 경멸하는 듯한 양일의 미소에 대한 반발심이었다.

양일이가 눈을 뜨고 민희가 남편과 전화하는 모습을 지켜보고 있지 않고 계속 코를 골며 잠들어 있었더라면 민희는 아마 남편에게,

"그래요? 그렇다면 집에서 기다릴게요."

그 정도에서 전화를 끊었을 게 틀림없었다.

그런데 자기를 빤히 올려다보며 방글거리고 있는 양일의 시선이 민희 생각엔,

"마음에 없는 말을 잘도 하는구나. 갈 생각도 없으면서 남편한테 미안하니까 마치 굉장히 남편을 그리워하고 있었거나 했던 것처럼······"

그런 것만 같은 것이었다.

그렇다고 생각하니까 민희는 부득부득 양일에게 보여주기 위해서라도 오늘 부산으로 떠나야겠다는 오기가 생겼다.

부산으로 떠나지 않으면 상대방이 눈앞에 없다고 마음에도 없는 빈말이나 지껄이고 눈가림이나 살짝 하는 경망한 거짓말

쟁이 여자, 진실하지 못한 색녀로서 양일에게 인식되어질 것만 같았다.

또한 양일이가 아무리 사랑스러운 남자라고 하더라도 양일이로 하여금 민희 자기를 독점했다고 생각하게 해서는 안 된다고 민희는 본능적으로 계산하고 있었다.

남편을 넘보게 해서는 안 된다.

양일에게 그는 어디까지나 주인 있는 여자를 도둑질한 입장이라는 것을 잊지 않도록 해야 한다.

그래서 민희는 갑자기 신경질적인 음성으로 고함치듯 수화기에 대고 말했다.

"어쨌든 오늘 밤엔 부산에 도착할 테니까 두고 보세요. 전화 끊어요."

수화기를 내려놓고 나서 민희는 잠시 멍하니 그대로 서 있었다.

그래, 생각지도 않았던 말이지만 부산의 남편한테 가겠다고 한 건 참 잘한 일이야.

남여사 패거리를 이 집에서 쫓아낼 수 있는 가장 그럴듯한 방법이고, 부산까지 그 먼 거리를 가고 있는 동안 이 가정을 먹탕칠한 죄의식도 마음에서 씻겨질 거야.

그렇게 생각하고 보니 민희는 구원이라도 받은 듯 마음이 가벼워지며 여행 자체에 대한 흥분을 느꼈다.

민희가 빤히 올려다보고 있는 양일을 일부러 무시하고 비행기 시간과 좌석표 등에 대해 알아보기 위해 우선 여행사를 알려줄

114를 돌리고 있는데, 양일이가 갑자기 벌떡 일어나서 다가와 다이얼을 돌리고 있는 민희의 팔목을 잡았다.

"못 탑니다. 비행기도, 고속버스도. 전화해보나마나예요."

"난……"

"알구 있어요. 부산에 꼭 가신다는 거…… 내가 모셔다드리죠."

"네?"

"내 차루 부산까지 모셔다드린다니까요. 지금 준비하고 떠난다면 밤 열시나 열한시쯤엔 도착할 수 있어요. 고속도로 통행료하구 기름값은 부담해주세요. 난 부자가 아니니까요."

"그거야 물론……"

"근사한데요. 부산까지 함께 드라이브한다는 거……"

양일은 소년처럼 신나서 말했다.

"함께라니? 그럼, 나하구 부산까지 가겠다는 거예요?"

얼떨떨한 채 민희는 중얼거리듯 말했다.

"운전을 내가 하는걸요. 염려 마세요. 부산에 모셔다만 드리구 난 친구 집에 가서 놀다 오면 되니까. 자, 서두릅시다."

파자마를 벗어부치며 설치는 양일의 모습을 보며 민희는 일이 엉뚱하게 됐다고 생각했다.

그러나 양일이 운전하는 차를 타고 부산까지 달리고 있는 자신의 모습을 상상하자 그 자체로서 순수한 여행의 기쁨 이상의 기쁨이 파도쳐왔다.

민희는 감고 있던 타월이 흘러내리는 것도 개의치 않고 소녀처럼 깡충 양일의 목에 팔을 감고 매달리며 양일의 뺨에 키스를 했다. 그러는 민희를 양일은 번쩍 안아들고 욕실로 데려다주었다.

밤늦게까지 이 집을 이용하겠다는 남녀사에게, 갈 때 문고리를 안에서 잘 눌러놓고 나가라고 일러놓고, 또 친정집에 가 있는 아이들에게 부산 가서 아빠 데려오겠다고 전화하고 화장도 하는 둥 마는 둥, 머리도 드라이어로 대강대강 손보고, 민희가 양일이가 운전하는 코티나에 오른 것은 다섯시가 넘어서였다.

양일은 어느새 가면서 먹을 오렌지주스 깡통에서부터 초콜릿 따위를 잔뜩 사들고 있었다.

차가 고속도로를 들어서서 다른 차에 탄 사람들이 이쪽 차 안을 눈여겨볼 염려가 없어지고 민희가 초콜릿을 까서 운전하고 있는 양일의 입에 넣어주는 것을 기회로 해서 양일은 한 손으로 핸들을 잡고, 한 손을 뻗쳐 옆자리의 민희를 좀더 가까이 오라는 듯 끌어당겼다.

민희가 간격을 좁혀 앉자 양일의 손은 서슴지 않고 민희의 바지 지퍼를 더듬어 찾고 끌어내리려 했다.

"뭐 하려고 그래?"

"만지고 싶어요."

"운전……"

"운전은 걱정 마세요."

"정말 괜찮을까?"

"걱정 말라니까요."

"내가 할게."

민희는 옆구리의 지퍼를 내리고 바지 안에서 팬티를 끌어내려 양일의 손이 만지기 편하도록 자세를 잡아주었다.

"꿈을 꾸고 있는 거 같은데요. 좋아하는 여자와 이렇게 하구 달리고 싶다구 공상해본 일이 많거든요."

"순 바람둥이야. 다른 여자들하고두 그랬으면서⋯⋯"

"첨예요, 정말예요."

말하는 양일의 말에서 젊은 남자들에게서만 들을 수 있는 답답한 진실의 냄새를 느끼며 민희는 문득 양일과 진실한 연애를, 첫사랑 같은 내면적인 연애를 하고 싶다고 생각했다.

민희와 양일의 차가 금강휴게소에 도착한 것은 하오 여덟시가 다 되어서였다.

해는 졌지만 하늘은 아직 밝았다.

산그림자 속을 강물이 꽃무더기 같은 하얀 거품을 드문드문 쏟으며 맑은 소리로 흐르고 있었다.

수은등의 마알간 빛이 아직도 밝은 하늘을 배경으로 처연하게 떠 있고 이제 막 창마다 불을 켠 고속버스가 한 대 또 한 대 달려와 조용히 술렁이는 여행자들을 내려놓는다.

먼 곳에서 떠나왔고 가야 할 곳 역시 머나먼 그 중간지점. 평소엔 감정이 메마른 사람들도 여수(旅愁)의 그 슬픔 같은 느낌에 젖어 감상적이 되는 것이다.

"피곤하지?"

민희는 양일이가 엔진을 끄자 그의 어깨에 머리를 기대며 나직이 말했다. 양일은 그때까지도 헤쳐져 있는 민희의 바지 옆구리 지퍼를 끌어올려주며,

"전혀. 오히려 서울에서의 모든 피로가 다 풀렸어. 이대로 며칠이고 달렸으면 좋겠어."

"나두."

"자, 내리자구. 여기 가락국수가 맛있어."

어느새 반말로 트고 있는 그들은, 그러나 얼른 차에서 내리지 않고 어깨에 얼굴을 기대고 기대인 채 저물어가는 하늘을 오랫동안 올려다보았다.

달려와 옆자리에 서는 승용차에서 내리는 사람들과 고속버스에서 내려 이리저리 걸어보고 있는 사람들이 민희와 양일의 차 옆을 지나치며 유심히 들여다보곤 했다.

"자, 내리자구. 이렇게 늑장부리다가는 오늘 밤 안에 부산 못 들어가겠어."

양일이가 서둘렀다.

차에서 내려 휴게소의 식당으로 향하며 민희는 양일의 팔짱을 꼈다.

"누가 보면 어쩌려구?"

주의를 주는 양일의 말에 민희는,

"볼 테면 보라지 뭘."

그래, 볼 테면 보라지, 뭘. 서울에는 집과 아이들이 있고 부산에선 남편이 기다리고 있다.

그 사이의 이 고속도로 위에서조차 자기는 그들을 의식해야만 한단 말인가.

어차피 고속도로가 끝나는 지점부터 자기는 싫어도 그들과 얽혀야 하는데……

나 자신. 그렇다. 해질녘의 고속도로란 잃어버렸던 나 자신을 얼마나 선명하게 떠올려주는 것이냐!

소녀 시절에 항상 그랬듯 슬픔 같은 습기가 가슴에 서리고 자신이 스스로 가련해 보이고, 그 때문에 자기와 동행해주는 남자의 체온이 유난히 포근하게 느껴진다.

고속도로가 끝나면 이 사람도 떠난다. 떠날 것이 확실하기 때문에 그가 부담스럽지 않고 그에게서 지배를 받고 있다는 느낌이 조금도 들지 않는다.

사람끼리란 그래야 할 것이다. 이별이 없이 어떻게 사랑이 생길 것인가! 이별이 없다면 어떻게 이 구속을 달콤하다고 느낄 것인가!

양일과의 이 짧은 동반에서 느끼는 이 깊은 사랑은 결국 민희 자신의 주체가 극대화함으로써 얻어진 한 톨의 수정 같은 결정인 것이다.

하기야 남편이나 아이들도 언젠가는 죽는다는 방식으로 헤어질 사람들이다.

그러나 죽음이란 비록 잠시 후에 닥칠 수도 있는 사건이지만 어쩐지 항상 멀리, 아득히 멀리 느껴지는 느낌이다.

죽음이 먼 훗날의 일로 느껴지는 만큼 이별의 슬픔, 이별 후의 고독도 아득히 희미하게 느껴진다.

그리하여 죽을 때까지 함께 있어야 하는 모든 사람들이 밉지는 않지만 그렇다고 사랑스러운 것도 아니다. 먹어도 먹어도 물리지 않는 밥처럼 그것은 중성의 맛이고 때때로는 자신이 그것의 지배 밑에 구속되어 있다고 느끼는 것이다.

식당 안은 속속 도착하는 고속버스에서 내려 가락국수를 먹고 있는 사람들로 법석대고 있었다.

아닌게 아니라 서울에서 출발했을 그 많은 사람들 중에 민희를 알고 있는 사람이 한두 명쯤 없으란 법은 없다.

하지만 상관 말자. 혹시 누군지 아는 체해오면 낯선 사람 보듯 물끄러미 봐주자. 사실 자기는 지금 이 시간 동안엔 이 사회의 어느 누구와도 연결되어 있지 않은 민희인 것이다.

유리창가의 탁자 하나를 차지하고 앉아 재빨리 날라져온 가락국수를 먹으며 창 밖으로 내려다보이는 강물을 보고 있던 민희는 문득 이 휴게소 진입로 근처에서 보았던 여관촌을 생각했다.

"여기서 부산까지 얼마나 되지?"

민희가 물었다.

"이런 속도로 간다면 열두시 다 돼야만 부산에 들어가겠어."

"우리 여기서 자구 아침 일찍 떠날까?"

양일은 믿을 수 없다는 듯 민희의 미소띠고 있는 표정을 살폈다.

"바로 요 앞에 여관들이 많던데 거기서 맛있는 것두 먹구. 난 괜찮지만 양일인 이런 가락국수 먹구 운전할 수 있겠어? 그리구 저 강물에 발 담그고 놀고 싶어. 우리, 그럴래?"

"나야 물론 오케이지만 부산에서 기다릴 텐데?"

"전화하지, 뭘. 어차피 오늘 밤 안으로 부산 도착할 수 없다는 거, 그쪽에서 먼저 알구 있으니까."

"뽀뽀해주고 싶어 죽겠어."

"그래, 가."

그러나 일어나지는 않았다.

오늘 밤은 여기서 지낸다고 작정하자 이제까지 쓸쓸한 느낌만을 안개처럼 뿜어내고 있던 주변의 모든 풍경들이 자기 집처럼 갑자기 친밀감을 나타내며 민희의 가슴속으로 달려들었다.

그 대신 이제까지 친밀하게 느껴졌던 그 모든 여행자들이 갑자기 자기 집 앞을 통과하는 타향 사람들처럼 서먹서먹하게 느껴지며 그들의 여행이 그야말로 하루살이떼처럼 무의미한 동작 같아 보이는 것이었다.

"우리 술 마실까?"

민희가 느긋한 표정으로 말했다.

"여기서?"

"응."

"우선 방이나 정해놓구."

"그래."

그들은 차를 몰아 여관촌으로 달려갔다. 낚시꾼 차림의 사내들이 서울로 돌아가는지 자기네 차에 오르고 있는 모습이 보일 뿐 여관촌은 비교적 조용했다.

가장 시설이 좋음직한 호텔 앞에 차를 대자 웨이터가 달려나와 차 문을 열어주었다.

"짐은?"

"없어. 우리 자구 갈 텐데……"

"예예, 전망이 좋은 특실이 있습니다."

"여기서 시외전화를 걸 수 있어요?"

민희가 물었다.

"예, 서울 부산 어디든지 전화할 수 있습니다. 시간이 좀 걸리니까 미리 신청해주십시오."

그러나 민희가 부산의 남편에게 시외전화 신청을 한 것은 밤 열한시가 다 되어서였다.

양일은 맥주와 정사의 피로에 취해 벌거벗은 채 코를 골며 침대 위에 잠들어 있었다.

부산에 전화 신청을 해놓고 나서 민희 역시 벌거벗은 채 창가 탁자 앞에 앉아 아직도 세 병이나 남은 맥주를 혼자서 홀짝홀짝 마시며 달빛 밝은 창 밖 풍경을 내다보았다.

멀리 내려다보이는 휴게소 쪽에는 화물트럭들이 달려와 쉬었다 떠나곤 하는 모습이 수은등의 가로등 불빛 속에서 꿈속의 풍경처럼 보였다.

전화벨이 울리고 남편과 통화가 된 것은 열두시가 거의 다 되어서였다.

"어떻게 된 거야?"

낯선 지방의 아련한 달밤 속에서 꿈꾸는 기분에 잠겨 있는 민희에게는 바로 이웃 방에라도 있는 듯 뚜렷이 들리는 수화기 속의 남편의 음성에 깜짝 놀랐다.

"나 지금 금강휴게소 근처 여관에 있어요. 비행기도 없구 고속버스도 없어서 택시를 대절했는데 겨우 여기까지 왔는데 열시가 넘었잖아요. 당신한테 전화 신청을 했더니 그것도 이제야 통화가 되구……"

"집에 있으라니까……"

"아무리 늦어도 내일 아침 열시쯤엔 당신한테 도착할 수 있을 거예요."

"그래? 뭐 불편한 건 없어?"

"아주 편안해요."

"다행이군. 어쨌든 조심해. 그럼 내일 봐. 잘 자."

"안녕."

민희가 남편의 기습을 받은 것은 다음날 아침 여덟시도 미처안 됐을 때였다.

양일이가 푹 자고 난 그 신선한 힘으로 민희의 몸을 힘껏 벌려놓고 폭풍처럼 우뢰처럼 말 달리고 있는데 머리맡의 전화벨이

울렸다. 끈질기게 울려대는 벨소리에 양일이가 할 수 없이 수화기를 집어들고,

"뭐요?"

"여기 사무실인데요, 혹시 그 방에 김민희씨라는 분 계십니까?"

시외전화라도 걸려왔나보다 하고 양일이가 '엇, 뜨거워' 하는 표정으로 수화기를 재빨리 민희에게 건네주고 민희가,

"여보세요."

하자마자 튀어나온 것은 남편 영준의 음성이었다.

"나야. 지금 방으로 올라갈 테니까 꼼짝 말구 그대로 있어."

새벽길을 달려온 게 분명했다.

아침 여덟시도 미처 안 된 이 시간에 부산에 있는 남편이 금강휴게소 부근의 이 호텔에 나타나리라고는 민희가 아니라도 예상하기 어려운 일이었다.

더구나 실 한 오라기 걸치지 않은 알몸으로 역시 알몸인 양일과 한창 어울려 있는 순간이다.

호텔 아래층 사무실에서 남편이 이 방까지 달려오는 데는 이분도 미처 안 걸릴 것이다. 도망치기는커녕 옷을 꿰어걸칠 시간의 여유도 없다.

충격은 무서울 만큼 컸다. 민희의 손에서 수화기가 툭 떨어지고 민희의 입에서는 '끄응' 죽어가는 짐승한테나 들을 것 같은 신음 소리가 새어나왔다.

팔다리에서 힘이란 힘은 모두 빠져나가버리고 얼굴빛은 노랗다 못해 하얘지며 입술은 금세 새까맣게 변색하는 것이었다.

양일에게 뭔가 사태를 알려야 한다고 마음은 채찍질하지만 침이 바싹 말라버린 입에서는 신음 소리만 헛김처럼 새어나올 뿐이다.

그런 급박한 형편도 모르고 양일은 축 늘어지는 민희를 끌어당겨 눕히고 하던 일을 계속할 자세를 취하며,

"왜 그래?"

"빨리빨리 옷 입고 도망쳐. 부산에서 왔어."

손만 힘없이 내젓던 민희가 겨우 말한 것은 양일의 거만하게 꺼덕대는 남성이 민희의 몸 속으로 다시 파고들어가려 할 때였다.

"부산에서 오다니?"

"아마 날 마중 온다고 달려온 모양이야. 난 몰라, 난 몰라, 난 몰라."

민희는 두 팔로 얼굴을 가려버리며 그제야 충격의 무감각에서 깨어나 울음 같기도 하고 비명 같기도 한 쉰소리를 냈다.

양일도 사태를 짐작했다.

"지금 이 방으로 오고 있단 말야?"

"응."

"씨팔!"

양일은 퉁기듯 벌떡 일어났다.

바로 그때 방문을 두드리는 소리가 방 안에 무겁게 울려퍼졌

다. 그리고 손잡이를 비트는 소리가 민희의 가슴을 찢어놓을 듯이 음산하게 들려왔다. 문은 잠겨 있었다. 그러나 도대체 언제까지 잠가놓은 채 있을 수 있단 말인가!

"나야, 문 열어!"

남편 영준의 음성은 다른 방 손님들을 의식해선지, 아니면 분노의 침통 때문인지 낮고 무거웠다.

시체처럼 축 늘어져버린 민희에 비해 양일은 죽을 자리로 몰리는 짐승처럼 갑자기 투지만만한 표정이 되었다.

민희의 귀에 대고,

"나한테 맡기구 어서 옷을 입어. 자, 기운을 내라구."

속삭이고 나서 팬티부터 꿰어입으며 밖에 대고,

"누구요?"

투정부리듯 큰 소리로 말했다.

"문 열어. 빨리!"

영준의 음성에는 분노의 가시가 돋쳐 있었다.

"누구냐니까? 방을 잘못 찾은 거 아니오?"

"나, 그 안에 있는 여자의 남편이야. 개수작 말구 빨리 문 열어."

"이 방엔 여자 없어. 다른 방 찾아봐!"

방 밖에서는 잠시 얼떨떨한 모양이었다.

"분명히 403호실이랬는데……"

방 안에 대고 변명하듯 중얼거리고 나서 다시 확인하기 위해

아래층 사무실로 향하는 기척이었다. 그러자 양일은 재빨리 인터폰의 수화기를 들고 밖에 소리가 나가지 않도록 시트를 뒤집어쓰고 교환에게,

"지배인 대줘. 빨리!"

지배인이 인터폰 저쪽에 나오자,

"403호인데, 여보, 우리 찾아온 남자, 만나면 곤란한 사람이니 올려보내지 말라구. 쫓아보낼 수 있으면 제일 좋구 안 가면 아래층에 붙잡아두고 올려보내지 말란 말야. 알았어? 그리고 사층에 빈 방이 어느 방야? 407호실? 방문이 잠겼겠지? 사람 시켜서 그 방 문 열어놔줘. 무슨 말인지 알지? 방값은 치를 테니까, 그 빈 방 문을 애들 시켜서 우리 찾아온 남자 눈치 못 채게 슬쩍 열어놓으란 말야. 그 남자 나하구 같이 온 여자 남편이란 말야. 남의 가정 파탄나면 책임질 거야? 여자를 그 407호실로 가 있게 할 테니까, 그 남자가 물으면 여자는 407호실에 있는 걸로 하란 말야. 그리구……"

말하다 말고 양일은 갑자기 입을 꾹 다물어버렸다. 다음 순간 팽개치듯 수화기를 놓아버리고 머리를 싸쥐었다.

양일이가 인터폰에 대고 지배인에게 말하고 있는 동안 양일의 계획을 짐작하고 민희는, 문득 이 엉망진창인 궁지를 잠시라도 모면할 수 있을 것 같은 희망으로 없는 기운을 차려 속옷을 허겁지겁 입다가, 양일이가 갑자기 수화기를 내던지고 입을 다물어버리자,

"왜 그래, 참 좋은 방법인데?"

"자기 이혼하지 않을래? 결혼해줄게."

양일이가 자포자기한 음성으로 말했다.

"말 같잖은 소리 하지 마."

"어차피 이혼당할 텐데두? 이런 꼴로 들켰는데두?"

"……"

"눈 딱 감구 작정하구 각오하는 게 어때? '난 이혼한다' 구 말야. 그런 각오만 있으면……"

"……"

"그런 각오만 한다면 방법이 있는데 말야."

"듣기 싫어!"

나직이 중얼거리는 민희는 갑자기 울음이 복받쳤다.

이혼. 그래, 이혼. 실상 민희는 이 지경에선 남편으로부터 이혼당한다는 것을 구체적으로 가장 실감 있게 각오하고 있는 중이었다. 남편이 방으로 들어와서 추궁하면,

"이혼하면 될 거 아냐!"

그런 독기 서린 말로 남편한테 맞서서 우선 이 난처한 시간을 모면할 수밖에 없다고 각오하고 있는 중이었다. 그런데 정작 양일의 입으로 '이혼할 각오를 하라' 는 말을 듣고 보니 자신이 뭔가 무척 억울한 누명을 쓰고 있는 것처럼 분하고 슬퍼지는 것이었다.

어젯밤, 무슨 귀신이 씌어서 여기서 하룻밤 묵고 가자는 생각

을 했더란 말인가! 어젯밤 부산의 남편한테 도착했더라면 이런 엉망진창의 꼴은 없었을 게 아닌가! 또 남편은 언제부터 그렇게 알뜰살뜰했다고 새벽같이 차를 달려 이 먼 곳까지 마중을 나온단 말인가!

그때 인터폰의 벨이 울렸다. 양일과 민희는 얼굴만 마주 볼 뿐 어느 쪽에서도 수화기를 들 용기를 내지 못하고 있었다.

벨은 끈덕지게 울려대고 있었다.

어쨌든 난 남자다, 하고 배짱을 정한 표정으로 양일은 수화기를 들었다.

"여보세요."

그리고 한동안,

"예, 응, 응."

하다가 수화기를 내려놓고 양일은,

"지배인인데, 자기 남편이 친척이라면서 묻길래 모두 사실대로 얘기해버려서 거짓말을 할 수 없었다구…… 자기 주라구 편지를 써놓고 가버렸대."

"갔대?"

"응, 타고 온 자가용 도로 타고 떠난 걸 확인했대."

"정말 갔을까? 가는 체하구 밖에 있는 거 아닐까?"

나중에야 이혼을 하든 말든 당장의 곤경을 면하게 된 것만이 민희는 반가웠다.

"편지 가져오래지."

"올려보낸댔어."

문에서 노크 소리가 나고,

"편지 가져왔습니다."

사환의 음성이 들렸다.

다가가 문을 열던 양일이 갑자기,

"엇!"

부르짖은 것과 문이 밖에서 세차게 잡아당겨져 활짝 열리며 민희의 남편 영준이 들어선 것은 거의 동시였다. 그리고 들어서던 남편의 입에서도,

"엇!"

소리가 터졌다.

"아니, 당신은……"

영준은 이제까지 자기 아내가 어떤 사내와 붙어 있었는지 전혀 모르고 있었던 게 분명했다. 하기야 알 리가 없었다.

그런데 막상 뚜껑을 열고 보니 강의원의 농장 저택을 지어줄 때 여러 차례 만난 적이 있는 남여사의 친정조카라는 작자가 아닌가!

뜻밖의 간부(姦夫)의 정체에 오히려 얼이 빠진 것은 영준이었다.

팬티만의 알몸인 아내 민희가 옷들을 주워 껴안고 욕실로 뛰어가는 것을 보고도 영준은 예상 밖의 충격에 아직 충격이 사라지지 않아 차라리 무표정했다.

"보시다시피…… 우리 옷 입고 나갈 테니 밑에서 기다려주십

시오."

먼저 말을 꺼낸 것은 양일이었다.

팬티만의 알몸으로 옷들을 껴안고 욕실로 뛰어든 민희는 마치 추운 겨울밤, 집 밖으로 내쫓긴 아이처럼 온몸이 와들와들 떨리는 것을 아무리 억제하려 해도 억제할 수 없었다.

머릿속은 오히려 팽팽한 긴장 때문에 또렷해져가는데 그 여자의 육체는 두뇌의 통제에서 뛰쳐나가버릴 듯 제멋대로 후들거리고 있었다. 마구 흔들거리는 손으로는 옷을 갖춰입는 데도 오랜 시간이 걸렸다.

'몸뚱이는 지가 저지른 죄를 알구 있나보지?' 입에서는 제법 여유만만한 농담까지 나오는데도 몸의 떨림은 도무지 멈춰주지 않는 것이었다.

간신히 옷을 갖춰입고 손가락빗으로나마 헝클어진 머리를 가다듬어놓긴 했지만, 물론 민희는 욕실 밖으로 나갈 수는 없었다.

남편과 얼굴을 맞닥뜨리고 틀림없이 추궁해올 남편의 질문들을 받아야 하느니, 차라리 이 자리에서 혀를 깨물고 죽어버리는 게 낫겠다.

이혼은 얼마든지 당해도 좋으니 제발 대면하자고 하지 말고 이대로 돌아가줬으면!

민희는 깍지 낀 손을 이마에 대고 욕실 바닥에 쭈그리고 앉아서 이 비현실 같은 현실이 자기 혼자만 조용히 내버려두고 어서어서 통과해버리기를 기다리고 있었다.

욕실 밖으로부터 자제력을 한껏 발휘하여 격노한 감정을 누른 남편의 마디마디 토막나는 말소리와, 오기란 오기는 가진 대로 모두 동원하여 궁지에 몰린 자의 떨림을 감춰보려고 애쓰는 양일의 말소리가 들려오고 있었다.

"자네 입장에서 무슨 할말이 있다고 내려가서 얘기하자는 거야? 할말이 있으면 여기서 해. 들어줄 테니까."

이건 남편의 목소리였다.

"내가 하고 싶은 말이란, 우리 이 문제를 어떻게 처리할 것인지 서로 남자답게 털어놓고 말해보자는 겁니다. 쩨쩨하게 지난일을 변명할 생각은 없어요. 여기서 해도 좋지만 장소가 장소니만큼 피차 감정적으로 될 수도 있고……"

이건 양일의 목소리다.

"뭐라구? 이 문제를 어떻게 처리할 거냐구? 그건 내가 알아서 할 문제니까 자네야말로 밖에 나가서 내 처분이나 기다리고 있어."

"명령하지 마세요. 남편이라고 나한테 명령할 권리는 없잖아요!"

"명령하지 않을 테니까 비켜. 자넨 무슨 권리로 내가 내 여편네를 만나보겠다는데 가로막는 거야?"

"사랑의 권리로 막는 겁니다. 난 민희씨를 사랑하니까요."

"민희씨?"

"민희씨를 민희씨라고 부르는데 뭐 잘못했습니까? 이런 때 입장이 가장 난처한 것은 여자가 아닙니까? 민희씨는 충격이 너무 커서 지금 제정신이 아닐 겁니다. 우리 이성을 가진 사람들끼리……"

"이서엉?"

"하여튼 우리 밖으로 나가서……"

"비켜!"

"못 비키겠습니다."

"비켜!"

"못 비키겠습니다. 간통 현장을 직접 눈으로 보셨으니 서울로 가서 고발하면 될 거 아닙니까?"

"이 새끼가!"

"주먹으로 싸우자면 제가 이깁니다. 조용히 돌아가셔서 법으로 하십시오."

"뭐, 법? 법으로 하면 법이 자네 편 들어줄 줄 알고 그래? 국회의원 친척 가졌다구 법이 봐줄 것 같아서 그래? 비켜, 이거 놓지 못해?"

안으로 들어오려는 남편의 팔이라도 양일이 붙잡은 모양이었다. 이제껏 이성을 잃지 않으려고 안간힘을 쓰고 있던 남편 영준의 목소리가 깜짝 놀랄 만큼 높아졌다.

"법으로 하라구, 이 새끼야? 법으로 하느라구 남의 부인을 해처먹고 다니는 거냐? 그렇게 하라구 법에 씌어 있어?"

"아, 아, 우리 조용조용히 얘기합시다. 제가 잘한 것은 하나두 없지만 이런 호텔방에서 악을 쓴다고 일이 잘 해결될 리도 없잖습니까?"

"여보!"

"예."

대답하는 건 사환의 목소리였다.

"지배인한테 경찰 불러달라구 해. 지금 당장!"

"저어……"

"빨리 불러오라구 해."

"예예, 하지만……"

"하지만 뭐야?"

"예예, 알겠습니다."

"자, 경찰을 부르셨으니 밖에서 기다려주시겠습니까? 우리 도망치지는 않습니다. 옷도 입어야겠고 세수도 해야겠어요. 어쨌든 이 방은 제가 돈을 주고 빌린 방이니 잠시나마 이 방 주인은 저라구 할 수 있지 않겠어요?"

방 주인 행세를 하며 양일이 나가달라는 말에 남편은 할말을 찾지 못하고 있는 모양이다. 아니 터질 듯한 분노로 목구멍이 콱 막히기라도 한 게 틀림없다.

민희는 문득 자기가 뛰어나가야 할 때는 바로 지금이라고 판단했다.

두 남자의 대화를 듣고 있는 동안 신사인 체 감정을 억누르고 있는 남편은 차라리 그렇게 병신스러워 보일 수 없었고, 동시에

남편한테 빈말이라도 잘못했노라고 빌어도 시원찮고 영 궁하면
차라리,

"아주머니가 유혹하는 바람에 그만……"

어쩌구 모든 책임을 민희 자기한테 뒤집어씌우는 편이 나을 텐
데 이건 어쩌자고 '민희씨를 사랑한다' 느니 '법으로 하라' 느니
부득부득 우겨대며 남편과 민희의 이혼을 요구하고 있는 듯한
양일은 그렇게 음흉해 보일 수가 없었다.

병신과 악당, 결국 남자란 그런 것인가! 어떻든 기둥처럼 믿고
의지하며 함께 살아가는 남편과 순간적이나마 첫사랑처럼 들끓
는 감정을 내 가슴속에 불러일으켜주던 양일이가 병신과 악당처
럼 보이는데, 다른 남자들은 말해서 무엇하랴!

이 숨막힐 듯한 처지에서 탈출해나갈 구멍이 없어 떨고만 있
던 민희에게는 이 남자들을 병신과 악당이라고 규정하고 나자,
문득 솟아날 구멍을 찾은 듯 사지에 강한 힘이 샘솟았다.

민희는 지금 자기를 찾아온 감정을, 남자들에 대한 미움의 감
정을 소중히 생각하며 벌떡 일어났다. 아직도 떨림이 멈추지 않
은 손으로 핸드백을 꼭 움켜쥐고 욕실 문 앞으로 다가갔다. 그때
남편의 높은 음성이 들려왔다.

"이봐, 성재 엄마! 밖으로 나오지 못해! 빨리 밖으로 나와!"

밖으로 나가려던 민희는 남편이 자기를 부르는 소리에 오히려
멈칫 서버렸다. 그리고 문득 성재와 성수 두 아이의 얼굴이 떠올
랐다.

남편이 교활하게도 바로 그 점을 노리고 민희를 '성재 엄마'라고 부른 것이라는 생각도 들었지만, 어떻든 순간적이나마 두 아이의 얼굴이 민희의 의식의 표면에 선명히 떠오르는 것이었다.

　남편이 평소에 민희를 '성재 엄마'라고 부른 적은 한 번도 없었다. 둘만 있을 때는 '자기', 식구들과 함께 있을 때는 '여보', 무관한 친구들 앞에서는 '병신'.

　사회적 관계 속에서라야만 비로소 존재할 수 있는 자여, 네 이름은 병신이다. 다른 사내와 알몸으로 붙어 있는 아내 앞에서, 더구나 그 간부로부터 '나는 네 아내를 사랑한다'는 말을 들었을 때 남편이 느낄 수밖에 없는 무력감.

　'도대체 나는 저 여자의 무엇인가?' 하는 의문과 절망이 남편으로 하여금 우는소리로 아이들을 끌어다대게 한 것이라고 잠시 헤아려지는 민희였으나 자기가 저지른 순수한 개체의 현장이 사회 앞에 노출될 때, 그 개체의 뜨거운 아름다움이 추악한 죄악으로 변질해버리는 인간의 화학작용에 차라리 깊은 분노를 느끼는 것이었다.

　민희는 와락 울음을 터뜨리며, 욕실 문을 박차고 밖을 향해 내달았다. 그리고 붙잡으려는 남자들을 뿌리치고 복도로 나서며 민희는 외쳤다.

　"병신들아, 싸워. 싸우란 말이야!"

　남편과 양일에게 싸우라고 외치면서 호텔 복도로 뛰어나간 민희는 몇 발짝 가지 못하고 뒤쫓아온 남편의 손에 덜미를 잡혔다.

"개 같은 년!"

남편의 손바닥이 민희 얼굴을 난타했다. 앙탈의 말 한마디 해볼 틈도 없이 민희는 헉헉 숨을 토하며 얻어맞는 동안 아찔한 현기증을 느끼고 쓰러졌다.

얻어맞은 눈두덩이며 입술, 뺨 등이 금세 벌겋게 부풀어올랐고, 코에서는 피가 펑펑 쏟아졌다.

미친 듯 날뛰는 남편 영준을 바지를 꿰어입고 달려온 양일이 힘껏 떠밀었다. 피를 쏟는 아내의 얼굴을 본 영준은 완전히 미친 사람이었다.

"이 도둑놈의 새끼!"

짐승처럼 포효하며 자기를 떠미는 양일의 목을 두 손으로 움켜쥐고 숨통을 끊어놓겠다는 듯 눌러댔다.

양일의 주먹이 영준의 턱을 세차게 올려쳤다. 영준은 이빨과 이빨이 으드득 부딪쳐서 입 속에 시큰한 통증을 느끼며 비틀거렸다. 입 속에 가득 차는 찝찔한 맛에 침을 뱉으니 그건 침이 아니라 피였다. 잇몸이 상한 게 틀림없다.

"뭐요? 치사하게 여자한테 폭력을 쓰다니. 나잇값을 하시란 말예요."

큰 소리로 훈계하며 쓰러져서 울고 있는 민희를 부축하려 다가가는 양일에게 영준은 기진맥진한 몸에서 마지막 힘을 짜내어 육박하였다. 그러나 그 동안 달려온 호텔 지배인과 사환들이 영준을 얼싸안아버렸다.

"손님들, 왜들 이러십니까? 자, 방으로 들어가세요. 복도에서 이러시면 안 됩니다. 사모님, 자, 일어나보십시오. 이거 얼굴을 많이 다치셨군요. 야, 김군, 물수건 빨리 가져와. 약솜도 좀 빨리 가져오구…… 자, 손님이 먼저 방으로 들어가세요. 이거 참……"

쩔쩔매는 시늉을 하며 지배인은 우선 양일이부터 방으로 몰아넣었다. 양일은 못 이기는 체하고 방으로 들어갔다. 돌아온 지배인은 퉁퉁 부어오르고 코피범벅인 민희 얼굴을 차마 똑바로 볼 수 없다는 듯 외면하며 영준에게,

"선생님도 이거 너무하셨습니다. 자, 사모님 모시구 방으로 들어가십시오. 싸우실 일이 있으면 조용히 말로 하세요. 점잖으신 분들이 주먹을 써서 되겠습니까?"

"경찰을 불러달랬는데 어떻게 됐소?"

영준이 말했다.

"예예, 하지만……"

"아직 연락 안 했으면 그만두시오."

"예예, 그러셔야죠. 이런 문제는 당사자들끼리 조용히 해결하셔야죠. 괜히 경찰을 부르면 시끄러워진답니다. 자, 방으로 들어가셔서……"

"비켜요."

영준은 피범벅의 민희 얼굴을 물수건으로 닦아주고 있는 사환을 떠밀고 물수건을 건네받아 자기 손으로 닦아주며,

"어쨌든…… 집으로 가서……"

복도에 떨어져 있던 민희의 핸드백을 챙겨들 만큼 여유를 회복하자 영준은 민희의 겨드랑이를 부축하여 층계를 내려갔다.

민희가 남편과 함께 떠나는 것을 양일은 아는지 모르는지 방에서 나오지 않았다.

호텔 밖으로 나오자 영준은 차의 뒷자리에 민희를 밀어넣었다. 그리고 운전석에 올라 차를 출발시켰다. 민희와 영준이 대화를 나눈 것은 다음날 밤이 되어서였다. 그 동안 민희는 가정부가 가져다주는 오렌지주스만 마시며 안방에서 이불을 뒤집어쓰고 누워 있었다.

아이들은 며칠 동안 외갓집에서 지내도록 맡겼다. 부산 일은 전화로 보며 서재에서 기거하던 영준이 민희의 방으로 찾아와 먼저 말을 꺼냈다.

"그놈하구는 언제부터 그런 관계였니?"

"……"

"난 자기가 그런 짓을 하리라고는 생각도 못 했다. 세상의 모든 여자가 다 그럴 수 있다고 하더라도 민희만은 그런 여자가 아니라고 탁 믿고 있었지. 어쨌든…… 이런 일이 한번 생긴 이상 두 번 생기지 말라는 법이 없다는 건 알고 있지만, 불신은 죽는 날까지 없어지지 않겠지만…… 아이들을 위해서 모든 것을 없었던 일로 생각할 테니까, 그 대신 나한테 맹세를 해줘야 해. 다시는 그런 일이 없을 거라구."

"어차피 우린 함께 살 수 없어요."

"왜?"

"……"

"육체적으로…… 평소에…… 나한테 불만이었니?"

"……"

"이혼할 작정을 하고 그런 짓을 했니?"

"……"

"너한테는 모성애도 없니? 우린 이제 우리 자신의 쾌락을 쫓아서 살 나이가 아냐. 아이들을 위해서 살아야 할 나이야. 이혼까지 작정하고 그런 짓을 하고 다녔다면 이런 소리 해봤댔자 귀에 들어가지 않겠지만."

"난 당신을 못 믿고 살아왔어요. 나 자신도 못 믿겠구요. 그리구, 당신도 날 못 믿을 거예요. 아이들도 어떻게 키워야 훌륭하게 키우는 건지 모르겠어요. 학교 선생님들을 믿을 수밖에 없는데, 돈봉투를 갖다주다보니 선생님들도 못 믿게 되어버렸구……나 같은 년 붙잡아둬서 뭘 해요."

"날 못 믿고 살아왔다는 건 무슨 말이지?"

"밖에서…… 다른 여자들하구 그러구 다닌 거 나 알구 있었단 말예요."

"전혀 그런 일이 없었다구는 할 수 없지만…… 남자의 오입과 여자의 간통은 질적으로 다른 거야. 남자란……"

"그만두세요. 당신이 그러니까 나두 그랬다는 건 아니니까요."

"그럼, 그 녀석을…… 사랑하나?"

"아, 아니오."

"남자는 사랑하지 않는 여자하구두 그럴 수 있지만, 여자란 사랑하지 않는 남자하구는 그럴 수 없다던데?"

"사랑해서 그렇게 된 게 아녜요."

여기서 민희는 양일과의 관계를 털어놓았다. 남여사의 비밀을 알게 된 것, 입막음의 약속으로서 양일과 관계하게 된 것 등을 얘기하지 않을 수 없었다.

"왜 진작 말하지 않았어? 바보 같으니. 왜……"

영준은 분해서 어쩔 줄 몰랐다.

"강의원을 만나야겠어. 그런 것들은, 그런 것들은 이 세상에서 싹 없애버려야 해."

"그러지 말아요. 나만 떠나면 그만이지……"

"밥통 같은 소리 하지 마. 그런 년놈들을 가만두면 제2, 제3의 피해자가 생기는 거야."

남편이 강의원에게 남여사의 행실에 대하여 자초지종을 일러바치면 아무것도 모르고 있던 강의원에겐 얼마나 타격이 클 것이며, 남여사는 어떻게 될 것인가.

민희로서는 외출복을 입고 있는 남편에게 매달릴 수밖에 없었다.

"제발 그만두세요. 지난 일은 없었던 걸로 생각하겠다구 했잖아요. 남의 조용한 집안에 말썽을 일으킬 건 없잖아요."

"우리 집안을 이 꼴로 만들었으면 자기네도 당해야지."

"아무것도 모르는 강의원한테는 무슨 날벼락이겠어요? 모르면 속 편한 거예요. '당신 부인이 이런 짓을 합니다'고 일러바친다고 그분이 좋아할 것 같아요? 그 집안에 무슨 일이 생긴다면 우리라고 편할 것 같아요? 나보구 애들을 위해서 살자고 했잖아요? 당신이 용서해준다면 당신 시키는 대로 하겠어요. 제발 그 집에는……"

영준은 민희의 말에 일리가 있다고 생각했다. 그러나 자기 아내가 양일이란 놈과 알몸으로 어울려 있는 모습이 생생하게 상상되어 미칠 것 같은 분노가 가슴을 찢어내는 것을 참을 수는 없었다. 이 분노를 평생토록 떠올리고 살아야 한다면…… 영준은 입으려던 양복저고리를 내던져버렸다. 그 대신 새삼스레 끓어오르는 분노가 손으로 뻗쳐 민희의 가뜩이나 부어 있는 얼굴을 한 차례 힘껏 내리쳤다.

"이 바보야. 또 그런 짓을 하고 다니면 내 손으로 죽여버릴 거야."

얻어맞고 침대 위에 쓰러진 채 민희는 다만 한 가지 생각을 하고 있었다. 평생토록 이 남자 앞에서는 죄인으로서 얻어맞고 지내야 한다면……

(1977)

그를 만나게 되다니

주인석(소설가)

이건 도대체 믿을 수 없는 일이다. 살아서 그를 만나게 되다니. 내가 그의 문학을 흠모하여 잡초가 무성한 그의 무덤을 찾았다거나, 혹은 그의 문학비 제막식에 참석했다면 그건 믿을 만한 일이다. 하지만 그는 내가 살고 있는 서울 주변의 새로운 베드타운에, 공사의 흔적이 채 지워지지 않은, 어수선하기 짝이 없는, 소위 신도시의 아파트에 여전히 살아 있는 것이었다.

서울 1964년 겨울에 이미 문학사의 한 페이지를 가득 채운 그가 서울 주변 1995년 여름에도 충분히 역사를 만들 수 있는 나이로 살아 있다는 건 역사에 대한 모독인 것 같다. 그는 1941년에 태어났다. 지금으로부터 오십사 년 전이다. 그가 문학사에 기록된 것은 그의 생애의 딱 절반인 이십칠 년 전까지다. 그뒤로 이십칠 년간 그는 한국문학의 신화적인 존재가 되었다.

이런 경우가 있을까. 물론 이십칠 세까지 남들이 평생 해도 못

할 일을 다 해버리고 죽은 천재들을 우리는 많이 알고 있다. 죽거나 폐인이 되거나. 그렇다면 그는 폐인이 되어 있는 걸까. 그러고 보니 그가 살짝 폐인이 되어버렸다는 소문을 들은 듯도 하다. 종교에 빠져버렸다는. 이건 마치 현대의 묵시록 같다. 말론 브란도를 찾아가는 찰리 쉰처럼 나는 그의 자세한 연보와 작품들을 꼼꼼히 읽어본다. 내가 가지고 있는 자료들은 대체로 그의 스물일곱 살까지의 일을 기록하고 있다. 그 다음부터 그의 행적은 뿌연 안개가 끼어 있는 저편으로 사라져가고 있었다.

나는 그가 있는 저편으로 자전거를 타고 갔다. 나와 그가 살고 있는 신도시에는 아직 대중교통망이 촘촘히 짜여져 있지 않은 관계로 자가용 승용차가 없는 나는 자전거로 시내교통을 해결하고 있기도 했지만, 만약 내게 차가 있었다고 하더라도 나는 굳이 자전거를 타고 그에게 갔을 것이다. 어쩐지 그랬다. 그게 일종의 소외효과처럼 느껴졌다. 그런 거리감이 필요했다. 역사나 신화에 빠져들지 않기 위한.

그를 만나는 순간 나는 굳이 자전거를 타고 올 필요가 없었다는 걸 깨달았다. 그는 저편에 서 있는 신화적인 작가도 암흑의 심연 속에서 묵시록을 읊조리는 예언자도 아니었으니까. 내가 자전거를 타고 나타나면 그가 이렇게 말할 줄 알았다.

"어느 수퍼마켓에서 배달 왔느냐?"

마치 말론 브란도처럼. 그리고 내가,

"왜 문학을 그만두셨습니까?"

라고 물으면,

"너는 아직 문턱을 넘지 못하는구나."

라고 할 줄 알았다. 그래서 나는 자전거를 타고 가는 동안 내게 나의 근기를 과시할 선문답을 준비하고 있었고, 위기의 순간에는 할 수 있도록 단전에 기를 모으고 있었던 것이다. 그러나 그럴 필요가 없었다. 자전거를 주차하면서, 엘리베이터를 타고 올라가면서도, 그의 집 초인종을 누르면서까지 준비했던 비장의 카드들이 전혀 쓸모가 없었던 것이다. 그의 첫 마디를 듣는 순간 나는 허탈해졌다.

"식사는 하고 왔어요?"

오후 두시였다.

"네."

라고 대답했지만, 그게 "네." 였는지 "네?" 였는지 "네!" 였는지 모르겠다. 그는 마침 끓여놓은 닭죽이 있다면서 밥상을 차려준다. 순 전라도 식으로 담갔다는 갓김치를 내오면서 그는 자취생활의 이력을 설명해준다.

"혼자 사십니까?"

나는 닭죽을 오물오물 씹으면서 조심스럽게 묻는다.

"집사람은 볼일이 있어서 잠깐."

그가 커피를 끓이는 동안 나는 슬며시 그의 집을 둘러본다. 서가의 절반을 기독교 서적으로 채워놓은 것말고는 특별할 것이 없다.

커피를 마시면서 이야기를 시작했다. 무려 다섯 시간 동안이나 이런 이야기 저런 이야기를 했지만 이 짧은 지면에 특별히 의미를 두어 기록할 만한 뾰족한 이야기는 없었다. 의미라는 건 어차피 이야기의 틈 속에 애매한 모습으로 숨어 있어서, 요약하여 보여주기가 참 힘들다. 그렇다고 그와의 다섯 시간을 일일이 묘사할 수도 없는 노릇이니, 아주 무미건조하게 줄이고 줄여서 적어보자면 다음과 같다.

그는 1941년 일본 오사카에서 출생했다. 그의 아버지는 동경 유학생이었고, 그의 어머니는 오사카에 이민 와 있던 한의사의 딸이었다. 미군의 폭격이 극성을 부리던 1945년 6월쯤 그의 가족은 피난차 고향인 순천으로 돌아왔다가 종전이 되자 눌러앉는다. 그는 이때까지 일본말밖에는 몰랐다. 국민학교를 들어가면서 본격적으로 한국말을 배우기 시작했지만 여전히 한국말이 잘 되지 않았다. 놀림감이 되기 싫어서 아예 말을 잘 하지 않았다.

"순천은 그 당시 커다란 역사적 상처를 받은 곳입니다. 그 와중에 아버님을 잃은 것으로 알고 있는데, 그런 영향은 없었는지요? 말을 하지 않고 책 속으로 빠져들게 된 데에는."

"아버지에 대한 기억은 별로 없습니다. 김원일씨나 이문열씨는 아버지에 대한 기억이 각별한 것 같은데 저는 그렇지 않아요. 가끔 들어오셔서 맛있는 것이나 사주는 분으로 알고 있었어요. 마지막으로 뵈었을 때가 국민학교 일학년 땐데, 그때가 알고 보니 여순반란이 끝나갈 무렵이었지요. 그날도 아버지는 불쑥 들어오셔서 내게 용돈을 주고 떠나셨습니다. 그게 내 기억에 남을 만큼 많은 액수였기 때문에 그걸 기억합니다."

"아버지로 인한 피해의식은 없는지요?"

"없어요. 혼자 당해야 그런 게 있지. 그 당시 그 동네는 한 집 건너 한 집이 다 우리집 같았으니까."

"어려움이 많으셨을 텐데요?"

"전학을 몇 번 다녔지만, 뭐 특별한 탄압은 없었어요. 이승만 씨는 그렇게 나쁜 사람이 아니에요. 그는 철저히 기독교적인 지도자였으니까요."

원수를 사랑했다는 말인가? 그는 그런 식으로 주제를 벗어나가고는 한다. 적어도 내가 생각하기에는. 그리고는 기독교에 대해 이야기한다. 독립운동사와 6·25와 4·19와 5·16, 그리고 그 이후의 역사까지도 그는 기독교적으로 해석해준다. 그는 확신에 차 있다. 그는 괴팍한 작가가 아니라 친절한 전도사 같다.

아무튼, 그는 독서광이 되었고, 그의 집안은 전쟁으로 잠시 어려움을 겪었지만 어머니의 사업수완으로 꽤나 소문난 부자가 되었다. 그의 소년기는 유복했다.

"주로 어떤 책을 읽으셨는지요?"

"이광수에서부터 손창섭, 장용학까지, 그리고 일본어 중역이었겠지만 세계문학 전집류들, 주로 소설들이었지요. 책방에 있는 건 다 봤어요. 고등학교 때는 『현대문학』과 『사상계』를 정기 구독했을 정도였지요. 나는 맘대로 책을 빼다 보고 어머니가 월

말에 계산해주셨으니까 대단히 좋은 독서환경을 가지고 있었던 셈이지요."

"일본 책은 안 보셨습니까?"

"일본어는 다 잊어버렸어요. 내 이전 세대와 나는 그런 점에서 큰 차이가 있지요. 번역투일망정 나는 모든 지식과 교양을 한글로 섭취한 최초의 세대, 김현이 말한바 4·19세대임에 틀림없어요."

"선생님의 작품 「무진기행」이 일본문학의 영향을 받은 것이라고 말하는 사람이 많은데……"

"나중에 어떤 불란서 사람이 「무진기행」과 가와바다 야스나리의 『설국』을 비교하는 논문을 썼다는 말을 듣고서야 『설국』을 읽어보았지요. 비교할 만한 점이 있더군요."

그는 소설을 많이 읽는다는 것만 빼고는 모범생이었다. 그는 순천고등학교의 학생회장이었고 서울대학교 불문학과에 입학했다. 입학하던 해에 4·19가 터졌고 이학년 때 5·16이 터졌다. 그리고 그해에 「생명연습」이라는 단편을 써서 한국일보 신춘문예에 당선되었다.

"소설가가 되리라는 생각은 언제 하셨는지요?"

"그런 생각 한 적 없습니다. 「생명연습」은 군대 가기 전에 글솜씨나 한번 테스트해보자고 한번 써서 내본 거였어요. 나는 원래 외교관이 돼서 세상을 돌아다녀보는 게 꿈이었고, 문학은 즐기고 싶었어요. 문학을 좋아했지만 작가가 되기 위한 것은 아니었지요."

"그렇지만 소설가가 되셨잖습니까?"

"문학이 심상치 않은 것이라는 걸 가르쳐준 책이 있었지요. 고 등학교 때 읽은 카뮈와 릴케의 에세이였어요. 그리고 모파상의 단편들이 나의 소설기법에 깊은 영향을 주었지요. 아마 4·19를 겪으면서 생각이 많이 변한 것 같아요. 나는 세상의 혼돈을 보았 고 어떤 질서를 찾고 싶었어요. 그 질서는 전체주의적인 정치지 도자가 강요하는 질서가 아니라 지성적인 문학이 질문의 형식으 로 던져주는 질서가 되어야 한다고 생각했지요. 그 당시 읽었던 소설들이 신구문화사에서 나왔던 전후세계문학전집이었는데 참 문제적이었어요. 소설이 당대의 정신적 폐허와 혼란을 치유할 수 있다는 가능성을 내게 보여주었습니다."

그는 소설을 썼다. 김현, 김치수, 최하림 등과 함께 '산문시대' 라는 동인을 구성하기도 했다. 「무진기행」 「차나 한잔」 「건」 「역 사」 그리고 「서울 1964년 겨울」 같은 문학사에 기록될 작품들이 그때 쏟아져나왔다. 그는 이십대 초반에 문학사적인 작가가 되었 고 그의 작품은 이미 문학청년들의 교과서가 되었다.

"자신의 문학에 대해 어떻게 생각하시는지요?"

"별로 애정이 없어요. 나는 너무 머리로 짜내는 소설을 썼지요. 내 체험이 들어가 있지 않은 소설은 왠지 내 것 같질 않거든요."

"맘에 드시는 작품은?"

"특히 「무진기행」은 맘에 들지 않아요. 쓸 때부터 그랬지요.

좀 진부했거든요. '산문시대' 동인인 김현과 최하림도 원고를 읽어보더니 이게 무슨 소설이냐, 차라리 찢어버려라, 라고 했고 나도 그런 생각이었어요. 진부한 멜로 같았으니까. 그런데 그 작품이 오래도록 인구에 회자되는 건 그 전통적인 구조 때문인 것도 같고, 아무튼 그 당시 같이 글을 쓰던 친구들과 나의 소설에 대한 기대치는 그런 것이 아니라 오히려 「차나 한잔」이나 「역사」 같은 소설에 가까웠어요. 개인적으로 「차나 한잔」을 가장 좋아합니다. 「무진기행」과 동시에 쓴 소설인데 대조적이지요. 낮에는 「차나 한잔」을, 밤에는 「무진기행」을 쓰는 식으로 함께 쓴 소설이에요."

벌써 마무리할 때가 되었다. 나는 과감하게 묻는다.

"왜 소설 쓰기를 중단하셨습니까? 그것도 한참 본격적으로 소설을 쓰셔야 할 시점에서."

아마 모든 사람들이 궁금해할 지점이 여기였으리라.

"먹고살아야 했으니까. 그 당시 첫 작품집을 냈는데 꽤나 팔려나갔어요. 그런데 그만 어떤 불미스러운 일이 터지면서 인세를 포기한다는 각서를 써야 했지요. 그게 아직 어린 내게 큰 좌절을 안겨주었지요."

그 불미스러운 일에 대해서는 자세히 말하지 않기로 하겠다. 불미스러운 일이므로. 어쨌든 우리가 기대했던 대답은 아니다. 그는 자신을 신비화하지 않는다.

"그냥 하는 말이 아니라 나는 정말이지 글을 펜에다가 잉크를 묻혀 쓰고 있다는 생각이 안 들어요. 난 정말 글 쓰는 게 힘들어요. 피로 쓴다면 웃겠지만. 단편 하나 쓰는 데도 두 달 정도 아무것도 못 하고 매달려야 할 정도지요. 그런데 인세 한푼 받지 못하게 되자 나는 분노가 치밀어올랐지요. 그땐 이미 집안도 몰락해 있었고, 결혼도 했으니까."

그는 영화를 시작했다. 그는 유명했고, 많은 돈을 받을 수 있었다. 그는「무진기행」을 '안개' 라는 제목의 시나리오로 각색하기도 했고, 김동인의「감자」를 감독하기도 했다.

"그때 받은 돈으로 아파트를 한 채 샀을 정도니까 많이 받기는 많이 받았지요."

"그뒤로는 주로 영화 일만 하셨지요?"

"영화가 매력적이었으니까요. 그리고 나 같은 사람이 꼭 필요했어요. 특히 문학작품을 영화로 만들 때 제대로 해석해줄 사람이 필요했으니까."

"재미있으셨나요?"

"별로."

충무로 제작자들의 시달림을 받느라 그는 인생을 탕진한 것 같다. 이승만씨나 박정희씨 혹은 전두환씨 같은 당대의 거물이 아니라, 출판업자와 영화제작자가 그의 예술을 망가뜨렸다. 그게 그의 예술이 침묵했던 진짜 이유라니. 나는 마지막으로 묻는다.

"다시 쓰실 생각은?"

"나는 내 인생을 너무 많이 낭비한 느낌입니다. 써야지요."

"종교적인 겁니까?"

"물론. 내 생애를 건 종교적인 저술을 할 생각입니다."

"소설도 쓰실 건가요?"

"쓸 생각입니다."

"종교소설인가요?"

"종교소설이 특별한 것이 아닙니다. 도스토예프스키의 『죄와 벌』이나 톨스토이의 『부활』 같은 거지요. 그러나 그들은 답을 내리려고 하고 있어서 덜 재미있어요. 나는 기본적으로 소설은 질문의 형식이라고 생각합니다."

"아직도 질문하실 게 있습니까?"

"하나님을 만나고 처음에는 질문할 게 없다고 생각했습니다. 거칠게 말해서 그랬어요. 고백하고 증언할 것밖에는 없었지요. 그 일을 하느라 소설을 쓰지 않았습니다. 하지만 이제 생각이 바뀌었습니다. 시간이 흐르고 나서도 남을 나의 일을 생각해보니까 그게 소설 쓰는 일 같아요. 소설은 시간이 흘러도 소설로 남으니까요."

심연이 보인다. 나는 아직 건너지 않은, 건너지 못한.

1941년   12월 23일 일본 오사카(大阪)에서 아버지 김기선과 어머니
                  윤계자의 장남으로 태어남. 아명은 학길(鶴吉).

1945년   귀국하여 전남 진도에서 수개월 지내다가 본적지인 전남
                  광양에 일시 거주.

1946년   순천으로 이사, 정착함.

1948년   순천 남국민학교 입학. 여순반란사건 발발. 부친 사망.

1949년   여수 종산국민학교(현재 중앙초등학교)로 전학.

1950년   6·25 발발. 경남 남해로 피난. 수복 후, 순천 북국민학교로
                  전학.

1952년   월간『소년세계』에 동시를 투고하여 게재된 것이 계기가 되
                  어 이후 동시, 콩트 등 창작에 몰두.

1954년   순천중학교 입학.

1957년   순천고등학교 입학.

1960년   서울대 문리대학 불문학과 입학. 문리대 교내신문『새세대』
                  기자 활동. 한국일보사 발행『서울경제신문』에 연재만화를
                  아르바이트로 그려 학비를 조달함.

1962년   한국일보 신춘문예에 단편소설「생명연습生命演習」당선으

로 문단에 데뷔. 강호무·김성일·김창웅·김치수·김현·염
무웅·서정인·최하림과 동인지 『산문시대』 발간. 소설 「건
乾」 「환상수첩幻想手帖」 등을 『산문시대』에 발표.

1963년 「누이를 이해하기 위하여」 「확인해본 열다섯 개의 고정관
념」(『산문시대』), 「力士」(『문학춘추』) 발표.

1964년 「霧津紀行」(『사상계』), 「차나 한잔」(『세대』), 「싸게 사들이
기」(『문학춘추』) 등 발표.

1965년 서울대 졸업. 「서울 1964년 겨울」로 사상계사 제정 제10회
동인문학상 수상. 「들놀이」(『청맥』) 발표.

1966년 「다산성多産性」(『창작과비평』), 「염소는 힘이 세다」(『자유
공론』) 등 발표. 장편 「빛의 무덤 속」을 『문학』에 연재하다
가 중단. 「무진기행霧津紀行」의 시나리오 집필을 계기로
영화계와 관계 시작. 단편집 『서울 1964년 겨울』이 창문사
에서 출간.

1967년 중편 「내가 훔친 여름」을 중앙일보에 연재. 김동인의 「감
자」를 각색, 감독하여 영화로 만듦. 백혜욱과 결혼.

1968년 「60년대식六十年代式」을 『선데이서울』에 발표. 『신동아』에
「동두천」을 연재하다가 2회에 중단. 나중에 이 작품을 「재
룡이」로 개작. 이어령의 「장군의 수염」을 각색하여 대종상
각본상 수상.

1969년 「야행夜行」을 『월간중앙』에, 장편 「보통 여자普通女子」를
『주간여성』에 연재.

1970년	담시「오적五賊」사건으로 김지하가 투옥되자 이호철·박태순·이문구 등과 김지하 구명운동 전개.
1971년	월간지『샘터』편집.
1974년	시나리오「어제 내린 비」「영자의 전성시대」 등 집필.「겨울여자」「여자들만 사는 거리」「도시로 간 처녀들」 등 영화화.
1976년	창작집『서울 1964년 겨울』『60년대식』을 서음출판사에서 출간.
1977년	「서울의 달빛 0章」으로 문학사상사 제정 제1회 이상문학상 수상.「강변부인」을 일요신문에 연재. 콩트집『위험한 얼굴』, 수필집『뜬 세상에 살기에』출간.
1979년	옴니버스 스타일의 소설「우리들의 낮은 울타리」를『문예중앙』에 발표.
1980년	장편「먼지의 방」을 동아일보에 연재 시작했으나 광주사태로 인한 집필 의욕 상실로 연재 15회 만에 자진 중단.
1981년	4월 종교적 계시를 받는 극적 체험을 한 후, 성경 공부와 수도생활 시작.
1995년	김승옥 소설전집(전5권)이 문학동네에서 출간.
2004년	산문집『내가 만난 하나님』출간.

김승옥

1941년 일본 오사카에서 태어나, 전남 순천에서 성장했다. 서울대 불문과를 졸업했다.
1962년 한국일보 신춘문예에 단편 「생명연습生命演習」이 당선되어 작품활동을 시작한 후,
파괴된 우리 역사의 끄트머리를 당대의 시각에서 탁월하게 재구성하는 독특한 작품들을 선
보였다. 1965년 단편 「서울 1964년 겨울」로 동인문학상을, 1977년 단편 「서울의 달빛 0章」으
로 이상문학상을 수상했다.

김승옥 소설전집 4

강변부인
ⓒ 김승옥 1995

1판	1쇄	1995년 12월 12일
1판	3쇄	2002년 2월 18일
2판	1쇄	2004년 10월 15일
2판	8쇄	2022년 12월 20일

지은이 김승옥

펴낸곳 (주)문학동네 | 펴낸이 김소영
출판등록 1993년 10월 22일 제2003-000045호
주소 10881 경기도 파주시 회동길 210
전자우편 editor@munhak.com | 대표전화 031)955-8888 | 팩스 031)955-8855
문의전화 031) 955-2689(마케팅) 031) 955-2675(편집)
문학동네카페 http://cafe.naver.com/mhdn
인스타그램 @munhakdongne | 트위터 @munhakdongne
북클럽문학동네 http://bookclubmunhak.com

ISBN 89-8281-871-5 04810
      89-8281-866-9 (세트)

www.munhak.com